EDIÇÕES BESTBOLSO

Guerra e paixão

Nascido em 1930, em Georgetown, na Guiana, Leslie Arlen é um dos pseudônimos de Christopher Robin Nicole, autor de obra numerosa, com cerca de duzentos livros publicados. Produzindo romances e livros de não ficção desde 1957, Christopher Nicole continua escrevendo ativamente sob mais de uma dezena de pseudônimos, alguns femininos. Os personagens da saga apaixonante da família russa Borodin também estão presentes nos livros *Amor e honra*, *Destino e sonhos* e *Esperança e glória*.

saga da família Borodin

Leslie Arlen

Guerra e Paixão

Tradução de
TATI MORAES

1ª edição

RIO DE JANEIRO – 2014

CIP-BRASIL. CATALOGAÇÃO NA PUBLICAÇÃO
SINDICATO NACIONAL DOS EDITORES DE LIVROS, RJ

A753g
Arlen, Leslie
  Guerra e paixão: saga da família Borodin / Leslie Arlen; tradução Tati Moraes. – 1ª ed. – Rio de Janeiro: BestBolso, 2014.
  12 × 18cm

  Tradução de: War and Passion
  Sequência de: Amor e honra
  ISBN 978-85-7799-255-3

  1. Ficção inglesa. I. Moraes, Tati. II. Título.

Guerra e paixão, de autoria de Leslie Arlen.
Título número 366 das Edições BestBolso.
Primeira edição impressa em maio de 2014.
Texto revisado conforme o Acordo Ortográfico da Língua Portuguesa.

Título original inglês:
WAR AND PASSION

Copyright © 1981 by Leslie Arlen.
Publicado mediante acordo com Jove Publications, Inc., Nova York.
Copyright da tradução © by Distribuidora Record de Serviços de Imprensa S.A.
Direitos de reprodução da tradução cedidos para Edições BestBolso, um selo da Editora Best Seller Ltda. Distribuidora Record de Serviços de Imprensa S. A. e Editora Best Seller Ltda são empresas do Grupo Editorial Record.

www.edicoesbestbolso.com.br

Design de capa: Simone Villas-Boas sobre imagem Getty Images/ Photolibrary.

Todos os direitos reservados. Proibida a reprodução, no todo ou em parte, sem autorização prévia por escrito da editora, sejam quais forem os meios empregados.

Direitos exclusivos de publicação em língua portuguesa para o Brasil em formato bolso adquiridos pelas Edições BestBolso um selo da Editora Best Seller Ltda. Rua Argentina 171 – 20921-380 – Rio de Janeiro, RJ – Tel.: 2585-2000.

Impresso no Brasil

ISBN 978-85-7799-255-3

1

Das janelas de seu escritório, no 18º andar do edifício American People, George Hayman podia avistar Long Island do outro lado do East River. Como seu escritório ocupava toda a extensão do edifício, ele também poderia ver, dando alguns passos, a nova ponte Queensboro ao norte. Mas George Hayman estava mais interessado em pensar com os olhos voltados para o leste, pois mais além de Long Island ficava o oceano Atlântico e ainda mais além a Europa.

E depois da Europa, a Rússia.

George reconhecia que o fascínio que sentia por aquele grande, sombrio e trágico país era quase uma doença. Aliás, facilmente justificável: era casado com uma russa e, três anos antes, empreendera a maior aventura de sua vida, quando desafiara a Okhrana, a polícia secreta do czar. Mas frequentemente lhe vinha um sentimento de culpa por gastar tanto do seu valioso e limitado tempo ao relembrar o passado, as pessoas que conhecera e as aventuras por que passara.

George Hayman tinha 37 anos e parecia mais jovem; não havia mechas grisalhas em seus cabelos escuros e nenhum excesso de peso em sua estatura de 1,90m – jogava golfe no inverno e polo todos os sábados, durante o verão. E tampouco as três semanas que passara no presídio da Fortaleza de São Pedro e São Paulo, nas cercanias de São Petersburgo, haviam deixado marcas na juventude de seu rosto. Quando repousava, o rosto era pensativo, esguio e sério, no qual se destacavam a brandura dos grandes olhos castanhos e a firmeza da boca. Os olhos sorriam com facilidade, mesmo ao censurar um empregado – e George Hayman tinha a seu serviço mais de mil pessoas, desde os mais humildes garotos de recado até o editor-chefe que ele próprio nomeara. Embora George Hayman, sênior, continuasse como presidente da companhia, era George Hayman, júnior, quem agia como executivo. Graças à sua ambição e força de vontade, o antigo *People* de Boston se transformara numa empresa jornalística de âmbito nacional e até mesmo internacional. Ao voltar da Rússia, em 1911, recebera do pai a gerência do controle financeiro da sociedade e decidira comprar uma participação majoritária no decadente jornal *Morning Mail*, de Nova York, que renomeava. O sucesso desse primeiro empreendimento o havia levado a adquirir jornais em Londres, Paris e Tóquio.

Quando o interrogavam a respeito, respondia que era a progressão normal para um grande jornal. Mas quem o conhecia sabia que era muito mais que isso. Seu avô fora um paupérrimo imigrante inglês. Seu pai começara como jornaleiro e acabara como proprietário do *People*. Caso de ascensão bastante típico, a que se seguia um declínio na terceira geração. George Hayman, porém, estava decidido a ser uma exceção a essa regra. Sua ambição anterior de ser o maior correspondente de guerra do mundo se dissipara no drama de sua fuga com uma princesa russa e nos prazeres do casamento, e ele canalizara toda sua energia visando ao sucesso naquele nível mais alto.

Não obstante, mantivera o interesse da primeira juventude pelo povo de sua mulher, por aquele contraste de esplendor onipotente e amargo, antagonismo que ela abandonara para ir viver a seu lado.

Essa preocupação com a Rússia frequentemente transparecia em seu trabalho. Depois de uma batida na porta, sua secretária entrava e colocava sobre sua mesa as notícias mais importantes do dia, com os devidos comentários do chefe da redação. Mas havia sempre duas pilhas; uma continha notícias da maior parte do mundo e só tratava de fatos de destaque; a outra se referia à Rússia e incluía toda e qualquer notícia sobre o país.

– Alguma coisa interessante hoje, Sra. Killett? – Sentado à sua mesa de trabalho, George cortou distraidamente a ponta de um charuto.

– Acho que não, Sr. Hayman. A não ser o escândalo na França.
 Que escândalo?

– Não se lembra, em janeiro passado, Sr. Hayman? O jornal *Figaro* acusou de fraude *monsieur* Caillaux, o ministro das Finanças

Pois bem, ontem, o senhor não vai acreditar! *Madame* Caillaux entrou na redação do *Figaro* e matou *monsieur* Calmette, o diretor, com um tiro!

– Santo Deus! – George folheou displicentemente as notícias. – Os franceses são um povo muito emotivo.

– Sim, senhor.

A Sra. Killett esperou, mas seu patrão visivelmente não parecia disposto a conversar. Ela, então, se virou para sair da sala, quando foi detida por uma exclamação dele.

– Meu Deus!

– Sim, senhor?

George Hayman empurrou para trás sua poltrona e pôs-se de pé.

– Por hoje, vou encerrar meu dia, Sra. Killett. Mande vir meu carro.

– Pois não, Sr. Hayman, mas havia aquele compromisso...

– Cancele, Sra. Killett. Vou para casa. – E apanhando um dos papéis sobre a mesa dobrou-o e colocou-o no bolso. Depois enfiou o chapéu e passou correndo por ela, a caminho do elevador.

A Sra. Killett debruçou-se curiosamente sobre a mesa. O papel retirado pertencia à pilha russa. Mas a que se referia, ela não tinha a menor ideia.

GEORGE HAYMAN SENTOU-SE ao volante do carro Duesenberg, deixando seu chofer no assento ao lado. Pisou no acelerador e partiu rumo ao Porto de Cold Spring, a leste, e à vasta mansão, cercada de extensos gramados. Dirigir em alta velocidade sempre o estimulava, mas hoje ele sentia o ímpeto de um menino. Acontecera o impossível. Ele ia poder voltar. Ilona ia poder voltar. E Johnnie... O seu sorriso deu lugar a uma expressão sombria, e ele reduziu a marcha do carro. John Hayman tinha 3 anos quando sua mãe fugira do marido, da família e da Rússia; portanto, o menino poderia lembrar-se de que seu nome realmente era Ivan Sergueivich, e que, supostamente, era o filho único do general-príncipe Serguei Roditchev. Se o levassem de volta à Rússia, isso implicaria forçosamente contar-lhe algo diferente. Mas nunca poderia saber a verdade sobre sua origem.

Contudo, se voltassem só para uma visita... O carro tornou a ganhar velocidade. Era pouco provável que jamais tornassem a ver Serguei Roditchev. E se o vissem... George Hayman sorriu. Da última vez que tivera um encontro com o primeiro marido de sua mulher, ele o deixara por terra, sem sentidos. Isso fora apenas três anos antes. Mas parecia toda uma vida. Atracar-se com um nobre russo podia ser comportamento aceitável para um correspondente estrangeiro do *People* de Boston. Não, porém, para o vice-presidente do *American People*.

O carro enveredou pelo caminho margeado de salgueiros e freou diante das colunas corintianas do alpendre. Pedregulhos saltaram sob as rodas, cães ladraram e Harrison, o mordomo, desceu os degraus para abrir a porta.

– Sr. Hayman?

Harrison era inglês, e as perguntas que julgava necessárias eram transmitidas em discretas variações de tom.

– Está tudo bem, Harrison – disse George, saltando do carro e tirando as luvas de motorista e os óculos. – Onde está a Sra. Hayman?

– Jardinando, Sr. Hayman.

George assentiu com a cabeça, deu a volta pela casa, passou por um pequeno labirinto de arbustos e penetrou no jardim que cercava o gramado de croqué, como os bancos repletos de um anfiteatro romano. Parou para apreciar a cena diante de seus olhos. Era vedada a entrada dos labradores naquele trecho do jardim, para evitar os estragos que causavam com suas brincadeiras exuberantes, mas não dos bassês, e dois deles trotavam atrás de sua dona, como uma escolta. Nada havia de extraordinário em uma princesa russa jamais querer se separar de, pelo menos, alguns de seus animais de estimação; mas o fato de gostar de viver cercada por seus filhos fazia parte de sua determinação de ser mais americana do que o próprio marido. Nesta manhã, Felicity debruçava-se de seu carrinho, abanando a mão para os cães; tinha apenas 1 ano. George, o terceiro, um ano mais velho que a irmã, arrastava-se pelo gramado e dava cambalhotas por cima dos arcos de croqué. Esses eram os dois verdadeiros Hayman. John Hayman desempenhava o papel de irmão mais velho, como se tivesse nascido para essa missão. No momento, jogava croqué, manejando o malho quase de seu tamanho, tocando as bolas de madeira com pancadas certeiras, pacientemente afastando seu meio-irmão do caminho, quando esbarravam um no outro. Aos 6 anos, John já era um menino sério, pensativo, de cabelos louros sempre caindo sobre a testa. Suas feições eram inegavelmente russas, pelo menos aos olhos de George.

Ilona ergueu-se lentamente, virou-se e descalçou as luvas de jardinagem, que deixou cair sobre o monte de ervas daninhas que estivera empilhando. Após três anos de casamento, sempre que chegava em casa, George tinha uma sensação renovada de espanto por aquela criatura tão linda ter se tornado sua, inteiramente sua. Lembrava-se da primeira vez em que a vira no terraço da casa do pai dela, na fatídica cidade de Port Arthur, com os canhões japoneses já troando ao longe, havia dez anos, em 1904, quando ela tinha 18 anos. Na ocasião, pareceu-lhe que contemplava o esplendor acumulado de seiscentos anos de aristocracia russa. Nunca encontrara razão alguma para modificar essa primeira impressão. Hoje os magníficos cabelos dourados estavam soltos, em vez de enrolados no penteado *pompadour* que ela ainda usava nas reuniões sociais; sua silhueta agora era mais cheia, mas, sendo uma mulher alta, apenas parecia mais bem proporcionada; e nenhuma marca do tempo em seu rosto, por mais trágicos que houvessem sido certos trechos de sua vida, poderia alterar a perfeita estrutura óssea que ela herdara de seus antepassados Borodin – tampouco o nariz pequeno, a curva suave do queixo, o fascinante azul profundo dos olhos imensos. Somente a seriedade de sua expressão sugeria algumas recordações que deviam estar sempre tentando emergir de seu íntimo; mas, na verdade, ela sempre fora de um temperamento sério.

– George? – O tom era suave. – O que aconteceu?

– Nada – disse ele, e tomou-a nos braços para beijar-lhe a face. – Sim, algo aconteceu. Algo maravilhoso.

Ela o afastou com um ar preocupado. John Hayman parou de bater as bolas de croqué e ficou observando-os. Seu rosto era tão sério quanto o de sua mãe.

– O que houve?

– Isto. – George soltou-a, enfiou a mão no bolso e tirou uma folha de papel. – Chegou pelo telégrafo esta manhã. "Em comemoração do fato de 1914 ser o 20º ano de seu reinado, o czar Nicolau II tem o prazer de decretar anistia geral para todos os prisioneiros políticos, exceto os que tenham sido condenados por crimes comuns." Ele tornou a beijá-la. – O que acha disso?

– Oh, George! – Os olhos de Ilona encheram-se de lágrimas. – Estou tão feliz! Isso quer dizer que Piotr pode retomar sua carreira.

– Claro que pode.

– E aquela pobre moça, Judith Stein... poderá voltar para casa.

George Hayman franziu as sobrancelhas. Não queria lembrar-se de Judith Stein, uma mísera sombra nua no chão da cela sob o controle de Serguei Roditchev. Mas, sem dúvida, seu destino iria perseguir Ilona para o resto da vida; melhor do que ninguém, ela conhecia a brutalidade do ex-marido.

George apertou-a contra o peito.

– É claro que ela poderá voltar. E muitos outros, também. Mas eu estava pensando em você e em mim.

– Nós? – A expressão preocupada de Ilona reapareceu.

– Bem, fui deportado por ter ajudado um revolucionário condenado a escapar da prisão. Você acha que foi um crime político ou civil? É algo que certamente tenho de apurar.

Ela se desvencilhou, caminhou para um banco no gramado e sentou-se. Os filhos a observavam.

– Não quer voltar? – perguntou ele, sentando-se a seu lado.

– Voltar? Seria possível?

– Não vejo por que não. Starogan, certamente. Poderíamos visitar sua mãe e sua avó, ver Piotr... e Tatiana.

– Ela vai fazer 21 anos – disse Ilona, erguendo a cabeça –, em julho.

– Pois então. – Ele lhe beijou a ponta do nariz. – É uma boa ocasião. As crianças vão adorar Starogan no verão. Você me disse isso uma vez, lembra-se? E tinha razão.

– Starogan no verão...

Ela suspirou e reclinou-se no encosto do banco, mas imediatamente se retesou. Seu olhar desviou-se de George para se fixar em Johnnie.

– Sobre isso, não há razão para se preocupar, meu amor – disse George, meneando a cabeça. – Mikhail Nej foi condenado por assassinato. Não há a mínima possibilidade de *ele* voltar.

TRÊS HOMENS E uma mulher, caminhando pelas suaves colinas do baixo Jorat, podiam avistar, quando lhes aprazia, mais além dos telhados de Lausanne, as águas cintilantes do Lago Genebra. Mas era uma vista que estavam fartos de conhecer. Preferiam continuar discutindo. Era esse seu entretenimento diário, a própria razão de ser.
– Anistia – insistiu Nikolai Kalinin. Usava óculos e tinha cabelos escuros ondulados; a barba era bem aparada, embora o bigode, também ligeiramente ondulado, se expandisse livremente, dando a seu rosto um aspecto um tanto assimétrico. – Tem de admitir que não é sem estilo. E poder. E determinação. Vai fazer uma diferença. Anote minhas palavras.
– Não seja absurdo – retorquiu o homem que caminhava a seu lado. O contraste entre os dois era enorme, pois sendo Nikolai Lenin atarracado, Kalinin era esbelto; além disso, Lenin usava o cabelo ruivo cortado rente, tinha a barba e o bigode ralos. – É mais um dos truques de Romanov. Deve notar que ele excluiu especificamente qualquer um que tenha sido condenado por algum crime comum. Quantos dos nossos, calcula você, *não* foram condenados por um crime comum além de crime político? – Sua voz era dura e de uma estranha aspereza, o que a tornava mais autoritária, e seus companheiros em geral estavam preparados para submeter-se às suas opiniões, exceto, talvez, a própria mulher. Agora ele se voltou para ela. – Não acha que é um truque?
– Evidentemente – replicou Krupskaya, em tom calmo. Aliás, toda a sua atitude era calma, em contraste com as palavras inflamadas de Lenin; seu rosto delicadamente belo, em que se destacava a boca carnuda, parecia complementar as feições rudes do marido. – Os que vão ser soltos são o refugo do movimento, os parasitas. Nunca os que importam. Mikhail Nikolaievich, aqui, não poderá voltar.
– Mikhail Nikolaievich tem sorte de estar aqui neste momento – comentou Kalinin, com uma risada curta. – Era para ser enforcado, não é mesmo, Mikhail Nikolaievich?

Mikhail Nej encolheu os ombros. Era o maior dos três homens, ao mesmo tempo alto e encorpado; sua feições vigorosas, o nariz e o queixo salientes, eram surpreendentemente suavizadas pela brandura dos olhos castanhos e da boca larga. Caminhava um pouco atrás dos outros. Embora Mikhail fosse o único entre eles que, mesmo com raiva, jamais puxara um gatilho – tinha disparado contra um policial em 1911, no dia em que o primeiro-ministro Stolypin fora assassinado, e havia sido condenado por esse crime – nunca se esquecia de que era socialmente inferior aos outros dois. Cinquenta anos antes, os Nej haviam sido servos cativos; mesmo depois da emancipação, não tinham conseguido ser mais do que criados da família Borodin. O apogeu de Mikhail fora como criado particular do príncipe Piotr Borodin, quando conhecera Lenin e Kalinin. Guardava um segredo, sua verdadeira realização, mas era algo que jamais poderia revelar. Ter tido em seus braços a princesa Ilona Borodina era uma recordação que satisfaria qualquer homem; podia dar-se ao luxo de guardar só para si tal lembrança.

– Então? – Kalinin deu-lhe de novo um tapa no ombro. – O que pensa da anistia do czar?

– Acho que Krupskaya tem razão – concordou Mikhail. – Certamente não me abrange. Mas bem que eu gostaria de voltar para a minha terra.

Lenin parou, enfiou as mãos nos bolsos do paletó e esticou o queixo para a frente como era seu hábito quando se preparava para ganhar uma discussão.

– Voltar? Para quê?

– Bem... – Mikhail sempre se sentia intimidado quando discutia com aquele homem. E de nada adiantaria confessar que, de bom grado, ele daria um ano de vida para voltar a Starogan: rever seu pai e sua mãe, seu irmão, Ivan e Nona, sua irmã; até mesmo os Borodin – o príncipe Piotr e Tatiana, sempre rindo, tão diferente da irmã séria mas tão parecida em beleza. Lenin não compreenderia tais sentimentos. – Milhares de pessoas serão soltas. Gente que acredita nas coisas que fazemos, em democracia e na queda do czar. Mas, como você observou, é gente que estará à margem dos acontecimentos, a quem faltará liderança, iniciativa. Parece-me que se, por acaso, voltássemos agora para a Rússia...

– Tolice – declarou Lenin. – Escute, camarada, o povo russo *não quer* liderança, iniciativa, revolução. É um povo que está, todo ele, atolado num lamaçal. Acha que já não tentei? Eu estava lá em 1905. Liderei o povo de Moscou contra os cossacos de Roditchev. Fiz com que eles construíssem barricadas e os chefiei. E o que aconteceu? Quando o príncipe apontou seus canhões contra nós, eles fugiram. Você estaria enfiando seu pescoço num laço de corda por nada.

– Ainda assim – insistiu Mikhail, lançando um olhar a Krupskaya, como para lhe pedir apoio –, devemos continuar trabalhando, e o trabalho não pode consistir apenas em imprimir um jornal aqui na Suíça e discutir questões entre nós. Há gente boa na Rússia, gente que acredita no que estamos fazendo e que pode trabalhar conosco.

– Quem?

– Bem, por exemplo, aquela moça, Judith Stein. Deve estar lembrado dela. Não a viu lutar nas barricadas de Moscou?

– Por pouco tempo.

– Pois então. Judith Stein foi mandada para a Sibéria só por ter ajudado Bogrov e a mim. Realmente, ela não nos ajudou... mas pelo que estava escrevendo, uma história completa das táticas revolucionárias.

– Judith foi mandada para a Sibéria porque o amante dela, o príncipe Piotr Borodin, seu amo, Mikhail Nikolaievich, intercedeu para salvar-lhe a vida. Do contrário, teria sido enforcada.

– Não creio que ela jamais tenha sido amante do príncipe Piotr – disse Mikhail, mordendo o lábio. – É uma judia de boa família, não uma qualquer. E, além disso, eu estava *lá* a maior parte do tempo.

– Que diferença faz se ela dormiu ou não com o príncipe? – disse Krupskaya. – Certamente foi salva da forca graças à interferência dele, da mesma forma que você foi salvo pelo americano Hayman. Nunca nos contou o que levou o americano a agir daquela forma.

– Uma questão pessoal – murmurou Mikhail.

– O que não tem importância – declarou Lenin –, exceto pelo fato de você ter sido salvo, Mikhail Nikolaievich, e estar agora aqui conosco.

Sei que sente falta de sua família. Sinto falta da minha também. Mas estamos dedicando-nos a coisas mais importantes do que famílias. Um dia voltaremos para a Rússia. Isso eu lhe prometo. Mas quando voltarmos, será como chefes, quando o povo nos quiser de volta. Até lá, seu lugar é aqui. – E então, seu rosto se abriu num sorriso afável, que dissipou qualquer vestígio de dureza. – Quanto a Judith Stein, ela que volte e recomece a escrever seu tratado sobre revolução. Quem sabe se algum dia virá a ter utilidade para nós? E que volte para seu príncipe lá em Starogan. Isso, também, talvez algum dia nos seja útil.

– COMO EU ESTOU? O chapéu está bem colocado? – Rachel Stein olhou-se no espelho e arrumou o chapéu pela quinta vez. Era um amontoado de veludo vermelho, franzido numa tira que se ajustava em torno da cabeça, mas que tendia a escorregar.

– Está bonito – assegurou Ruth Stein à filha. – E você está linda. Judith vai se orgulhar de você.

Rachel mordeu os lábios para torná-los mais coloridos; sua mãe não permitia cosméticos. Não tinha certeza se estava realmente linda. Judith tinha sido linda, uma beldade. Tinha sido? Por que usar o passado? Judith era linda e logo estaria de volta ao lar.

Ela continuaria linda após seis semanas como prisioneira nas garras do general-príncipe Roditchev e três anos na desolada extensão de um campo siberiano de trabalhos forçados? Rachel retesou-se e tornou a olhar-se no espelho. Tinha 20 anos, portanto, Judith estava agora com 25. Rachel era alta, mas Judith sempre fora a mais alta das duas. Era esbelta, com seios que mal sobressaíam sob o tecido leve de seu vestido de verão amarelo e branco, quadris mais largos do que a cintura; Judith sempre fora mais voluptuosa. Rachel tinha cabelos escuros e lisos, as feições alongadas e sérias, os enormes olhos negros dos Stein. Não havia grande diferença entre os traços das duas irmãs, apenas Judith tinha sempre uma expressão mais grave. Judith raramente sorria, e quando o fazia era um riso de desprezo. Será que ainda ria com desprezo?

– Oh, pare de se enfeitar! – Joseph Stein calçou as luvas. Era dois anos mais velho do que Rachel, o segundo da irmandade.

– Nervoso? – perguntou Rachel.

– Por que, em nome de Deus, haveria eu de estar nervoso?

– Bem, é que você poderia muito bem ter ido para a Sibéria com ela, não é verdade?

– Fui a umas duas reuniões – replicou Joseph, endireitando a gravata. – Apenas isso. Na ocasião, eu era jovem e tolo. Prefiro que você não esteja sempre falando nisso. Aí vem papai.

Jacob Stein apareceu no topo da escada. Embora mal tivesse passado dos 50, parecia muito mais velho; a causa disso era Judith. Não fora apenas o choque de constatar que sua filha era uma anarquista, comprometida com o plano de assassinar o primeiro-ministro Stolypin e o czar naquele dia de setembro de 1911; nem mesmo a desgraça de ter que abandonar Moscou e seu rendoso escritório de advocacia e recomeçar a vida em São Petersburgo. Conseguira formar uma boa clientela nessa cidade e chegara a eleger-se para a Duma. Mas fora permitido a Jacob Stein ver Judith quando ela estava nas mãos da Okhrana de Roditchev. Desde aquele dia, ele se tornara um velho.

O que vira Jacob Stein? Ele nunca revelara a ninguém. Nem mesmo à sua mulher, pelo que Rachel sabia. Mas agora a família ia tomar conhecimento daquilo que o torturara durante aqueles três anos.

– Estão todos prontos? – perguntou ele, batendo palmas.

– Sim, papai. Gosta de meu chapéu?

Jacob Stein inspecionou sua filha mais moça e teve um gesto de aprovação.

– Acho-o muito bonito, Ruth.

– Está na hora de irmos – concordou Ruth Stein.

A família desceu os degraus da frente, sentindo-se observada pelos vizinhos por detrás das cortinas de chintz. Embora Jacob Stein, em sua desesperada conquista do que considerava respeitabilidade, tivesse escapado ao gueto, o recinto onde tantos de seus compatriotas eram forçados a viver, ele não conseguira comprar uma casa em nenhum dos bairros mais elegantes da cidade, como o Nevskiy Prospekt; em vez disso, tivera que se conformar com uma modesta moradia na ilha de São Petersburgo, de frente para a cidade propriamente dita, à sombra da Fortaleza de São Pedro e São Paulo, onde estavam sepultados os czares. Atualmente, ali funcionava o presídio estatal, onde Judith Stein passara as semanas de seu julgamento. "Talvez essa circunstância também tenha contribuído para o envelhecimento de meu pai", pensava Rachel.

Mas, ao menos, possuíam um automóvel. Joseph tomou a direção, enquanto Rachel se sentava a seu lado, firmando o chapéu na cabeça com uma echarpe de gaze, e a mãe e o pai instalavam-se nos assentos traseiros.

– Sorria, Jacob – pediu Ruth Stein. – Esta deve ser uma ocasião de alegria para nós.

– Acha mesmo? – murmurou Jacob Stein, erguendo o chapéu para as pessoas do outro lado da rua.

– Três anos não é tanto tempo assim – insistiu Ruth.

Com o canto do olho, Rachel observou por um segundo a expressão no rosto do pai. Sua mãe não vira Judith desde que ela fora presa, exceto a distância, no tribunal. O que ela esperava ver agora? Rachel olhou para Joseph, que concentrava a atenção no tráfego, nas carruagens e nas bicicletas que percorriam, ao lado dos carros, a ponte para o continente. Joseph tinha os lábios comprimidos. Parecia receoso com a perspectiva de tornar a ver Judith. Apesar de suas negativas, estivera envolvido com os anarquistas mais do que superficialmente. Rachel lembrava-se de que aquele homem, Bogrov, autor do disparo contra Stolypin, tinha estado em sua casa à procura de Joe e especialmente de Judith. Bogrov fora enforcado. Mas o outro assassino, Mikhail Nej, escapulira, misteriosamente, contrabandeado da Rússia por um correspondente americano, George Hayman. Na época, isso servira de assunto para o país inteiro. Por que o americano não ajudara Judith a fugir também? Por não saber da existência dela?

O carro aproximou-se da estação, diminuiu a marcha e, por fim, Joseph encontrou um local onde estacionar. Nesse dia, havia milhares de pessoas falando, empurrando umas às outras para abrir caminho em direção às barreiras. Muitas delas, como os Stein, eram parentes dos exilados que estavam voltando. Mas a maioria era composta simplesmente de curiosos. E uns eram mais curiosos do que outros. Rachel observou o olhar do irmão percorrer a multidão e fixar-se num grupo de três homens de cartola e sobrecasacas bem talhadas, que haviam se colocado um pouco afastados das pessoas e as inspecionavam. Mesmo para Rachel foi fácil adivinhar que aqueles homens eram membros da Okhrana. Mas hoje os Stein estavam ali por um motivo legal e, de qualquer forma, o que ela tinha a temer? Nunca se envolvera em conspirações anarquistas. Até o príncipe Roditchev sabia disso.

Joseph enfiou-se por entre a multidão, abrindo passagem para os pais. Rachel seguia-os, com a cabeça fervilhando de pensamentos. Pela primeira vez, percebia que a volta de Judith poderia ser mais importante para ela do que imaginara. Tinha completado os estudos havia dois anos, mas continuava sendo tratada como uma colegial. Seus pais atribuíam a tragédia de Judith à liberdade que lhe fora permitida, e assim não tinham se arriscado com Rachel. Ela sonhara com uma carreira. No Ocidente, as mulheres certamente tinham carreiras. Tio Abe vivia nos Estados Unidos, e Rachel nutrira esperanças de que seu pai a mandasse estudar nesse país; a vida toda sonhara ser cirurgiã e lá até isso era possível para uma mulher. Mas Jacob Stein nunca chegara a concordar, sempre adiando uma decisão, visivelmente com a esperança de que ela se casasse com algum bom rapaz judeu, e não causasse a seus pais os problemas que Judith e Joseph tinham causado.

Mas com Judith de volta, talvez o pai lhe permitisse partir. Seu coração começou a pulsar com essa perspectiva, e ela segurou com força o chapéu quando alguém esbarrou nele e quase o fez cair. Então, chegaram à barreira, e Joseph mostrou os bilhetes que tinham obtido uma semana antes. O inspetor examinou cada um com muita atenção. Sempre levava o tempo que lhe aprazia – como todos os burocratas, Rachel sabia disso –, mas hoje ele visivelmente tinha um motivo. Além da Okhrana, havia policiais uniformizados espalhados por todos os lados, decididos a só permitir na plataforma a entrada de parentes exilados que retornavam. Já havia ali uma quantidade enorme de familiares, e ainda faltavam dez minutos para a chegada do trem. Mas, por fim, o inspetor se deu por satisfeito e deixou que eles passassem e fossem colocar-se sob o relógio, sorrindo nervosamente para os que os cumprimentavam, expondo-se perante todo mundo como a família de uma anarquista, expondo-se aos olhos pesquisadores da Okhrana... como se a Okhrana já não possuísse a ficha de todos eles.

Estavam, porém, expondo-se a mais alguém, pois, subitamente, Joseph se retesou e apertou o braço da irmã.

– Oh, meu Deus! – murmurou ele. – Lá está o próprio Roditchev!

O GENERAL-PRÍNCIPE RODITCHEV, agora com quarenta e tantos anos, era alto, de constituição atlética; usava a farda verde com displicente arrogância. De fato, era um homem arrogante; deixava o bigode à solta, em vez de domá-lo com cera à moda da época, e olhava para os seres humanos abaixo de sua categoria como se fossem insetos especialmente incômodos. Suas feições eram marcantes, nariz e queixo proeminentes, e um sorriso afável quando se dignava a sorrir. Agora sorria, ao pousar os olhos nos Stein, subitamente encolhidos uns contra os outros. "Como carneiros assustados", pensou Rachel.

– *Monsieur* Stein, *madame*. – O príncipe saudou-os com sua bengala e deteve um momento o olhar em Joseph, fitando em seguida Rachel. Subitamente, ela sentiu um calafrio. – Deve ser um dia de regozijo para toda a família.

– Para toda a Rússia, Excelência – aventurou-se a dizer Jacob Stein.

– Disso eu duvido, *monsieur*. Duvido muito – repetiu Roditchev, franzindo as sobrancelhas. Depois apontou o dedo enluvado para o advogado. – O que me diz das notícias de Saravejo?

– Vossa Excelência se refere ao assassinato?

– A matança sanguinária do arquiduque Ferdinando e sua mulher por *anarquistas*, *monsieur* Stein. É um câncer que se espalha por toda a nossa sociedade. Mas confio, pelo menos, em que o senhor faça sua filha compreender que ela não terá uma segunda chance. Da próxima vez, será a forca. Não se esqueça disso, *madame*. E, depois de um gesto com a cabeça para Ruth Stein, ele tornou a olhar para Joseph e, mais demoradamente, para Rachel. Em seguida, afastou-se.

– Porco! – murmurou Joseph. – *Devia* ter sido assassinado há muito tempo.

– Por favor, cale-se! – implorou Ruth Stein.

Rachel viu Roditchev afastar-se, sendo saudado por seus homens, tocando na pala do seu quepe com a bengala, e pensou qual seria a sensação de obter tanto poder, de desfrutar esse poder por tanto tempo. Não temia ser assassinado? Não podia haver homem mais odiado em toda a Rússia. Mas, presumivelmente, homens como Serguei Roditchev nada temiam. Era essa a fonte de sua força e poder.

Um apito soou a distância, e a multidão suspirou e se movimentou, avançando para a borda da plataforma, mas recuou quando os que estavam na frente se viram muito próximos dos trilhos.

– Vamos esperar aqui – disse Jacob Stein, segurando a mão da mulher. Rachel queria ficar de mãos dadas com alguém, mas Joseph não parecia disposto a apoiá-la. Estava olhando, acima da multidão, o trem que lentamente entrava na estação: um trem estranho, sem compartimentos de primeira ou segunda classes. Desde Irkutsk, os passageiros tinham feito a viagem sentados ou deitados em tábuas nuas.

Mas agora não estavam sentados nem deitados. Em cada janela aparecia um rosto radiante, uma mão acenando. Rachel não conseguia identificar ninguém, em parte porque não sabia onde procurar um rosto, em parte porque mãos, lenços e chapéus de pessoas que acenavam na sua frente lhe tiraram a visibilidade.

– Onde está ela? – perguntava Ruth Stein a todo momento. – Onde está ela? Não está aqui, Jacob. Não veio. Eles não a deixaram vir.

– Ora, Ruth, está sim. Fomos informados de que viria. Tenha paciência. Só um pouco mais de paciência.

Ruth Stein começou a chorar, e Joseph lhe deu seu lenço. Rachel tentou erguer-se na ponta dos pés, pois o trem agora estava parado, as portas se abriam e as pessoas começavam a escoar dos vagões. Homens e mulheres. Mas ela não teria reconhecido ninguém, mesmo que conhecesse todos eles. Os homens estavam com a barba crescida e suas roupas pareciam não lhes pertencer. As mulheres tinham a cabeça coberta com lenços e suas roupas pareciam pouco mais do que sacos. E tampouco seus rostos eram reconhecíveis porque todas riam ou choravam, ao se deparar com os parentes; de novo, ela teve a súbita sensação de que não seria capaz de reconhecer ninguém.

– Lá está ela! – disse Joseph.

Rachel esticou o pescoço, mas não conseguiu ver a irmã.

– Vou buscá-la – acrescentou Joseph. – Não saiam daqui. E embrenhou-se na multidão.

– Onde está ela? – implorou Ruth. – Onde está ela, Jacob?

– Não consigo vê-la – respondeu ele. – Mas logo estará aqui. Só mais um instante, Ruth.

A turba, que se cerrara atrás de Joseph, agora abriu-se para deixá-lo passar de volta. Estava acompanhado de uma mulher, a quem dava a mão, e que, por sua vez, segurava a mão de outra mulher. Eram como todas as outras que tinham saltado do trem, com vestidos confeccionados sem moldes ou mesmo máquinas de costura, os cabelos escondidos sob lenços desbotados. E Rachel percebeu, com um estremecimento de horror, que seu pressentimento estava certo. A mulher era evidentemente sua irmã Judith, alta e bonita. Mas por trás do rosto familiar havia uma estranha, que não chorou ao abraçar a mãe e o pai, ao beijar Joseph e ao abrir os braços para Rachel. Rachel lembrou-se então de que Judith se tornara uma estranha desde aquela noite, sete anos antes, quando fora interrogada pela primeira vez pela Okhrana. Por Roditchev.

– Você agora é uma mulher – disse Judith, estreitando-a nos braços fortes e beijando-a. – E tão bonita. – Afastou um pouco Rachel para vê-la melhor. – Precisa levar-me onde compra suas roupas.

Os outros esperavam num silêncio constrangedor, assim como a acompanhante de Judith. Mas a desconhecida não parecia constrangida, apenas paciente. Era mais jovem do que Judith, morena e baixa, com feições que poderiam ser atraentes se não fosse pelo ódio em seus olhos, os lábios comprimidos e as formas inexistentes de seu corpo por baixo da roupa grotesca.

– Oh, desculpem-me – disse Judith. – Mamãe, papai, esta é Dora Ulyanova. Dora, minha mãe e meu pai. Meu irmão Joseph. Minha irmã Rachel.

A jovem apertou a mão de cada um por vez.

– Minha menina, quanto tempo passou na Sibéria? – perguntou Ruth.

— Três anos — respondeu Dora Ulyanova.
— Mas...
— Eu tinha 19 anos, *madame* Stein.
— Santo Deus!
— Ulyanova — repetiu Joseph, meio para si mesmo. — Conheço esse nome. Vladimir Ilich Ulyanov...
— Que adotou o nome de Nikolai Lenin. Ele é meu tio — disse a jovem, e encolheu os ombros. — Era meu tio. Não o vejo há 11 anos. Mas tornarei a vê-lo.
— Pelo amor de Deus — advertiu Jacob Stein —, não pronuncie este nome aqui! Há policiais por toda parte. Vamos, está na nossa hora. *Mademoiselle* Ulyanova, foi um prazer.

A moça lançou um olhar a Judith.
— Eu... Dora não tem para onde ir — disse Judith. — Não há ninguém de sua família aqui em São Petersburgo. Eu disse que ela podia se hospedar em nossa casa.
— Em nossa casa?... — Jacob Stein olhou para a mulher.
— Claro que pode — disse Ruth Stein. — Até ela entrar em contato com a família. Claro que pode. Onde estão as bagagens?

As duas moças se entreolharam, e Rachel se deu conta de que cada uma delas carregava debaixo do braço uma pequena trouxa. Uma trouxa dramaticamente pequena.
— Deixe que eu as leve — ofereceu Joseph.
— Não — disse Judith, ao passo que Dora apenas segurou com mais força sua trouxa. — Não são pesadas.
— Bem... o caminho do carro é por aqui.

A multidão estava tornando-se menos densa à medida que as pessoas saíam da estação, formando uma longa fila para passar pelo inspetor, sua guarda de policiais... e o general-príncipe Roditchev. Judith, com o braço passado pelos ombros da mãe, não o notou até chegar à barreira. Então parou, e seu rosto se imobilizou.
— Judith Stein — disse o general-príncipe Roditchev, depois de inspecioná-la de alto a baixo.

Judith fitou-o como um coelho fitaria uma serpente.

– Deve estar contente por voltar para casa depois de apenas três anos – observou o príncipe –, especialmente porque sua sentença era de prisão perpétua. Não acha que Sua Majestade foi clemente?

– Sim, Excelência – disse Judith, em voz baixa. – Sua Majestade é clemente.

Roditchev balançou a cabeça, depois fez um gesto peculiar. Ergueu no ar a mão direita, que segurava a bengala, como que esboçando uma saudação. Mas não era uma saudação. Exibia a bengala para Judith, que bem a conhecia. Ela deu um passo para trás, e a cor desapareceu de suas faces.

– Espero que tenha aprendido sua lição, Judith – disse o príncipe. – E acredito que não queira ser presa de novo.

E ele recuou, também, para deixar os Stein passarem. Mas Judith parecia impossibilitada de se mover. A mãe teve de arrastá-la para a frente. Então Dora Ulyanova passou pelo príncipe, mas ele nada lhe disse. E poucos momentos depois, estavam todos no carro, que partiu, Judith no assento da frente, ao lado de Joseph, Dora e Rachel apertadas atrás com o casal Stein.

– Lamento que o príncipe Roditchev tenha comparecido à estação, Judith – disse o Sr. Stein.

– Eu sabia que ele estaria lá – respondeu ela, sem virar a cabeça. – Mas... mas não tinha me preparado para o encontro.

Judith e o pai começaram uma conversa particular. Ninguém mais no carro entendia bem o que falavam, exceto talvez Dora Ulyanova.

– Um dia – disse Dora – hei de me sentar sobre o peito dele e arrancar-lhe os olhos. Eu juro.

RUTH STEIN SERVIU o chá e encarregou-se da conversa. Joseph movimentava-se na sala. E até Jacob falava o tempo todo, embora não tirasse os olhos do rosto de Judith. Apesar de tudo o que acontecera nos últimos seis anos, eles não estavam habituados a um ódio tão intenso. Dora Ulyanova era uma estranha para eles. Mas não para Judith. Seria o ódio de Judith tão profundo também?

Rachel sorvia o chá, observava e escutava. Realmente, aquele outro mundo estava fora de seu conhecimento. Lembrava-se do dia em que

Judith fora presa, os policiais arrombando a porta da casa em Moscou. Não haveria necessidade de arrombar a porta; não estava trancada. Mas fora a maneira deles de demonstrar seu poder. Lembrava-se de Judith gritando, enquanto a arrastavam para fora. Lembrava-se do policial de quatro no chão, juntando as folhas espalhadas do manuscrito em que Judith estivera trabalhando, seu ensaio sobre a revolução. E, antes disso, ela podia lembrar-se do assassino Bogrov chegando à sua casa e conversando com Judith no quarto dela. Judith sempre negara qualquer cumplicidade no complô para matar o primeiro-ministro, negara até ter conhecimento do que havia sido planejado. O fato de ela ter negado com tanta firmeza, juntamente com a interferência do príncipe Piotr Borodin, a livrara da forca. Se tivesse confessado cumplicidade, nem mesmo o príncipe poderia tê-la salvado.

Mas ela *passara* muitas horas trancada no quarto com Mordka Bogrov. Do que podiam os dois ter falado senão do complô?

Esse era o resumo do que Rachel sabia sobre o mundo exterior, em contraponto com o mundo descrito nos romances, em que tudo tinha um final feliz; ou com o mundo de que lhe falava Moses Lewin, o rabino, no qual se podia confiar inteiramente em Deus; ou ainda com o mundo que cercava a mãe, no qual cada um era tratado de acordo com o número de rublos que trazia na bolsa... e a bolsa da mãe estava sempre bem provida de rublos.

Mas, presumivelmente, todos eles – a mãe, Moses Lewin e mesmo os autores, homens e mulheres, que escreviam os romances – sabiam que, por trás da luz, havia a escuridão, a amargura sob a camada açucarada de suas mensagens. Sabiam, sem ter passado pela experiência. Assim, o que dizer a duas moças que haviam passado pela experiência? E que só tinham seu ódio para sustentá-las?

Certamente, não se podia fazer perguntas sobre a vida em Irkutsk, por mais que se desejasse. Assim, só lhe restava tagarelar sobre antigos conhecidos e sobre a moda, sentir-se contrafeita ao olhar para as roupas de Judith e depois sorrir porque, pelo menos, Judith ia comprar roupas novas. E falar sobre o tempo, que sempre rendia meia hora de conversa em São Petersburgo, onde, quando não nevava, estava provavelmente chovendo e, quando não estava nevando nem chovendo, deviam ser as cinco ou seis semanas de pleno verão, momento em que o calor era insuportável. E podia-se comentar as proezas do curandeiro Gregori Rasputin, se era verdade que ele mantinha um harém de damas da nobreza para satisfazer seus impulsos carnais, e que a imperatriz era sua escrava absoluta. Porque era preciso manter a conversa no presente. O futuro – mesmo o futuro imediato, mesmo o amanhã – era tão difícil de se discutir quanto o passado. O que reservava o futuro? O que *podia* reservar o futuro para Judith Stein e Dora Ulyanova?

– E Hannah Janowska – disse Ruth. – Ela estava lá, minha cara, com um horrendo vestido cor-de-rosa. Nunca vi coisa igual. Lembra-se de Hannah Janowska, Rachel? No *Bar Mitzvah* daquele rapaz Meyer?

– Sim, mamãe – disse Rachel obedientemente, e observou Dora Ulyanova.

Ela ouvira, também, mas obviamente não estava interessada. Parecia interessar-se mais pela casa, pelos pesados móveis estofados, pelas fotos da família Stein em suas molduras de prata, toda a evidência de uma sólida prosperidade e respeitabilidade de classe média. Estaria imaginando como tinha sido possível que Judith, nascida em tal ambiente, tivesse se tornado uma revolucionária?

Mas como as duas tinham vivido durante três anos nas condições mais tenebrosas, Dora deveria saber a resposta. Estaria ela pensando como aquela abastança e respeitabilidade poderiam ser utilizadas para trabalhar pela causa? Dora não abandonara *suas* crenças; sobre isso não havia dúvida. Mas teria Judith abandonado as dela?

Rachel observava a irmã. O rosto era tranquilo, impassível, porém não descontraído. Era impossível imaginar as feições de Judith Stein senão em alerta. E quando ela se assustava, como agora, com a entrada de Hilda, a criada, seu rosto se fechava bruscamente, para que ninguém pudesse desvendar seus sentimentos.

– Uma visita, *madame* – anunciou Hilda, gaguejando em sua hesitação. – Trata-se de um cavalheiro.

– Um cavalheiro? – repetiu Ruth, com ar preocupado.

– Para ver *mademoiselle* Judith. – Hilda fez uma meia reverência e olhou nervosamente para Judith. – É o príncipe Borodin.

Houve um momento de absoluto silêncio, depois Judith e seus pais se levantaram todos ao mesmo tempo.

– O príncipe está *aqui*? – interrogou Ruth.

– Sim, *madame*. E perguntando...

– Mas não o vejo... – Judith calou-se no meio da frase, vendo Piotr Borodin surgir no limiar da porta por trás da criada. Rachel já o conhecia; ele estivera na casa de Moscou mais de uma vez, antes de Judith ser presa. Parecera-lhe então o mais elegante dos homens. Agora, mesmo depois de três anos de exílio em sua propriedade em Starogan, punição por ele ter agredido Rasputin, Rachel não via motivo para alterar sua primeira impressão. Estava vestido com trajes civis, e, na opinião de Judith, ficava ainda mais elegante do que quando fardado. Mas com seu terno cinza-claro, o colarinho branco engomado e o alfinete de diamante enfiado na gravata, poderia ter saído diretamente das páginas de uma revista de moda masculina. Não que tivesse feito diferença se ele estivesse vestido com um saco como Judith. Tinha a estatura, bem como os cabelos de um louro-pálido, da família Borodin; suas feições eram fortes e bem delineadas, o bigode, um leve risco louro sobre o lábio superior; os olhos de um azul-pálido; a pele tostada de sol evidenciava a vida ao ar livre que ele levava no Sul. E estava sorrindo. Quando sorria, Piotr Borodin não era apenas elegante, mas belo.

– *Madame* Stein. – Piotr beijou ambas as mãos de Ruth. – *Monsieur* – fez um cumprimento com a cabeça para Jacob. Depois de um rápido sorriso para Rachel e Joseph, lançou um olhar a Dora Ulyanova e então se concentrou em Judith. – Uma anistia é extensiva até a príncipes – disse ele.

– Isso me alegra muito – respondeu Judith, e Rachel espantou-se ao ver uma lágrima escorrer pelo rosto da irmã, que até então se mantivera de olhos secos. – Me alegra muito.

Ele lhe tomou as mãos, beijou-as e não as soltou.

– Sim – disse Ruth. – Bem, tenho a certeza de que têm muito que conversar. Rachel, venha comigo ver se está tudo em ordem para o jantar. Joseph, *mademoiselle* Ulyanova... – E ela os encaminhou para fora da sala fechando a porta atrás de si.

Os dois fitaram-se demoradamente.
– Judith! – disse ele.
– Excelência!
– Piotr – implorou ele.
– Piotr – concordou Judith.

Então ele se curvou, segurou-lhe de leve os ombros, e ela ergueu o rosto. Piotr beijou-lhe delicadamente os lábios. Já a beijara assim antes; era tudo o que jamais ousara. Gostaria de ousar mais, porém, por ser o príncipe Piotr Borodin, sempre esperara pelo convite dela. E ela, por ser Judith Stein, sempre o recusara.

Havia sete anos que se conheciam. Ele a encontrara pela primeira vez na casa de sua irmã em Moscou, quando Ilona era ainda a princesa Roditcheva, e andara interessando-se, à sua maneira, pelo socialismo. Ilona não era e nunca fora socialista, mas, por um breve período de sua vida, considerara importante compreender os socialistas e talvez ajudá-los, do mesmo modo como acreditara ser necessário compreender e ajudar os pobres e enfermos. Suas malogradas boas intenções tinham sido um verdadeiro desastre para o Partido Socialista de Moscou, e mais tarde na sua vida particular, mas ela ressurgira das cinzas, resplendente como sempre, triunfando sobre todos os obstáculos. Isso porque era Ilona Borodina... E porque conseguira esquecer a educação, a moral e a religião em que fora criada, para fugir com o homem que amava.

Judith Stein não conseguira tomar uma decisão semelhante, e assim seus desastres tinham simplesmente se acumulado. O príncipe Piotr conhecera-a e desejara-a. Na ocasião, Judith presumira que não havia amor verdadeiro no relacionamento entre os dois. Ela fora uma jovem atraente e ele, um belo rapaz cujo casamento com outra entrara em crise. Ele a convidara a compartilhar sua cama, e ela recusara, supondo que, com isso, estava encerrado o assunto de uma vez por todas. Mas quando seu mundo desabara com os escombros da tentativa alucinada de Mordka Bogrov e Mikhail Nej de atear fogo à Rússia, o príncipe Piotr viera em seu auxílio. Obtivera do czar a comutação de sua pena de morte para a de exílio, apesar de ele próprio já ter caído em desgraça depois de sua agressão a Rasputin e de saber que iria agravar seu ostracismo social ao tomar a defesa de uma judia anarquista. Enquanto o trem a transportava de São Petersburgo para as gélidas estepes de Irkutsk, ela refletira então que fora uma total imbecil. Se tivesse dito "sim" ao príncipe Piotr em 1907, sua vida seria de riqueza e conforto, por mais que seus pais e amigos, e sua própria consciência, a desprezassem.

Agora ele estava de volta e, embora ela continuasse sendo apenas Judith Stein, ele ainda era o príncipe Piotr Borodin, tendo passado seu exílio em sua propriedade, não na Sibéria. Nada podia saber do que ela sofrera, nunca deveria saber, se continuasse desejando-a. Ou será que a desejaria mais ainda? Judith nunca pudera chegar a uma conclusão sobre o que Piotr realmente sentia por ela. Curiosidade, certamente, por ser ela uma bonita judia da burguesia e também uma radical. Atração sexual, sem dúvida. E agora, possessão masculina; ele lhe tinha *salvado* a vida e, embora ela sempre o houvesse recusado, ele não tinha motivo para pensar que algum outro fora aceito.

Teria isso tudo algo a ver com amor? Era importante? Mesmo que ele não fosse casado, um príncipe russo jamais poderia casar-se com uma judia.

Mas seria *isso* importante para uma Judith Stein que estivera na Sibéria e voltara para um mundo composto de mães assustadas, de homens como o príncipe Roditchev e apenas um príncipe de Starogan?

– Ruth – disse Jacob Stein.

– Ela é uma mulher – insistiu Ruth. – Não é mais uma menina. E ele é um príncipe.

– Um homem casado – disse Jacob. – E não é judeu.

– Separado da mulher – disse Ruth, ignorando a outra objeção.

– Mas não divorciado.

– Não houve até agora motivo para divórcio – observou Ruth.

Jacob Stein mordeu o lábio, indeciso.

– Casamento. Divórcio – disse Joseph em tom de desprezo. – Que importa? Eles são amantes. São amantes há muitos anos. *Isso* é o que realmente importa.

– Não – retorquiu o pai. – Eles não são amantes. Judith jurou-me que não. O príncipe lhe propôs, mas ela recusou. Minha Judith sempre foi uma moça direita.

– Ela o odeia – disse Dora Ulyanova, em tom baixo. – Ele é um príncipe. Judith odeia todos os príncipes.

Os Stein se entreolharam.

– Bem – disse Ruth –, não podemos continuar parados aqui. Rachel vai mostrar à *mademoiselle* Ulyanova o quarto de hóspedes. Jacob, vamos para o escritório. Joseph...

– Oh, eu vou sair – retorquiu Joseph. – Concordo com Dora. Não gosto nada de...

Calou-se, quando a porta da sala de estar se abriu.

O príncipe apareceu. Antes ele estivera sorrindo; agora parecia radiante.

– Uma visita breve, *madame* Stein. Lamento. Da próxima vez, eu me demorarei mais. *Monsieur* Stein, Joseph, Rachel. – De novo lançou a Dora um olhar meio intrigado, depois se voltou para Judith, de pé a seu lado. – Meu carro virá buscá-la. Daqui a duas semanas, a partir da próxima segunda-feira. Até breve.

A porta se fechou atrás dele. A família se entreolhou.

– Daqui a duas semanas? – perguntou Ruth.

– O príncipe me convidou para ir a Starogan.

– Starogan! – exclamou seu pai.

– Mas... minha querida Judith – disse Ruth, estendendo as mãos. – Não pode ir. Você...

– Ele convidou Rachel também, mamãe – disse Judith.

– Eu? – exclamou Rachel, com um grito de alegria.

– Assim serviremos de *chaperon* uma para a outra. Vai ser uma grande festa. A irmã dele, Tatiana, completa 21 anos.

– Convidada para Starogan – disse Rachel, com ar sonhador. Tinha de ser um sonho. Lugares como Starogan realmente não existiam para gente como Rachel Stein.

– E você aceitou? – quis saber Dora.

– Sim – disse Judith, olhando-a nos olhos. – Aceitei.

– Ir a Starogan. Ir à casa dele. Conhecer a família e os amigos dele. Vai fazer isso?
– Vou – disse Judith.
– E tornar-se sua amante – disse Dora, com desprezo. – Sabe que é isso que vai acontecer. Pode ter recusado antes, mas se vai para Starogan, ele vai fazer-lhe propostas de novo, e você não as recusará. Não lá em Starogan.

As faces de Judith se ruborizaram, mas ela enfrentou o olhar da amiga e fitou bem nos olhos o pai e a mãe.
– Sim, eu o recusei uma vez. E fui parar na Sibéria. Se ele me pedir de novo, aceito-o...

O CONDUTOR BATEU na porta do compartimento, depois a fez deslizar.
– Boa tarde, minhas senhoras! Nossa próxima parada será Starogan. Uma parada rápida, por isso quero pedir-lhes que estejam prontas.

"Ele fala como um mestre-escola", pensou Rachel. Sem dúvida, desaprovava-as. Duas jovens, viajando sozinhas, e judias ainda por cima, instaladas num vagão-dormitório da primeira classe, de acordo com as instruções do príncipe de Starogan... E não pela primeira vez, Rachel teve vontade de mostrar a língua para ele.

Mas se conteve, porque ele representava a autoridade, e o pai sempre lhe dissera que devia respeitar a autoridade, mesmo quando era pretensiosa e absurda. Além disso, estava muito animada para se aborrecer. Passara as duas últimas semanas em estado de grande excitação. Starogan! A moradia ancestral dos príncipes Borodin há mais de trezentos anos. E ela estava indo para lá. As duas haviam preparado suas roupas para aquela viagem como se fosse um enxoval; aliás, ninguém ignorava que se tratava de uma espécie de enxoval para Judith. Mas ninguém aludia à circunstância, porque todos sabiam que um príncipe de Starogan jamais se casaria com uma judia.

O mero fato de as duas estarem fazendo aquela viagem já era bastante inacreditável. Incrível que mamãe e papai tivessem concordado. Mas de que outra forma poderiam agir? Judith estava com 25 anos. Judith passara semanas na câmara de tortura do general-príncipe Roditchev. E vivera três anos num campo de prisioneiros. Portanto, não havia ninguém no mundo todo e, certamente, não na própria família, que pudesse dizer a Judith o que fazer de sua vida. Dora Ulyanova tentara, e provavelmente conhecia Judith agora melhor do que ninguém. Mas Judith simplesmente a convidara também, e Dora se calara, desistindo de convencê-la. A mãe e o pai só podiam esperar e orar e talvez contar com Rachel para estar sempre ao lado da irmã.

Mas, naturalmente, a reação do pai e da mãe era mais complexa do que uma simples rendição ao inevitável. Pois a vida inteira Jacob Stein lutara para vencer o estigma de ser judeu. Lenta e determinadamente, ele tratara de se qualificar como advogado, e então fora subindo de categoria na profissão. Tinha escapado ao confinamento em que viviam os outros judeus e conseguido ingressar numa confortável classe média. Depois de vencer tantos obstáculos, vira desfazerem-se suas realizações com a prisão da filha como anarquista. Mas Jacob Stein não aceitara o destino; mudara de cidade e recomeçara lentamente sua escalada, ciente o tempo todo de que o verdadeiro sucesso era agora inatingível. Mesmo como um membro da Duma, o sufocante peso do crime de Judith seria sempre uma sombra em sua vida.

Agora, porém, não tinha mais tanta certeza disso. Judith Stein podia ser uma anarquista condenada, mas, por outro lado, era uma convidada da festa de 21 anos de Tatiana Borodina. Não havia na aristocracia de toda a Rússia nenhuma família superior em linhagem aos Borodin. Até o príncipe Piotr ter se desentendido com o czar Nicolau, os Borodin eram amigos íntimos dos Romanov. E agora que seu ostracismo oficialmente terminara quem podia duvidar de que o czar voltaria a ser amigo do príncipe? Todos aqueles que faziam pouco das realizações de Jacob Stein e que zombavam dele pelas costas tinham agora que admitir aquela patente realidade: sua filha era amiga íntima do príncipe de Starogan. Se ela era mais do que uma simples amiga, cada qual que fizesse o juízo que quisesse: sua ligação com o príncipe só podia aumentar a inveja à sua volta. Não, Jacob Stein jamais iria além de uma oposição *pro forma* contra tal golpe da sorte. E Rachel pensava que se Judith não houvesse voltado, se o príncipe Piotr a tivesse convidado em vez da irmã, o pai provavelmente teria consentido, também. Esse pensamento deixava-a quase atordoada.

Mas ela estava muito excitada para se deixar perturbar. Depois das roupas e dos preparativos, viera a jornada. Só uma vez na vida fizera uma viagem longa de trem, quando a família se mudou de Moscou para São Petersburgo, e durara apenas uma noite. Agora já haviam passado duas noites no trem, e ainda por cima num vagão de primeira classe, cercadas de couro estofado e cortinas de brocado, com bacias para lavar o rosto em cada compartimento. O chefe do trem servia xícaras de chá fumegante do samovar que ele mantinha em ebulição no final do corredor. "O que Judith está achando disso tudo?", pensou Rachel; se quisesse, ela ia poder desfrutar aquele conforto para o resto da vida. Mas a esperança de Rachel de que a jornada estimulasse a intimidade entre as duas logo se desfez. Nunca tinham sido íntimas. Agora Judith tornara-se mais ainda uma estranha. Quando Rachel falava o que podia aguardá-las em Starogan, a irmã apenas sorria. E quando Rachel encaminhou a conversa para o passado, Judith só fez fechar os olhos. Não fosse pela excitante perspectiva daquela visita, a viagem teria sido positivamente enfadonha.

Mas, afinal, chegaram. Rachel ajoelhou-se na cadeira, espiando para fora da janela, quando o trem começou a reduzir a velocidade, e se decepcionou com a modéstia da localidade. Era uma aldeia bastante grande, mas ainda assim uma aldeia, como tantas outras por onde haviam passado no percurso daquela manhã, cercada pelos mesmos campos ondulantes de trigo. Ela imaginara que a viagem para o extremo sul do país as levaria até o mar, mas havia apenas um rio, pardo e lamacento.

– Escove o cabelo – disse Judith, espiando-se no espelho e arrumando seu chapéu de palha, de aba muito larga, inclinado sobre um olho.

Rachel apressou-se em obedecer; depois, colocou o chapéu, também de palha, porém bem menor. Quase caiu quando o trem parou.

Logo depois, ouviu-se outra pancada na porta do compartimento; Judith abriu-a e encontrou com o príncipe Piotr.

– Excelência. – Judith fez uma meia reverência, e o príncipe tomou-lhe as mãos e as beijou.

– Finalmente, minha cara Judith – disse ele. – Há tanto tempo que desejo mostrar-lhe Starogan. – Depois olhou para Rachel. – Fizeram boa viagem?

– Oh, maravilhosa! – disse Rachel, pensando se ele iria também beijar-lhe as mãos.

Mas Piotr apenas sorriu e recuou a fim de deixar que elas saíssem para o corredor, que os três percorreram com facilidade, embora estivesse cheio de gente, pois todas as pessoas abriam caminho para o príncipe de Starogan.

– Nossas malas – disse Judith, hesitante.

– Não se preocupe. Ivan Nikolaievich, quer cuidar da bagagem das damas? Judith, este é Ivan Nej, filho de meu administrador.

Rachel calculou que o rapaz não podia ser muito mais velho do que ela; estatura mediana e físico robusto. As feições eram bastante regulares, mas meio desfiguradas pelos óculos que luziam ao sol através das janelas e davam à sua expressão um ar astucioso. Em resposta, inclinou a cabeça e tocou na pala do boné, mas quando lhe deu as costas, Rachel sentiu os olhos dele cravados e teve a súbita e irracional suspeita de que Ivan Nej a estava desnudando através do vestido e até das roupas de baixo.

– Este não é o irmão de Mikhail Nej? – murmurou Judith.

– Sim, irmão – replicou Piotr. – Mas Ivan é completamente diferente de Mikhail.

Rachel quis virar a cabeça e olhar de novo para o rapaz. Mikhail Nej. O terrorista, o assassino. E ali estava ela diante do irmão dele.

– Meu carro está à espera – disse Piotr, descendo para a plataforma e dando a mão a Judith para ajudá-la.

Rachel esperou, mas foi o chefe da estação quem a ajudou a descer. Então ela caminhou apressadamente pelas tábuas da plataforma, passando pelos olhares de pessoas da aldeia reunidas ali para assistir à chegada e à partida do trem, sem saber bem se devia sorrir para elas ou ignorá-las, como Judith as ignorava.

– É realmente lindo aqui – dizia o príncipe Piotr. – Ao menos pela paz ambiente.

Rachel percebeu que ele estava como que se desculpando pela modéstia de sua aldeia. E então sua atenção se voltou para um funcionário que esperava na plataforma para ajudá-la a descer. Percebeu que nunca antes compreendera inteiramente o significado da palavra servo. Seus pais tinham um mordomo, três criadas e uma cozinheira. Mas o serviço terminava na porta da rua. E nunca apreendera realmente o significado da palavra opulência; havia um Rolls-Royce quase tão grande quanto o vagão em que elas tinham viajado, um chofer de uniforme, sentado muito teso ao volante, que não desceu para ajudar no transporte da bagagem; havia lacaios e carregadores para isso.

A porta do carro foi aberta, e Rachel, a primeira a ser instalada. Naturalmente para que Judith tivesse de sentar-se de permeio, ao lado do príncipe Piotr. Rachel observou a aglomeração de espectadores que saudavam o príncipe quando o carro seguiu para fora do pátio, deixando para trás o trem que apitava e soltava fumaça, enquanto uma fileira de rostos igualmente curiosos espiava das janelas. Procurou Ivan Nej com os olhos e o viu conduzindo os carregadores para depositar as bagagens numa carreta puxada por um pônei. Descobriu que ele também a olhava. Ou pelo menos olhava para o carro. E inclinou-se depressa para trás.

– A que distância fica a casa? – perguntou ela.

– Fica logo ali adiante – disse Piotr, apontando para a frente.

A estrada seguia para fora da aldeia numa linha reta de poeira amarela estendida sobre a superfície, mas Rachel imaginou como seria se começasse a ventar. O trigo ondeava de ambos os lados, cobrindo a paisagem; mais adiante, porém, ela avistou o telhado de uma casa muito grande, construída em madeira. Era uma construção retangular de quatro andares, com varandas que cercaram o andar térreo, e havia grandes janelas acima para deixar penetrar o máximo de luz e ar, porém, inteiramente desprovida de originalidade em sua arquitetura.

Os trigais cessaram bruscamente, e de repente o rio tornou a aparecer ao lado da estrada. Agora o Rolls-Royce atravessava um pomar de macieiras, e mais adiante havia gramados e mais árvores. A paisagem era uma beleza serena. Mas a casa parecia cada vez maior, elevando-se acima da paisagem. Agora ela já podia ver as construções anexas, estrebarias e cozinhas – e, a certa distância do corpo principal, a fim de diminuir o risco de fogo, as moradias dos servos e a granja, cerca de um quilômetro adiante.

O carro parou ao pé da escadaria curva diante da casa e foi cercado por um pequeno exército de lacaios, que abriam as portas e se curvaram diante do príncipe.

– Finalmente posso dizer "Seja bem-vinda a Starogan" – disse Piotr, tomando a mão de Judith. – Venha, quero apresentá-la à minha mãe.

RACHEL MARAVILHOU-SE com a naturalidade com que Judith subiu a escadaria. Ela própria se sentia meio paralisada. Alisou a saia, hesitante quanto a dever retirar ou não a luva para apertar as mãos, e conseguiu afinal pôr o pé no primeiro degrau.

Havia quatro pessoas esperando para recebê-las no topo da escadaria, sem contar a criadagem mais atrás. À frente do grupo, viu uma mulher alta, loura, com feições suaves demais para ser uma Borodin por nascimento, cumprimentar Judith; evidentemente, era a princesa mãe Olga. Observando seu porte, a maneira como mantinha a cabeça erguida, a frieza do rosto – ao mesmo tempo que tentava calcular o valor dos anéis de brilhantes nos dedos, do duplo fio de pérolas que lhe pendia displicentemente do pescoço –, Rachel, pela primeira vez, imaginou o esforço que o príncipe Piotr tivera de fazer para obter permissão de convidá-las. Ou seria ele, o príncipe de Starogan, imune à desaprovação da própria mãe?

– *Mademoiselle* Stein, que prazer – disse Olga Borodina. – E esta é Rachel? – perguntou, contorcendo ligeiramente os lábios. – Lamento que tenha de partilhar um quarto com sua irmã, *mademoiselle*. Espero que não se importe. Vamos estar com a casa cheia quando chegarem os outros hóspedes.

– Não me importo em absoluto, *madame* – replicou Judith. – Afinal, ela é *minha* irmã.

Olga Borodina fitou Judith por um momento, depois se voltou.

– Esta é a princesa mãe Marie.

Rachel pensou que não ia ser fácil lembrar todos os nomes e títulos. Mas, pelo menos, Judith lhe explicara a família. Marie Borodina tinha mais de 80 anos e era uma mulher pequena, encarquilhada, que, em contraste com a nora, não usava joia alguma. Era a avó de Piotr, a mulher do falecido príncipe de Starogan.

Seu aperto de mão foi frouxo, os olhos estavam sem vida. "Ela nos desaprova ainda mais do que a mãe de Piotr", pensou Rachel. Oh, teria sido tão melhor se não tivessem vindo! Se *ela* não tivesse vindo. Judith que fizesse o que bem entendesse. Mas para ela aquela visita só podia ser um desastre.

– E eu sou Tattie – anunciou uma jovem, tomando em suas mãos as de Judith e sorrindo para Rachel. – Estou tão contente por tê-las aqui. Já ouvi falar tanto em vocês.

Finalmente, um raio de sol atravessou as gélidas nuvens de chuva. Mas a verdade era que Tatiana Borodina era, ela própria, um raio de sol, um esplendor de beleza dourada. Quase tão alta quanto o irmão, possuía uma profusão de cabelos louros e lisos, que nesta tarde usava soltos, esvoaçando sob uma brisa leve. O corpo era proporcional à altura, seios empinados e quadris largos apoiados em longas pernas. O nariz e o queixo poderiam ser mais delicados, a boca, menos larga; os olhos eram grandes lagos azul-pálidos. Era exatamente como Rachel a imaginara, pois tinha ouvido falar muito nessa jovem princesa Borodina. Ambas as filhas eram ovelhas negras. Ilona, a mais velha – com fama de ser ainda mais linda do que Tatiana –, tinha abandonado o marido e fugido com o americano (como seria possível qualquer mulher sujeitar-se a ser esposa do general-príncipe Roditchev?) e Tattie se tornara uma das discípulas de Rasputin. Mas o príncipe Piotr pusera um paradeiro naquelas relações, agredindo Rasputin, e Tattie continuava sob seu controle em Starogan. Prestes a completar 21 anos e a assumir uma vida de respeitabilidade? Era o que parecia, pois agora o rapaz a seu lado estava sendo apresentado.

– Tenente Alieksei Gorchakov.

Ele era mais baixo do que sua noiva e menos robusto, mas igualmente louro e sem nada em seu aspecto que o caracterizasse. Não parecia muito capaz de desempenhar o papel de um Borodin. Ou estaria a família de Tattie com esperança de que ela, em breve, deixasse de ser uma Borodin e se transformasse numa Gorchakova?

– Alieksei é de meu regimento, o Preobraschenski – explicou Piotr, sorrindo.

Rachel olhou para as duas princesas mães. A hostilidade não afrouxara. "Meu Deus", pensou ela, "duas filhas ovelhas negras e agora o filho também." Um homem que está hospedando duas judias em seu lar. A breve sensação de estar sendo bem recebida, quando Tattie a saudara, dissipou-se como poeira ao vento, mas logo voltou.

– Venha – disse Tattie, tomando cada uma das duas irmãs pelo braço. – Vou mostrar-lhes seu quarto. Estou tão contente por terem vindo. Starogan é tão tediosa. Mas agora estão aqui. Vai ser divertido.

IVAN NEJ FEZ parar a carreta do pônei nos fundos da casa, saltou e fez sinal a Gromek, o lacaio.

Gromek era grandalhão, meio desengonçado. Tinha sorte em ter sido promovido a lacaio; sua família sempre trabalhara mais na lavoura do que no serviço da casa. Mas fazia parte do plano do príncipe Piotr para o futuro de Starogan introduzir um pouco de gente nova na criadagem doméstica. Ivan duvidava de que Gromek fosse mantido muito tempo nesse serviço.

– Duas malas – disse ele com desprezo, espiando para dentro da carreta.

– O que se poderia esperar? – retorquiu Ivan. – Elas não são damas da sociedade.

– Judias – comentou Gromek. – Aconteceu de eu estar por perto quando o príncipe Piotr disse à princesa mãe quem estava pretendendo convidar.

– Ah, você ouviu? – Ivan tomou a mala menor. Sem dúvida pertencia à mais moça das duas irmãs.

– Foi uma cena terrível – disse Gromek. – A outra mala.

— Eu mesmo a levo.
— Você? — Gromek olhou-o, meio relutante. Todo mundo sabia que Ivan não tinha sido aprovado como lacaio. Suas mãos estavam sempre sujas e faltava-lhe o devido respeito no trato. Além do mais, havia aquele caso do irmão, que fugira para se tornar anarquista e assassino. De sorte que, embora o velho Nikolai Nej fosse o empregado mais antigo da propriedade, seus filhos não eram bem-vistos. Ivan não tinha nada a tratar na casa. Mas era um homem difícil, com quem não valia a pena discutir. Gromek encolheu os ombros. — Como queira.

Os dois subiram as escadas e entraram no vestíbulo dos fundos. A imensa casa estava em silêncio, qualquer ruído amortecido pelo sopro leve da brisa. E, subitamente, como o harmonioso repique de um carrilhão, um riso de mulher ressoou no silêncio. Os dois criados se entreolharam.

— Tattie — declarou Gromek.

Ninguém precisaria dizer a Ivan. Se não fosse pela probabilidade de ver Tatiana Borodina, teria deixado que Gromek carregasse as duas malas. Agora, subindo atrás de Gromek a escada dos fundos, ele sentiu o coração bater mais rápido. Evidentemente, era tudo um sonho. Mas o fato é que passara a vida toda sonhando com uma ou outra das irmãs Borodin. E quem garantia que sonhos não podiam se tornar realidade?

Chegaram ao patamar, e o som das vozes das moças soou mais próximo. Gromek enveredou pelo corredor, seus passos abafados pelo tapete felpudo. Parou diante da porta do quarto, mas não bateu imediatamente. Como todos os criados, gostava de escutar atrás das portas. Ivan vinha logo depois dele.

— Bem — estava dizendo Tatiana —, acho que ele serve. Tenho de me casar com alguém, por isso tanto faz. E ele mora em São Petersburgo. Já imaginaram? Vou voltar para São Petersburgo. Há três anos Piotr não me deixa sair daqui. Mas agora não pode mais me impedir.
— Seguiu-se uma risada. — Vou poder, também, ver vocês. Piotr não vai *querer* impedir-me de vê-las.

Gromek lançou um olhar a Ivan, e então bateu na porta.

— Entre — gritou Tattie.

Gromek abriu a porta e entrou. Ivan seguiu-o, de olhos pregados nas três moças. Elas formavam um contraste marcante. A irmã Stein mais velha parecia paciente e determinada. Sabia que aquele não era seu lugar, mas ali estava, e decidida a aproveitar sua oportunidade. Ivan não entendia o que o príncipe Piotr via nela. Não era o que ele chamaria de mulher bonita. Tinha feições demasiado fortes, a expressão grave, os olhos baços. Não era nem de longe bonita como a irmã mais nova e, além disso, passara três anos num campo de trabalho forçado. Seria possível um homem, especialmente um homem como o príncipe Piotr, que poderia ter qualquer mulher na Rússia, querer realmente alguém que passara três anos num campo de concentração? A Stein mais jovem ainda estava visivelmente assustada com o ambiente em que se encontrava, como se assustara ao descer do trem. Mas era linda, jovem e cheia de vida, e não passara três anos num campo de trabalho forçado. Talvez até valesse a pena sonhar com ela. Mas não agora, que ele tinha diante dos olhos Tattie para contemplar e com quem sonhar.

– Coloque-as naquele canto – disse Tattie, e voltou-se para retomar a conversa.

Ele realmente não existia para Tatiana Borodina. Era apenas Ivan Nikolaievich, que ela conhecia desde o dia em que nascera. Era tão importante quanto a pintura das paredes. Nesse sentido, Tattie não se parecia em absoluto com a irmã. Ilona, apesar de toda a sua beleza e porte altivo, sempre tratara afetuosamente a todos, inclusive a criadagem. Ocasionalmente, chegava mesmo a dedicar-lhes parte de seu tempo. Mas Tattie não parecia precisar de amizades; vivia num mundo só seu, um mundo cheio de música caótica que ela adorava tocar para aborrecer a mãe, da mesma forma como estava agora se desfazendo em amabilidades com as duas judias para irritá-la. Era impossível saber o que se passava no mundo privado de Tattie, mas isso não preocupava Ivan. Tinha, também, seu mundo privado, onde só ele e Tattie existiam. E não queria amar nem ser amado. Queria possuir. Ter à disposição de todas as suas fantasias aquela beleza dourada, como o general-príncipe Roditchev tivera Ilona.

Como isso só poderia acontecer num sonho – a não ser que houvesse um terremoto ou alguma outra catástrofe inimaginável –, ele tampouco precisava de amigos. Bastavam-lhe os sonhos. Colocou no chão as malas e recuou para fora do quarto, observando-a sorrir e falar sobre seu casamento.

2

— Vamos, acorde – disse Judith, sacudindo o ombro de Rachel. – Não pode passar o dia inteiro na cama. O grão-duque chega esta manhã.

Rachel sentou-se na cama. Na realidade, já fazia algum tempo que estava acordada, mas tinha preferido continuar deitada, ouvindo os ruídos da vida local. Starogan! E dormira ali.

Esquecera-se por completo do grão-duque.

Judith estava enchendo a bacia com água do jarro de porcelana, escovando os dentes, lavando o rosto.

– E você nunca vai adivinhar quem vem também. Devem chegar aqui amanhã. George Hayman e Ilona.

Rachel pendurou as pernas para fora da cama, que ficava a boa altura do assoalho.

– Você os conhece?

– Certa vez, conheci Ilona bastante bem. Nunca vi George Hayman. Mas já ouvi falar muito dele. Brigou com Piotr quando tentou fugir com Ilona, e a família virou-se contra ele, mas parece que, pelo menos, Piotr está disposto a esquecer e perdoar. Vai conhecer a família toda, Rachel.

Rachel enfiou os dedos nos abundantes cabelos crespos e coçou o couro cabeludo.

– Acho que eles não gostam da gente. A família, quero dizer.

– Claro que não gostam. Somos judias – disse Judith, enxugando o rosto e as mãos.

– Então, por que viemos aqui?

– Porque o príncipe Piotr gosta de nós. E Tattie também. E Ilona também.

Rachel levantou-se, mas parou, espantada ao ver Judith erguer a camisola até os ombros, arrancá-la por sobre a cabeça e atirá-la em cima da cama. Nunca vira outra pessoa nua. Nem mesmo Judith, quando eram meninas. Mamãe dizia que a nudez era um pecado.

– E creio que George Hayman também vai gostar de nós – disse Judith –, se Ilona gostar. – Apanhou a escova e começou a escovar os cabelos, que eram longos, escuros e lisos. Seus músculos se retesavam com o movimento, seus seios balançavam. Era uma mulher robusta. Rachel não sabia onde pousar os olhos, portanto, tornou a deitar-se e voltou a olhar para o teto. – Terá de ser gentil com o Sr. Hayman – continuou Judith. – Se pretende ir um dia para os Estados Unidos, ele é o homem que poderá ajudá-la.

– Por que eu haveria de querer ir para lá? – perguntou Rachel. Nunca revelara seu sonho a ninguém.

– O que há aqui para detê-la?

Rachel soergueu-se, apoiada no cotovelo, desistindo de continuar deitada. Mas a crise do momento passara. Judith tinha acabado de escovar os cabelos e estava enfiando as calças. Mas ela mudara. Oh, como mudara! E, no entanto, a pergunta que Rachel queria fazer-lhe tornava-se mais fácil por causa daquela mudança.

– Pensei que você ia *ficar* aqui. Com o príncipe Piotr – disse ela.

Judith lançou-lhe um olhar, enfiou a primeira anágua por sobre a cabeça; já estava agora composta.

– Ainda não me decidi.

– Ele lhe pediu para ficar?

– Quando acha que ele teve tempo para perguntar?

Rachel tornou a se deitar. Era a pura verdade. Contudo, ela ficara intrigada no jantar da noite anterior. Piotr mostrara-se de uma polidez perfeita com todos, inclusive com ela, e depois do jantar eles tinham se sentado para ouvir Tattie tocar os noturnos de Chopin. – Tattie tocava maravilhosamente, tão bem quanto qualquer profissional. Por fim, tinham ido se deitar. O príncipe Piotr não convidara

Judith para dar um passeio a pé ou se sentar na varanda, ou coisa parecida. Rachel não entendera em absoluto.

– O príncipe Piotr falará quando julgar oportuno – disse Judith, alisando a saia. – Depois de me ter visto no ambiente de sua família, talvez fale. É a maneira de ser dele. Mede tudo cuidadosamente antes de agir. E não se esqueça de que também a está observando neste ambiente. Portanto, é melhor que saia dessa cama e se vista.

"Ela está esperando a proposta, como se se tratasse de uma transação financeira," pensou Rachel, obedecendo à irmã e vestindo suas roupas de baixo antes de despir a camisola. Mas talvez tornar-se a amante de um homem fosse algo como uma transação financeira.

– VENHAM, VENHAM! – Tatiana Borodina entrou no quarto, sem bater. – Xenia está aqui. Precisam descer e conhecer Xenia.

Rachel apressou-se em amarrar seu lenço. Sentia-se quase segura com a saia e a blusa brancas de verão, porque Tatiana estava vestida de maneira semelhante, com um lenço de seda e sem chapéu. Roupas comuns. Quando ambas estavam vestidas do mesmo modo, ninguém poderia dizer que ela não era, também, uma princesa de origem.

– Quero que me explique – pediu ela, ao deixar o quarto atrás de Tatiana e Judith. – Xenia é sua tia?

– Oh, não, tolinha! – respondeu Tatiana. – É minha prima. O pai dela é meu tio Igor. Ele chegou também. Estão todos aqui. – E desceu correndo a escadaria principal, com Judith e Rachel seguindo-a de perto. – Apresento-lhes tia Anna, a mulher de tio Igor.

Anna Borodina era uma mulher grande, com quadris e seios volumosos. Usava o inevitável fio duplo de pérolas, e seu chapéu era um amontoado de penas e os dedos, um fulgor de diamantes. Rachel pensou que nunca vira algo de tão vulgar em sua vida. Mas tratava-se da condessa Anna Borodina, amiga de Rasputin. Seria mesmo?

– Tatiana – estava ela dizendo –, você cresce mais a cada dia. – Obviamente, sua intenção não era de elogio. Mas agora seu olhar se desviou. – Esta deve ser *mademoiselle* Stein.

– Sou Judith, Sra. Condessa – disse Judith. – E esta é minha irmã, Rachel.

De repente, Rachel sentiu seus joelhos ameaçarem fazer uma reverência. "Mas sou uma convidada do príncipe Piotr", lembrou a si mesma. Onde estava ele? Estendeu a mão.

– É um prazer conhecê-la, Sra. Condessa.

Anna Borodina franziu as sobrancelhas. "Talvez ela esteja mesmo esperando que eu lhe faça uma reverência", pensou Rachel. Oh, onde estava o príncipe? Ali, logo atrás dos outros, e sorrindo. Para ela.

– Que jovens bonitas. – Aquela devia ser a grã-duquesa Xenia, a amiga de Tattie. Mas não delas. Xenia era uma edição mais nova da mãe, talvez exibindo uma beleza e uma toalete ainda mais vulgares, com uma juba de um ruivo-pálido e as feições mais sensuais que Rachel já vira na vida. – Não acha a *mademoiselle* bonita, Philip?

"Exatamente como se fôssemos duas criadas", pensou Rachel, furiosa, ainda mais por ter corado. E não sabia sequer a qual das duas Xenia se estava referindo.

Mas o grão-duque, mais baixo e menos encorpado que sua mulher, pareceu meio embaraçado, também, e pôs-se a cofiar seu reduzido bigode.

– Stein? – disse ele. – Conheço seu pai.

– Jacob Stein, Excelência – informou Judith.

– Claro. É membro da Duma.

– Acho-a muito bonita, também. – Quem falara era outro rapaz, com as feições dos Borodin, ornamentadas com um bigode cuidadosamente encerado. Era mais velho do que Piotr, calculou Rachel. – Sou Tigran Borodin – apresentou-se ele.

– Oh, Excelência – balbuciou Rachel. Por que não falara ele primeiro com Judith?

– E você é Rachel – disse Tigran. – Piotr me falou a seu respeito, e sabe que não acreditei numa só palavra do que ele disse? Até agora.

– Tigran e eu temos gostos semelhantes – aparteou Piotr.

– Estão brincando comigo – disse ela, recuperando um pouco a calma.

– Somos ambos admiradores da beleza – replicou Tigran Borodin, e passou o braço dela pelo seu. – Trabalho em São Petersburgo, sabe? No Ministério das Relações Exteriores. Não sei como nunca antes pus os olhos em você. Mas não será mais assim daqui por diante.

Rachel olhou para Judith, mas a irmã estava olhando para Piotr. O que devia ela fazer? Aquele homem não falava a sério. Não teria sequer notado sua existência se Piotr não as houvesse convidado para Starogan. Mas agora ela estava caminhando a seu lado, atrás da irmã dela, de Xenia, seu real marido e da condessa Anna, em direção à sala onde as duas princesas mães os esperavam. Positivamente, parecia algo saído de um de seus romances. Teria, também, um final feliz?

O CONDE IGOR BORODIN e seu filho mais moço, Viktor, chegaram no segundo carro. O conde tinha a estatura da família, mas era magro e calvo, com uma franja de cabelo grisalho circundando-lhe a calvície. Usava um pincenê de aro de ouro e examinou as duas moças como se não pudesse realmente aceitar a existência delas. Mas Rachel notou, com alívio, que ele examinou da mesma maneira Piotr e Tatiana e só se mostrou afável com sua mãe, a princesa mãe Marie. Judith contara a Rachel que Piotr e seu pai, o conde Dimitri, tinham participado da catástrofe de Port Arthur, dez anos antes; na mesma ocasião em que o velho príncipe Piotr falecera. O conde Dimitri tinha sido morto em combate. "O conde Igor gostaria que Piotr tivesse o mesmo destino do pai e tivesse se deixado matar pelos japoneses", pensou Rachel; nesse caso, o principado teria revertido para ele.

Não que seus filhos parecessem aborrecidos por pertencerem a um ramo inferior da família. Tigran já tinha começado a flertar com ela, por mais que Rachel desconfiasse de sua sinceridade, e Viktor, o mais moço de todos – apenas um pouco mais velho que Tatiana e ela própria, pelo que Rachel calculou – não poderia ter menos jeito de príncipe.

– Você é Judith Stein! – exclamou ele, beijando-a em cada face. – Esteve envolvida no complô Stolypin.

Houve um momento de absoluto silêncio, durante o qual Rachel abriu e tornou a fechar a boca e desejou que o chão se abrisse sob seus pés e a tragasse.

– Rachel é minha irmã, *monsieur* – disse Judith muito calma. – *Eu* é que fui acusada de participar do complô Stolypin.

– Oh, mil perdões – disse Viktor, beijando-lhe a mão. – É uma honra para mim conhecê-la, *mademoiselle* Stein.

– Viktor! – trovejou sua mãe.

– Sim, uma honra para mim – insistiu Viktor. – Foi uma das melhores coisas que já aconteceram na Rússia. Stolypin era uma ameaça. Tenho certeza de que Sua Majestade gostou muito de se ver livre dele.

Seguiu-se outro silêncio. Então Anna Borodina pôs-se a falar durante todo o tempo em que durou o almoço, decidida a enterrar qualquer constrangimento com relação ao ponto de vista do filho sob um fluxo de verbosidade. Felizmente, era um dia quente e tornou-se mais quente ainda após o almoço, quando a comida e o vinho entorpeciam o espírito de todos. E muito do que a condessa Anna tinha a dizer era bastante interessante. Falou sobre a czarina e as jovens czarevnas, Olga e Tatiana, Marie e Anastásia, sobre o czarevich, sempre entretido com brincadeiras de menino, sobre sua doença, assunto que raramente era mencionado. Na realidade, Rachel nunca tivera muita certeza se ele adoecia periodicamente ou se era apenas mais um boato que corria em São Petersburgo.

Anna Borodina parecia, também, muito disposta a falar sobre Rasputin, apesar de todos os olhares trocados entre os homens, inclusive do próprio genro. Mas não se podia apurar muito do que dizia do padre Gregori, a seu ver a melhor criatura do mundo, um autêntico curandeiro, um santo homem que não se importava com dinheiro ou poder, desde que pudesse salvar pecadores do fogo eterno do inferno.

– E somos todos pecadores, meus caros – disse ela, olhando da esquerda para a direita do círculo de ouvintes meio entorpecidos, como que desafiando alguém a contradizê-la.

– É claro, tia Anna – disse Piotr previsivelmente, exibindo seu sorriso mais atraente. – Tanto os homens quanto as mulheres. Mas o padre Gregori só está interessado, infelizmente, em salvar mulheres.

Houve mais um daqueles silêncios constrangedores, a que Rachel já começava a habituar-se, enquanto Borodina fixava os olhos em seu sobrinho recalcitrante, sem dúvida lembrando-se de que, ao tentar arrancar a irmã do salão do curandeiro, ele chegara a agredir Rasputin. Depois, por sua vez, ela sorriu.

– É claro, meu caro Piotr. Não são as mulheres a origem de todo o pecado, a começar por Eva?

Outro silêncio, enquanto Piotr corava, e Rachel preparou-se para uma explosão. A situação foi salva pelo velho Nikolai Nej, que surgiu no limiar da porta da sala. Sua barba alva descia bem escovada sobre o blusão branco, e suas botas pretas luziam de graxa.

– Sim, Nikolai Ivanovich? – perguntou Piotr.

– Saiba, Vossa Excelência, que o Sr. e a Sra. Hayman chegaram.

Os presentes se levantaram em conjunto para formar um grupo apressado no centro da sala, no momento em que George Hayman e sua mulher entravam. Rachel, como leitora ardente da Baronesa de Orczy, já relacionara em sua cabeça aquele americano com o Pimpinela Escarlate e agora não ficou decepcionada, pois ele usava um paletó de veludo azul, em contraste com o preto da preferência dos civis russos, e uma cartola, que acabara de entregar ao lacaio. Mas toda a sua aparência – a absoluta confiança com que encarava a família, o charme de seu sorriso, sua estatura e físico atléticos e o talhe impecável de suas roupas – fazia jus à concepção que Rachel tinha de um homem capaz de desafiar a própria Okhrana e enfrentar em termos de igualdade o general-príncipe Roditchev.

Ilona, também, era tudo o que Judith descrevera, de uma beleza quase perfeita, com um leve ar abstraído, como se estivesse com o pensamento longe dali; usava um modelo original de Paris com a mesma displicência com que Judith usara seu saco confeccionado em Irkutsk. Excetuando a czarina, ela era a mulher mais famosa, ou infame, de toda a Rússia, pelo escândalo do casamento com o príncipe Roditchev e a fuga e o divórcio subsequentes, que ainda eram assunto de conversas a meia voz à hora do chá.

– Então – disse George Hayman. – Não pareçam tão assustados. Nós escrevemos avisando.

– George! – gritou Tatiana, correndo para ele, as lágrimas escorrendo pelas faces, e atirou-se nos seus braços. – Illy! – Estendeu a mão por trás de George para apertar a de Ilona.

– Ilona. – Piotr beijou a irmã em ambas as faces. – George! – E apertou-lhe a mão. – Estávamos esperando vocês só amanhã.

– O navio atracou cedo e, como não havia trem, alugamos um carro – explicou George.

– E agora estão aqui – disse Piotr. – E o que passou...

– Passou, meu caro Piotr. E isso muito me alegra. Princesa Borodina, não vai dar-me as boas-vindas à sua casa?

Olga Borodina fitou-o uns poucos instantes, depois toda a rigidez de seu rosto se dissolveu.

– Fez Ilona feliz, Sr. Hayman – disse ela.

George beijou-lhe a mão, mas ela agora só tinha olhos para Ilona, e um momento depois mãe e filha estavam nos braços uma da outra.

– Bem – declarou o conde Igor –, realmente, estou espantado por não o terem aprisionado quando chegou.

– Ah, mas conde Borodin – retorquiu George –, uma anistia é uma anistia.

– E se o príncipe Roditchev souber que o senhor está no país?

– George lhe dará um murro no nariz – disse Tigran, fazendo o gesto. – Como já fez antes. Seja bem-vindo, George!

– Tigran, sonhei com este momento. – Depois, George se viu diante de Xenia. – Alteza.

Mais um olhar distante – então Xenia Romanova decidiu agir como os outros e sorriu.

– Sr. Hayman. Acho que já se passaram nove anos desde que nos conhecemos no funeral de meu pobre avô. Não conhece ainda meu marido, Philip Alieksandrovich.

– Excelência. – George apertou a mão do marido de Xenia e finalmente se viu diante de Judith. O sorriso desapareceu de seu rosto e ele lhe beijou a ponta dos dedos. – *Mademoiselle* Stein. Nós... não nos conhecemos. Mas já ouvi falar muito a seu respeito.

– Nada de bom, com certeza, Sr. Hayman – disse Judith, com a espantosa calma que ela parecia ter adquirido em Irkutsk.

George Hayman ergueu a cabeça e fitou-a por alguns segundos.

– Bom ou ruim depende do ponto de vista, *mademoiselle*, não dos fatos. Gostaria de, qualquer hora, discutir com você pontos de vista. – Seu olhar desviou-se para Rachel.

— Esta é minha irmã, Rachel.

George apertou a mão de Rachel. "Por que todos os homens me apertam a mão em vez de beijá-la?", pensou Rachel. Será que pareço assim tão criança?

— Encantado, *mademoiselle* Stein.

— Rachel não seguiu meus passos, Sr. Hayman — disse Judith, em tom baixo.

Hayman teve quase um sobressalto e então sorriu.

— Talvez tenha sido melhor para ela, *mademoiselle*. — E ele continuou olhando para Rachel, que começou a corar.

— Mas Ilona — gritou Tatiana — não trouxe as crianças?

— Claro que trouxe. Estão esperando com a ama. Entre, Alice.

Alice entrou, carregando Felicity num braço e segurando George II pela mão. Mas os presentes só tinham olhos para Johnnie, caminhando lenta e timidamente na frente da ama.

— Ivan? — Sua avó ajoelhou-se diante dele. — Você é mesmo Ivan?

— Johnnie — disse ele em inglês. — Sou Johnnie Hayman.

— Na Rússia, você é Ivan. Ivan Sergueivich — declarou Olga Borodina, erguendo-o nos braços e voltando-se para a família. — Este é seu lar, Ivan Sergueivich. Estou tão contente com sua volta. George, estou tão feliz por você tê-los trazido de volta!

— Como poderíamos manter-nos afastados nesta grande ocasião da vida de Tattie? — disse George. — Mas ainda não me apresentaram à pessoa mais importante aqui.

O tenente Gorchakov tinha ficado esquecido atrás dos outros, pois, como de costume, falava pouco. Adiantou-se para receber um aperto de mão, ser beijado no rosto, gaguejar e dar as boas-vindas aos recém-chegados.

— Agora podemos comemorar — disse Olga Borodina. — Unidos, finalmente. Todos nós. Este é o maior dia da história dos Borodin. — Ela percorreu com os olhos os parentes e sua sogra, desafiando-os a discordar. — O maior dia. Nikolai Ivanovich?

O velho Nikolai Nej já antecipara sua ordem, e estava esperando com uma bandeja cheia de taças de champanhe. Olga ergueu uma taça.

– À saúde dos Borodin. Que os próximos trezentos anos sejam tão bem-sucedidos quanto os últimos.

Starogan! Ilona compreendeu, afinal, que se esquecera da paz de Starogan, da sensação de segurança no constante rumorejo da brisa, a certeza de proteção, quando cercada por legiões de servos, ansiosos por satisfazer seus mínimos desejos.

E, no entanto, pareceu-lhe diferente da lembrança que ela guardara. Tinha vivido grande parte de sua vida ali, até os 11 anos, mas então era a casa do avô, moldada por sua forte personalidade. Depois disso, ela fora levada para Port Arthur, juntamente com o irmão e a irmã e seus servos, os Nej, acompanhando o pai em sua carreira militar nas longínquas fronteiras do Império. Sete anos mais tarde, voltara na companhia de George, mas a deliciosa felicidade daqueles dois meses tinha sido obliterada pelos desastrosos seis anos que se seguiram, quando se tornou a mulher de Serguei Roditchev. E começara a considerar Starogan com sentimentos controversos, um paraíso onde começavam os pesadelos.

Mas Starogan *tinha* mudado de uma forma que, dez anos antes, seria impossível imaginar. Ela hesitou mais um momento, depois bateu à porta e deparou com Rachel Stein.

– Olá. Judith está aí?

– Entre, Ilona – disse Judith do interior do quarto, e Rachel escancarou a porta. Ilona estendeu os braços, e Judith adiantou-se para receber o abraço, enquanto Rachel olhava para as duas.

– Minha querida – disse Ilona. – Tornar a vê-la... – Afastou-se de Judith, quase como se sentindo culpada, e sorriu para Rachel. – Sua irmã salvou minha vida. De uma turba. Você sabia disso?

Rachel fez que sim com a cabeça.

– E depois, a vida nos afastou uma da outra – disse Ilona. – Mas agora...

– Por que não vai procurar Tattie? – sugeriu Judith à irmã. – Não é ela que está tocando piano?

– Assassinando o piano – disse Ilona, sorrindo.

E Rachel apressou-se em sair do quarto.

– Pelo menos, sua irmãzinha compreende com rapidez. Se fosse Tattie, teríamos de empurrá-la para fora do quarto. – E suspirou. – Rachel é muito tímida.

– Está bastante deslumbrada com este ambiente – explicou Judith, sentando-se na cama. – E pelo simples fato de estarmos aqui. E você, surpreendida por nos encontrar aqui?

– Bem... – disse Ilona, sentindo a face enrubescer. – É que eu não tinha me dado conta de que você e Piotr eram tão...

– Íntimos? Não há entre nós a menor intimidade. Nunca fomos amantes.

Ilona ergueu as sobrancelhas com espanto.

– Ele está testando a água – disse Judith, com um sorriso. – Para ver se ainda está quente.

– Depois de sete anos. *Deve* amá-la muito.

– Sete anos – disse Judith. – Três deles na Sibéria. – E fez uma pausa, obviamente esperando por uma reação. Mas Ilona, por mais que tentasse, não podia visualizar aqueles três anos. Já atravessara a Sibéria, a caminho de Port Arthur, ida e volta. Era uma terra desolada, erma. Mas a vida num campo de trabalho forçado ia além de sua imaginação. Ilona tinha experiência com crueldade, não com privações.

– Mas concordo com você – disse Judith, afinal. – Ele está sendo muito imprudente.

– Imprudente?

– Por trazer-me para cá. Sua família não aprova.

– Bem, talvez...

– E você não aprova.

– Não aprovo o que Piotr está fazendo com você – disse Ilona, tomando-lhe as mãos. – Ele nunca irá desposá-la, sabe disso. Nunca sequer se divorciará de Irina.

– Eu sei.

– Mas você o ama, também. Portanto, não importa.

Judith fitou-a por vários segundos.

– Não sei... – disse, afinal.

– Mas...

Judith desvencilhou-se, levantou-se da cama e foi até a janela.

– Não vai entender. Não pode entender, Alteza.

– Não sou mais uma princesa.

– É a Sra. George Hayman. Acho que isso é até melhor do que ser princesa. Pode amar, ou pode odiar, ou pode ignorar, conforme preferir. Seu mundo tem muitas facetas e são todas de acordo com sua personalidade. Meu mundo tem apenas quatro facetas e nenhuma delas da minha escolha.

– Conte-me.

– Uma delas é minha origem e minha educação. Outra é a existência de seu primeiro marido, o príncipe Roditchev. E a terceira é o amor, se é realmente amor, de seu irmão. Esse amor talvez possa me fazer esquecer as duas primeiras facetas, portanto, não tenho condições de desprezá-lo. – Ela sorriu. – Será que estou sendo demasiado franca?

– Isso me lisonjeia. E posso compreender. Mas falou em quatro facetas.

– Ah, sim, Alteza. O exílio na Sibéria.

– Ao czar!

Todos se levantaram, inclusive as damas. Rachel tapou com o guardanapo a frente do vestido, na qual caíra um pingo de sopa. Desastre. Oh, sabia que isso ia acontecer. A excitação, o constante estímulo bombeado em suas veias pelo simples fato de encontrar-se ali, jantando com aquela gente, davam-lhe a sensação de estar prestes a cometer alguma gafe pavorosa, quer por palavras ou atos. E agora o desastre acontecera. Possuía só dois vestidos de noite e estava guardando o melhor para o banquete do dia seguinte. Portanto, usara o mesmo vestido na noite anterior, e as pessoas certamente tinham notado. E agora havia uma mancha na saia.

– À czarina!

Mais uma vez as taças erguidas, a entoação solene.

– Ao czarevich!

Rachel tocou a taça com os lábios, não querendo beber mais vinho. Já tomara mais do que devia.

– Às czarevnas!

Quanto tempo isso vai durar? Rachel não ousava virar a cabeça e olhar para Tatiana, sentada do outro lado perto de George Hayman. Como todos os presentes na sala, até mesmo o mordomo e os lacaios de libré azul e ouro, ela tinha de ficar de olhos fixos no príncipe Piotr durante os brindes.

Finalmente, ele se sentou. Que alívio. Mas não era para ela se sentar de novo. As princesas mães estavam deixando a sala de jantar, seguidas pelas outras damas. Rachel deu a volta em sua cadeira e notou que ainda estava segurando a taça. Hesitou, sem saber o que fazer, quando foi salva por um lacaio que gentilmente lhe tirou a taça da mão. As damas já haviam passado pela porta, e os homens estavam esperando que ela saísse para começar a beber vinho do Porto e acender charutos. Rachel apressou-se, erguendo do chão a barra da saia, e certa de que seu penteado estava desabando. Ao contrário das mulheres Borodin, ela não tinha uma criada de quarto para ajudá-la a pentear-se. Agora podia sentir um grampo escorregando, um cacho ameaçando cair-lhe sobre a orelha.

Suspirou de alívio; a sala de jantar ficara para trás. Mas a sala de estar estava deserta. Ela se esquecera de que as damas sempre subiam ao segundo andar, quer precisassem ou não. Repuxou as saias ainda mais alto, deu um sorriso contrafeito a dois lacaios que esperavam para servir o café e subiu correndo as escadas, com os saltos escorregando a cada passo. "Oh, por que vim aqui?", pensou. "Esta casa não é meu ambiente. Nada tenho a ver com essa gente. Minha família não brinda cada membro da família imperial todas as noites ao jantar."

Alcançou o patamar de cima e parou, franzindo as sobrancelhas para refletir. "Isso significa que somos desleais?" Era algo que tinha de perguntar a Judith. Mas *onde* estava Judith?

– Buuu! – Tatiana abraçou-a. – Não está aborrecida? Eles são tão maçantes. E as coisas ainda nem começaram.

– Não pode se entediar com seu aniversário e seu noivado. – Rachel desvencilhou-se e correu para o banheiro mais próximo. Havia dois no andar.

— Posso pensar em maneiras melhores de passar o tempo — disse Tattie, seguindo-a para dentro do banheiro e sentando-se diante do espelho.

Rachel fechou a porta. Agora podia descontrair-se por alguns momentos. Abençoado alívio. Examinou a mancha no vestido. A luz no aposento era fraca, mas ainda assim a mancha parecia tremendamente visível. Será que devia tentar limpá-la com água? Era capaz de ficar ainda pior. Em todo caso, mais visível. Como pudera ser tão desastrada? Mas a princesa mãe lhe dirigira a palavra, e ela ficara tão surpreendida que adernara a colher.

— E a noite de amanhã vai ser ainda pior— disse Tatiana através da porta. — Escute! Tenho uma ideia. Não vamos descer.

— Mas que ideia é essa? — Rachel endireitou a saia, tentou evitar o colapso que lhe ameaçava o penteado e abriu a porta.

— Não vamos descer. Em vez de irmos à sala, vamos dar um passeio a pé — disse Tattie. — Só você e eu.

— Um passeio a pé?

— A noite está linda. Iremos até o pomar e vou dançar para você.

— Dançar para mim? — Rachel sentia-se uma perfeita idiota.

Tattie deu um pequeno rodopio; suas saias se ergueram e recaíram, os cabelos esvoaçaram. Não parecia preocupar Tattie se seu penteado se desfazia.

— Adoro dançar. Costumava dançar para o padre Gregori, antes de Piotr me carregar para cá. Minha família não gosta que eu dance. Acha que é obsceno. Foi mamãe quem disse. Mas depois de amanhã, terei 21 anos. E estarei noiva. Ninguém poderá me controlar.

— Seu noivo gosta de que você dance?

— Hum? Acho que não. Ele é o mais enfadonho de todos.

— Mas... vai casar-se com ele.

— Claro que vou. Tenho de me casar com alguém, minha cara Rachel. E como eu lhe disse ontem, pelo menos Alieksei Pavlovich não é muitos anos mais velho do que eu. E é bastante bonito, não acha? E vai levar-me para morar em São Petersburgo. Poderei tornar a visitar o padre Gregori.

— Ele não fará objeção? Refiro-me a seu marido.

– É melhor que ele não se meta a fazer objeções. Não tenciono ter desavenças conjugais. Vamos passear? Podemos tirar os sapatos e as meias.

Rachel pensou como seria agradável dar um passeio a pé com Tattie e descalçar os sapatos e as meias e dançar ao ar livre. Mas o que diriam as princesas mães ou mesmo Judith?

– Não podemos – disse ela com firmeza. – Temos de descer. Pelo menos eu. Tenho de descer.

ERA UMA NOITE bonita e tépida, e apesar de já serem 21 horas, o crepúsculo ainda tardaria. As portas envidraçadas da varanda foram abertas, e uma brisa suave percorria a casa. Apenas a brisa fazia algum rumor além do tilintar ocasional de uma xícara de café sendo recolocada no pires. Durante pelo menos dez minutos, depois de os homens terem se reunido às damas, ninguém pronunciara uma única palavra. E, de repente, Rachel se deu conta de que Tatiana tinha toda razão: era uma reunião enfadonha.

Subitamente, ela notou que Tigran a observava. Corou e pousou sobre a mesa sua xícara de café num gesto brusco. O tilintar do pires soou como um tiro distante, e ela teve um momento de pavor, julgando que quebrara a xícara. Todas as cabeças se voltaram em sua direção, mas George Hayman veio em seu socorro.

– Se nos permitem – disse ele –, gostaria de levar Ilona para uma volta no jardim. Faz muito tempo desde que demos um passeio aqui, em Starogan.

– Ótimo – concordou Ilona, pondo-se de pé. – Com licença, mamãe, vovó?

Olga Borodina olhou para o filho. Estava decidida a não permitir que ninguém, nem mesmo um americano, se desviasse da maneira correta de agir.

– Acho a ideia excelente – disse Piotr. – Vou, também, dar um passeio. Oh, não com você George – acrescentou, sorrindo. – Vou levar comigo... – Olhou ao redor da sala, com um ar de indecisão. – Quer acompanhar-me, Judith?

Rachel não ousou virar a cabeça. Sentia os olhares a seu redor, como lascas de gelo cruzando a sala.

– Gostaria muito, Excelência – respondeu Judith.

– Então, vamos?...

Piotr levantou-se.

– Nós vamos, também – declarou Tatiana, pondo-se de pé. – Venha, Alieksei Pavlovich.

– Oh, eu...

– Você não – disse Piotr à irmã.

Tatiana olhou-o furiosa, e foi a vez de Tigran ajeitar as coisas.

– Vamos jogar bilhar, Tattie. Com Alieksei, contra mim e Rachel.

– Mas eu não sei jogar – disse Rachel, sem pensar.

– Vamos ensinar-lhe – retorquiu Tigran, estendendo-lhe a mão e fazendo-a levantar-se. – *Eu* vou ensinar-lhe. Não vai ser divertido?

COM UM GESTO LENTO, Judith amarrou nos cabelos um lenço de gaze. Estava muito consciente tanto da presença de Piotr, esperando pacientemente que ela terminasse, como do lacaio, muito teso junto à porta da entrada. Mas precisava ganhar tempo, a fim de pôr em ordem seus pensamentos. Naquela noite, ela teria de tomar uma decisão definitiva.

Judith fora sincera com Ilona: aquele homem *podia* apagar todas as misérias de sua vida passada, a memória de Roditchev e da Sibéria. Mas para isso era preciso que ele soubesse de tudo. Deveria ela, então, arriscar a perdê-lo de novo, pela última vez? Só uma imbecil procederia assim. E quando um homem se dispõe a fazer uma proposta que vem ao encontro do desejo de uma mulher, a maior das tolices é ser honesta.

– Nunca vi uma lua assim – disse ela, parando no alto dos degraus.

A lua já surgira no céu, embora o crepúsculo mal tivesse começado, e clareava os trigais.

– Não existe lua igual à de Starogan. – Ele pousou a mão sobre a dela e os dois se afastaram da casa.

– Tudo em Starogan é diferente, não é?

– Sim, creio que essa é nossa impressão – disse ele, com um sorriso meio contrafeito e apertando os dedos de Judith. – Lamento que minha família seja tão... bem, tão Borodin.

– E por que não haveria de ser?

– Por nenhuma razão. Apenas sei que constrangimento deve ser para você ver-se de repente em meio a tantos estranhos.

– Não os censuro por não gostarem de mim.

– Não gostarem de você?

– Talvez até me detestem. Não sei se fiz bem em ter vindo.

– Pelo amor de Deus! Bem, suponho que minha mãe e minha avó tenham dificuldade em compreender. Como sabe, ainda estou legalmente casado, embora não tenha trocado uma única palavra com Irina nesses últimos três anos. Quando elas eram jovens e surgia um problema desse tipo, tudo era mantido em segredo. Mas não quero mantê-la em segredo, Judith.

Nessa altura, ele parou. As luzes da casa estavam agora distantes, e o luar, sombreado pelos galhos de uma árvore. Judith ouvia o sussurro do trigo ondeante e o rumorejar das águas do rio. Não podia duvidar de que Piotr ainda a desejava... duvidar do amor dele, pois que o demonstrava publicamente. Mas o instinto de Judith lhe dizia que esse sentimento era alimentado pela decisão de ser dono de si mesmo, de desafiar a sociedade e as convenções. Reação contra o modo com que fora punido pelo czar por sua oposição a Rasputin? Ou simplesmente porque ele era um Borodin, e sua geração, tanto homens como mulheres, parecia decidida a rebelar-se contra os costumes de seus antepassados? Mas que importância tinha isso? Afinal, a devoção de Piotr só a podia beneficiar.

– De qualquer forma – disse ele, tomando-lhe a outra mão para que ela o olhasse de frente –, essa aversão e talvez o medo que vocês lhes causam acabarão passando, quando a conhecerem melhor.

– Chegarão elas a me conhecer melhor?

– Eu gostaria que você viesse morar em Starogan. Deve saber que é esse meu desejo.

– Foi o que me pediu há sete anos – disse ela. "Ai, meu Deus, vou jogar de novo tudo fora", pensou. Mas não lhe era possível conter-se.

– Não terá feito esse pedido a uma mulher bem diferente?

– Possivelmente a uma mulher menos atraente – disse ele, sorrindo.

– Excelência...

– Piotr.

– Está bem. Piotr. Fui condenada como anarquista.

– Todos sabem disso. Não me preocupou antes. Por que haveria de me preocupar agora?

– Passei três anos na Sibéria.

– E é mais anarquista do que nunca. Mandar pessoas para a Sibéria nunca as curou de seus credos políticos. Mas eu gostaria de tentar, usando *meus* métodos. Não acha que devia pelo menos me dar uma chance?

Delicadamente, ela desvencilhou as mãos. Não conseguia mais fitá-lo.

– Antes de ir para a Sibéria, passei seis semanas na cela de Roditchev.

– Eu sei – disse Piotr. – Pode acreditar que um dia o farei pagar por isso. Juro, Judith.

– Quero que saiba o que Roditchev fez comigo – disse ela, dando-lhe as costas e fitando o trigal.

– Sei o que ele fez. Você me contou.

– Sim, contei-lhe que ele usou sua bengala. Tirou minha virgindade com sua bengala. Quero que compreenda isso.

– Judith... – Ele a segurou pelos ombros.

Ela se desvencilhou e afastou-se alguns passos.

– Pensou algum dia nisso?

– Claro que não. Não é coisa que eu possa imaginar. É horrível demais.

– Mas *aconteceu*, príncipe Piotr, aconteceu comigo. Não acha que sou forçada a pensar nisso? Quatro homens me seguraram, enquanto ele me espancava. Despiram-me por completo, príncipe Piotr, e me agarraram, então ele me espancou e espancou e espancou. E quando se cansou disso, viraram-me de costas, prenderam meus braços acima da minha cabeça, abriram minhas pernas o máximo que puderam, enquanto ele... enquanto ele usava sua bengala. E o tempo todo riam e trocavam piadas e me diziam coisas. Pode convidar-me para sua cama sem pensar nisso? E, depois de pensar nisso, ainda deseja convidar-me para sua cama?

– Judith. – De novo ele a segurou pelos ombros, e dessa vez ela deixou-se abraçar. "Talvez, no final das contas, tudo dê certo", pensou, esperançosa. – Alguém mais sabe disso?

Judith ergueu a cabeça. Assim era o príncipe Piotr Borodin de Starogan: talvez estivesse pronto a desafiar a sociedade por causa dela, mas não uma sociedade que soubesse de seu passado.

– Roditchev sabe. E, além dele, seus quatro homens.

– Esses não importam – disse Piotr, e estreitou-a mais nos braços. Ela o sentiu beijar-lhe os cabelos. Mas não tinha terminado. Se ele a queria, teria de ser como ela era, não como ternamente a imaginava.

– Depois, fui para a Sibéria – continuou ela.

– Sei disso. Minha querida, querida Judith...

– E como estava condenada para o resto da vida, não tinha mais motivo para me reservar. Procurei tornar a vida o mais aceitável possível.

– Judith...

Ela falava com os lábios colados contra a gola do casaco dele, mas suas palavras soaram bem claras.

– Fiz amizade com uma moça chamada Dora Ulyanova. Ela também fora condenada como anarquista. Mas tinha uma capacidade de odiar que nunca consegui ter. Por um tempo, foi ela quem me deu forças. Vivemos juntas... – Ela fez uma pausa, mas ele parecia não compreender sua insinuação. – E, então, no fim de certo tempo, fomos morar com alguns rapazes. Dessa maneira, podíamos sobreviver.

– Judith...

– Fiquei grávida, Piotr. Tive um filho.

Subitamente, os dedos nas suas costas se afrouxaram, e ela pôde ver-lhe o rosto.

– Oh, a criança morreu. Sente a displicência com que posso falar de vida e morte, Excelência? De uma vida que veio de mim e se foi para sempre? É assim que, na Siberia, se pensa em vida e morte.

Ele estava de costas para a lua e era impossível ver-lhe o rosto.

– E o pai da criança?

– Condenado por assaltar um banco para arranjar fundos para o Partido. A anistia não o atingiu.

– Mas e você... você o ama?

– Não amo ninguém, príncipe Piotr. Acho que nem a mim mesma.

Era o momento de ele dizer: "Então deixe que eu a ensine a amar, Judith. Deixe que eu lhe ensine rir e ser feliz, esquecer-se de tudo o que aconteceu, aqui, à luz do sol de Starogan. Deixe que eu lhe ensine a construir sobre suas experiências, em vez de curvar-se sob o peso delas."

Mas ele ficou alguns instantes em silêncio. "Aquela era a realidade", pensou ela. No fim das contas, ele não era um príncipe – pelo menos não um príncipe de conto de fadas –, mas apenas um homem.

Então, de novo, Piotr a tomou nos braços e a apertou contra o peito.

– Assim, não é virgem. Mas tampouco sou virgem. E sabe que pode ter filhos. Nunca tive um filho. – Ela aninhou a cabeça no peito dele, sentindo uma onda de calor subir-lhe até o coração. Piotr não dissera a coisa que esperara que ele dissesse, mas também nada que a magoasse.

Se, ao menos, ele não tivesse hesitado!

– Ah! – Tigran deu a volta na mesa de bilhar, esfregando distraidamente o giz no seu taco. – Acho que com isso liquidamos o assunto.

Rachel não duvidava de que ele tivesse razão. Era evidentemente um mestre do taco e da bola, tabela e efeito. Tinha mais do que compensado a incapacidade de sua parceira e, pelo menos, ela não rompera o tecido que forrava a mesa, que fora seu maior receio.

– Sim – tornou a dizer Tigran, curvando-se sobre a bola branca, com o taco já deslizando para cima e para baixo em sua mão, como um braço extra. – A bola vermelha naquela caçapa.

– Oh, que azar! – Tatiana apanhou a bola vermelha, quando Tigran lançou a branca em sua direção. – Detesto perder.

– Mas perdeu, minha cara – observou Tigran, sem rancor. – Acaba de se dar por vencida.

– De qualquer forma, odeio bilhar – disse Tattie. – Não odeia bilhar, Alieksei?

– Acho que você joga bastante bem – disse Alieksei polidamente.

– Agora vou dançar. – E Tattie pôs a língua para fora dirigindo-se ao noivo. – Venha me ver dançar. *Venha!* – E agarrando a mão de Alieksei, puxou-o para fora da sala de bilhar, em direção aos fundos da casa.

Rachel olhou para Tigran, viu que ele a observava como de costume e imediatamente corou, também como de costume.

– Gostaria de ver Tattie dançar? – perguntou Tigran.

– Bem... acha que devemos ir?

– Ela gosta de ter uma plateia. Mas não dança muito bem. Simplesmente ginga o corpo de um lado para o outro o e suspende as saias acima da cintura. Na verdade é bastante indecente.

– E você desaprova?

– Não aprovo nem desaprovo nada, minha cara Rachel – disse ele, encolhendo os ombros. – Um homem, ou uma mulher, é o que é, e deve-se aceitá-los como são ou deixá-los de lado. Só Deus sabe o que o pobre Alieksei Pavlovich acha disso tudo. Não sei que opinião ele faz de toda essa família. Qual sua opinião, *mademoiselle*?

– Acho que é uma família muito interessante – disse Rachel, cautelosamente.

Ele soltou uma risada curta, deu a volta na mesa, tirou-lhe o taco das mãos e o colocou na parede.

– Interessante? Acho que é a gente mais enfadonha deste mundo. Eu próprio me considero um também. Não, positivamente, não é uma família interessante... Agora fale-me de Dora Ulyanova.

– De quem? – A voz de Rachel soou aguda.

– Dora Ulyanova. A amiga de Judith. Ela está morando em sua casa, não é verdade?

– Provisoriamente – disse Rachel, com cautela. – Mas como sabe a respeito da existência dela?

– Judith me falou. Ela quer que eu lhe dê um emprego em meu escritório. Diz que é uma excelente estenógrafa. É verdade?

– Não sei. – Dora Ulyanova trabalhando para Tigran Borodin? – Sabe que ela esteve na Sibéria com Judith?

– Claro que sei.

– Pois então...

– Minha cara Rachel, ela foi anistiada pelo czar. Como se pode dizer "Volte, Dora Ulyanova, você está perdoada" e continuar tratando-a como pária? Certamente, ninguém tem mais nada contra sua irmã.

– Não tem? – Rachel corou. – Mas eu nem sabia que o Ministério empregava mulheres.

– Estamos começando a empregá-las. – Ele piscou o olho. – Quando são bonitas. Essa tal de Dora é bonita?

– Acho que sim.

– Então vai dar tudo certo. Mas agora vamos falar de você.

– É um assunto bem limitado.

– Não concordo em absoluto. – Tigran atravessou a sala e fechou a porta.

"Ai, meu Deus, o que faço agora?", pensou Rachel.

– Evidentemente, você já terminou seus estudos. E, infelizmente para mim, tenho certeza de que não é estenógrafa. O que deseja ser?

– Nada.

– Ora, vamos! Você, Rachel, de todas as jovens que conheço, parece ser a mais ambiciosa.

– Conhece muitas jovens?

– Só uma tem importância para mim.

Tigran Borodin estava cortejando-a. Tigran, o galã querido da sociedade de São Petersburgo, o futuro ministro do Exterior da Rússia, segundo se dizia. Se, pelo menos, ela pudesse pensar com um pouco mais de calma...

– Não me conhece em absoluto, Excelência. E, de qualquer modo, se eu lhe dissesse o que gostaria de ser, riria de mim.
– Prometo não rir.
– Eu... eu gostaria de ser cirurgiã.
– O quê?! – exclamou ele, boquiaberto.
–- Prometeu não rir.
– Não estou rindo. Apenas... surpreso... Cirurgiã? Mas uma mulher não pode praticar cirurgia.
– Por que não?
– Pense... no espetáculo do sangue. E onde poderia estudar?
– Não na Rússia – admitiu ela. – Não, desde que fecharam a Universidade Feminina.
– Isso a contraria?
– Claro que sim. Por que as mulheres não hão de ter direito a uma boa instrução?
– Porque existem coisas mais importantes com que se ocuparem.
– Enquanto falava, ele se afastou da porta e veio colocar-se diante dela. Rachel sabia que logo tentaria beijá-la. Se conseguiria ou não, dependia dela. – Especialmente mulheres lindas e inteligentes como você.
– Não sou linda. Nem especialmente inteligente. Existem muitas moças na minha classe...
– Para mim é linda e inteligente. A mulher mais linda e inteligente que já conheci.

Então beijou-a nos lábios, tomando-a de surpresa, sem lhe dar tempo de decidir se devia ou não consentir. Mas, na verdade, ela não desejava detê-lo.

RACHEL OLHOU-SE NO ESPELHO. Não notou mudança alguma. Mas por que não mudara? Fui beijada por Sua Excelência Tigran Borodin, que um dia será o conde Borodin, e, como parece provável, se o príncipe Piotr nunca tiver filhos legítimos, um dia poderá vir a ser o próximo príncipe Borodin. Entretanto, continuo a mesma.

Lançou um rápido olhar à outra cama. Eram mais de 5 horas da manhã, o dia já estava claro. Mas Judith continuava dormindo. Rachel não a ouvira entrar, e o passeio da irmã com o príncipe Borodin devia ter sido bem longo. O que teriam os dois resolvido? Não tinha vontade de que Judith acordasse logo. Não tinha certeza se conseguiria encará-la, ou a qualquer outra pessoa. Sabia apenas que não podia continuar deitada nem mais um instante.

Mas o que fazer hoje? Tigran a beijara, como nunca antes fora beijada. De fato, se aquilo era um beijo, ela nunca antes fora beijada. Suas línguas se haviam tocado e entrelaçado. Mas com delicadeza, sem brutalidade ou violência. Outras moças na escola tinham afirmado ter sido beijadas assim, e Rachel nunca acreditara nelas. Parecera-lhe um ato tão indecente, tão *íntimo*; não podia imaginar duas pessoas misturando suas salivas. Mas fora o que acontecera e, portanto, era verdade. E isso significava que outras coisas, sobre as quais ela ouvira falar e não acreditara, deviam ser verdade também. Na noite anterior, encostada à mesa de bilhar, ela teria aceitado tudo o que ele quisesse fazer, tudo o que lhe pedisse. Mas depois de beijá-la, Tigran sugerira apenas que se fossem reunir aos outros. Seria por ser membro de uma das famílias mais antigas e importantes da Rússia e, portanto, ele próprio ser um cavalheiro? Ou porque era um dos melhores partidos de São Petersburgo e de repente se vira beijando a filha de um advogado judeu, e perguntara a si mesmo o que, em nome de Deus, estava fazendo?

De qualquer modo, fora uma sorte para ela ter diante de si toda uma noite para se recompor e decidir que atitude adotar. Uma noite desperdiçada. Mas teria de encará-lo. E então ele também teria se decidido sobre a própria atitude.

Rachel vestiu-se e desceu. Desde cedo o pessoal da casa estava acordado; havia criadas varrendo e tirando o pó da sala, lacaios abrindo silenciosamente as grandes janelas, e o retinir de talheres e louças sendo lavados na cozinha. O andar térreo tinha de estar em perfeita ordem a qualquer momento em que o príncipe, sua mãe, o resto da família ou os hóspedes descessem. Hesitou se devia pedir desculpas por ter se antecipado aos outros, mas as criadas apenas lhe fizeram uma reverência, os lacaios mal se curvaram, e logo ela se achou na varanda da frente, contemplando os intermináveis campos de trigo e se deliciando com a brisa fresca da manhã que soprava da estepe.

— Madrugadora.

Rachel voltou-se assustada e deparou com Tattie.

— Você me deu um susto.

— Foi minha intenção. — Tattie estava sem gravata na blusa e sem chapéu. Carregava no ombro um enorme roupão de banho.

— Meus parabéns por seu aniversário — disse Rachel.

— Vinte e um anos. — Tattie fez uma careta. — Não me sinto nada diferente. Mas estou contente por você ter se levantado cedo. Gosto de gente que acorda cedo. E, até agora, sou a única nesta casa. Pode vir comigo, se quiser.

Com essas palavras, pôs-se a descer os degraus. Rachel correu para alcançá-la.

— Aonde vai?

— Ao rio. Vou nadar.

— Nadar? — A voz de Rachel aumentou de tom.

— Costumo nadar quase todas as manhãs no verão. — Tattie conduziu-a em direção ao pomar que margeava o rio. — Você não foi me ver dançar a noite passada.

— Bem, eu...

— Preferiu ficar e namorar Tigran. Não a censuro.

— Namorar?

— É o que Tigran mais gosta de fazer. Namora todo mundo. Até a mim já namorou, que sou prima.

— Eu... eu não sei do que está falando — protestou Rachel, sentindo-se vagamente atordoada.

— Beijar, sabe? E, ocasionalmente, afagar os seios. Ele afagou seus seios?

— Claro que não!

— Deve ser porque você quase não tem seios — disse Tattie, fitando-a por cima do ombro. — Ele adora os meus. As teteias de Tattie, como costuma dizer. Não existem melhores neste mundo. Acha que algum dia ele tocou nos seios de Illy? Não posso imaginar isso. Não posso imaginar alguém tocando nos seios de Illy. Mas imagino que George os afague — acrescentou ela, com uma risadinha. — E Roditchev tam-

63

bém deve tê-lo feito. Não creio que exista uma mulher no mundo que não goste que lhe afaguem os seios... quando se trata do homem certo, é claro.

Rachel não sabia o que dizer. Mas, além de constrangida, sentia-se profundamente decepcionada. *Por que* ele não a afagara? Rachel *tinha* seios, ainda que não fossem tão grandes quanto os de Tattie.

E o que teria ela dito ou feito se ele os houvesse acariciado?

Tinham chegado à margem do rio, protegida da vista da casa pelas árvores do pomar. Mas Tattie enveredou pelos trigais.

– Há um local ali adiante inteiramente abrigado – disse ela. – É o meu lugar favorito.

Rachel fitou a água parda que deslizava lentamente. Era bastante límpida; ela podia ver até quase o fundo do rio. Mas pareceu-lhe, também, ver algo se movendo.

– Há peixes no rio? – perguntou.

– Há, sim. Os criados sempre os estão pescando. São muito saborosos.

– Não tem medo dos peixes?

– Medo? Claro que não. O que há num peixe para se ter medo?

Claro. Tattie Borodina não tinha realmente medo de nada. Era esse o segredo da riqueza e do poder de sua classe.

– Aqui estamos.

Elas haviam chegado a um trecho em que a margem descia em rampa para a água e se formava uma pequena enseada cavada pelo rio, na qual a corrente redemoinhava antes de retomar seu curso para o mar. Era um transparente remanso, onde boiavam folhas mortas, completamente protegido por uma parede de trigo ondeante e de onde apenas se avistavam as árvores do pomar ao longe.

Tattie estendeu o roupão de banho no chão, depois sentou-se sobre ele e descalçou os sapatos, antes de suspender as saias para retirar as meias e as ligas.

– Vamos – disse ela. – Não temos muito tempo, se quisermos estar de volta para o desjejum.

– Mas eu não trouxe traje de banho – explicou Rachel. – Não tinha a menor ideia de que iríamos nadar.

– Sua tola! – Tattie ajoelhou-se e desabotoou a blusa. – Não uso traje de banho aqui em Starogan. Portanto, você também não precisa preocupar-se com isso.

Ivan Nej acordava invariavelmente com o primeiro canto do galo. Sempre tinha muita coisa a fazer antes de a família descer: todas as botas deviam estar engraxadas e colocadas junto às portas antes das 8 horas. Mas no verão havia mais uma razão para levantar cedo.

Sentou-se na cama, afastou o cabelo dos olhos e apanhou os óculos. Embora não fosse um criado, em razão da posição privilegiada de seu pai como intendente do príncipe Piotr, lhe tinham dado um quarto na casa. Feodor Geller, o mestre-escola, tivera o cuidado de se certificar disso antes de permitir o casamento da filha com Ivan Nej: nada de dormir no chão coberto de palha em alguma cabana, com a cabra da família como agasalho, destino indigno da filha de Feodor Geller. Ivan soltou um risinho sarcástico. A verdade era que Feodor Geller teria insistido no casamento, ainda que ele fosse o encarregado dos chiqueiros. Zoe fora noiva de seu irmão Mikhail, que a abandonara para tornar-se anarquista. A fuga de Mikhail fora o maior escândalo ocorrido na aldeia. Os casos de amor bastante óbvios de *mademoiselle* Ilona tinham pesado como um escândalo da família Borodin, não de Starogan. E, assim, Feodor procurara ambos, o velho Nikolai Nej e o príncipe Piotr, para fazer-lhes ver que, já que sua filha fora cruelmente traída por Mikhail, era mais do que justo que o Nej restante a tomasse como mulher.

Ivan não se mostrara especialmente relutante. A vida toda sonhara com sexo, sem ter tido experiência alguma; sempre fora muito tímido ou muito consciente dos atrativos superiores do irmão. E agora lhe estavam oferecendo sexo numa salva, por assim dizer. Zoe era uma mulherzinha apetitosa, redonda em todas as direções. Por um tempo, ela o satisfizera, e Ivan até conseguira deixar de pensar em *mademoiselle* Tatiana.

Mas isso fora antes de Tattie portar-se mal em São Petersburgo e o príncipe Piotr trazê-la para Starogan. Em sua infância, em Starogan, Tattie tinha sido uma menina só braços e pernas. Ao voltar de São

Petersburgo, transformara-se numa mulher só seios e nádegas. E por essa ocasião as curvas de Zoe se haviam dissolvido numa sucessão de abaulados gelatinosos.

Ivan lançou-lhe um olhar, e Zoe enterrou confortavelmente o rosto no travesseiro do marido. Era uma mulher inteiramente feliz. Morar na mansão Borodin era algo que ultrapassara seus sonhos mais ambiciosos. E se não conseguira realizar totalmente as ambições do pai, tornando-se uma das criadas particulares da princesa mãe Olga – mostrara-se muito desajeitada para o cargo –, era provavelmente mais feliz como lavadeira. Assim, podia rir e tagarelar à vontade e ainda lhe sobrava tempo bastante para ocupar-se de seus dois filhos.

As crianças compartilhavam a cama ao lado da mãe; Ivan não as queria a seu lado. Detestava os dois meninos, e o fato de serem seus filhos não atenuava a repulsa que sentia por eles. Baixos, gordos e ineptos, eles tinham saído à mãe, moral e fisicamente. Mas Ivan os detestava sobretudo por serem o símbolo vivo da corrente nos próprios tornozelos. Mikhail pudera fugir. Mas Mikhail não tinha casado. Abandonar mulher e filhos era um pecado mortal, segundo o padre Gregori da aldeia.

"E no entanto", pensava ele, "a princesa Ilona abandonara *seu* marido." Mas levara o filho consigo. A questão era que Ivan *não* queria os meninos. E agora Feodor Ivanovich, aquele animalzinho, acordou:

– Papai?

– Durma de novo – disse Ivan, levantando-se da cama e vestindo a roupa. – Tenho de ir trabalhar.

Colocou o boné na cabeça, abriu a porta que dava para o patamar e parou ouvindo os ruídos da casa, que despertava à sua volta, as tábuas do assoalho rangendo sob os pés dos criados que desciam para cumprir suas tarefas. E não apenas dos criados. Com o coração batendo de agradável antecipação, ele desceu na ponta dos pés a escada dos fundos, sorrindo e piscando para as criadas com quem cruzava, para os lacaios, já de libré, ocupados com suas tarefas. "Imbecis", pensou ele. Todos o consideravam um fracasso, por nunca ter atingido a categoria deles. Mas que liberdade tinham de fazer o que lhes aprazia, quando cada momento era dedicado a alguma tarefa ou à espera de um chamado? Ele era livre como o ar para fazer o que bem entendia, ir aonde lhe desse vontade, ver o que queria, desde que às 8 horas as botas já estivessem todas engraxadas.

Abriu a porta dos fundos e saiu. No canil atrás da casa, os cachorros latiram. Cuidar deles era outro de seus deveres, mas ele nunca os soltava antes das 10 horas. Ao passar pelos animais, estalou os dedos e os cães atiraram-se de encontro às grades e o farejaram. Então, contornando uma ala da casa, ele rumou para o pomar de macieiras. Como sempre, voltava com seu bornal cheio de maçãs derrubadas pelo vento – um privilégio da família Nej concedido por causa de algum serviço especial prestado por um seu antepassado a um Borodin havia mais de cem anos, ninguém jamais investigava o que ele fazia de manhã cedo. Todos podiam ver com os próprios olhos. Mas, uma vez no pomar, não era mais visível da casa. Então colocava o bornal no chão, debaixo da árvore mais próxima, e começava a rastejar para longe das macieiras e a penetrar no campo de trigo, ouvindo à sua direita o lento murmúrio do rio.

Esse era o grande momento do dia, o momento que perdurava o restante do dia e grande parte da noite. Depois de ver Tattie, ele podia passar o resto do tempo sonhando, e quando à noite se deitava na cama ao lado de Zoe Feodorovna, podia fechar os olhos e amar Tattie. Continuava sonhando com o dia em que talvez lhe fosse possível amá-la de verdade. Mas como não tinha ideia da possibilidade de tal sonho se realizar, só lhe restava contentar-se em continuar sonhando, o que frequentemente o deixava decepcionado e irritado.

Agora rastejava por entre as hastes do trigo, de modo que qualquer ondulação acima parecia apenas causada por um sopro de vento. E então parou, com o coração em sobressalto, ao ouvir risadas e algumas palavras. Tattie não era dada a falar sozinha. Ou a rir sozinha, apesar de todo o seu bom humor.

Esgueirando-se mais rapidamente, ele chegou ao final da cortina de trigo. Dali olhou para o rio e viu seu ídolo chapinhando lentamente na água, a luz do sol da manhã cintilando em seus ombros, costas e nádegas, de uma brancura de neve, os cabelos presos no alto da cabeça por uma fita, os seios fartos – já ligeiramente caídos, apesar de ter apenas 21 anos. A água ia lambendo-lhe os músculos das pernas, desenvolvidos pela dança, até ir umedecer os pelos espessos do púbis, à medida que ela penetrava no rio e se estirava batendo um pouco os pés e depois virando-se de costas e fitando a margem.

– Ora, venha! – disse Tattie. – Não precisa de ter medo de nada.

Era aquele o quadro com que ele sonhava a noite inteira, o quadro que ansiava por ver todas as manhãs. Nunca lhe havia ocorrido associá-lo a outro quadro. Mas de repente percebeu como seus sonhos tinham sido limitados. Não podia haver maior contraste entre a voluptuosa, loura e alva deusa na água e a esguia jovem de cabelos escuros na margem, hesitando em tirar as roupas. Os seios eram pouco mais do que montículos, embora o ar frio da manhã lhes retesasse deliciosamente os bicos. Seus quadris eram tão delgados que parecia impossível que ela um dia pudesse parir. E os cabelos eram tão negros quanto eram louros os de Tattie. Não havia termo de comparação entre as duas e, no entanto, em nada Rachel era menos atraente. Seu rosto era mais bonito porque as feições eram mais delicadas e inteligentes, e ela parecia ainda mais encantadora nessa manhã com o ar ansioso com que deixava caírem no chão as calças e, hesitante, endireitava o corpo, como se estivesse consciente de que estava sendo observada. Mas, evidentemente, estava sendo observada por Tattie, e Ivan se deu conta de que aquela jovem nunca antes se despira diante de alguém. Starogan estava tendo um efeito estranho sobre ela.

Rachel virou-se de costas para descer a margem e entrar no rio. Mas era tão sedutoramente inocente de costas como de frente, cada frêmito de músculo nas pernas ou nas coxas, cada arrepio de seios ou do ombros ao contato frio da água, cada rubor que lhe percorria a superfície do corpo, tornavam-na a imagem mais fascinante que Ivan já vira.

De olhos semicerrados, ele se aninhou mais confortavelmente no chão. Tomara que as irmãs Stein permanecessem em Starogan por muito tempo! Seria um verão delicioso para ele ficar ali todas as manhãs assistindo ao banho de Tattie e de sua nova amiga.

– Oh, como você está bonita – disse Tatiana.
– Acha mesmo?
– Linda, linda, linda! – insistiu Tattie. – Ela não está linda, Judith?
Judith, que estava colocando os brincos, desviou os olhos do espelho e sorriu para as duas jovens.
– Sim, ela está linda. Vocês duas estão lindas.

Sobre Tattie não podia haver dúvida. Já estava começando a parecer meio desarrumada, tendo-se aprontado havia 15 minutos, mas seus brincos eram de diamantes verdadeiros e as pulseiras, de jade e esmeraldas. Rachel não podia imaginar que outras joias iria ver aquela noite. Ela e Judith tiveram de repartir as joias que a mãe lhes havia emprestado. Cada uma usava uma pulseira de ouro simples, mas Judith ficara com os brincos de ouro; os de Rachel eram joias de fantasia. E Judith usava o broche de diamante em sua *aigrette*. Era a joia de que sua mãe mais se orgulhava, embora os diamantes fossem pequenos e amarelados e realmente não tivessem grande valor.

Portanto, Rachel contava sobretudo com seu vestido de cetim verde-pálido com galões de bordado prateado, que desciam dos ombros até a barra da saia, debruavam o decote quadrado e a bainha. No ombro esquerdo ela prendera uma enorme roseta de cetim verde-escuro e agora era chegada a hora de calçar as luvas de pelica branca e lamentar a falta de um colar. Possuía um colar, mas era também uma joia de fantasia, e decidira não usá-lo. Assim, não havia nenhum adorno entre o queixo e o colo. Gostaria de ter seios maiores, pelo menos com um pouco mais de volume. Era um detalhe que ela mal notara até aquela manhã.

Aquela manhã. Teria mesmo acontecido? Despira realmente todas as suas roupas para nadar no rio? Era a mesma Tattie, que estava agora a seu lado parecendo incrivelmente linda? Não sabia o que esperar, depois da aventura daquela manhã, mas não havia nada a esperar. Simplesmente se tinham enxugado, usando a mesma toalha, depois se vestido e rumado para casa, enquanto Tattie falava sobre a festa dessa noite, de São Petersburgo, de Rasputin. Estava sempre falando sobre Rasputin, mas nunca realmente *dizia* algo que indicasse serem ou não verdadeiros os rumores que corriam sobre ele. Tattie era sempre tão natural a respeito de tudo que se tornava impossível sentir algum constrangimento em sua companhia. E o fato de terem nadado juntas naquela manhã tivera o agradável efeito de deixar Rachel menos encabulada ao tornar a ver Tigran. Mas ele, também, se mostrara inteiramente natural, apenas lhe dera uma piscadela e partira para um passeio a cavalo com o príncipe Piotr e Viktor.

Iria Tattie querer nadar de novo na manhã seguinte?

– Linda – disse Tatiana. – *Você* está linda. Vamos descer.

– Já está na hora?

– Seremos as primeiras.

– Oh, eu... – Apesar da falta de joias, ela queria também causar sensação, que todos a notassem. – Vem conosco, Judith?

– Não. Vou esperar um pouco.

A aventura de nadar com Tattie fizera com que Rachel esquecesse um pouco sua curiosidade sobre o que Judith e o príncipe Piotr teriam dito um para o outro na noite anterior. E Judith não parecia, de forma alguma, disposta a confidências. Passara o dia inteiro numa atitude sonhadora, exceto quando Piotr a olhava. Então, sorria, um sorriso feliz. Não havia dúvida de que os dois tinham chegado a uma decisão.

– Eu lhe darei outra aula de bilhar – prometeu Tattie. -- É realmente um jogo fascinante.

"Talvez, de qualquer forma, não reparem em mim", pensou Rachel, descendo as escadas. "E por que haveriam de reparar?"

Viktor, que parecia muito desconfortável dentro de sua roupa preta com colarinho branco alto, já estava jogando sozinho. Era inegável que jogava tão bem quanto seu irmão mais velho. O taco deslizou entre dedos e impeliu a bola branca, que foi bater na vermelha, fazendo-a rolar lenta, mas seguramente, para dentro da caçapa.

– Ensine Rachel – sugeriu Tatiana.

– *Mademoiselle* Stein – disse Viktor, endireitando o corpo e cumprimentando-a com uma cortesia irônica. Mas havia admiração em seus olhos. – Já ouviram a notícia? Os austríacos deram um ultimato aos sérvios.

– Do que está falando?
– Não se lembra do assassinato no mês passado? O arquiduque Ferdinando e sua esposa baleados por anarquistas?
– Provavelmente é o que ele merecia – observou Tattie. – Todos os arquiduques austríacos merecem levar um tiro.
– Isso vai causar problemas – disse Viktor. – Ouçam o que estou dizendo. Nós nunca iremos ficar de braços cruzados e deixar que os austríacos invadam a Sérvia.
– Malditos austríacos! – disse Tattie. – Detesto todos os austríacos. Ensine Rachel. – E escolheu um taco na parede, que entregou à amiga.
– Deve fazer o taco deslizar entre o polegar e o indicador, assim – explicou Viktor, depois de colocar as bolas na mesa.
– Tomando o cuidado de não romper o pano – advertiu Tatiana.
Como Tattie, Rachel também não imaginou que a notícia fosse especialmente importante. A Sérvia ficava muito longe de Starogan.
– Vai ter de se curvar – disse Viktor.
Rachel curvou-se e fixou os olhos no taco.
– Vou conferir se a posição está certa – disse Viktor, encaminhando-se para o outro lado da mesa, onde também se curvou e fixou os olhos em Rachel. "Ele está olhando para meu decote", pensou Rachel, e endireitou o corpo. Subitamente, ela tomara consciência de que era uma mulher.
– Que diabo... – Ele também endireitou o corpo.
– Eu... – E, como de costume, ela corou.
– O que estão fazendo?
Rachel virou-se, aliviada, e viu o príncipe Piotr e Tigran descendo as escadas.
– Viktor está ensinando-me a jogar bilhar.
– *Eu* ensinarei você a jogar bilhar – anunciou Tigran. – Depois do jantar. Rachel, está magnífica. Não está magnífica, Piotr?
Piotr concordou com um gesto de cabeça, mas Rachel percebeu que ele não estava realmente interessado nela. Sua atenção parecia concentrada na escadaria.

– Estão descendo – sussurrou Tattie.

Postados à soleira da porta, eles viram descerem a escadaria e atravessarem o vestíbulo, sucessivamente, a princesa mãe Olga e a princesa mãe Marie, o conde e a condessa Igor, Ilona e George Hayman, o grão-duque e a duquesa Philip Alieksandrovich, o tenente Alieksei Gorchakov e, por último, Judith. Até para descer a escadaria, observou Rachel, a família mantinha uma estrita ordem hierárquica. E ela tivera toda a razão de não usar seu colar. Rubis cintilavam nos cabelos de Ilona e safiras em seus dedos; Xenia usava esmeraldas; os anéis de Olga eram diamantes solitários; e a tiara de Anna um esplendor de diamantes; não se via uma só pérola. Pérolas eram para ser usadas durante o dia. E não havia ninguém em quem causar impressão; certamente ninguém ali estava pensando em Judith ou nela.

Positivamente, Judith cometera um erro, esperando para participar da imponente procissão. Parecia quase uma parenta pobre. E, presumivelmente, o seria. Uma futura parenta? Rachel lançou um olhar a Piotr, mas nessa noite ele estava concentrado apenas em cumprir seu papel de príncipe de Starogan, e sua primeira responsabilidade era com a mãe e a avó.

– Alteza. – Nikolai Nej dirigiu-se a Olga Borodina, como à personalidade feminina mais importante, e ela inclinou graciosamente a cabeça, depois olhou na direção da sala de bilhar. Tattie adiantou-se apressadamente para colocar-se ao lado da mãe, e entraram todos no salão de visitas, Piotr ao lado da avó, Tigran e Viktor fechando o cortejo com Rachel e Judith. O grupo lotou o fundo do salão. "O que estamos *fazendo* aqui?", pensou Rachel, enquanto se escancaravam as portas duplas na outra extremidade do salão para deixar entrar os membros do Zemstvo, o conselho da aldeia, e suas mulheres, encabeçados pelo sacerdote, cujo imenso chapéu preto quase tocava o alto do portal. O perfume ambiente foi abafado por um cheiro humano, embora cada homem e mulher estivesse trajando o que tinham de melhor, blusas de uma alvura perfeita, saias bem passadas, botas bem engraxadas, cabelos escovados, barbas penteadas e rostos lavados.

As duas classes opostas da escala social se entreolharam; no espaço vago atrás se postou a criadagem dos Borodin: criados e criadas de quarto, arrumadeiras e faxineiras, lacaios e pessoal das cozinhas, mordomo, cozinheiro e choferes, lavadeiras e o engraxate – gente na qual ninguém nunca reparava, porque estava sempre presente.

A princesa mãe Olga inclinou de novo a cabeça, e ela e Tattie adiantaram-se para seus inferiores, seguidas do resto da família Borodin. A luz elétrica faiscava nos diamantes, nos rubis, nas esmeraldas e nas safiras. "O que devem achar os aldeões", pensou Rachel, "ao ver essa pedraria, cada qual representando mais dinheiro do que toda a aldeia poderia ganhar em cem anos?"

Com um imenso rumor em surdina, meio suspiro, meio gemido, as pessoas se ajoelharam. Evidentemente, almofadas haviam sido colocadas para a família e até para Judith e Rachel. Mas os camponeses ajoelharam-se no assoalho nu, de mãos postas no peito, enquanto o padre entoava a bênção. O incenso permeou o ar, narinas tremeram, joelhos se movimentaram para a frente e para trás, e as respostas ecoaram em sussurros. Viktor cutucou Rachel nas costelas e piscou. E, então, num clima de excitação e expectativa, os lacaios entraram apressadamente trazendo os presentes. A princesa mãe Olga e seus filhos e filha, a qual nesse dia atingia a maioridade, moveram-se por entre os camponeses, sorrindo e conversando, e os presentes foram distribuídos. Rachel achou estranho que, no aniversário de Tattie, fosse ela quem desse os presentes aos aldeões, mas todos pareciam contentes; ninguém, que houvesse tido a sorte de ser convidado para a casa, poderia esquecer essa noite.

A família tinha, também, de circular. Como Piotr estivesse ocupado, Judith aceitou o braço de Viktor. Tigran já oferecera o seu a Rachel, e ela parecia satisfeita a seu lado, ouvindo palavras de saudação e elogio. O par aproximou-se de Ivan Nej, que parecia inconfortável e encalorado, de casaco e gravata, até dar com os olhos em Rachel.

– Ivan Nikolaievich – disse Tigran. – Como estão seus cães? Estou pensando se poderíamos caçar um pouco amanhã.

– Estão prontos, Excelência – respondeu Ivan. – Posso cumprimentar *mademoiselle* Stein?

– Sim, pode.

— Então, permitam-me dizer que ela é a mulher mais linda desta sala.

— Ora essa, Ivan! — Tigran deu-lhe uma palmada no ombro. — Então é um galanteador?

— Receio ter ofendido a jovem — disse Ivan. — Peço mil perdões.

— Não me ofendeu, Ivan Nikolaievich — retorquiu Rachel. — Estou lisonjeada. Mas receio que não tenha olhado bastante para as outras moças.

— *Mademoiselle* Stein, eu gostaria de lhe apresentar minha mulher.

Rachel apertou a mão de uma mulher baixa e gorducha. Por algum motivo, não imaginara que Ivan fosse casado.

Zoe Nej deu um sorriso afetado e fez uma reverência; parecia prestes a falar, quando se ouviu na sala um grande farfalhar de sedas. As cabeças se voltaram para as portas externas, onde as pessoas, ali aglomeradas, tinham aberto alas para deixar passar uma mulher que surgira à entrada, uma mulher com uma capa debruada de pele sobre o vestido bordado com contas, uma mulher cintilante de pedras preciosas, cujos abundantes cabelos castanhos estavam presos num penteado *pompadour*, encimado por uma tira ainda mais rica que a de Anna Borodina, e cujas feições frias e altivas esboçavam uma terrível imitação de sorriso.

Rachel sentiu os dedos de Tigran subitamente apertarem-lhe o braço. Mas ninguém precisava dizer-lhe quem era a recém-chegada. A princesa Irina Borodina estava de volta à casa.

3

Irina Borodina sacudiu a capa dos ombros, como se tencionasse deixá-la cair no chão, mas Gromek, o lacaio, correu para apanhá-la. Assim, desimpedida, a princesa entrou na sala. Seu vestido tinha o decote mais profundo que Rachel já vira: aberto até a cintura, não deixando dúvida de que ela era uma mulher excepcionalmente bonita.

E cheia de confiança em si mesma.

– *Madame* – disse ela para a princesa mãe Olga, ao mesmo tempo estendendo-lhe os braços. Olga hesitou um momento, depois se deixou beijar em cada face. – Voltei para o aniversário de Tatiana. Piotr?

O rosto de Piotr Borodin tomou-se rubro. Lançou um olhar para a direita e para a esquerda, talvez procurando Judith, talvez preocupado com o que seus rendeiros poderiam achar daquela cena, antes de adiantar-se. Irina esperou com um meio sorriso nos lábios, vendo-o de novo hesitar. Finalmente, ele lhe tomou as mãos para aproximá-la mais e a beijou num lado do rosto. Teria recuado depois, mas ela lhe ofereceu a outra face. Depois largou-o e percorreu com os olhos a sala.

– Sejam bem-vindos ao nosso lar – disse ela aos presentes. – Devo pedir desculpas por não ter estado aqui para recebê-los, mas meu trem atrasou. Tattie, desejo-lhe muitas felicidades pelo dia de hoje, e meus parabéns por seu noivado.

Tattie mordeu o lábio por um momento, tão indecisa quanto seu irmão, depois aceitou um abraço e um beijo.

– Mulher detestável! – murmurou Tigran. – Por que haveria de vir aqui e estragar tudo? Viu como as pessoas se mostram servis diante dela?

– Mas por quê? – perguntou Rachel, em voz baixa. – É muito rica?

– Não é nada rica, em comparação com os Borodin. Mas é a princesa Borodina. Pode ter decidido viver longe do marido nesses últimos três anos, mas é porque sempre preferiu São Petersburgo a Starogan. Prepare-se para enfrentá-la.

A princesa estava movimentando-se por entre os convidados, sorrindo e falando, mas, de vez em quando, lançava um olhar ao pequeno grupo junto à porta. Rachel olhou para Judith, que parecia hipnotizada, vendo aproximar-se sua rival. "Minha irmã está sentindo ódio ou medo?", pensou Rachel. "Ou apenas inveja?"

Um rumor de passos a seu lado chamou-lhe a atenção e ela viu Ivan Nej lentamente recuando do centro da sala para colocar-se a salvo, no meio de sua gente. Empurrava a mulher à sua frente, mas, ao mesmo tempo, olhava para a princesa com olhos ardentes.

– Como vai, Tigran? – disse a princesa. – Já faz uns 15 dias desde a última vez que nos vimos. Não vai apresentar-me a sua jovem amiga?

– *Mademoiselle* Rachel Stein – disse Tigran. – A princesa Irina Borodina.

– *Rachel* Stein? – Irina franziu a testa.

Rachel não sabia o que dizer e olhou para Tigran, em busca de socorro.

– *Mademoiselle* Stein está aqui com a irmã – explicou Tigran. – *Mademoiselle* Judith Stein, a princesa Borodina.

– Ah! – disse Irina, sorrindo. – A anarquista.

– Tenho esse privilégio, *madame* – replicou Judith, em tom baixo.

– Privilégio? Minha cara jovem, não tem privilégio de espécie alguma. Nem mesmo o de permanecer em Starogan. Posso afirmar-lhe que, agora que voltei, o príncipe Piotr de pouco tempo disporá para dispensar-lhe. E *nenhuma* necessidade haverá de sua pessoa.

Judith abriu a boca, como se fosse responder. Mas tornou a cerrá-la. Manchas vermelhas afloraram-lhe ao rosto, e ela olhou para Piotr, que seguira sua mulher. Irina tinha uma voz penetrante, e não podia haver ninguém na sala que não tivesse ouvido suas palavras. Rachel olhou também para Piotr e ficou horrorizada com a indecisão, a insegurança que notou nele. Olhou, então, para George Hayman e viu-o sozinho, longe da mulher. A expressão de seu rosto era angustiada, mas ele não estava preparado para interferir. "E como poderia", pensou Rachel, "numa contenda entre duas mulheres, quando uma delas tão obviamente não tinha razão?" Mas por que Tattie não vinha em auxílio delas duas? Tattie era sua amiga; tinham nadado juntas naquela mesma manhã. E agora se limitava simplesmente a assistir à cena, com um ligeiro sorriso nos lábios.

– Nesse caso, retiro-me, *madame* – disse Judith em voz baixa. E, virando-se, saiu da sala.

Rachel desvencilhou-se do braço de Tigran.

– Espere! – exclamou ele. – Rachel! Posso ir vê-la em São Petersburgo?

Não dissera "Quero defendê-la. Vou abandonar a festa para acompanhá-la", pensou ela, indignada. Ignorando-o, encaminhou-se para a porta. O rosto parecia-lhe turvado, e Rachel sentiu que estava prestes a chorar. Mas certamente não até chegar ao vestíbulo. Ivan Nej mantinha a porta aberta para deixá-la passar. Havia simpatia no rosto dele ou regozijo? Ou desprezo? As lágrimas estavam muito próximas para que ela pudesse ter certeza.

Chegando ao vestíbulo, ouviu a porta fechar-se atrás de si e deteve-se. Judith já estava a meio caminho na escadaria, mas parou, também, e olhou para baixo. Não, porém, para Rachel, pois a porta agora tornara a ser aberta e fechada.

– Judith... – O príncipe Piotr adiantou-se.

– Veio pedir-me que fique? – perguntou Judith.

– Eu...

– Não quer ficar mal com sua mulher. E, além disso, já teve o que queria, não é mesmo, Excelência? Nada mais tenho a oferecer-lhe.

Rachel fitava-os, perplexa, sem saber o que fazer.

– Não pode partir agora, Judith – disse Piotr. – Não tem para onde ir. Não há nenhum trem até amanhã de manhã.

– É uma noite quente. Rachel e eu a passaremos na plataforma da estação. Passei a maior parte da noite de ontem ao relento, também, e não me resfriei. Tenho certeza de que nós duas sobreviveremos. Rachel?

Rachel suspendeu a barra da saia e correu escada acima.

– Posso pedir a Vossa Excelência que nos empreste um de seus carros? – disse Judith. – Não levaremos muito tempo para fazer nossas malas.

– Judith... – murmurou Piotr mais uma vez e deu um passo à frente. Mas estacou bruscamente. A porta do salão se abrira de novo, deixando passar a princesa Irina. Judith fitou-a um momento, depois virou-se e continuou a subir a escadaria, seguida de perto por Rachel.

PIOTR BORODIN DEU mais um passo em direção à escadaria.

– Se for agora atrás dessa mulher – disse Irina – será uma imbecilidade de sua parte.

Ele hesitou, com a mão no balaústre. "Só o que tenho a fazer", pensou, "é virar-me e dar-lhe uma bofetada. Uma bofetada violenta, que lhe corte o lábio, deforme-lhe a beleza. Com apenas esse gesto, posso mandá-la de volta para São Petersburgo. Nem mesmo Irina toleraria ser esbofeteada."

E, então, ele poderia subir a escadaria e reconquistar Judith, impedir que ela partisse, desafiar de novo sua família. Se realmente o quisesse. Se estivesse seguro de seus sentimentos, de seu amor. Se tivesse certeza de si mesmo.

As mortes sucessivas de seu pai e seu avô bruscamente haviam feito dele o senhor de um principado – o principado mais antigo de toda a Rússia – aos 21 anos. Isso foi há dez anos, logo após a derrota sofrida pelo Exército russo na guerra contra os japoneses, e ele fora um dos oficiais forçados a se render em Port Arthur. Recordava-se ainda do sentimento misto de vergonha e determinação de superar a humilhação, de fazer com que a Rússia recuperasse seu prestígio, com que ele retornara a seu lar. E o que tinha feito? Brigara com o amigo da família, George Hayman, expulsando-o de Starogan, em vez de permitir seu casamento com Ilona. Por quê? Simplesmente porque Hayman não era um príncipe. E qual fora o resultado daquilo tudo? Impelira Ilona ao casamento com Serguei Roditchev. Compreendera mais tarde seu erro, mas não pudera remediá-lo, e fora forçado a ficar de braços cruzados, enquanto ela tomava seu destino nas próprias mãos e fugia, abandonando o lar e a família. De toda a sua atuação anterior, havia algo de que ele se pudesse orgulhar?

E o próprio casamento – com aquela mulher agora a seu lado – fizera com que ele se sentisse como um menino inexperiente na noite de núpcias. Sem dúvida, para Irina, ele era um menino inexperiente; ela era uma mulher sofisticada e mais velha do que ele quatro anos. Desde o início, o casamento fora um fracasso, e, em sua infelicidade, ele se voltara para a amiga de Ilona, Judith Stein. Mas ela recusara suas propostas, e ele tinha assistido, com crescente preocupação, à participação da moça no movimento socialista de Moscou. Sentira-se responsável por ela, por seus infortúnios e, quando a Rússia toda se abalara com o assassinato do primeiro-ministro Stolypin, ele fora implorar ao próprio czar que poupasse a vida de Judith. Anteriormente, já se desentendera com o czar por causa de sua agressão a

Rasputin; e sua defesa de uma judia socialista fora a gota d'água nas relações com Sua Majestade, embora o czar – ou, mais provavelmente, a czarina, supunha Piotr – tivesse se compadecido e comutado a pena de Judith para a prisão perpétua, em vez da forca.

Depois de tais incidentes, nada restara ao príncipe de Starogan, em desgraça, se não voltar à sua propriedade e ali passar o resto da vida no ostracismo. Dispusera-se a isso, a concentrar-se em seus 300 mil acres de trigo, seus 30 mil carneiros, seus cavalos, cães, automóveis e sua família, a fazer o possível para aliviar o desgosto da mãe e proteger Tattie dos excessos da própria natureza até encontrar-lhe um marido adequado. Ocupara-se de todas essas tarefas com algum sucesso, até a notícia da anistia vir atuar como um potro bravio, desmontando-o do dever e do bom senso que ele adotara. Suas resoluções se tinham espalhado como poeira ao vento.

Por quê? Mesmo agora, ele não podia responder à pergunta. Judith nunca se mostrara disposta a aceitá-lo. Se quisesse simplesmente uma amante, poderia ter encontrado uma mulher mais adequada a sua classe e raça. E, no entanto, a simples lembrança de Judith, tal como a vira, enfrentando desafiadoramente Roditchev, quando o miserável se preparava para açoitá-la, ou igualmente desafiadora no banco dos réus, enquanto o juiz pronunciava sua sentença de morte, fazia com que o coração de Piotr batesse mais rapidamente.

Além disso, ele sabia que, após três anos de exílio na Sibéria, ela não mais o recusaria. Sabia, sem estar preparado para reconhecer o motivo por que não seria mais recusado. Efetivamente, ela confessara que se tornara uma prostituta. Tivera até um filho de um de seus protetores. Como ela própria lhe fizera ver, era agora tão diferente quanto possível da jovem que ele tentara seduzir. Percebera, então, que tinha cometido mais um erro? E, no entanto, fizera amor com ela. Após esperar sete anos, não conseguira conter-se, e ela se mostrara preparada a aceitá-lo; apenas isso. Tinham se deitado sobre a capa dele estendida no chão. Estava escuro. Piotr nada pudera ver, e ela não se despira. Fora um encontro de joelhos e virilhas, uma função limitada. Não tinha certeza se ela tivera prazer, mas, pelo menos, parecera feliz ao vê-lo no dia seguinte.

Ele não tivera o prazer esperado. Mas lembrara a si mesmo que aquela era a primeira vez; quando estivessem de novo juntos, seria numa cama num quarto aquecido, que ele poderia então usar todos os seus sentidos, que ela era a mulher que desejara acima de todas as outras e que agora, finalmente, possuía.

Se ainda a quisesse...

Uma mão tocou-lhe no braço. Ele se virou e surpreendeu-se com a beleza, o porte, a segurança, o brilho, a altivez e certa voluptuosidade, de que se esquecera que existiam em sua mulher.

– Eu devia...

– Psiu! – fez ela, e voltou a cabeça. O lacaio Gromek entrara no vestíbulo.

– Que, diabo, quer você? – perguntou Piotr.

– Pensei que Vossa Excelência talvez me quisesse dar instruções.

– Tem instruções a dar – disse Irina. – Não ofereceu às moças um dos carros?

Piotr lançou-lhe um olhar. Mas ela tinha razão. Se não ia subir a escadaria, então tinha de dar instruções a Gromek.

– Vossa Excelência quer que mande vir o carro? – perguntou Gromek.

– Sim, acho que é o melhor.

– Farei isso agora mesmo, Excelência. – Gromek curvou-se e depois se dirigiu para os fundos da casa.

Irina atravessou o vestíbulo, afastando-se do salão.

– Aonde vai? – perguntou Piotr.

– Acho que devemos ter uma pequena conversa. Em seu gabinete.

Ele a seguiu, aspirando-lhe o perfume. Ela sempre usara um perfume delicioso.

– Eu devia torcer-lhe o pescoço – disse Piotr.

Ela entrou no gabinete e voltou-se para encará-lo.

– Não acha que seria um desperdício? Feche a porta.

Piotr fechou a porta, e ela sorriu.

– Concordo que tenho me portado de maneira inapropriada. Oh, não por ter voltado para salvá-lo de si mesmo. Mas por tê-lo abandonado. Surpreendo-me de que não queira dar-me uma sova...

Ele a olhou com a fisionomia fechada.

– Serguei Roditchev me teria espancado, se eu fosse mulher dele.

– Eu preferia que não dissesse tolices.

– Não estou dizendo tolices. Voltei para você. Depois de três anos. Voltei para você. Quero ser sua mulher. Quero que me trate, em tudo, como sua mulher. Compreendi que o fracasso de nosso casamento é inteiramente por culpa minha. Casou-se muito jovem e estava perturbado com a tragédia da morte de seu pai e com o súbito encargo de sua herança. E eu, como uma idiota, simplesmente cruzei os braços e esperei que você se portasse como meu marido. Eu devia saber o que significa ser um marido. – Ela fitou o rosto perplexo de Piotr e suspirou. – Se não quer bater em mim, pelos menos não vai me beijar?

Piotr olhou para as mãos. Estranhamente, tinha desejo de espancá-la. Mas sabia que não ia fazer isso. Significaria uma rendição completa de sua parte. E, no entanto, não podia ficar ali parado, olhando-a, sem tocá-la. Antes que pudesse tomar uma decisão, Irina se atirara em seus braços, sua língua buscando a dele, seu perfume invadindo-lhe as narinas. Os dedos de Piotr deslizaram pelos macios contornos do corpo dela.

– Meu querido, acho que prefiro este castigo – disse Irina, tocando-lhe a orelha com os lábios.

O Rolls-Royce parou, e um cachorro latiu. O latido foi repetido por outros cães e um coro de latidos e rosnados pareceu cercá-las. Mas a aldeia dormia; a maioria dos adultos ainda se achava na mansão dos Borodin, comemorando o aniversário de Tatiana.

O chofer desceu para apanhar as duas malas e colocá-las na plataforma. Rachel abriu a porta para Judith. Não haviam trocado uma palavra durante o trajeto. Tinham saído da casa pela escada de serviço – "Finalmente colocadas em seu devido lugar", pensou Rachel – quando, apenas uma hora antes, ela caminhara de braço dado com Tigran Borodin, do Ministério do Exterior. Palavras eram desnecessárias.

Embora fosse uma noite quente, uma brisa soprava através dos trigais. Rachel fechou mais o casaco, ao subir os degraus da plataforma.

O chofer colocou as malas ao lado do único banco – não havia sala de espera na estação de Starogan. Depois voltou para o carro sem cumprimentar as duas moças. Deu partida no motor e logo desapareceu.

Judith sentou-se e cruzou as pernas. Trocara de roupa com tal pressa que ainda estava usando os brincos de ouro.

– O trem vai demorar várias horas – disse ela. – É melhor que você venha sentar-se.

Mas Rachel permaneceu de pé na borda da plataforma, ouvindo o sussurro do vento e olhando os trigais, o caminho através deles, delineado pela brilhante claridade do luar. Starogan. O lugar mais lindo do mundo, onde reinava a maior paz.

– Pelo menos nossos bilhetes de volta são de primeira classe – disse Judith.

– É só o que você sente? – perguntou Rachel, virando-se.

Judith pareceu refletir; era difícil discernir sua expressão na obscuridade.

– É só o que irei sentir – disse ela, finalmente. – Na Sibéria, não é bom sentir nada. Pensei que talvez pudesse voltar a sentir, mas estava enganada. Só lamento ter exposto você a tamanha humilhação.

– Não se preocupe comigo – disse Rachel, sentando-se a seu lado. – Só gostaria de que eles não tivessem se mostrado tão amistosos. Tigran. E a própria Tattie. Tão hipócritas. Nenhum deles...

– O que esperava que fizessem? – perguntou Judith, num tom subitamente irritado. – Só fazem o que Piotr manda, apenas seguem seu exemplo. Quando ele nos deu as boas-vindas, eles fizeram o mesmo.

– Mas Tattie... julguei que ela tomasse as próprias decisões.

– É uma Borodina, apenas isso... O que houve?

Rachel pusera-se novamente de pé e estava fitando os faróis que riscavam a escuridão da noite.

– Um carro – disse ela. – Santo Deus, é um carro!

Judith levantou-se e foi para junto dos degraus da plataforma.

– Quem é? – Sua voz tremia.

– Ilona Hayman.

Ilona desceu do carro e aproximou-se. Atrás dela, Rachel viu a silhueta alta do marido, descendo também do carro. Todo o corpo de Rachel parecia irradiar calor, e ela começou a chorar, pois sabia a terrível decepção por que Judith passara.

– Não devia ter vindo – disse Judith. – Eles nunca a perdoarão.

– Eles já me perdoaram coisas piores – replicou Ilona, subindo os degraus e tomando as mãos da amiga. – Gostaria de que você soubesse o quanto lamento. Como eu ficaria feliz se pudéssemos fazer alguma coisa!

– A culpa não é sua – disse Judith, voltando a sentar-se no banco. – Fui uma tola por ter aceitado o convite. Estou sempre sendo uma tola. – E encolheu os ombros. – Creio que serei sempre assim.

Rachel, ainda junto aos degraus, notou George Hayman a seu lado. Era o seu salvador, seu Pimpinela Escarlate. Por que não podia ajudá-las? Ela pareceu ler seu pensamento.

– Podemos fazer algo – disse. – Infelizmente, não aqui em Starogan, *mademoiselle*. Se qualquer coisa estiver a meu alcance... Sou muito conhecido nos Estados Unidos.

Judith ficou calada.

– Poderíamos... acha que poderíamos ir para os Estados Unidos? – perguntou Rachel.

Judith ergueu os olhos.

– Quero dizer... – A escuridão escondeu o rubor de Rachel. – Acho que lá estaríamos melhor.

– Disse-me uma vez que tinha um tio em Nova York – lembrou Ilona.

– Se é uma questão de dinheiro... – disse George Hayman.

– Acho que meu pai pode pagar a passagem – aparteou Judith. – Não viajaríamos de primeira classe.

– Judith – murmurou Rachel.

– Desculpe-me. É muito generoso de sua parte, Sr. Hayman. Mas...

– Mas não pode abandonar a Rússia? Seus amigos socialistas? Sua família? – perguntou Ilona. – Resta-lhe ainda alguma coisa a oferecer-lhes aqui, Judith? E resta a eles alguma coisa a oferecer-lhe?

– Eu... não posso pensar neste momento, princesa. Realmente, não posso. Mas sou-lhe grata, acredite.

– Voltem conosco – disse Hayman. – Não podem passar a noite nesta plataforma.

– A casa não é sua para nos convidar – observou Judith.

– Daremos um jeito.

– Não, vamos passar a noite aqui. Agora voltem para a festa. É o aniversário de Tattie e também seu noivado. Somos culpadas por termos estragado a festa. Não devem ficar aqui conosco.

Hayman olhou para a mulher. Ilona suspirou.

– Acho que temos de voltar. Mas Judith...

– Não. – E Judith tornou a balançar negativamente a cabeça. – Não se ofereça mais para nos ajudar, princesa. Nós nos arranjaremos. Sempre nos arranjamos.

Ilona hesitou, depois desceu os degraus. George Hayman enfiou a mão no bolso e tirou um cartão.

– Guarde isso – disse ele a Rachel. – Não se esqueça de que tem amigos. – E, segurando-lhe o queixo, obrigou-a a erguer a cabeça. – Não se esqueça.

Em seguida desceu os degraus, entrou no carro e deu marcha a ré.

– Sinto-me envergonhada – disse Ilona.

– Creio que é como quase todos nós nos sentimos.

Ilona fixou o olhar na estrada de terra, que se estendia diante dos faróis.

– Isso poderia acontecer nos Estados Unidos, George?

– Claro que sim. A diferença é que nos Estados Unidos Judith Stein teria o direito de dizer "Pois, se não me querem, podem ir para o inferno!". Aqui, ela simplesmente tem de baixar a cabeça e sumir.

– Está disposto a ajudá-la?

– Se ela quiser. E a irmã, também.

– Sim, há também Rachel – disse Ilona, pensativa. – Não cheguei a conhecer Rachel em Moscou. Você a conheceu?

George balançou a cabeça.

– Mas conheceu Judith.

– Eu a vi, mas ela não pode lembrar-se. Roditchev me fez visitar suas celas, quando a estava interrogando. Foi no mesmo dia em que me levou para jantar em sua casa.

– Eu me lembro. Foi muito desagradável?
– Sem dúvida, ele era um homem muito desagradável. Fiquei surpreso por querer mostrar a *mim*, um correspondente americano, do que era capaz. Talvez eu não tenha apreendido bem tudo o que testemunhei. Não gostaria de que aquela moça viesse a saber que a vi.
– É pouco provável que ela venha a saber. – Ilona aconchegou-se no carro. – Por que algumas pessoas... você e eu, por exemplo... têm tanto da vida, são tão felizes, e outras, como aquelas duas moças, têm tão pouco? O que decide o destino de cada um, George?
– Não creio que algo o decida, meu amor. Imagino que essas coisas acontecem em ciclos. A vida, por exemplo, deve ter parecido bastante dura para meu avô. No entanto, aqui estou eu, no topo da árvore. Acredito que, após um período, os Hayman voltem a afundar, enquanto os Stein estarão subindo. Quanto a uma pessoa nascer durante o ciclo baixo ou o alto deve ser uma questão de sorte.
– Essa teoria não tem fundamento – disse Ilona. – Pois como explica o caso dos Borodin? Há trezentos anos a família está no topo. E os Roditchev e os Gorchakov? Sem falar nos próprios Romanov? Sempre no topo.
– Talvez, quando a queda deles se der, será maior do que a nossa.
– Eu gostaria de que todos pudéssemos estar em ascensão – disse Ilona. – Inclusive os Stein. O que vamos fazer, George?
As janelas iluminadas da casa abriam-se diante deles, e agora a música estava começando, as balalaicas e os tambores, os címbalos e as flautas.
– Acho que, tratando-se do aniversário de Tattie, o que temos a fazer é participar da festa e nos divertirmos, meu amor. E nos embriagarmos... É nossa melhor opção.
"E procurar não pensar naquelas pobres moças", disse ele para si mesmo, "sentadas num banco da plataforma, esperando por um trem que as levará para nada". A família Stein podia ser bastante próspera, mas o que lhes reservava o futuro? A mais moça, Rachel, ainda não sofrera muito, ainda não fora esmagada. Com seu charme e beleza, ainda podia alimentar esperanças. Talvez Rachel fosse a Stein em ascensão. Ele esperava que sim.

Era fácil embriagar-se, e George dançou com Ilona e com Tattie, com a princesa mãe Olga e a grã-duquesa Xenia, diversas mulheres da aldeia, e então, de repente, com a própria princesa Irina, triunfante em sua beleza. A noite lhe pertencia muito mais do que a Tattie: voltara para reaver o que era seu e alcançara seus fins.

"Eu deveria odiá-la", pensou ele, enquanto ela valsava em seus braços, o rosto sorridente quase colado ao seu. Eu devia odiar toda essa sociedade podre, que mantém vivo esse incrível sistema. Mas já pensava assim antes e acabara casando-se com uma mulher pertencente àquela sociedade. Seu avô fora cartista, um dos homens que lutaram para acabar com a monarquia britânica e o domínio da classe privilegiada, e sofrera por seus ideais. Assim como Judith sofrera pelos seus. Era bem fácil esquecer isso.

Mas, deitado na cama essa noite, sentia-se obcecado pelo rosto de Rachel, com seu misto de inocência e perplexidade, de tristeza e cólera. Subitamente, desejou intensamente poder ajudá-la. Ajudá-la a evitar as catástrofes que tantas vezes haviam vitimado a irmã. E esperava que Ilona não fizesse objeção à sua ideia.

George acordou com uma dor de cabeça excruciante, tarde na manhã seguinte, com o sol penetrando pela janela do quarto. O trem já devia ter chegado e tornado a partir. Refletiu que nunca mais tornaria a ver as irmãs Stein.

Sentou-se na cama e olhou para a mulher adormecida, com os cabelos louros encobrindo-lhe o rosto, os braços jogados para trás. Melhor não acordá-la, pois na certa ela despertaria com dor de cabeça também. Mas já devia ser muito tarde, e ele ouviu uma agitação fora do comum na casa.

Levantou-se da cama, vestiu um roupão, enrolou uma toalha nos ombros e, ao abrir a porta, quase foi derrubado por Tattie, que passava correndo, com os cabelos e as saias esvoaçando, já inteiramente vestida.

– George! – gritou ela. – Já sabe da notícia? Piotr foi chamado para juntar-se a seu regimento. Alieksei também. Vão lutar contra os austríacos.

Os ALDEÕES REUNIRAM-SE na praça, defronte da linha da estrada de ferro. Caminhavam de um lado para o outro arrastando os pés, e a poeira erguia-se no parado ar de julho. Os membros da Zemstvo destacavam-se à frente, com suas mulheres. Todos pareciam adequadamente sérios para a ocasião. Os rumores já haviam começado a se espalhar.

O Rolls-Royce parou, e o chofer desceu para abrir a porta. O príncipe Piotr Borodin moveu-se lentamente, hesitante sobre o que devia fazer. Estava acompanhado pela mulher, pela mãe e por Tatiana com o noivo. Dois outros carros pararam atrás do Rolls-Royce e deles emergiram o grão-duque e a duquesa Philip Alieksandrovich, o conde Igor e família e o americano com sua mulher. Era evidente que algo anormal estava acontecendo. Na semana anterior, os aldeões tinham ido à mansão Borodin para festejar com aquelas mesmas pessoas o aniversário de *mademoiselle* Tatiana. Agora eram os aristocratas que vinham à aldeia.

Os Borodin subiram lentamente os degraus da plataforma e se postaram diante dos aldeões. Todos, até mesmo Tatiana, tinham uma expressão grave. O príncipe adiantou-se até a borda da plataforma, fitou o povo e deu um pequeno puxão no bigode.

– Meus amigos, o país está em guerra – declarou ele.

Um murmúrio percorreu a multidão. Outros pés se arrastaram, fazendo subir mais poeira. George franziu as sobrancelhas. A hipérbole justificava-se, porém, era necessário mais exatidão num momento daqueles.

– Foi decretada mobilização geral – prosseguiu o príncipe Piotr. – Devemos enfrentar o mais velho e odiado inimigo de nossa pátria, a ameaça de sangue e ferro da Alemanha!

Os membros da Zemstvo se entreolharam. Com seus limitados conhecimentos, tinham julgado que ele ia mencionar os turcos. Ali em Starogan, os alemães não lhes pareciam oferecer ameaça. A proximidade dos turcos é que lhes causava inquietação.

– É uma guerra justa, esta em que vamos lutar – disse o príncipe. – Os alemães e seus lacaios austríacos tencionam invadir a Sérvia. Sim, amigos, pretendem varrer a Sérvia do mapa e tornar aquele bravo país, o país de nossos irmãos, uma simples província austríaca! E isso é apenas a primeira parte do plano deles. Depois da Sérvia, todos os Bálcãs estariam à mercê dos conquistadores. Portanto, nosso czar decidiu resistir a essa infame agressão e rechaçar as hordas teutônicas. Solicitou nosso apoio. Não, *exigiu* nosso apoio, como lhe cabe o direito, pois não é ele nosso Paizinho, o representante escolhido por Deus nesta nossa maravilhosa terra? Só nos resta obedecer às suas ordens.

Fez uma pausa e depois recomeçou:

– Devo partir dentro de poucos dias para reunir-me a meu regimento. Meu futuro cunhado, o tenente Gorchakov, vai me acompanhar. Meus primos, meu tio e Sua Alteza, o grão-duque, partirão também para ocupar seus postos e defender nosso país contra seus adversários. Não espero menos de meu povo. Um trem estará chegando aqui depois de amanhã, para transportar os reservistas da aldeia. Assumam seus lugares. Reúnam-se às suas unidades. E podem ter certeza de que serão abençoados pelo nosso Pai no céu. Para os que ainda não tiveram o privilégio de prestar serviço militar, o trem os levará até Rostv-on-Don, onde serão recrutados. Qualquer homem com menos de 40 anos, que seja mental e fisicamente apto, será recebido de braços abertos e homenageado por mim, ao partir. Mais ainda, terá o respeito de sua mulher e seus filhos, e dos filhos de seus filhos. Pois como melhor pode um homem... – pareceu trocar a palavra que ia usar – servir do que envergando a farda de seu país?

Nova pausa e, tirando do bolso um lenço de seda, ele enxugou o rosto e os lábios. A multidão ficou esperando, incerta, e o padre Gregori adiantou-se.

– Seu povo só deseja obedecer-lhe, Excelência – disse ele. – Mas pergunta o que vai ser da safra que logo deverá ser colhida.

– A nação está em guerra – repetiu Piotr. – Não há dever maior do que servir à Rússia, na hora em que precisa de nós, santo homem. A colheita será feita pelos velhos e enfermos, pelas crianças e mulheres. Minha mulher – ele se voltou para Irina a seu lado, numa atitude de fervor marcial – e minha mãe – Olga achava-se do outro lado – vão permanecer aqui e supervisionar os trabalhos. A colheita será feita, isso eu lhe prometo.

De novo houve uma breve hesitação, ao passo que George observava a fisionomia subitamente fechada de Irina. Então um rapaz surgiu do meio do povo, com o rosto ardendo de embaraçado entusiasmo:

– Eu estarei naquele trem, Excelência – gritou ele. – Quem me acompanha para lutar pelo czar e pela pátria?

– Vou também! – gritou outro, e mais um terceiro, e houve um avanço em massa.

As mulheres começaram a chorar, as crianças, a berrar. Homens se abraçavam, chapéus eram atirados para o alto. A praça tornou-se cenário de exaltada manifestação. Nem mesmo o príncipe Piotr, erguendo a mão, conseguiu restabelecer a calma imediata. Mas gradualmente o ruído amainou.

– Obrigado! – gritou Piotr. – Agradeço a todos. Mas não esperava menos do povo de Starogan. – Tornou a enxugar o rosto. – Qual é o nome desse rapaz? – perguntou ao padre.

– Rauzer, Excelência. Stefan Rauzer.

– Não me esquecerei dele – disse Piotr, e, encaminhando-se por entre as pessoas até o local onde estavam estacionados os carros, olhou pela janela do que viera guiado por George Hayman, no qual Johnnie, que não tivera permissão de sua mãe para descer, baixara a vidraça.

– Será que os alemães vão chegar até Starogan, tio Piotr? – perguntou. Tendo aprendido desde pequeno com sua mãe a falar russo, ele reassumira com facilidade sua língua nativa.

– Não – respondeu Piotr, passando a mão pela cabeça do menino. – Nós é que iremos ao encontro deles, Ivan Georgievich. E nenhum alemão jamais porá os pés em Starogan, isso eu lhe prometo. Nem daqui a mil anos. Então, George, mais uma vez envolvido em batalhas. Por que está tão solene?

– A ocasião é solene, não acha?

– George está preocupado – disse Ilona, sentando-se ao lado do filho. – Acha que você iludiu o povo.

– Eu os iludi? Como assim?

— É que, na realidade, não estamos ainda em guerra — respondeu Ilona. — Nem, pelo que entendi, já foi declarada a mobilização geral. É apenas uma mobilização contra a Áustria.

— Que tolice. Aonde os austríacos vão, os alemães vão atrás. E quanto tempo tem essa notícia? Dois dias? Já devemos agora estar em guerra. Posso garantir-lhe. O caso, George, é que está se lembrando do fiasco com os japoneses. Diga a verdade, George.

— Bem...

— Dessa vez, as coisas serão diferentes — insistiu Piotr. — Aquela foi uma guerra colonial. Guerras coloniais frequentemente resultam em desastre. E o que diz de seu general Custer, hein? Mas esta é uma guerra europeia. Tanto a honra como a segurança da Rússia estão em jogo. Por acaso sabe que Sua Majestade proibiu toda a venda de vodca? Verá dessa vez uma nação diferente, se está interessado em ficar e observar.

— CLARO QUE ELE deve partir. — Nikolai Nej enxugou as lágrimas que lhe escorriam dos olhos. — Só que... Vossa Excelência deve entender que não tenho meu filho mais velho, e agora perder o mais novo...

— Na guerra... — gemeu Nadia Nej, em lágrimas.

— Ele vai ser morto — soluçou Zoe Nej. — Nunca mais tornaremos a vê-lo. Nunca mais!

— Oh, por favor, não tomem as coisas assim — pediu Piotr. Os outros criados pareciam igualmente contrafeitos. Devia ter começado por eles, em vez de Ivan. Mas o filho do intendente tinha de ser o primeiro. — Ele não vai morrer. Ninguém vai morrer. Os franceses estão lutando conosco. Como poderão os alemães lutar ao mesmo tempo contra nós e os franceses? Simplesmente, faremos recuarem seus exércitos, ocuparemos Berlim e os obrigaremos a nos pagarem uma indenização. A luta estará terminada antes do Natal, eu lhes garanto.

— Claro que ele deve partir — disse Nikolai Nej, abraçando o filho. Estava perturbado porque Ivan não dissera uma só palavra. — Claro que ele deve partir.

— Estarei esperando por você no trem amanhã de manhã, Ivan Nikolaievich. — Piotr sorriu para as duas mulheres: — Quando ele voltar, estará usando uma medalha, eu lhes prometo. – Depois, virou-se para os lacaios, que esperavam enfileirados. – Agora, acho que podemos dispensar quatro de vocês. Quem vai apresentar-se como voluntário para lutar pelo czar? Gromek?

O grandalhão olhou, consternado, para seu amo.

– Será a grande aventura de sua vida – anunciou Piotr. – Diga adeus a seus pais, Gromek, e esteja no trem amanhã de manhã. Petrov? Você, também, dará um ótimo soldado.

Dois outros lacaios foram selecionados, e o príncipe Piotr pronunciou mais algumas palavras sobre a honra e a glória que cobririam aqueles que cumprissem seu dever e depois mandou que se retirassem. Estava na hora de ser servido o almoço.

Ivan viu a porta fechar-se atrás do príncipe e ouviu o súbito murmúrio de conversa do outro lado. Ele ia partir para a guerra. Tinha sido escolhido sem mais nem menos, seria forçado a abandonar o calor e a segurança de Starogan e marchar para a guerra. Em vez de dias de lazer, colhendo maçãs no pomar, seria espancado por sargentos instrutores; em lugar de estirar-se junto ao rio, vendo *mademoiselle* Tatiana banhar-se, estaria confinado numa barraca cheia de homens; em vez de deitar-se à noite ao lado de Zoe, estaria sendo varado por balas ou estraçalhado por alguma granada. Frequentemente, sonhava em abandonar Zoe, fugir de Starogan. Mas nunca cogitara alistar-se como meio de fuga. E, como frequentemente acontecia, seu ressentimento fixou-se em seu irmão mais velho. Se Mikhail ainda estivesse em Starogan, seria ele o escolhido.

Durante a estada em Port Arthur, antes de a guerra contra os japoneses e a morte do conde Dimitri mudarem o mundo em que viviam, Mikhail lera às escondidas, na biblioteca do conde Dimitri, toda espécie de livros e costumava falar sobre socialismo, as injustiças e desigualdades sofridas pelo povo, dominado pelos czares e seus acólitos. Tais absurdos sempre entediavam Ivan. O czar estava no poder e não havia o que discutir. Mas quem sabe Mikhail estaria com a razão?

– Claro que você deve partir – disse Nikolai de cara fechada para o filho. – Não quer lutar?

– Não é minha guerra. – Ivan afastou-se e foi colocar-se contra a parede, sentindo todos os olhares fixos nele. – E tampouco é sua guerra. É uma guerra que foi decidida pelo czar, em São Petersburgo, e pelo kaiser, em Berlim. Querem lutar por motivos pessoais, para o próprio benefício. – Inconscientemente, ele estava ecoando as palavras de Mikhail. – Aposto o que quiser como não existe um só alemão do povo que queira lutar, um só austríaco ou francês. Estão sendo impelidos para esta guerra, exatamente como nós.

– Santo Deus, isso é traição! – disse Alieksei Alieksandrovich, o mordomo.

– É a verdade. Vocês todos têm tanto medo assim da verdade?

– Está falando exatamente como seu irmão Mikhail – disse Nikolai.

– E se você não for será preso – disse Nadia Nej, sempre prática.

– Oh, vou sim, mamãe. Vou porque me mandaram, mas não espere que eu cante canções em louvor ao czar. E por que não posso falar como Mikhail, papai? Ele é meu irmão.

– É um maldito traidor – rosnou Nikolai Nej.

– Traidor?! – exclamou Ivan. – Como pode ele ser traidor? Matou um homem que estava esmagando a Rússia.

– O conde Stolypin era o primeiro-ministro do czar – declarou Alieksei Alieksandrovich. – Não poderia estar esmagando a Rússia, pois a Rússia pertence ao czar.

– A Rússia nos pertence – disse Ivan, agora se dando conta de que *estava* citando Mikhail. – Pertence ao povo russo. Não a um único homem.

– Meu Deus! Meu Deus! – Nikolai Nej pôs as mãos na cabeça. – Se o príncipe Piotr ouvisse você falar...

– Não me importa o que o príncipe Piotr possa ouvir – gritou Ivan. – Não me importa o que ele possa pensar.

– Mas você vai? – insistiu a mãe.

– Eu vou! – exclamou Gromek. – Estou ansioso por ir, por matar alemães.

"Ansioso por matar alemães", pensou Ivan, com desprezo. O que é o prazer de matar alguém, comparado ao horror de ser morto?

Subitamente ele se sentiu tomado de desespero. Não tivera intenção de dizer o que pensava. Mas agora, que falara, percebia o quanto estava isolado. Não havia alguém ali que compreendesse, que quisesse compreender a verdade. Significaria isso, realmente, que ele não passava de um covarde? Frequentemente, em suas aventuras mentais, sonhara, com violência, com Tattie a seu lado – ou, melhor ainda, Tattie e a jovem judia – e se sentia capaz de enfrentar o mundo, matar com brutal determinação. Mas nunca imaginara que seria mesmo obrigado a matar.

– Mas você vai? – tornou a insistir Nadia Nej.

– Estarei na estação amanhã de manhã – disse Ivan com um suspiro, encolhendo os ombros. – Sim, irei.

E, saindo pela porta dos fundos, bateu-a atrás de si. "Irei", pensou ele. "E lutarei. E matarei homens que nunca vi antes em minha vida e que estarão tentando me matar. E se conseguirem? E se eu morrer? Que vida! Vinte e seis anos engraxando botas, curvando-me e rendendo homenagem a idiotas como o príncipe Piotr, para depois me tornar um monte de carne putrefata em algum deserto. Não, o campo não estará deserto. Haverá outros montes de carne putrefata a meu redor."

– Ivan Nikolaievich?

Ele enfiou as mãos nos bolsos e desceu a escada dos fundos. Atravessou uma poça d'água, espirrando lama – chovera durante a noite.

– Ivan. – Zoe seguira-o; estava confusa.

"Sendo mulher", pensou ele, "ela não pode compreender que algum homem não queira vestir uma farda e partir correndo para matar e ser morto." Mas a verdade é que ela não o compreendia em absoluto. Não podia entender que ele não fizesse amor todas as noites, como no primeiro ano de seu casamento. Ela nada sabia de seus sonhos, é claro. Eram sonhos que não podiam ser partilhados com ninguém.

– Ivan. – Ela o alcançou e segurou-o pelo braço. – Vai partir amanhã de manhã.

Ivan lançou-lhe um olhar: ela sorria, apesar de triste e confusa. Zoe estava sempre sorrindo.

Apoiou a cabeça no ombro do marido. Ele recomeçou a andar, mas ela continuou com a cabeça apoiada em seu ombro.

– Pensei que nunca fôssemos nos separar – disse ela. – Mamãe e papai, sua mãe e seu pai, nunca, em toda a vida, estiveram separados. E agora você vai partir para longe. Ivan, não quer?... – E mordeu o lábio.

"Fazer amor com você esta noite?", pensou ele. "Suspender sua camisola até a cintura e colocar minha mão entre suas pernas?" Gesto simples, tratando-se de Zoe Fedorovna. Já que estavam quase fora do alcance de vista da casa, ele podia satisfazer o pedido da mulher. Não haveria obstáculos, nem mesmo de roupas. Nada de calças de linho branco com babados, escorregando lentamente sobre longas pernas brancas, como as de Tattie, ou de macias nádegas, como as de Rachel Stein. Ou mesmo de Ilona – ele fechou os olhos, recordando a ocasião em que vira Ilona nua. Isso fora anos antes, em Port Arthur, quando ela era uma jovem da idade de Rachel Stein: ele passava, quando Tattie escancarara a porta do quarto, no momento em que sua irmã se despia. No decorrer dos anos seguintes, ele costumava sonhar com Ilona, porque nesse tempo Tattie não passava de uma garota magricela. Mas depois de Ilona fugir com o tal americano – como ele tinha odiado o americano – só restara Tattie.

Zoe segurou-o pelo outro braço, forçando-o a encará-la; eles tinham dado a volta pelos estábulos e estavam completamente isolados do resto do mundo.

– Ivan Nikolaievich – disse ela –, diga-me que vai voltar. Diga-me que não vai morrer.

Ele observou a boca alegre contrair-se amargamente, em expectativa, os grandes olhos castanhos encherem-se de lágrimas. Quando estava infeliz, Zoe perdia toda a beleza e tornava-se o que era realmente, o que seria cada vez mais, à medida que envelhecesse: uma camponesa da estepe.

– Claro que não vou morrer – replicou ele, sorrindo e beijando-lhe os olhos. – Ouviu o que príncipe Piotr disse. Até o Natal, a guerra estará terminada. Estarei de volta para o Natal.

– Oh, Ivan... – As lágrimas haviam cessado. Isso ele conseguira. Mas despertara outro tipo de emoção. Viu-se empurrado para dentro do estábulo, onde havia várias baias cheias de feno. – Tem de me amar agora, Ivan, de novo e de novo e de novo, se vai estar ausente até o Natal.

Uma camponesa da estepe. Mas até ela podia sentir-se romântica, querer recapturar as emoções e os prazeres do tempo de noivado, precaver-se contra as incertezas do futuro. Zoe Fedorovna amava-o. Por que não era ela alta e esguia e inocente? Com cabelos negros ou louros?

– PODE SERVIR O CHAMPANHE, Alieksei Alieksandrovich. – O príncipe Piotr Borodin, confortavelmente sentado à cabeceira da comprida mesa, olhou para a dupla fileira de fisionomias um tanto inseguras e para sua mulher na outra extremidade.

– Champanhe? – perguntou a princesa mãe Olga, sentada, como de costume à direita do filho. – É uma comemoração?

– Claro que sim, mamãe. É o momento pelo qual estivemos esperando. Verá como todas as queixas e descontentamentos de que ouvimos falar desaparecerão como por encanto. Não há nada como uma guerra para fazer com que o povo se una ao czar, ao governo, ao país. – Ouviu-se um pequeno estouro, e ele ficou esperando, enquanto Alieksei lhe enchia a taça. Então, levantou-se: – Bebamos a uma guerra rápida, uma guerra vitoriosa!

Todos se levantaram e beberam. George Hayman estudou-lhes as fisionomias. Assim como ele, os outros não estavam acreditando em nada do que o príncipe dissera. Mas queriam acreditar. Com que intensidade queriam acreditar! E o que importava sua crença ou mesmo o que lhes acontecesse? George quisera voltar para observá-los, porque eram as pessoas mais fascinantes que já conhecera. Porém, não as mais coerentes. Como era possível que realmente supusessem que o povo acorreria em defesa de um pequeno grupo de aristocratas que o tratava como lixo? Podiam realmente achar que os Stein, por exemplo, estariam dispostos a servi-los? Na semana que se seguirá à partida das duas moças, elas não mais haviam sido mencionadas. Talvez ninguém sequer pensasse mais nelas. Tinham sido uma aberração de Piotr, e agora Piotr recuperara a sanidade mental. Irina cuidara disso. A semana toda, não deixara por um momento de estar ao lado do marido, e ninguém podia duvidar de que se mostrasse igualmente afetuosa na cama. Transbordava sexualidade matrimonial e, quando Irina se dispunha a isso, tornava-se uma mulher bastante irresistível.

Todos tornaram a sentar-se.

— Até mesmo George tem de concordar que, dessa vez, as probabilidades são a nosso favor — disse Tigran, com um tom meio malicioso.

— Creio que não — retorquiu Piotr. — George continua olhando por sobre o ombro para Port Arthur. Perdemos para os japoneses, George, porque não pudemos transportar em tempo para Mudken homens e armamentos suficientes. Foi só esse o motivo. Admito plenamente que foram erros do alto-comando, que não soube avaliar a situação. Dessa vez, não se repetirão tais erros. Sukhomlinov não se compara a Kuropatkin.

— Nesse ponto concordo com você — disse George.

— O que está querendo dizer? — quis saber Piotr, meio intrigado.

— Quero dizer que o general Kuropatkin era, pelo menos, um soldado profissional com experiência em combates antes de ser mandado para lutar contra os japoneses. O general Sukhomlinov, pelo que sei, é uma nomeação política.

— Pelo que sabe — repetiu Igor Borodin, com desprezo.

— Ah, mas George não deixa de ter razão, papai — interveio Tigran, com um tom sério. — Eu também não estou muito satisfeito com o Estado-Maior. Mas felizmente o Estado-Maior nada tem a fazer a não ser planejar. A campanha será, na realidade, conduzida pelos generais de campo e eles vão ser comandados pelo grão-duque Nikolai Nikolaievich, que Deus o abençoe. — E, levantando-se, ele ergueu sua taça. — À saúde do grão-duque, o melhor soldado da Europa!

Mais uma vez, todos beberam, e as damas olhavam de um lado para o outro, ansiosas por compreender essa conversa que, há apenas dois dias, as teria entediado tremendamente.

— Tem alguma objeção, George? — perguntou Piotr.

— Prefiro não discutir o assunto.

— Mas não está de acordo.

— Não vejo por que temos de discutir sobre o que quer que seja — disse Irina. — A situação é séria demais para discussões. Seja qual for o desfecho dos acontecimentos, o fato é que estamos em guerra. Todos vocês vão partir amanhã de manhã. Há tantas outras coisas a acertar.

— Exatamente — concordou Piotr. — Há muita coisa a ser discutida. Por isso, é bom que estejamos todos reunidos aqui.

— Pela última vez — observou Viktor.

— Que tolice está dizendo! — protestou sua mãe.

— Pode muito bem ser — retorquiu Viktor, na defensiva.

— Alieksei e eu vamos tomar o trem amanhã de manhã — disse Piotr, ignorando a altercação entre Viktor e sua mãe. — O Preobraschenski está de serviço em São Petersburgo. Temos de nos reunir a nosso regimento o mais breve possível.

— Não há possibilidade de sermos destacados para servir no quartel? — perguntou ansiosamente Alieksei Gorchakov. — E assim não sermos mandados para a frente de batalha?

— Os homens... — suspirou Tatiana. — Querem mesmo que lhes estourem os miolos? Se você ficar em São Petersburgo, poderíamos viver juntos.

— Tatiana! — exclamou Olga.

— Ora, mamãe, nós não vamos casar-nos? Pensei que era isso que iríamos discutir hoje. Poderíamos casar-nos esta tarde. Bastaria para isso uma licença especial de Piotr.

As cabeças se voltaram para o príncipe, que obviamente não tinha considerado o assunto.

— Nunca ouvi absurdo maior em toda minha vida — declarou Olga. — Seu casamento deve ser um acontecimento social em São Petersburgo, quando a guerra terminar. O casamento de Ilona foi um acontecimento. — Mas olhou meio perplexa para a filha mais velha, percebendo a gafe que cometera.

– Está referindo-se ao *primeiro* casamento de Ilona – comentou Xenia.

– Acho, mamãe, que em tempo de guerra pode haver exceções – disse Ilona, ignorando o comentário de sua prima.

– Absurdo! – repetiu Olga. – Não vou permitir. Piotr diz que a guerra estará terminada até o Natal. Faremos o casamento na próxima primavera. E se... bem... o casamento realizar-se-á na primavera. – Percorreu a sala com o olhar, como que desafiando alguém a contradizê-la.

– Quase disse, mamãe, que se Alieksei morrer na guerra, então não vai fazer diferença – retorquiu Tattie.

– Oh, por favor... – protestou Alieksei.

– Tais coisas têm de ser levadas em conta em tempo de guerra – retorquiu Olga, sem sequer corar. – Seu pai foi morto no baluarte, em Port Arthur, Tattie. É uma eventualidade que tenho de considerar.

– Ele estará morto – gemeu Tatiana – e eu continuarei virgem.

Ouviu-se um zum-zum na ponta da mesa, e Anna Borodina soltou um grito assustado.

– É a princesa mãe! Vovó. Ela desmaiou.

– O frasco de sais! – gritou Olga. – Xenia... alguém toque a sineta. Tattie, como *pôde* dizer uma barbaridade dessas?

– Eu só disse...

– Há certas palavras que nunca deviam ser usadas – observou Olga, com ar severo. – Não compreendo nem por que foram inventadas. Mamãe está bem, Anna?

– Creio que sim – disse Anna, esfregando as mãos da velha senhora. – Ela já está abrindo os olhos. Onde estão os sais?

Viktor tocara a sineta, e Alieksei Alieksandrovich acorreu. Anna passou o frasco de sais sob o nariz da princesa mãe, e Marie Borodina abriu os olhos.

– Está tudo bem – disse Anna. – Não vai acontecer de novo.

– Está sentindo-se bem, vovó? – perguntou Piotr. – Não gostaria de se deitar?

– Não – respondeu a princesa mãe. – Não. Quero ficar. Como disse Viktor, talvez seja a última vez que nos reuniremos aqui

Todos lançaram olhares de censura a Viktor, dando a Tattie uma folga momentânea. George e Ilona se entreolharam, e ela ergueu as sobrancelhas, fazendo-lhe sinal para que não risse.

– Estamos tendo uma conversa séria – disse Piotr, retomando o controle da discussão. – Quero que todos me deem um momento de atenção. Mamãe está com a razão, casamentos devem ser adiados até que essa situação se resolva. – Sacudiu o dedo para Tattie. – Se me interromper, Tattie, eu a mandarei para seu quarto. Bem, Aliekseı e eu partiremos amanhã de manhã. Tio Igor?

– Creio que devo partir, também. – Igor Borodin suspirou. – Tenho de voltar ao Ministério. Tigran?

– Estarei também no trem de amanhã.

– Philip?

– Devo voltar – disse o grão-duque. – Era o chefe de Tigran no Ministério do Exterior.

– Muito bem – disse Piotr. – Os homens já decidiram. Exceto George. Imagino que tenciona voltar para os Estados Unidos o mais breve possível?

– Eu estava pensando nisso – disse George.

– George! – A voz de Ilona soou brusca.

– Bem – disse ele, corando –, aqui estamos no começo do que pode resultar numa guerra de grandes proporções. Acontece que me encontro no meio do conflito. Creio que nunca me perdoaria se não fizesse a cobertura desta guerra. Acho que estarei também no trem de amanhã.

– Há um correspondente seu em São Petersburgo – observou Ilona.

Agora era a vez de a família Borodin assistir indulgentemente à discussão do casal.

– Crawford não tem muita experiência – disse George. – Não, acho que é minha obrigação...

– Então vou com você – declarou Ilona.

– Não pode, meu amor. E as crianças?

– Podem ficar aqui em Starogan. Não podem, mamãe?

– É claro. Eu adoraria ter meus netos aqui. Mas quer voltar para São Petersburgo, minha filha?

Ilona lançou um olhar ao marido e corou.

– Não me importa se sou ou não aceita pela sociedade. Quero apenas estar ao lado de George. E gostaria também de rever São Petersburgo.

– Acho que devemos fazer uma lista. – Piotr estalou os dedos, e Alieksei Alieksandrovich adiantou-se apressadamente com uma caneta e uma folha de papel. – Então, são seis lugares para o trem de amanhã. Quanto às damas...

– Perdão – interrompeu Viktor. – E eu?

Cabeças voltaram-se para ele.

– Estou no último ano na universidade – disse Viktor. – Certamente devo alistar-me.

– Você? Você ainda é apenas um menino – protestou a mãe.

– Estou com 22 anos. Todos aqueles rapazes da aldeia não são mais velhos do que eu. Quero combater.

– Ora, que bobagem! – disse Igor Borodin. – Há outras coisas para você fazer. Deixe o combate para os soldados profissionais e... os voluntários. Precisamos de gente como você em São Petersburgo. Encontrei um trabalho que lhe convenha no Ministério.

– Quero combater – insistiu Viktor.

– Vai fazer o que seu pai está mandando – disse Anna Borodina.

– Ainda assim, acho que ele deve partir conosco amanhã – concordou Piotr, continuando a escrever.

– Eu irei com vocês – declarou Xenia. – Acho que São Petersburgo em guerra vai ser tremendamente excitante. Vou trabalhar como enfermeira. Vou gostar do trabalho. A czarina e as filhas provavelmente servirão também como enfermeiras. Foram treinadas para isso.

– Mas você não – comentou Viktor.

Xenia olhou para o irmão como se ele fosse um verme.

– Posso aprender. Ilona trabalhou como enfermeira em Port Arthur. E pode trabalhar de novo.

Ilona olhou para George. Ambos se lembravam dos horrores do hospital durante o cerco.

— Claro — disse Ilona. — Se precisarem de mim.

— Tia Anna?

— Irei também.

— Um êxodo em grande escala — disse Piotr, escrevendo. — Bem, então restam mamãe, vovó, Irina e Tatiana para assumirem o comando de Starogan; as crianças.

— Quatro mulheres? — perguntou Olga Borodina.

— Não há com o que se preocupar. Nikolai Nej e Alieksei Alieksandrovich cuidarão de tudo, e o padre Gregori zelará pela aldeia. Feodor Geller, o mestre-escola, também é um bom homem, e o prefeito, pessoa de confiança. Pensei em tudo.

— Piotr — disse Irina. — Não pode realmente pretender que eu me enterre aqui em Starogan, justamente quando está começando a estação...

— Ela fez uma pausa, ante os olhares acusadores. — Bem, *haverá* uma estação. Sempre houve uma estação em São Petersburgo. Seria o cúmulo do derrotismo permitir que os alemães interrompam nossa vida social.

— Há muito o que fazer aqui — disse Piotr.

— Pois eu não fico — declarou Tattie. — Vou para São Petersburgo. Vou ser enfermeira também, junto com Xenia. E não pode me impedir, Piotr. Agora já tenho 21 anos.

— Escute aqui...

— Acho que o tempo é curto e temos de fazer nossas malas. — George terminou seu champanhe e empurrou para trás a cadeira. — Com licença, Piotr... Princesa. — Ajudou Ilona a levantar-se, Alieksei Alieksandrovich abriu-lhes a porta, e os dois subiram juntos a escadaria.

— Não é uma gente incrível? — disse Ilona, segurando a mão do marido.

— Não creio que sejam muito diferentes de outras famílias. Apenas as circunstâncias em que vivem são diferentes. Querida, quer realmente ir para São Petersburgo?

— Acho que sim. A perspectiva de rever São Petersburgo me estimula.

— E se todos lhe negarem cumprimento?

— É o que estou esperando.

– E se encontrar Serguei?

– Isso é pouco provável, já que ninguém vai convidar-me. E se *você* o encontrar, George? Isso é bem mais provável.

– Simplesmente lhe negarei cumprimento. Querida... – Ele lhe apertou a mão com mais força. – Espero que compreenda que tenho de ir e ver as coisas com meus próprios olhos.

– Sim, acho que compreendo.

Eles tinham chegado ao patamar e pararam diante da porta de seus aposentos. Do lado de fora, podiam ouvir o barulho das crianças brincando. – George... não há perigo de derrota dessa vez?

– Espero que não.

– Mas acha que existe a probabilidade?

– Não creio que vá ser nem de longe tão fácil como Piotr imagina Os alemães têm fama de possuir o melhor Exército do mundo.

– Quer dizer que nós poderíamos ser derrotados de novo?

– É possível que não saiam vitoriosos da luta. Mas que história é essa de *nós*? Você agora é uma americana.

Ilona virou-se e olhou pela janela. A colheita estava prestes a começar e os campos nunca tinham parecido tão abundantes

– O que acontecerá se a Rússia não vencer, George?

– O que acontecerá à Rússia? Não muita coisa.

– À minha família, George?

– Isso não posso dizer. – Ele a segurou pelos ombros e a puxou para junto do peito. – As pessoas da sua família sobreviverão, minha querida. Sobreviverão a tudo, se realmente quiserem.

– É VERDADE. – Como de costume, Kalinin agitou no ar folhas de papel. – A Alemanha e a Áustria contra a Rússia e a França. Oh, e a Sérvia, é claro.

– E qual será a posição da Inglaterra? – perguntou Krupskaya, mulher de Lenin.

– Nem uma só palavra foi dita ainda sobre isso. Mas o boato, em Genebra, é que os ingleses cruzarão os braços, a não ser que sejam provocados.

– Os ingleses sempre cruzam os braços – observou Lenin. – São os parasitas da história; ambicionam apenas usufruir a riqueza dos outros.
– Muito bem. – Kalinin pôs-se de pé. – Acho que isso pede uma bebida. Uma bebida de comemoração.
– O que temos para comemorar? – quis saber Lenin.
– A guerra: você sempre disse...
– Eu sempre disse que se a Rússia viesse a perder outra guerra seria nossa oportunidade – replicou Lenin.
– Pois então?
– Como poderemos perder esta guerra? Os alemães é que vão perdê-la. Não pode haver absurdo maior do que declarar guerra a *ambas*, à Rússia e à França. Como poderá a Alemanha defender suas duas fronteiras?
– Os austríacos...
– Não servirão de nada, acredite.
– Bem, então os italianos. Estão ligados à Alemanha e à Áustria por tratados. Quando entrarem, também, na guerra...
– Quando? Se entrarem! – retorquiu Lenin. – Eles preferem ficar com as sobras. Não, não, camaradas. A guerra vai ser um desastre para nós. O povo, até mesmo o proletariado, meu amigo, marchará para a guerra, entoando canções em louvor ao czar. E depois de vencerem, cantarão que a vitória foi do czar e voltarão sem um queixume para mais cem anos de repressão. Sabe por que Nicolau está sentado no trono com tanta onipotência, neste ano de 1914? É porque Alexandre derrotou Napoleão em 1814. É o mínimo de tempo que uma guerra vitoriosa garante a uma coroa.
– Tenho de voltar – disse Mikhail Nej.
– Oh, não recomece essa história. Vamos, Krupskaya, sirva uma bebida a todos nós. Temos realmente algo a comemorar... o fato de não estarmos na Rússia neste momento, onde seríamos recrutados.
Krupskaya levantou-se e foi buscar a garrafa de vodca. "A vodca é agora o único elo verdadeiro entre nós e a Rússia", pensou Mikhail. Mas a Rússia estava em guerra e eles eram russos.

– Será possível que você queira voltar e lutar pelo czar? – Kalinin estava curioso.

Mikhail levantou-se, enfiou as mãos nos bolsos e olhou para fora da janela.

– Se tem razão, Vladimir Ilich – disse ele –, então estamos todos desperdiçando nossas vidas. Não seria melhor voltar e lutar pela pátria e assim colaborar para que nossas famílias tenham uma vida melhor?

– Não, não seria melhor – replicou Lenin. – Além do fato de que seríamos enforcados, sobretudo você, Mikhail Nikolaievich, não pode haver melhor época para nosso povo, enquanto o czar vive, e aquela mulher domina o país. Temos de esperar e ser pacientes. Dizem que o czarevich tem pouca saúde. O pai dele acabará morrendo e a mãe também. Talvez então... quem sabe? Temos de esperar e ter paciência.

– Esperar! – gritou Mikhail, virando-se para os outros. – Esperar e ter paciência. É só o que vocês sabem dizer. A Rússia está em guerra, Starogan está em guerra. Sabem o que deve estar acontecendo em Starogan? Todos os meus companheiros de infância estarão marchando de carabina no ombro, cantando canções. Meu próprio irmão, Ivan, estará entre eles, suponho. – Então calou-se franzindo a testa. Não podia imaginar Ivan como soldado.

– O que prova que são uns idiotas. – Lenin terminou sua vodca e estendeu o copo para Krupskaya tornar a enchê-lo. – Sei o que o está perturbando, Mikhail. Você sempre sonhou em ser soldado. Em nome de Deus, por quê?

– Servi a uma família de soldados – respondeu Mikhail. – O príncipe Piotr também já deve ter partido para a guerra, cavalgando à frente de seu regimento.

– Você serviu – ecoou Lenin. – Por que quer tornar a servir? Por que quer morrer pelo czar? Ou mesmo matar outros homens pelo czar?

– Eu não estaria fazendo isso pelo czar, mas sim pela Rússia.

– Pela Rússia? Isso é um sonho de menino, Mikhail Nikolaievich. Envergonho-me de você. Se pudesse ser comandante, então talvez eu compreendesse. Mas partir como soldado raso e marchar sob o chicote de seu sargento e acabar perfurado de balas... tudo isso para que o czar e a mulher possam bater no peito e dizer "ganhamos a guerra"? Compreenda, você não terá ganhado a guerra para eles, eles é que terão ganhado a guerra para si mesmos, simplesmente sentados em seus tronos em São Petersburgo e mandando gente como você para morrer no campo de batalha. Sente-se, camarada, tome outra bebida e agradeça a Deus por estar aqui, e não lá.

4

A multidão avançava, oscilava de um lado para o outro, e os que estavam na frente se aproximavam da janela, impelidos pelos que vinham atrás, depois recuavam. Guarda-chuvas e bengalas eram sacudidos no ar. Rachel Stein, imprensada numa soleira de porta na outra extremidade da rua, percebeu que a multidão deixara de ser um amontoado de seres humanos para se tornar uma entidade única, uma turba. E havia, também, muitas mulheres. Ela mal podia acreditar que as mulheres eram as mais fanáticas, suas vozes, as mais agudas, e elas é que estavam incitando os homens. Mulheres bem vestidas que de volta a suas casas tomariam chá em xícaras de porcelana gritavam slogans exaltados e coisas ainda piores.

– Os alemães devem todos ser enforcados!

Alguém arrancara um paralelepípedo do calçamento, e um instante depois se ouviu o estrondo de vidros estilhaçados. Hans Freiling espiou pela janela do segundo andar e sacudiu o punho. A multidão avançou para ele, aos gritos. De novo, vidros estilhaçados, e o ruído mais sinistro de madeira arrombada. De repente, o estalar de cascos de cavalo na pedra do calçamento e o toque de um clarim abafaram os outros ruídos.

Rachel juntou as saias e correu, aos saltos, escorregando na rua molhada pela chuva, o chapéu ameaçando cair no chão e ser destruído. À sua volta, todos corriam. Já tinham tido sua diversão, e as janelas de Hans Freiling haviam sido espatifadas; ninguém ia esperar para ser esmagado sob as patas dos cavalos dos cossacos.

Rachel viu-se empurrada para uma rua lateral e parou para tomar fôlego. Procurou na bolsa um lenço e enxugou o suor dos lábios e da testa, vendo os cavalos dispersarem a multidão aglomerada na esquina. Mas como os cossacos estavam controlando uma turba que dava vazão a seu ódio contra alemães, suas espadas permaneciam embainhadas, e mesmo os bastões só eram vibrados acima da cabeça de supostas vítimas. "Pobres alemães, sendo alvo de tanto ódio!", Rachel sentiu-se corar. Por que haveria de ter pena dos alemães? Mas os que ela conhecia, o número considerável de negociantes prósperos que viviam em São Petersburgo, sempre lhe haviam parecido pessoas agradáveis.

"A própria czarina", pensou ela, "era alemã." Seria esse um pensamento desleal? Mas os judeus eram bem tratados na Alemanha, não eram sujeitos a contínuos *pogroms,* ao capricho de cada governador distrital. Pensou que poderia viver feliz na Alemanha.

Deixando a rua pela outra extremidade, ela tomou um bonde e ficou de pé na plataforma, observando as pessoas. A guerra fora declarada havia uma semana, mas a excitação do primeiro momento ainda não esmorecera. Homens continuavam agarrando outros homens pelo braço para se falarem ao ouvido, mulheres formavam pequenos grupos nas esquinas. O próprio bonde estava cheio de boatos sussurrados.

– Os austríacos bombardearam Belgrado.

– Oh, isso já foi há vários dias. Agora já devem ter cruzado a fronteira.

– Mas os sérvios os derrotaram.

– Que bobagem! Como poderiam os sérvios derrotar os austríacos?

– Pois derrotaram, eu lhe asseguro. O capitão Dimitrov contou a meu irmão. Os sérvios são bons combatentes.

– E os franceses?

– Estão invadindo o Ruhr.

– Tão cedo? Impossível!
– Pois estão. Sei de fonte limpa, pelo capitão Dimitrov. E sabe que os ingleses vão entrar na guerra também, do nosso lado?
– Como podem os ingleses lutar do nosso lado se são aliados dos japoneses?
– Lutarão, sim, mas contra os alemães. Os ingleses odeiam os alemães. Todo mundo odeia os alemães.

"E será que os alemães odeiam todo mundo?", pensou Rachel, ao descer do bonde.

Subiu a rua apressadamente e transpôs o portão de ferro forjado dos Stein. O caminho pavimentado era curto, e de cada lado havia meia dúzia de grandes olmos, que faziam o orgulho e o prazer de seu pai – derramavam sua folhagem sobre os canteiros vistosamente coloridos de cravos em contraste com rododendros azuis, ao fundo. Subindo para o alpendre, ela irrompeu no vestíbulo da entrada, que se estendia até o gramado de croqué nos fundos, e o roseiral. Mesmo que a casa se situasse na Ilha Petersburgo, e não no Prospekt Nevskiy, ainda assim, era uma linda casa, uma das melhores da área. Então por que haveria ela de se envergonhar de sua casa? Porque era a única propriedade da família, porque ela chegava a pé em casa e não havia uma porção de criados esperando para recebê-la? Presumivelmente, cada uma das casas citadinas dos Borodin era servida por uma vasta criadagem.

Mas Rachel sabia que mesmo essa casa era demasiado dispendiosa para seu pai, e que, recentemente, ele tivera de hipotecá-la pela segunda vez. Mas um advogado conceituado e membro da Duma precisava ter uma casa assim: era bom para os negócios, por mais que representasse um sacrifício. Os Borodin teriam, também, dívidas? Príncipes podiam endividar-se? Teria de perguntar isso ao pai.

– Rachel! Onde você andou?

O tom de sua mãe era excepcionalmente severo, e Judith a observava também.

Apesar de sua afetada displicência na estação da estrada de ferro, em Starogan, Judith ficara muito abalada com o que acontecera na mansão dos Borodin. Não dissera uma só palavra durante todo o percurso de volta para casa. E tampouco contara o que tinha acontecido, embora sua mãe obviamente deduzisse que a visita não correra bem. Mas sua curiosidade e preocupação haviam esmorecido com a excitação das notícias sobre a guerra.

– Fui à loja de *madame* Louvier para comprar rendas – explicou Rachel.

– Mas está havendo um *motim* nas ruas. Seu pai está muito preocupado e zangado.

– Eu assisti ao motim – disse Rachel, tirando o chapéu e começando a subir as escadas.

– Você... Meu Deus! Não está machucada?

– Claro que não, mamãe. Mas estavam realmente apedrejando a loja do pobre *Herr* Freiling. Não sei o que mais ainda vai acontecer.

Alguém bateu à porta da frente e as três se debruçaram no corrimão da escada para ver quem chegara. Era Joseph. Estava sem chapéu e com o cabelo preto esvoaçando. Ele também não parecia mais o mesmo desde a volta de suas irmãs. Mas não tinha nada a ver com Starogan; tentara alistar-se e fora recusado porque não conseguira prender a respiração durante sessenta segundos. Como se isso fosse necessário para um soldado!

– Joseph! – gritou sua mãe. O casaco dele estava coberto de lama.

– Cossacos – gritou Joseph. – Atacando as pessoas na rua. Santo Deus, era como se fôssemos alemães!

– Eles o agarraram? – perguntou Judith.

– A mim não. Mas escorreguei e caí na sarjeta. – Ele despiu o casaco e tentou limpar a lama dos sapatos.

– Seu pai está muito aborrecido – disse Ruth Stein, readquirindo o tom severo, depois de constatar que nenhum de seus dois filhos mais moços tinha se machucado. – Ele pediu a todos que ficassem em casa, a não ser que fosse absolutamente necessário sair. E vocês dois saíram. Imagine só, para comprar renda! Está *muito* contrariado.

– Vou fazê-lo sorrir – disse Rachel, continuando a subir a escada e abrindo a porta do escritório do pai. Imediatamente ele se voltou, fazendo estalar a poltrona de sua escrivaninha, e fitou a filha com a fisionomia severa.

— Rachel.

— Papai. — Rachel sentou-se no colo dele, abraçou-o pelo pescoço e beijou-lhe a ponta do nariz.

— Pedi a você que não saísse.

— Mas eu tinha de sair, papai. É tudo tão... bem... nunca haverá outra guerra igual a esta, não é?

— Espero sinceramente que não, mas, Rachel, ouvi dizer que os cossacos estavam nas ruas.

— Atacando acima e abaixo — disse Joseph do limiar da porta. — Portando-se como alucinados. A nação inteira parece ter enlouquecido. Talvez o mundo inteiro.

— A guerra é, de quando em quando, um mal necessário — disse gravemente Jacob Stein, passando o braço pela cintura de Rachel. Ela sempre fora a filha preferida. — Chega um momento em que as pessoas têm de lutar pelo que acreditam.

— E no que acreditamos *nós?* — perguntou Joseph, com as mãos na cintura. — Acha que a Áustria realmente tenciona ocupar a Sérvia? E se a ocupasse, como isso nos prejudicaria? Que mal a Áustria nos pode fazer? Que mal pode alguém nos fazer? Estão sempre dizendo que somos a maior nação do mundo. Que motivo temos para lutar contra alguém?

Tendo sido rejeitado pelo Exército, Joseph tornara-se pacifista. Rachel olhou para o pai, que olhou para a mulher, que olhou para Judith.

— Chega um momento... — tornou a dizer Jacob Stein.

— Oh, por favor, papai! — interrompeu Joseph. — Muita gente vai morrer. Não compreende? Pense nisso. Pense nisso, Judith. Seu príncipe vai ter aquela bela farda toda respingada de sangue.

Judith nada contara a Joseph sobre o que tinha acontecido em Starogan.

— O príncipe Piotr não é meu príncipe — replicou ela.

— Ah, não? Mas ele a levou para conhecer sua família.

— Foi apenas uma visita. Não creio que a família dele nos tenha aprovado. Não tornaremos a ser convidadas.

– Sangue – disse Joseph. – Vão fazer um grande furo bem no centro da túnica do príncipe, e ele estará liquidado.

– Joseph! – protestou sua mãe.

– E é bem feito – declarou Joseph. – É gente como ele que nos meteu nesta guerra. Gente como ele, do Ministério do Exterior e do Ministério da Guerra, soprando nos ouvidos do czar. Querem lutar. É só o que sabem fazer de suas vidas.

– Mas o problema não é seu – retorquiu Rachel, irritada, pois notara que a conversa perturbava Judith. Depois, ouvindo passos na escada, levantou-se rapidamente do colo do pai.

Dora Ulyanova apareceu no patamar vestida com o costume novo que Jacob Stein lhe comprara.

– Consegui – disse ela. – Consegui o emprego.

Todos voltaram os olhos, curiosos.

– No Ministério do Exterior. Vou ser a secretária de *monsieur* Borodin.

– Mas... – Judith olhou para Rachel. Tinham se esquecido de dizer a Dora que ela não podia mais pleitear o emprego.

– Ele foi muito delicado – informou Dora. – Sabia tudo a meu respeito. E sabem o que mais? Ele me trouxe em casa. Está agora lá embaixo.

Rachel levou as mãos à garganta. Tigran Borodin? Não queria ter mais nada a ver com ele. Por que haveria de querer? Ele não lhes dera apoio em Starogan. Só Hayman lhes oferecera apoio. Tigran ficara impassível, vendo-as serem humilhadas. Como podia ela desejar tornar a vê-lo?

Mas, então, por que seu coração estava tão sobressaltado? Olhou para o pai, para a mãe e Joseph. Não teve coragem de olhar para Judith.

– Você foi pleitear o emprego? – murmurou Judith.

– Claro que fui. Imagine só. Eu, Dora Ulyanova, trabalhando num ministério. Que piada.

– Mas não pode – disse Judith. – Não deve...

– Por que não devo? Você foi atrás de seu príncipe. Agora me deixe em paz, deixe-me arrumar minha vida.

– Pelo amor de Deus, calem a boca vocês duas! – ordenou Ruth Stein. – *Monsieur* Borodin está lá embaixo e vocês estão brigando como lavadeiras. Joseph, desça depressa e faça *monsieur* Borodin entrar na sala. Judith, é com você que ele deve estar querendo falar. Ande, menina, vá lavar o rosto e escovar o cabelo.

Judith olhou para Rachel.

– Posso descer, também, mamãe? – pediu Rachel. Mas por quê? *Por quê?* Que podia ele agora querer com ela?

– Claro que pode descer – decidiu Judith, diante da hesitação da mãe. – Trata-se apenas de uma visita.

– Bem, não demorem – pediu Jacob Stein, pondo-se de pé. Não tenho a menor ideia do que dizer àquele rapaz.

– Sim, apressem-se – disse Joseph, descendo as escadas.

– Se você disser uma só palavra a respeito de ser uma tolice lutar... – advertiu sua mãe.

– Vou deixar que ele fale.

Rachel correu ao banheiro, antes de Judith, passou água no rosto, examinou os dentes pala ver se estavam bem limpos e escovou os cabelos; ela os soltara, ao tirar o chapéu, e não havia tempo agora de prendê-los. Mas Tigran a tinha visto em Starogan de cabelos soltos. Starogan. Beijara-a em Starogan. Mas, segundo Tattie, ele beijava todas as moças que podia e também... mas a verdade é que ele nunca pusera as mãos nela.

Desceu correndo as escadas, deixando Judith para trás, atravessou às pressas o vestíbulo, sem se dar tempo para alisar a saia e controlar a respiração. E pôr em ordem seus pensamentos. Deveria mostrar-se fria e desdenhosa. Em Starogan, fora possível aos Borodin tratá-las como a inferiores. Mas esta era a casa do próprio pai. Nem mesmo um Borodin tinha direito ali.

Por que ele não a tocara, se Tattie tinha falado a verdade, e ele gostava de pôr as mãos em todas as moças? Ela sentia um aperto na boca do estômago.

Vasili Mikhailovich, o mordomo, estava esperando para abrir-lhe a porta. Ela parou no limiar, piscando os olhos, porque a sala de estar estava inundada do sol da tarde, o que tornava ainda mais pálido o estampado dos móveis; mas, pelo menos, o gramado que se avistava através das grandes janelas era bem aparado e os canteiros, cheios de rosas amarelas. O visitante não poderia deixar de notar que a família vivia com certo conforto.

Esquecera-se, em pouco mais de uma semana, do quanto ele era elegante. Não tão elegante quanto seu primo Piotr, nem tão bonito. Mas bastante elegante e bonito, com o bigode bem aparado e encerado nas pontas e seu traje preto. Estava com uma das mãos sob a aba do casaco e o polegar da outra mão enfiado no bolso do colete cinza-claro. As calças listradas, os sapatos com polainas e o alfinete de pérola que lhe prendia a gravata faziam com que, a seu lado, Joseph e Jacob Stein parecessem dois pés-rapados.

– Rachel! – exclamou Tigran, e estendeu ambas as mãos.

Ela se adiantou vivamente, os saltos dos sapatos no assoalho soaram a seus ouvidos como uma carga de cavalaria, e deu-lhe as mãos. Ele as beijou, primeiro uma, depois a outra.

– Não sei o que dizer – começou ele. – Sobre...

– Não diga nada. Por favor, Tigran. – Já o chamara pelo primeiro nome? Não se recordava. Mas isso mostraria a Joseph e ao pai que ela o conhecia intimamente.

Tigran estava com os olhos fixos nela.

– Dê-nos notícias da guerra. Se possível – disse Jacob Stein.

Tigran soltou lentamente as mãos de Rachel e sentou-se, puxando para os lados as abas do casaco.

– São bastante positivas – disse ele. – Nossos exércitos já estão a caminho da Polônia. É lá que iremos ao encontro do inimigo. É melhor combatê-lo lá do que em território russo.

– Pobres poloneses... – observou Joseph.

Rachel lançou-lhe um olhar de advertência, mas Tigran continuou sorrindo.

– São uma gente infeliz, os poloneses e os belgas. Já sabem que os alemães invadiram a Bélgica?

– Ouvimos só um boato – disse Jacob Stein, sentando-se. – Mas isso é incrível. Os alemães parecem querer lutar contra todo o mundo.

– E pode bem ser que isso aconteça – retorquiu Tigran. – Posso informá-los de que a Inglaterra se aliou à França, e isso significa que estará também do nosso lado.

– Ouvi esse boato no bonde. – Rachel mordeu o lábio. Não queria confessar que estivera fugindo dos cossacos. – Mas tudo isso me parece tão absurdo. Afinal, eles são todos aparentados, o czar e o kaiser, o rei da Inglaterra e até o imperador da Áustria, não é verdade?

– Duvido que isso tenha alguma influência – disse Tigran, sorrindo. – Nos dias de hoje, não são reis e czares que fazem a guerra. É o povo que faz a guerra. Os alemães estão crescendo e crescendo. Há duzentos anos que vêm crescendo. É preciso agora pô-los em seu devido lugar.

Rachel olhou para Joseph, que abriu a boca, mas compreendeu a advertência e tornou a fechá-la.

– Claro que é preciso – concordou Jacob Stein. – E a reação tem sido muito gratificante, não acha, Vossa Senhoria? Ouvi dizer que a nação inteira atendeu ao apelo às armas.

– Sim, é verdade. Praticamente todos os homens capazes entre 18 e 40 anos da nossa aldeia de Starogan se apresentaram como voluntários. Vamos pôr em campo exércitos de 10, 12 milhões de homens. Os alemães amaldiçoarão o dia em que começaram esta guerra.

– Doze milhões de homens – repetiu Joseph, como se isso lhe causasse preocupação. – Muita gente para alimentar. E armar.

Rachel tornou a lançar-lhe um olhar, certa de que ele estava preparando alguma armadilha.

– Tem razão – disse Tigran. – Trata-se de uma guerra com movimento de tropas e aquartelamento numa escala sem precedentes. O fato... – Mas se pôs de pé, ao ver Ruth Stein e Judith entrarem na sala. – *Madame* Stein. Aceite meus agradecimentos por receber-me em sua casa.

– Nós é que devemos agradecer a Vossa Senhoria sua bondade com a *mademoiselle* Ulyanova.

– O prazer foi meu, *madame* – replicou Tigran, sorrindo para Dora. – *Mademoiselle* Ulyanova é melhor datilógrafa do que qualquer um de meus secretários. E é tão agradável ter um rostinho bonito no escritório. *Mademoiselle* Stein.

– Vossa Senhoria. – O rosto de Judith não registrou expressão alguma, enquanto Tigran se curvava para beijar sua mão.

– Lamento muito não podermos ficar para recebê-lo – continuou Ruth Stein. – Mas estávamos de saída para fazer uma visita à minha mãe. Ela está muito nervosa com os últimos acontecimentos. Rachel, vá buscar seu capote. Vamos, Jacob. Você também, Joseph.

– Oh, mas...

– Você também, Joseph – disse Ruth, com a suave autoridade com que há anos vinha governando sua família.

– Peço a Vossa Senhoria que nos desculpe – disse Jacob Stein. – Eu tinha me esquecido dessa visita. Ofereça a Sua Senhoria um copo de vinho, Judith. Vasili Mikhailovich está do outro lado da porta. Não se esqueça...

– Perdão – interrompeu Tigran, erguendo a voz. – Vim para falar com *mademoiselle* Rachel.

Fez-se um silêncio na sala, e as pessoas se entreolharam. Rachel sentiu um vivo rubor abrasar-lhe a face.

– Como disse mamãe – declarou Judith, com voz branda –, temos de ir agora visitar minha avó. Ela simplesmente confundiu Rachel comigo. Se Vossa Senhoria nos permite...

– Mas... – começou Jacob Stein.

– Venha, Jacob – ordenou a mulher, segurando-o pelo braço para tirá-lo da sala. Rachel virou-se de costas. Nesse momento, não queria encarar ninguém da sua família.

– Sua família foi muito gentil comigo – disse Tigran, quando se viu a sós com Rachel, e sentou-se ao seu lado no divã.

– Ficaram constrangidos.

– Não tive intenção de constrangê-los, acredite. Mas *realmente* vim ver você. Não sei se Judith e eu teríamos alguma coisa a nos dizer. E não sei o que lhe dizer sobre o que aconteceu na semana passada.

– Então por que falar nisso? Aceita um copo de vinho?

– Não agora, obrigado. Talvez mais tarde.

"Ai meu Deus!", pensou ela. "Ele veio com a ideia de flertar." E saíram todos de casa. Será que saíram mesmo? Ou estão à espreita lá em cima?

– Mais tarde?

– Bem, talvez mais tarde possamos beber alguma coisa para comemorar.

– É impossível ter algo a comemorar numa guerra – observou ela.

– A guerra é terrível – concordou ele, sem convicção. – Mas, às vezes, é boa para o povo. Para as pessoas. Faz com que se deem conta de como a vida é curta, da importância de viver o presente, em vez de planejar o futuro...

"O que fazer? Ele parece prestes a me fazer alguma proposta. Meu Deus, o que fazer?"

– Tenho uma coisa a lhe dizer – continuou ele. – Minha família se portou de maneira abominável em Starogan. Eu, inclusive. O fato é que, como você deve ter presumido, eles não aprovavam o que Piotr estava fazendo. – Fez uma pausa e encolheu os ombros. – Creio que, no fundo do coração, ele mesmo não aprovava, e foi por isso que cedeu, sem um murmúrio, àquela mulher. Por outro lado, Piotr sempre foi um pouco fraco. Tem ambições tão altas, ideais tão altos e, no entanto, estraga tudo porque age de uma maneira errada. Se tivesse realmente a coragem de suas convicções, se possuísse verdadeiramente a estatura de um príncipe de Starogan, há muito tempo teria se divorciado de Irina e se casado com sua irmã. Acho ele ama Judith sinceramente.

– Isso agora já pertence ao passado – disse Rachel. – E é um assunto entre eles dois.

– Claro. Só queria que você soubesse... bem, fui também um fraco. Eu devia ter enfrentado Irina, de uma ou de outra forma. Mas o fato é que era o aniversário de Tattie e sua festa de noivado, e enfrentar a família em tal ocasião... você compreende?

– Claro que compreendo – disse Rachel, olhando para o fogo da lareira.

– Será que algum dia você poderá me perdoar?

– Quem sou eu para perdoar alguma coisa a Vossa Senhoria?

– Há pouco você me chamou pelo primeiro nome. E olhou-me no rosto enquanto falava.

– É muita gentileza sua vir até aqui, Tigran, e me explicar a situação – disse ela, virando a cabeça. – Agora...

– Não vim aqui só para lhe explicar a situação. – E ele lhe tomou as mãos. – Vai haver um baile amanhã à noite. Um baile de despedida para os oficiais da Guarda, antes de partirem para a frente de batalha. Sua Majestade estará presente. Quer ir a esse baile comigo?

Ela o fitou, aturdida. Um baile? Com a família imperial presente? E se era a despedida da Guarda, então, sem dúvida, o príncipe Piotr estaria lá, assim como Alieksei Gorchakov, o noivo de Tattie. E ela iria na companhia de Tigran Borodin? Um libertino? Um homem que só queria flertar, beijar moças, acariciar-lhes os seios? Mas ele nunca ousara acariciar seus seios, e ela nunca tinha estado num baile.

– Não tenho nada para usar.

– Use aquela roupa que usou no banquete em Starogan. O vestido verde. Use-o, Rachel. Era a mulher mais bonita do banquete!

– Monsieur Tigran Borodin e *mademoiselle* Rachel Stein. – A voz do mordomo ecoou na sala repleta. "Sem dúvida", pensou Rachel, "o mordomo fora escolhido pela potência de sua voz." Ela sentia os joelhos trêmulos de apreensão, e Tigran apertou-lhe de leve os dedos enluvados, antes de soltá-la de seu braço para que ela pudesse precedê-lo e ir juntar-se à fila das pessoas, que esperavam para serem apresentadas ao czar.

Por que estava ela ali? Por que viera, traindo Judith, traindo a si mesma? Mas Judith não pronunciara uma só palavra de censura, fingira, como sua mãe, entusiasmar-se com a perspectiva, ajudara a compor a toalete. E, esta noite, era ela quem estava usando os brincos de ouro e a *aigrette* com o broche de diamantes. Só Dora se mostrara abertamente hostil, mas isso Rachel podia compreender. Dora gostaria de ter sido convidada.

Mas agora ela estava *ali*, e esta noite nenhum desastre ia acontecer. À sua frente, um ofuscante caleidoscópio de candelabros iluminados à eletricidade; homens elegantemente vestidos, quase todos fardados, exceto alguns membros do governo, de casacas; colares, anéis e tiaras cintilantes, ombros e colos nus; sorrisos que exibiam dentes reluzentes e olhos igualmente brilhantes de mulheres que examinavam suas rivais, estraçalhando-as mentalmente e esperando urna oportunidade para arrasá-las também com comentários mordazes. Certamente, gostariam de fazer Rachel em pedaços. Podia ouvir mesmo alguns murmúrios venenosos de pessoas que não se continham.

– Rachel o quê?
– Stein, minha cara. Judia. O pai dela é advogado.
– Membro da Duma. Creio que se trata de um agitador.
– Da espécie de gente que seria melhor para o país se não existisse.
– Ainda mais agora!
– Mas é bem bonita.
– Magra demais. Não compreendo o que Tigran vê nela.
– Ele a levou para Starogan este verão.
– Ah, sim? Santo Deus! O que terá o príncipe Piotr achado disso?
– Talvez ele tencione montar casa para ela.
– Ah, perspectiva bem agradável. Sujeito de sorte.
– *Mademoiselle* Rachel Stein, Majestade. – O ajudante de campo pronunciou seu nome em surdina.

Rachel fez uma reverência. Por um instante, de tão aflita, ela pensou que ia cair sentada no chão. Mas na fisionomia do czar transparecia benevolência; era um homem de baixa estatura, olhos azuis faiscantes e barba bem aparada. A túnica de sua farda não podia ser mais alva, e as medalhas e condecorações em seu peito pareciam estar piscando para Rachel.

– Rachel Stein. – E ele lhe beijou a mão. – Na verdade, nossos soldados combatem tanto por seus lares como pela beleza, *mademoiselle* Stein.

Em seguida, soltou-lhe a mão e a fila tinha de continuar avançando. Ela devia ter dito alguma coisa. Mas a língua parecia ter colado no céu da boca.

– Rachel Stein.

Outra reverência, e dessa vez coube a Rachel beijar a mão estendida. Aprumando o corpo, ela deparou com o rosto severo da czarina, ainda belo em sua regularidade perfeita, o queixo erguido altivamente, os diamantes fulgurando em sua tiara, a translucidez perfeita das pérolas pendentes do pescoço; a czarina usava pérolas em todas as ocasiões.

– Já terminou seus estudos, Rachel Stein?

– Sim, Majestade.

– Justo em tempo para a guerra. – Os lábios da czarina esboçaram um vislumbre de sorriso. – O que pretende fazer por nós?

– Eu...

– O país precisa de enfermeiras. Pretendo dedicar-me à enfermagem, assim como minhas filhas. – Seu olhar foi fixar-se em Tigran, e Rachel se viu diante da czarevna mais velha, Olga, que se parecia muito com o pai; a beleza fria de suas feições era levemente abrandada pelos contornos mais suaves dos Romanov. Apenas respondeu com um cumprimento de cabeça à reverência de Rachel. Depois foi a vez de outra irmã, Tatiana, com um sorriso e olhos brejeiros; também se parecia com o pai e demonstrava o mesmo bom humor exuberante de sua xará Borodin.

– Rachel Stein – repetiu Tatiana. – Oh, seja enfermeira, como nós. Vai ser tão divertido.

– Farei o que Vossa Alteza sugere – respondeu Rachel e adiantou-se para Marie e, por fim, para Anastásia, a mais moça das irmãs. Cada uma das duas lhe respondeu com um sorriso, e então Rachel se deixou conduzir por Tigran para o salão de baile já repleto.

– Tão divertido – repetiu ele. – Acho que nenhuma delas quatro jamais viu um homem ferido.

– Oh, mas...

Era voz geral que as czarevnas dormiam em camas duras e tomavam banho de água fria todas as manhãs. Na certa, estavam mais aptas a tratar de feridos do que ela, que dormia em colchão de penas e gostava de seus banhos bem quentes.

Tigran talvez tivesse adivinhado seus pensamentos.

– E não acredito que seja uma boa ideia mocinhas dedicarem-se à enfermagem – disse ele. – Não é uma profissão muito agradável.

– Haverá alguma profissão que seja agradável numa guerra?

– Algumas são menos do que outras.

– Mas quero fazer alguma coisa útil – explicou ela. – E se jamais eu vier a ser médica...

– Que tolice! – retorquiu Tigran. – Lembra-se de minha irmã, Xenia?

Rachel ergueu os olhos e deparou com a grã-duquesa Xenia, que a olhava sorrindo.

– Minha cara *mademoiselle* – disse ela. – Não esperava vê-la tão cedo. Tigran está mantendo sua amizade em segredo.

Rachel corou e olhou para Tigran, que apenas sorriu com condescendência.

– Não cheguei a ter oportunidade de dizer-lhe adeus em Starogan – continuou Xenia –, pois partiu com tanta pressa! Está tão bonita hoje, minha cara, como na noite do banquete. É o mesmo vestido, não é?

Rachel mordeu o lábio e lançou outro olhar para Tigran; teria ela de passar pelas mesmas humilhações? Teria ele sugerido deliberadamente que ela usasse o mesmo vestido para expô-la aos sarcasmos de Xenia?

– E por que não? – interveio o grão-duque Philip, beijando a mão de Rachel. – Tratando-se de um vestido tão bonito. Além do mais, como já lhe disse várias vezes, minha cara Xenia, a nação está em guerra. A economia está na ordem do dia. Talvez você devesse seguir o exemplo de *mademoiselle* Stein.

Xenia ergueu as sobrancelhas, mas não pareceu ofendida, e o grão-duque imediatamente entabulou uma conversa com Tigran.

– Eles querem falar de assuntos militares – observou Xenia e, para grande surpresa de Rachel, passou o braço pelo dela. – Minha cara, quero dizer-lhe o quanto admiro sua coragem.

– Minha...

– Em comparecer a este baile. Depois daquele horrível incidente em Starogan. Culpa de Piotr, naturalmente. Não existe no mundo maior paspalhão. Mas eu imaginaria que você...

– Iria enfiar-me num buraco e nunca mais aparecer? – perguntou Rachel.

– Eu ia dizer que você devia ter se fartado dos Borodin para o resto da vida.

– Lamento – retorquiu Rachel –, mas o desentendimento foi entre minha irmã e a princesa Borodina. Não julguei que incluísse o resto da família.

– Uma família é uma família, minha cara – observou Xenia. – E, além do mais, aparecer aqui com Tigran... não sabe da fama dele?

Rachel encarou-a.

– Francamente – continuou Xenia, sempre sorrindo –, o que ele quer é ir para a cama com você. Está compreendendo? Exatamente como Piotr quis dormir com sua irmã e, tendo conseguido...

"Vou esbofeteá-la", pensou Rachel. "Vou..."

– Silêncio! – disse alguém. – O curandeiro.

Todos voltaram os olhares para a entrada do salão de baile. Os convidados atrasados iriam perder um espetáculo. A czarina entrava no salão de baile, acompanhada por um homem enorme, vestido como um camponês de Starogan, apenas seu blusão branco era de seda e impecavelmente limpo, ajustado por um cinturão de couro, e Rachel calculou que os calções pretos eram, também, de seda. Nunca vira botas tão lustrosas. Mas as roupas caíam mal no corpo desajeitado, o cabelo desgrenhado e a barba ainda mais desgrenhada desciam-lhe até o peito. As feições eram grosseiras, a expressão taciturna, a boca pessimista.

O homem desfilou diante dos convidados, que se curvavam e lhe faziam reverências, conversando familiarmente com a czarina, concedendo um sorriso ou uma palavra a algumas pessoas. Rachel olhou para Xenia e notou que seu belo rosto empalidecera; o corpete do vestido dela arfava com a respiração acelerada. Rasputin sorriu-lhe, depois estacou diante de Rachel. "Oh, meu Deus!", pensou ela, meio sufocada pelo odor do corpo do curandeiro, que anulava o perfume da czarina. Viu-o estender a mão e se sentiu paralisada, com um misto de medo e expectativa. Rasputin tomou-lhe o queixo entre os dedos, fazendo-a erguer o rosto, que virou de um lado para o outro.

– A beleza russa – observou ele, com voz fascinantemente rouquenha. – Não há nada que se lhe possa comparar, Majestade.

– Esperemos que nossos soldados não se esqueçam disso, padre Gregori – replicou a czarina.

Rachel sentiu-se hipnotizada por aqueles enormes olhos castanhos, e seus joelhos fraquejaram. Por fim, os dedos soltaram seu queixo e ele seguiu em frente.

– Ele a tocou – murmurou Xenia. – Meu Deus, ele segurou seu queixo. Se gostar de você, está feita na vida.

– A dança vai começar em um instante – interrompeu Tigran. – Deixe-me preencher seu carnê.

A MÚSICA CESSOU, e Rachel enxugou o suor da testa, enquanto Tigran, segurando-a pelo cotovelo, encaminhava-a para fora da pista, em meio às palmas. Tinha dançado a noite inteira com ela, com apenas uma concessão a seu cunhado. Tigran dançava admiravelmente. Uma valsa e outra e outra, por fim um tango, enquanto a czarina os fitava com um ar de desaprovação, e o padre Gregori batia palmas marcando o compasso da música. Dançando com Tigran, rodopiando no meio daqueles homens e mulheres elegantes que a cercavam, fazia com que não se sentisse inferior a eles e tornava menos significativas as palavras de Xenia. Sem dúvida, Xenia tinha razão quanto às intenções de Tigran; mas, por outro lado, ela fora apresentada ao czar e à czarina e a Rasputin. Entrara em contato com os mais altos círculos do país. Não importava que os outros a ridicularizassem e a julgassem a caminho da cama de Tigran. Rachel tinha certeza de que era capaz de cuidar de si mesma. Sua única decepção era o príncipe Piotr e o tenente Gorchakov não terem comparecido ao baile.

– Três horas – disse Tigran, soltando-lhe o braço para pegar de passagem duas taças de champanhe numa bandeja. A família imperial partira à meia-noite, e padre Gregori começara a se embriagar, como costumava fazer quando a czarina se ausentava. Pouco mais de uma hora antes, haviam-no retirado do salão, não sem certa resistência de sua parte. – Acho que está na hora de irmos embora. Creio que eu seria incapaz de dar mais um passo de dança!

Rachel tomou um bom gole de champanhe, e as bolhas lhe subiram diretamente à cabeça. Não esperara ter de cuidar de si mesma tão cedo, e ainda sentia a cabeça girar com a dança e o champanhe.

– Não acha que é uma boa ideia? – perguntou ele.

– Eu... pensei que íamos ficar até o fim.

– Santo Deus, não! O baile só vai acabar de madrugada.

– O regimento não vai partir esta madrugada?

– Não viu outra coisa senão soldados durante toda a semana passada – observou ele.

– Mas o czar não vai dar-lhes sua bênção? Eu gostaria de assistir à cerimônia, Tigran.

– O czar já está na cama, dormindo. Quando se levantar, vai estar bem disposto, ao passo que nós vamos nos sentir como dois defuntos vivos. Vamos ver depois o que faremos. Mas realmente preciso sair daqui.

Tigran a encaminhou até a outra extremidade do salão e deu instruções aos lacaios. "O que vou fazer?", pensou Rachel. Mas agora que tinham deixado a atmosfera inebriante do baile, ela percebeu que também estava muito cansada. Muito cansada para resistir a Tigran? Ele era um pilantra. Talvez estivesse contando com isso.

Rachel envolveu-se em sua capa e Tigran, na dele, então desceram juntos a grande escadaria. Estava apavorada. Fora a mais bela noite de sua vida, apesar das insinuações de Xenia, e ela não queria terminá-la de maneira desagradável.

O carro estava esperando por eles, e o chofer ajudou-a a instalar-se no assento traseiro.

– Aonde gostaria de ir? – perguntou Tigran, sentando-se a seu lado.

– Pensei que íamos para casa.

– E eu pensei que você queria prolongar a noite até a madrugada. Já viu a madrugada em São Petersburgo?

– Claro que já vi.

– Mas não do parque de onde se descortina o porto, aposto.

– Bem... não costumo acordar muito cedo.

– Ao parque – ordenou Tigran ao chofer e reclinou-se ao lado dela. – Vai ver como a vista é bonita.

Ela esperara que ele fosse sugerir o próprio apartamento. Mas nada lhe podia acontecer num automóvel com o chofer ao volante. Ele não ia poder sequer *dizer* nada indiscreto. Mamãe não podia fazer objeção a isso. Rachel decidiu aproveitar o passeio e o ar fresco e não recuou quando ele lhe segurou a mão.

– Gostou do baile?

– Foi maravilhoso. Fico tão grata por ter me convidado.

– E eu tão grato por ter aceitado meu convite.

– Nunca tinha estado num baile de gala – disse ela, e logo se arrependeu da confissão.

– Pois esteve soberba. – E ele apertou-lhe os dedos. – Tudo como eu tinha sonhado. Minha família me considera um canalha, sabe disso?

Rachel mantivera o olhar voltado para a janela porque suas cabeças estavam muito próximas. Virou-se sem querer e seus lábios se tocaram por um momento. Imediatamente, ela se encolheu.

– Para ser justo – disse Tigran –, tenho sido um canalha grande parte de minha vida. Com relação às mulheres, quero dizer. E, naturalmente, com você... – Ele hesitou. – Bem, conhece a atitude de minha família.

Estava ele tratando-a com condescendência? Rachel achou que não. Ocorreu-lhe que Tigran estava, à sua maneira, tentando fazer uma confissão. Seria no que lhe dizia respeito? Seu coração se pôs a bater com tal força que ela se perguntou se Tigran não estaria ouvindo as batidas.

Ele lhe soltou a mão e se afastou um pouco dela.

– Vou dizer-lhe uma coisa que nunca imaginei que confessaria a uma mulher. Minha família tinha toda razão a meu respeito. Isto é, a princípio. Fiquei tão chocado quanto os outros, quando Piotr anunciou que tinha convidado duas judias para a festa de aniversário de Tattie, em Starogan. Mas na ocasião pensei que ele não ia poder ir para a cama com as duas ao mesmo tempo. Sobraria uma para mim. Estou perturbando-a?

Rachel balançou a cabeça negando, sem saber se ele podia ver seu gesto na escuridão.

– E, quando vi você – continuou ele –, fiquei ainda mais satisfeito. Ali estava a réplica de meus sonhos. Tanta beleza, tanta inocência... mas havia algo mais. Não creio que eu tenha percebido desde o início. Foi só depois daquela noite, em que você se portou com tanta dignidade, tanta compostura, enquanto Irina estava insultando sua irmã. Sabia o que você devia estar sentindo, e desejei... bem, ter ido à estação para me despedir de vocês duas.

– George e Ilona foram. – Ela se surpreendeu com o tom calmo de sua voz.

– George e Ilona podem agir como bem entendem. Continuo sendo Tigran Borodin. Um covarde, se quiser, quando se trata de assuntos familiares. Por isso não fui. Mas você me deu uma segunda oportunidade.

– De me convidar para a cama?

Que conversa aquela ao alcance dos ouvidos de um chofer! O carro parou no alto de uma colina, de onde se avistavam as luzes de São Petersburgo piscando abaixo.

– A oportunidade de lhe dizer que estou me apaixonando por você – declarou Tigran.

De novo a cabeça de Rachel se voltou para ele, como se um fio invisível a estivesse puxando. Vagamente, ela ouviu o ruído da porta do chofer abrindo e fechando. Os dois estavam sozinhos no carro, desaparecera a última proteção com que ela podia contar.

– Na verdade, estou apaixonado – disse Tigran.

– Eu... – Palavras. Como Rachel estava precisando desesperadamente de palavras. Pois Tigran estava se aproximando, lenta mas inescapavelmente

– Creio que não nos conhecemos há tempo suficiente – balbuciou ela.

– Tem razão. – Podia sentir a respiração de Tigran, depois os lábios tocando os seus. – Mas isso pode ser remediado.

Agora a mão pousada no braço de Rachel deslizava para seu ombro e o rosto dele estava quase colado ao dela. Fitou-o, petrificada. Por fim, ele se pôs a acariciá-la, e não havia como defender-se. O chofer desaparecera e, além do mais, era um empregado de Tigran. Não havia ninguém nas proximidades, mesmo que ela criasse coragem para gritar.

– Acho que o que estou realmente querendo – murmurou Tigran, beijando-lhe o rosto – é pedir que se case comigo.

– RACHEL! – RUTH STEIN estava no topo da escada, com o cabelo em tranças, enrolada num penhoar.

– Estou noiva, mamãe. Vou casar-me. Vou ser *madame* Tigran Borodin! – As palavras saíam como que decoradas. Rachel tinha de repeti-las sem cessar, para ela mesma acreditar. Para ter certeza de que queria acreditar.

Madame Tigran Borodina. A condessa Borodina. Era isso que ela queria mais do que tudo no mundo? Não o título, mas a chance de ser amiga de gente como Xenia e Tattie, de poder conversar com a czarina e as czarevnas, de ser uma *delas*, ainda que numa escala inferior? O direito de ir para Starogan no Natal e na Páscoa e nas férias de verão, ainda que ficasse sempre numa posição abaixo de Irina?

Ou meramente o direito de ver o príncipe de quando em quando, de pertencer à sua família. Se o príncipe Piotr tivesse comparecido ao baile, teria ela dito *sim?*

Mas ela *dissera* sim, e os dois se tinham beijado, e beijado, e beijado. A boca dele beijara-lhe a testa e os olhos, o nariz e o queixo umedecera-lhe mechas de cabelo, explorara sua nuca. E ela fizera o mesmo com ele.

As mãos de Tigran lhe haviam percorrido as costas, se embaraçado nas fitas de sua anágua, depois escorregado para a frente e lhe afagado os seios, mas delicadamente, através da seda do vestido. Não tentara desabotoar o vestido, enquanto ela, em seus braços, esperava, sem saber ao certo o que queria, que direitos o noivado dava a Tigran e quanto ela devia permitir.

– Oh, minha filha, minha filha querida! – Ruth desceu correndo as escadas e abraçou Rachel, depois a soltou com um ar preocupado, subitamente notando que o penteado da filha estava desfeito, suas roupas em desalinho; Rachel carregava na mão a *aigrette*. – Esteve no baile até agora?

– Não, mamãe. Passei essa última hora no carro dele.

– No carro dele?...

– Conversando, mamãe, conversando. Estamos noivos. Ele virá hoje falar com papai. – "E acariciou-me os seios e o corpo. Mas vai ser meu marido", pensou.

– Sim, ele virá – disse Ruth, tranquilizando-se. – Minha filha querida, estou tão feliz por você. Judith, Rachel ficou noiva de *monsieur* Borodin.

Judith estava inteiramente vestida e envolta numa capa. Olhou para a irmã e Rachel devolveu-lhe o olhar como se quisesse pedir-lhe perdão. Perdão porque não soubera dizer não.

– Querida Rachel! – Judith abraçou-a. – Fico tão feliz por você.

– Mas... aonde vai agora?

– Eu... – As faces de Judith ruborizaram. – Quero assistir à partida dos guardas. Vão receber a bênção do czar.

– Espere por mim – pediu Rachel. – Vou com você. Quero também assistir à partida deles.

TIGRAN ABRIU OS OLHOS e deparou com sua mãe. A condessa Anna Borodina estava de pé, junto à sua cama, empertigada; "com sua gargantilha de pérolas e o queixo saliente, ela parece uma rainha", pensou Tigran, e pensou também que nunca se dera conta disso antes.

Mas nunca antes ela invadira seu quarto àquela hora da manhã. Raramente vinha ali.

– Este aposento parece um cortiço – observou Anna. – E cheira também como um cortiço. Como se chama seu criado?

– Efim Aliekseivich, mamãe. – Tigran sentou-se e coçou a cabeça, depois puxou rapidamente o lençol sobre seu corpo nu.

– Ele estava dormindo quando toquei a sineta – observou Anna. – Não devia estar trabalhando, dando uma limpeza aqui?

– Efim sabe que não deve despertar antes de mim, mamãe. Gostaria de um café?

Anna Borodina olhou para o filho como para um ser inferior. "Provavelmente, essa é a opinião que minha mãe tem de mim", pensou Tigran.

– Recebi um telefonema de Xenia – disse ela.

Tigran balançou a cabeça, tornou a deitar-se e fechou os olhos.

– Eu a vi com Philip no baile.

– Suas Majestades compareceram, também.

– Sim, eu os vi.

– Xenia contou-me que você levou aquela judia, Rachel Stein.

Tigran abriu os olhos e tornou a fechá-los. Rachel Stein. Passara a noite com Rachel Stein em seus braços e, estranhamente, não desejara mais do que isso: senti-la junto dele, aspirar-lhe o aroma, contemplá-la. Até mesmo... Tornou a abrir os olhos.

– Pensei que você não quisesse mais vê-la, depois de Starogan – disse Anna.

– Rachel é uma moça excelente.

– Não duvido. Entretanto, para o bem dela e para o seu, é melhor que você a deixe em paz. Estamos em guerra. Há apenas uma hora, Piotr marchou para a frente de batalha, ao passo que você continua aí nesta cama, espojando-se como um hipopótamo. É o que estou constatando. Seu dever é assumir uma liderança nesta crise, e não ficar de braços cruzados.

Tigran tornou a sentar-se. Sabia que, em algum momento, ia haver uma cena, e decidira agir com calma, sem precipitação. Mas de repente teve raiva.

– É nosso dever, mamãe, procurar mais do que nunca unir a nação.

– A nação é unida por Sua Majestade, que Deus o abençoe. Ele não precisa de nós para isso. Precisa de nós para liderança. Eu lhe agradecerei se não tornar a ver aquela moça, desse modo não precisarei informar seu pai sobre essa questão.

– Mamãe... pedi a *mademoiselle* Stein que se case comigo. – As palavras saíram de sopetão, sem que ele pudesse contê-las. A condessa Borodina afastara-se da cama, preparando-se para sair do quarto, mas virou-se bruscamente. Tigran viu-a franzir a testa, uma ruga entre os olhos. Sempre tivera medo daquela expressão de sua mãe. – Eu... bem, eu a amo.

A expressão tornou-se ainda mais ameaçadora.

– É a única moça com quem me casarei. E é de boa família. O pai é advogado – acrescentou ele.

– E judeu. Além de ser, creio eu, um membro muito importuno da Duma.

– Ora, mamãe, ele foi eleito para representar o povo...

– Quanta bobagem! O povo? O povo não necessita de representação. Não *deseja* ser representado. Acha que alguém em Starogan quer que o represente? Eles confiam no príncipe Piotr e isso lhes basta. Stein é um agitador. Todos os membros da Duma são agitadores.

– Não vou casar-me com *monsieur* Stein.

– Burguesia – observou a condessa Anna, num tom de total desprezo. Atravessou o quarto e sentou-se numa poltrona. – Presumo que você ainda não discutiu o assunto com seu pai.

– Não houve tempo. Foi uma decisão que só tomei ontem.

– Quer dizer que tomou tal decisão a noite passada, quando estava cheio de vinho e ansioso para pôr as mãos na moça. É um rapaz bastante estúpido, Tigran Igorovich.

– Só tive certeza a noite passada – replicou Tigran, contendo-se a todo custo. – Agora tenho certeza. Passei a semana toda sem pensar em outra coisa. Rachel é linda, inteligente, instruída e tem vontade própria...

– Uma burguesa – repetiu Anna Borodina. – Admita que quer levá-la para a cama, e ela está regateando. Não precisa casar-se com uma moça dessa espécie para dormir com ela, Tigran.

Foi a vez de ele olhar com raiva para a mãe. – E ela teve o tato de corar.

– Deve saber que é um casamento impossível – continuou.

– Ou eu me caso com Rachel Stein, mamãe, ou não me casarei com mais ninguém.

Por alguns instantes, mãe e filho trocaram olhares enfurecidos, depois Anna sorriu.

– É um assunto sobre o qual deve pensar com mais calma, Tigran. Reflita sobre as consequências. Seu pai certamente o deserdaria. Mas pense também na guerra. Tem uma tarefa a cumprir, trabalhar para que nosso país saia vitorioso. Tenho certeza de que até *mademoiselle* tem um papel a representar nessa vitória. Falar em casamento antes do término da guerra é um absurdo. Até mesmo Tattie vai ter de esperar para se casar. Pense em tudo isso, meu filho. – E, levantando-se, saiu do quarto.

Os guardas já haviam partido, marchando, e o som da banda já mal se ouvia ao longe, entretanto, a multidão continuava reunida diante do Palácio de Inverno, gritando vivas e abanando chapéus e lenços. Após um tempo, Suas Majestades apareceram na sacada, acompanhados das filhas, para deleite da multidão, e do próprio czarevich, que seu pai ergueu no alto sob o olhar ansioso da czarina. O povo lançou-se contra as grades do palácio para beijar os ícones, que tinham sido pendurados ali, enquanto os guardas se entreolhavam e seguravam com mais força seus fuzis. "Estariam lembrando", pensou Judith Stein, "que havia nove anos tinham recebido ordem de abrir fogo contra aquela mesma gente?"

Mas isso fora nove anos antes. Hoje os russos estavam adorando o czar, seu senhor, o homem que os comandava e a quem estavam ansiosos por obedecer.

E quanto a Judith Stein? Sempre se dispusera a obedecer ao czar. Essa fora sua tragédia. Apenas lutara contra o círculo de conselheiros aristocráticos e reacionários de que o czar se cercara. Sempre abominara assassinatos e violência revolucionária. Mas por ter ousado opor-se, revolucionários e reacionários a tinham envolvido e, quando o mundo deles explodira, ela se tornara um dos estilhaços.

Era interessante lembrar onde tinham ido parar aqueles estilhaços. Nikolai Lenin fugira para a Suíça e outros tinham ido reunir-se a ele, inclusive Mikhail Nej, que participara do assassinato do primeiro-ministro Stolypin, enquanto Mordka Bogrov, que disparara a arma, era enforcado. Judith Stein, entre outros prisioneiros, fora deportada para a Sibéria. O exílio a tornara mais ou menos revolucionária?

– É melhor voltarmos para casa – disse Rachel, apertando o braço da irmã, sorrindo e corando. – Tigran deve ir falar com papai esta manhã.

Querida Rachel. Graças a Deus, Rachel escapara a todos os desastres do socialismo. E agora estava prestes a tornar-se, ela própria, uma aristocrata. Estaria Judith com inveja da irmã? Nunca aspirara tão alto, porque sabia que seria impossível. Apenas sonhara com a segurança e o conforto de ser amante de um príncipe. Era isso que a Sibéria tinha feito dela – uma mulher decaída; só lhe restava odiar, como Dora Ulyanova odiava. Como gostaria de poder fazer o mesmo! Mas não podia sequer odiar o mau destino que lhe roubara o filho. Na verdade, não esperara que ele sobrevivesse na Sibéria. Por sua vez, ela apertou o braço de Rachel, e as duas irmãs deixaram o palácio e seguiram em direção à ponte para a Ilha Petersburgo. Dora ainda estava dormindo quando Rachel chegara de manhã. O que diria ela ao saber do noivado nem sequer valia a pena pensar.

Como se tivesse importância o que Dora diria ou pensasse. "Mas o ódio era, sem dúvida, uma emoção gratificante", pensou Judith. Na falta do ódio, o que lhe restava? Satisfizera o desejo do príncipe Piotr e, provavelmente, ele nada mais desejava. Se ela não tivesse se entregado, teria ele desafiado a mulher? Tal pensamento era indigno e bem pouco provável. Ele desafiara a família e, sem dúvida, os próprios instintos e princípios, pois chegara a confessar a si mesmo que seu casamento tinha terminado. Mas uma vez ressurgido o casamento, ele não pudera justificar, nem para a própria consciência, seu amor por Judith.

Mas apesar de raciocinar sobre os atos dele, ainda assim ela gostaria de poder odiá-lo. Se ele não houvesse reaparecido em sua vida, talvez ela tivesse podido retomá-la do ponto em que a deixara, talvez recomeçar a escrever a história da revolução. Em vez disso, Piotr, na busca egoísta pelo prazer, usara-a como um joguete, e ela não sabia mais onde se firmar, agora que ele displicentemente a abandonara.

Contudo, não o podia censurar. Gostara até de vê-lo de novo, montado a cavalo, conduzindo seus homens. Quase sonhara que era sua mulher e que fora ali ver a partida do marido para a guerra. Naquele momento, sua fraqueza e esplendor, sua arrogância e elegância, seu egoísmo e coragem personificavam tudo o que havia de errado na aristocracia russa. Mas ela quase o amara.

Agora a multidão se dispersava, e Judith e Rachel breve chegaram à ponte. Rachel parou para tomar fôlego e olhar as águas correndo lentamente para o Báltico. Olhou para a irmã e viu uma lágrima pingar no rio.

– Ele estava muito bonito – disse ela.

Judith enxugou os olhos.

– Eu quase gostaria de que Tigran fosse um soldado – disse Rachel. – Ficaria maravilhoso de farda. Não tanto quanto Piotr, evidentemente, mas... mas ele teria de ir para a guerra.

Judith deu as costas para o rio, e Rachel percebeu o quanto suas palavras tinham sido imprudentes. Correu para o lado da irmã.

– Judith, lamento muito.

– Lamenta o quê?

– Bem... ele me pediu em casamento. Eu não podia dizer não.

– Que coisa estranha está dizendo, Rachel. Não queria dizer *sim*?

– Bem... é claro que queria. Mas não gostaria de magoá-la, Judith.

– Que tolinha. Como me poderia magoar? Estou feliz por você. É que ainda não consegui acreditar. Tigran Borodin. Não ignora a reputação dele.

– Eu sei.

– Ele não tentou, bem...

– Não, não tentou – disse Rachel, com firmeza. – Eu não teria deixado. Mas ele não tentou. Nós nos beijamos... tornamos a nos beijar. Quando nos casarmos, Judith, você poderá voltar a Starogan, se quiser.

– Acha mesmo? Tigran estará casando-se com você, não com sua família.

– Mas se eu quiser que você venha, ele terá de convidá-la.

– Vamos esperar para ver – disse Judith, abrindo o portão de casa.

– Será que ele já esteve aqui? – disse Rachel, subindo apressadamente os degraus do alpendre, empurrando do caminho o mordomo Vasili Mikhailovich. – *Monsieur* Borodin, do Ministério do Exterior, por acaso esteve aqui?

– Não, *mademoiselle*. Ninguém veio aqui esta manhã.
– Oh! – Rachel parou, mordendo o lábio.
Judith tirou o chapéu e a capa.
– Provavelmente ele ainda está deitado. Sei o que vou fazer, Judith. A própria czarina sugeriu que eu me tornasse enfermeira. Não acha que é uma boa ideia?
– Acho a ideia excelente.
– Também vai ser enfermeira? Poderíamos trabalhar juntas. As czarevnas e Xenia já se propuseram. É o que vão fazer todas as moças da sociedade.
– Todas as moças... – murmurou Judith, pensativa. – Sim, é o que eu gostaria de fazer, se me aceitarem.
– Claro que a aceitarão – disse Rachel e dirigiu-se para o pé da escada, depois parou, hesitante, e olhou por cima do ombro. – Ele virá, Judith? Acha que ele virá?
– Claro que virá – respondeu Judith, com um sorriso. – Ele a pediu em casamento, não é?

– Então – perguntou Ilona –, como foi a parada?
– Parada? Foi uma cerimônia religiosa – disse George Hayman, tirando o capote e o chapéu e pendurando-os num cabide junto à porta; o apartamento era muito pequeno, mas fora só o que tinham conseguido a curto prazo, com o país inteiro em polvorosa. E tampouco Ilona conseguira arranjar empregados. – Tudo isso está começando a parecer uma guerra santa muçulmana.
– E não acha que devia ser uma guerra santa? – perguntou Ilona, servindo-lhe um café, depois de se instalarem na pequena sala de estar.
– Pelo amor de Deus, minha querida, é uma guerra como qualquer outra – respondeu George, aceitando a xícara de café e cruzando as pernas. – A Áustria há anos está de olho na Sérvia. Com o enfraquecimento da Turquia, os austríacos pretendem expandir-se pelos Bálcãs. Por seu lado, a França está há anos de olho na Alemanha, a fim de recuperar o que perdeu em 1871. A Inglaterra, nesses últimos

dez anos, tem estado de olho na Alemanha, porque a Alemanha está visivelmente ambicionando tornar-se uma potência naval e colonial.

– E a Rússia? – perguntou Ilona.

– Quer ocupar o primeiro lugar entre as nações europeias. É triste pensar que se os japoneses nunca tivessem tomado Port Arthur, esta guerra agora talvez não acontecesse.

– Poderia dizer as mesmas coisas de toda a História da humanidade – observou ela, sentando-se ao lado do marido.

– Mas dessa vez há uma diferença. No passado, quando falávamos que a Inglaterra, ou a França, ou a Alemanha, ou a Áustria ia entrar em guerra, referíamo-nos a seus governos. O infeliz homem do povo, o soldado, apenas recebia ordem de seu governo para ir lutar, e lutava. Mas seu czar está invocando os céus nesta guerra. Está falando como se tratasse de uma guerra sacrossanta.

– É preciso invocar os céus para fazer com que os homens se disponham a abandonar suas famílias e partir para morrer num campo de batalha, não é mesmo?

– O risco de invocar os céus, meu amor, é que, se seu país é derrotado, o povo pode começar a pensar que talvez Deus esteja com o inimigo.

– Acho que está sendo muito pessimista – disse Ilona. – Os jornais dizem que vamos ter 13 milhões de homens em campo. Pense bem, George, isso é mais do que todos os outros exércitos da Europa somados. Como vão os alemães e austríacos enfrentar tal Exército?

– Por acaso os jornais mencionaram quantos fuzis modernos existem hoje na Rússia? Ou quantos estão sendo fabricados a cada dia? Fizeram os jornais algum comentário a respeito do fato de Samsonov e Rennenkampf não se suportarem? E que Jilinsky, que é o comandante-chefe na Polônia, detestar ambos?

– Bem, a guerra nos apanhou desprevenidos.

– Mas não apanhou a Alemanha desprevenida. Entenda o que estou dizendo. Concordo que 13 milhões de homens é muita gente. Não creio que a Rússia vá perder esta guerra. Mas sugiro que você se prepare para uma ou duas surpresas, antes da vitória final. E, certamente, a guerra não vai acabar antes do Natal. – George pousou a xícara de café sobre a mesa e segurou a mão da mulher. – Vamos pensar em coisas mais alegres. Piotr estava magnífico à frente de sua companhia. E também o jovem Gorchakov.

– Quem mais da família estava lá?
– Tia Anna.
– Ninguém mais?
– Roditchev.
– Ai meu Deus! Eu nem sabia que ele estava em São Petersburgo. Ele viu você?
– Não. E, por sinal, não se diz mais São Petersburgo.
– O que está querendo dizer?
– Um decreto imperial, minha querida. De hoje em diante, São Petersburgo passará a ser conhecida como Petrogrado. Acham que Petersburgo soa muito alemão.
– Meu Deus, não acha isso um pouco...
– Infantil? Concordo com você. O que imagina que aconteceria na Inglaterra se começassem a mudar o nome de cada lugar que tem uma derivação saxônica? Em todo caso, posso garantir-lhe que Roditchev não me viu. Embora você possa apostar seu último dólar como ele sabe que estamos aqui. E, pelo que sei, continua chefiando a Okhrana. Imagino que ande muito ocupado interrogando espiões. Sabe quem mais vi hoje? Aquelas duas jovens.
– Que duas jovens?
– As Stein.
– Elas pareciam bem?
– Bastante bem. Estavam de mãos dadas e olhos postos em Piotr.
– Deve ser bom ter uma irmã com quem se tenha verdadeira afinidade.
– Nunca foi assim entre você e Tattie?
– Temos seis anos de diferença – disse Ilona, levantando-se e encolhendo os ombros. – E, de qualquer modo, como poderia alguém ter afinidade com Tattie?
– Ela ajudou em nosso reencontro.
– Sim, é verdade, e eu lhe sou eternamente grata. Mas mesmo isso fazia parte de um plano dela para evitar que Piotr a levasse de volta

para Starogan. Lembra-se daquela música que ela gosta de tocar, uma vez tocou para mim, "Alexander's Ragtime Band", de Irving Berlin.

– Uma boa canção.

– Uma canção bem americana. Mas não bastava a Tattie tocá-la, queria também dançá-la. Queria sair de casa e dedicar-se à dança. Já a viu dançar, com as saias erguidas até a cintura, nua... Como se pode ter afinidade com uma criatura assim?

– Não adote uma atitude tão reprovadora – advertiu George. – Comparada a você, Tattie é a menina dos olhos de sua mãe. Esperemos que ela continue a sê-lo. – Ele virou a cabeça. – Foi a sineta que tocou?

Erguendo-se, George foi abrir a porta e deparou com Tigran.

– Não está com muito bom aspecto, meu caro.

– Champanhe demais. – Tigran tirou o chapéu e o capote e beijou as mãos de Ilona. – E um problema.

– Algum problema no Ministério?

Tigran sentou-se e aceitou uma xícara de café.

– Eu estava precisando deste café. Não comi nada hoje de manhã. Problema no Ministério? Talvez para mim. Será que vocês dois podem me ajudar?

– Se for possível – disse George.

– Pedi *mademoiselle* Stein em casamento.

– Santo Deus! – exclamou Ilona.

– Ótimo – observou George. – Presumo que esteja se referindo a Rachel.

Tigran fez um gesto afirmativo com a cabeça.

– E tia Anna não está contente – disse Ilona. – O que tio Igor achou disso?

– Ele ainda não sabe. Mamãe diz que não lhe contará nada se eu voltar atrás de minha decisão.

– Voltar atrás? – perguntou George. – O que disse *mademoiselle* Stein?

– Ela aceitou.

– Mas por quê? – interrogou Ilona.

Tigran ergueu as sobrancelhas.

– Eu não quis dizer por que ela o aceitou, mas por que você quer casar-se com ela?

– Ocorreu-lhe, por acaso, que ele pode estar apaixonado por ela? – perguntou George.

– Depois de conhecê-la há apenas poucas semanas? O que há com aquelas duas irmãs que deixa tanto você como Piotr de cabeça virada?

– Não sei. – Tigran terminou seu café. – Não sei no que diz respeito a Piotr e Judith. Quanto a mim, não era essa minha intenção. Mas levei-a ao baile a noite passada, com a ideia de... dar um jeito de depois passarmos a noite juntos. – Ele olhou para Ilona e corou. – Então... é difícil explicar. Ela dança divinamente bem. E quando sorri... é realmente a coisa mais adorável que já vi na vida.

– Coisa? – repetiu Ilona.

– Quero dizer, a garota. De qualquer modo, eu não... bem, não me aproveitei da situação. Era o que eu tencionara fazer. Mas acabei dizendo-lhe que a amava e pedindo-lhe que se casasse comigo.

– E você a ama, à fria luz do dia? – perguntou George.

– Mamãe diz que não. O fato é que realmente não sei como é o amor. Nunca amei alguém antes.

– Se você não sabe, é de se presumir que não a ama – observou Ilona.

– Mas não consigo tirá-la da cabeça. Quero estar junto dela. Eu... mas será que meu pai me vai deserdar? Sei que vai. Ele odeia os judeus. Não tenho renda própria. Seria impossível para mim viver com o que eles me pagam no Ministério.

– Terá de entrar no Exército e combater – disse Ilona maliciosamente.

– Não pode dar-me um conselho? – perguntou Tigran.

– Não – replicou George. – Exceto que, para o bem de ambos, você deve estar muito seguro do que vai fazer. Mas se quiser, posso fazer-lhe uma profecia.

– Qual?

– Não creio que a Rússia vá ser a mesma depois desta guerra. Acho que terá de tornar-se uma nação mais liberal. Talvez até os Borodin tenham de ser mais liberais.

Tigran levantou-se, foi até o vestíbulo e apanhou seu chapéu.

– Acho que pedir Rachel Stein em casamento foi a primeira coisa decente que fiz na vida – disse ele, com um meio sorriso. – Deve ser a guerra. Sabem de uma coisa? Eu quase gostaria de estar no Exército marchando para lutar. Dessa forma, não teria de tomar decisão alguma até minha volta.

– PÃO? – DISSE *monsieur* Halprin. – Não resta mais nenhum, *mademoiselle* Stein. Vendi o último há meia hora. Devia ter vindo mais cedo.

– Nunca o pão acabou tão cedo – comentou Judith.

– Ah, mas estamos em guerra, ou ainda não notou? – *Monsieur* Halprin não tinha motivo algum para ser polido com uma terrorista anistiada, que, além do mais, era judia.

– Não vejo como uma declaração de guerra possa causar imediatamente a falta de pão – disse Judith. – Então me venda um pouco de farinha, e faremos nosso próprio pão.

– Farinha? Não tenho farinha. Nenhuma de que eu possa dispor. A escassez de farinha foi que provocou a escassez de pão. Os caminhões, os trens, *mademoiselle*... estão sendo usados para transportar nossas tropas para a Polônia, não para transportar farinha.

Finalmente, o que *monsieur* Halprin estava dizendo fazia sentido. Mas Judith tinha certeza de que ele ainda tinha pão escondido no fundo da padaria para seus fregueses favoritos ou para os mordomos da aristocracia. "Bem", pensou ela, "será que devo dizer-lhe que em breve estaremos aparentados com a aristocracia?" Não. Ele não acreditaria. Aliás, ela prometera guardar segredo, como Tigran parecia desejar. Mas talvez o casamento se realizasse mesmo. Havia tanta mudança no ar, tanta excitação, era difícil imaginar que a Rússia jamais voltaria a ser a mesma.

– Então virei mais cedo amanhã de manhã, *monsieur* Halprin. – E, saindo da padaria, Judith ficou um instante parada, ouvindo o fervilhar da cidade a seu redor. Sem dúvida, outro regimento iria desfilar essa manhã e receber a bênção do czar, antes de partir para a frente. Subitamente notou dois homens, um de cada lado.

Com a respiração em suspenso, Judith teve a impressão de que levara uma pancada no estômago. Da última vez em que fora presa, tinha realmente levado uma pancada no estômago. Não era surpresa para ela constatar que a Rússia jamais mudaria.

– Queremos que nos acompanhe, *mademoiselle* Stein – disse um dos homens, erguendo o chapéu. Mas eles sempre eram escrupulosamente polidos na rua.

– Aonde? – perguntou ela, esforçando-se por não revelar medo em sua voz.

– O general-príncipe Roditchev quer dizer-lhe umas palavras, *mademoiselle*.

– Os senhores têm uma ordem de prisão?

– Não temos nenhuma ordem por escrito, *mademoiselle*. Não a estamos prendendo. Apenas convidando-a para discutir certos assuntos com o príncipe. É uma cortesia, *mademoiselle*.

Ocorreu a Judith voltar-se e fugir correndo. Mas mesmo sem uma ordem de prisão, eles eram capazes de prendê-la; a Okhrana nem sempre se preocupava em cumprir a lei ao pé da letra. E quem, entre os transeuntes, sonharia em vir em seu auxílio?

Mas devia ela ir ver Roditchev em seu gabinete, sem um protesto? Devia de novo entregar-se docilmente nas mãos dele? Nunca, porém, estivera livre dele. E não fizera nada, absolutamente nada, desde sua volta de Irkutsk. Exceto ir a Starogan. Não era possível que isso constituísse um crime contra o Estado.

– Nosso carro está ali adiante – disse o outro homem, e ela se deixou conduzir para o outro lado da rua. Ninguém parou para olhar, ou antes, depois de um olhar de soslaio, as pessoas seguiram caminho mais apressadamente. Não convinha em absoluto demonstrar curiosidade com relação às atividades da Okhrana.

Os dois homens a encaminharam pela rua, sorrindo afavelmente. Da última vez em que ela entrara num carro com membros da Okhrana, eles a haviam espancado, sorrindo todo o tempo. Essa manhã, estavam procurando ser polidos. Mas ela mal conseguiu disfarçar o tremor do corpo, ao passar sob a arcada do tão conhecido e tão odiado edifício.

Ninguém a olhou com curiosidade, nem os homens nem as mulheres, pois havia várias secretárias no recinto. Ao ser levada escada acima, Judith sentiu-se espantosamente calma, até descontraída, com apenas uma sensação ligeiramente estranha na boca do estômago. Da outra vez que estivera ali, seu cérebro fervilhara com defesas possíveis, nomes possíveis, como o do príncipe Piotr Borodin, a que ela poderia recorrer para proteger-se. Mas nada adiantara com Roditchev. Assim, dessa vez, só lhe restava ter paciência, manter o controle sobre si mesma e esperar. Nada fizera de errado. Nem mesmo Serguei Roditchev podia arranjar uma acusação contra ela.

Os homens bateram numa porta e receberam ordem de entrar. A sala era ampla, e ali trabalhavam quatro secretários e uma secretária. Um dos secretários fez um sinal com a cabeça, indicando-lhes uma porta interna por onde eles passaram para outra sala. Nova batida, nova ordem, e um dos acompanhantes de Judith abriu a porta.

O general-príncipe Roditchev inclinou-se para trás em sua poltrona e sorriu para ela. Mas não se levantou.

– *Mademoiselle* Stein – disse ele. – Quer fechar a porta?

Judith percebeu que os dois homens, que a haviam acompanhado desde a padaria, tinham desaparecido. Fechou a porta atrás de si.

– Sente-se – convidou Roditchev.

Havia uma cadeira de espaldar reto defronte da escrivaninha. Judith sentou-se na borda da cadeira. Sempre sorrindo, Roditchev debruçou-se para a frente.

– Está com medo de mim?

Judith suspirou. Mas de que adiantava mentir para aquele homem? Provavelmente ele a conhecia melhor do que todos no mundo.

– Sim, tenho medo, Excelência.

– Não há razão para ter medo. Não cometeu nenhum crime recentemente. Ou cometeu?

– Não, Excelência.

– Foi o que pensei. – Empurrando a poltrona para trás, Roditchev levantou-se. Sua bengala estava pousada sobre a escrivaninha, e Judith precisou de todas as forças para não olhar. Mas Roditchev não apanhou a bengala. – Qual é sua reação com respeito a esta guerra?

– Estou rezando por uma vitória russa – disse Judith, erguendo a cabeça. – Uma rápida vitória russa.

– E eu digo amém. – Ele deu a volta em torno da escrivaninha e sentou-se na borda. Seu joelho quase tocou o ombro de Judith. – Gostou de sua visita a Starogan?

– É um lindo lugar, Excelência.

– Sim, sem dúvida. Faz alguns anos que não vou lá. Mas será muito agradável para você frequentar regularmente Starogan.

Judith teve de disfarçar seu espanto. Seria possível que ele ignorasse o que acontecera em Starogan?

– Os Borodin – disse Roditchev com um ar pensativo – são uma família estranha. Dá o que pensar... aquele rapaz, Tigran, por exemplo. Não concorda comigo que se trata de um total irresponsável?

– Até agora tem sido a reputação dele – disse Judith, cautelosa.

– E, no entanto, ele ocupa um cargo importante no Ministério do Exterior. Como deve ser agradável ter como cunhado um grão-duque. Porém, isso de empregar como secretária uma anarquista anistiada... mas já ia me esquecendo. Ela é sua amiga.

"Finalmente", pensou Judith, "a situação não é tão perigosa quanto eu imaginava."

– Eu a conheci em Irkutsk, Excelência. Em Irkutsk é preciso ter amigos.

– Imagino que sim. Quer dizer que foi você quem a recomendou para trabalhar como secretária de *monsieur* Borodin.

– Ele sabia que ela era minha amiga quando a empregou, Excelência.

– Claro que sabia. De qualquer modo, teria descoberto quando esteve em Starogan. Foi em Starogan que ele conheceu sua irmã? Que linda jovem! A primeira vez que a vi foi na estação, no dia de sua chegada, há dois meses. Na ocasião, reparei que ela era linda. Ambas são moças bonitas, Judith. A diferença é que ela não tem tanta experiência quanto você.

O coração de Judith começou a bater com força e ela respirou com dificuldade. Mas refletiu que ele devia estar só tentando assustá-la.

– Vossa Excelência não pode ter nada contra Rachel.

– De forma alguma quero ter algo contra a futura *madame* Borodina. Nada menos do que uma futura condessa.

– Mas... como sabe disso?

– É meu ofício saber de tudo – disse Roditchev, sorrindo. – As pessoas me contam coisas, Judith, porque muitas vezes posso ajudá-las.

– Rachel tem a infelicidade de ser minha irmã, Excelência. Tigran Borodin sabe disso. Ela não é e nunca será uma socialista. E Tigran sabe disso também.

– Ela tem mais bom senso – respondeu Roditchev. – Mas não o suficiente. Às vezes, as jovens ambicionam muito mais do que podem conseguir. Uma irmã prudente, uma irmã zelosa, deveria aconselhar sua irmã mais moça a não ter tanta ambição.

Assim, tudo se resumia numa simples tentativa de assustá-la e, através dela, Rachel. Que gente desprezível eram aqueles príncipes e princesas!

– Eu meditaria sobre tudo isso – disse Roditchev, levantando-se, dando a volta em torno da mesa e indo sentar-se de novo em sua poltrona. Colocou então os cotovelos sobre a mesa e juntou as pontas dos dedos. – Pessoas que sobem muito alto, frequentemente perdem o equilíbrio, minha cara Judith. E caem. É uma coisa terrível. E, às vezes, quando caem, é em lugares como este gabinete. Naturalmente, falando por mim mesmo e pelos meus homens, não posso imaginar nada mais agradável do que receber uma visita de sua irmã Rachel. Ia ser um prazer para nós. Tanto quanto foi receber sua visita, Judith.

Judith recusou-se a baixar os olhos. "Que homem abominável", pensou ela, e desejou que ele pudesse ler seu pensamento. No entanto, Roditchev *podia* apavorar. Podia causar-lhe pavor simplesmente lembrando-lhe o que fizera com ela e depois sugerindo que algum dia poderia fazer o mesmo com Rachel.

Mas isso ele nunca iria conseguir. Não se elas pudessem confiar em Tigran. E certamente podiam confiar nele agora.

– Vou lembrar-me de suas palavras, príncipe Roditchev – replicou ela, levantando-se.

– Tenho certeza de que vai lembrar. Volte para casa e pense em tudo isso.

– É o que farei – declarou ela. E constatou que, no final das contas, tinha capacidade para odiar, pois odiava aquele homem ainda mais do que antes. O que dissera Dora? "Um dia, hei de me sentar sobre o peito dele e arrancar-lhe os olhos." Era pouco provável que isso viesse a acontecer. Mas, de repente, ela se lembrou de que era capaz de magoar o próprio príncipe Roditchev se criasse coragem para tanto. Voltou-se como para sair, depois tornou a olhá-lo. – Não me perguntou, Excelência, sobre as outras pessoas que encontrei em Starogan.

– Sei quem você encontrou em Starogan.

Judith lançou-lhe um olhar por sobre o ombro.

– George Hayman? E a Sra. Hayman?

– A entrevista terminou, *mademoiselle*.

– O Sr. Hayman lembra-se de Vossa Excelência – disse Judith, sorrindo. – E me contou a respeito do último encontro que tiveram. Ele sabe narrar tão bem os fatos. Imagino que é por ser um jornalista competente.

– Saia – disse Roditchev. – Saia daqui, *mademoiselle* Stein. Por Deus, se algum dia tornar a entrar nesta sala, eu lhe arranco a pele dos ossos.

– Não me esquecerei disso, Excelência – retorquiu Judith. – E contarei ao Sr. Hayman tudo o que me disse.

5

No que pensa um homem enquanto marcha para uma batalha? Certamente, não ousa pensar que preferiria estar em alguma outra parte; proclamar tal pensamento seria arriscar-se a um linchamento imediato. Ivan Nej achava nauseante o patriotismo ardente "vitória ou morte", de que estava sendo imbuída sua companhia. Supusera que o Exército – a facção do Exército a que pertencia, composta mais de recrutas que de soldados aguerridos – pensava exatamente da mesma forma que ele, concordava que era absoluta tirania do czar mandá-los para um campo de batalha distante, quando havia tantas coisas melhores a fazer dentro do país. Em vez disso, via-se cercado de um espantoso fervor militar. Aqueles homens, e alguns eram agora amigos seus, queriam realmente lutar. Queriam matar pela pátria, pelo czar. Ivan duvidava de que alguém ali quisesse matar pela czarina, ainda que admitissem que ela não tinha culpa de ter nascido alemã.

Tinham sido treinados às pressas, com inquebrantável energia. Esperavam por sua vez nas linhas de tiro com absoluta seriedade, por mais ridículos que pudessem parecer seus esforços para quem estivesse de fora: um fuzil para cada dez homens, um cartucho por cabeça. Deitavam-se de bruços, baixavam o cano do fuzil e puxavam o gatilho e, quando ouviam o clique, destravavam a culatra, depois a recolocavam em posição e puxavam de novo o gatilho. Após praticada essa manobra uma dúzia de vezes, o sargento gritava "carregar!" e o precioso cartucho era colocado na arma; dessa vez, o fuzil dava um brusco solavanco em suas mãos e seu ombro, e o alvo distante permanecia tão virginal como quando fora retirado do caixote.

– Um alemão é bem maior do que aquele alvo – dissera o sargento Rimski para tranquilizá-lo. Mas Ivan Nej continuava preocupado. Os fuzis prometidos ao regimento estavam demorando a chegar. O que o sargento estaria pensando agora? Já era abril, eles estavam marchando em território polonês e os fuzis ainda não tinham chegado em quantidade suficiente. Havia agora dois para cada dez homens. Ivan continuava carregando no ombro um fac-símile de madeira; quem imaginaria que um pedaço de pau esculpido pudesse pesar tanto? E o que devia ele fazer com aquilo, quando deparasse com o inimigo?

Por outro lado, talvez o inimigo não ficasse esperando para ver o que ele faria. Havia legiões de soldados marchando rumo à Alemanha. O inimigo não devia saber que apenas 20 por cento deles possuíam fuzis e munição e que nenhum tinha realmente experiência com armas. Os alemães haviam alcançado uma vitória, possivelmente várias vitórias, no outono passado. Ninguém sabia ao certo o que acontecera, pois as notícias eram escassas. Não obstante, era evidente que se os exércitos russos dos generais Samsonov e Rennenkampf *tivessem* ganhado as batalhas, não haveria necessidade de tão prolongados preparativos para aquela ofensiva da primavera. Corria mesmo o boato de que Samsonov tinha estourado os miolos, depois de sofrer derrota total. Mas agora eles iam compensar aquela derrota. Segundo as últimas informações, os alemães estavam, em sua maioria, empenhados na frente francesa, e apenas uma pequena força permanecera na Polônia, insuficiente para enfrentar o ataque de 13 milhões de homens, ainda que mal armados.

Como seria o inimigo? Ivan pensava que era um homem como ele próprio. Apenas vestiria farda diferente. Ivan usava blusão e calções cáquis e um boné cáqui de pala. Imaginava que Zoe elogiaria seu aspecto, e que sua mãe bateria palmas de alegria. Carregava cruzado sobre o peito, do ombro à coxa direita, o rolo de cobertor que continha, também, uma camisa e uma ceroula de reserva; teria incluído um par de meias, se lhe fosse permitido. Mas aos soldados russos era proibido usar meias. Sua mochila, pendurada na coxa esquerda, continha ferramentas para entrincheiramento e rações de emergência, com a garrafa d'água balouçando ao lado. A espingarda inútil pousava sobre o ombro direito, junto ao rolo da coberta, e uma baioneta batia-lhe na coxa, junto à garrafa d'água. Pelo menos, era uma baioneta de verdade. Se um alemão chegasse bastante perto, ele poderia causar-lhe algum estrago com aquela arma. Se, ao menos, todo aquele equipamento não pesasse tanto... Ivan duvidava de que lhe restassem forças suficientes quando finalmente entrasse em ação.

Como iria sentir-se se tivesse de fincar aquela baioneta num homem? Mas era um pensamento intolerável, porque, imediatamente, levava a outro pensamento: como se sentiria ele, se lhe fincassem uma baioneta no corpo? Talvez, em vez disso, fosse atingido por uma bala e morresse instantaneamente.

Mas Ivan não queria morrer. E talvez não morresse. Sua cabeça estava cheia de estatísticas, que Mikhail costumava citar, com base em enciclopédias da biblioteca em Port Arthur. Na ocasião, aqueles números não lhe tinham parecido importantes, mas agora adquiriam importância. Segundo Mikhail, em qualquer batalha, em qualquer guerra, as baixas eram de apenas um em dez, e desses 10 por cento, só uma quarta parte morria. Havia um número incrível de homens à sua volta. Nunca imaginara tantos homens reunidos num só local ao mesmo tempo. Formavam uma infindável coluna parda, estendendo-se através da planície polonesa tão longe quanto a vista alcançava. A maioria dos soldados estava vestida como ele, mas suas fileiras eram ocasionalmente entremeadas de grupos de homens com a farda azul da artilharia; vinham sentados alegremente em seus sacolejantes carros de munições e espirravam lama na infeliz infantaria. Ambos os flancos da artilharia eram protegidos pelos cossacos, ferozes e bigodudos, com barretes de pele, complicadas cartucheiras e grandes sabres que acompanhavam suas compridíssimas lanças. Os cossacos eram, pelo menos, uma fonte de distração, pois a todo momento soltavam os estribos e punham-se de pé nas selas, parecendo tão confortáveis e seguros naquela absurda postura como se estivessem comodamente sentados.

– Debandar! – A ordem percorreu as fileiras, e a longa fita serpenteante de homens parou. Os sargentos mostraram-lhes onde podiam sentar-se, permitiram-lhes fazer chá nos samovares transportados por cada grupo de dez homens... Talvez só os homens que carregavam samovares seriam mortos; Ivan teve uma súbita visão de um campo de batalha juncado de cadáveres de homens que agarravam contra o peito samovares amassados.

– Você já pensou – perguntou Vygodchovsky – que o mar fica apenas a uns 80 quilômetros ao norte? Atravessamos a fronteira. Estamos na Prússia.

– Não pode ser – protestou Ivan, limpando os óculos. – Ainda não alcançamos Varsóvia.

– Prússia Oriental – retorquiu Vygodchovsky. – Varsóvia fica ao sul. Os alemães estão em Varsóvia. – E ele apontou para onde supunha ser o sul; era impossível ter certeza, tão consistentes eram a neblina e a garoa. – Lá adiante. Estamos tentando cercá-los.

– Ah, sim? E foi o general quem lhe contou? – perguntou Taimanov, sentado à esquerda de Ivan.

– O sargento me contou.

– Foi mesmo o sargento?

– Bem... – Vygodchovsky esfregou o nariz e bebeu ruidosamente seu chá. – Ele ouviu isso de outro sargento, que tinha sabido por um tenente. Os alemães não têm a menor chance. Eles estão em número muito menor, mais ou menos um para cada cinco de nós, e nem sabem ao certo onde estamos. Não vimos nenhum batedor de cavalaria.

– Mas nós sabemos onde eles estão? – perguntou Ivan.

– Claro. Os cossacos sabem. Eles são os olhos do Exército.

Vygodchovsky era um manual militar ambulante. Seus olhos brilhavam de dedicação sempre que via um oficial e ele persignava-se cada vez que o czar era mencionado. Presumivelmente, sua informação era correta. Estavam marchando havia muito tempo, desde que tinham atravessado a fronteira polonesa, sem ouvir um só tiro.

– Em forma! – Havia apenas cinco minutos que os soldados estavam repousando. As canecas de chá foram imediatamente guardadas, e todos se puseram de pé, formando filas de cada lado, retesando os ombros, olhando rigidamente em frente, enquanto os oficiais trotavam diante deles. Eram comandados pelo grão-duque Nikolai Nikolaievich, homem enorme, de mais de dois metros de altura, o que fazia com que seu cavalo parecesse um potrinho. Faiscavam em seu peito condecorações e medalhas, o quepe era ornamentado com uma trança vermelha e dourada, as dragonas cintilavam na sua túnica cáqui. E ele não olhava para a direita nem para a esquerda. A expressão de tranquila altivez, o nariz e o queixo agudos integravam-se no permanente olhar carrancudo. "Sem dúvida", pensava Ivan, "ali estava um homem com muita coisa no cérebro."

O corpo de oficiais não era menos resplendente e imitava as atitudes de seu comandante.

– Não vai demorar muito agora – sussurrou Taimanov. – Os figurões já chegaram.

UMA TROVOADA DISTANTE ecoou na madrugada. O sargento Rimsky movimentava-se entre os homens da companhia, acordando-os, dando pontapés nos que não se levantavam imediatamente.

– De pé, de pé! – gritou ele. – Temos uma guerra a ganhar.

Que guerra? Ivan olhou para o céu cinzento e sentiu a garoa umedecer o rosto. À sua volta, via somente homens da própria companhia. O capitão e dois ajudantes de ordens, de cabeças juntas, examinavam mapas à luz de uma lanterna. Sem dúvida, deviam saber onde estavam, para onde iam, talvez até onde se encontrava o inimigo. Mas não iam lhe contar. Não iam contar a ninguém. Cabia a Ivan apenas marchar e matar. Com um fuzil de brinquedo?

E, no final, caberia a Ivan morrer.

– Está ouvindo? – Vygodchovsky colocou-lhe na mão uma caneca de chá fumegante.

– Trovoada – explicou Ivan. – Na certa vai desabar uma tempestade.

– Tempestade? – Vygodchovsky soltou uma risada. – Isso é artilharia. Você vai ver.

Ivan fitou ao longe. Artilharia? Nunca antes ouvira um ruído tão constante, nem mesmo em Starogan, onde as trovoadas do outono eram violentas. Starogan? Starogan parecia o outro mundo.

– Em forma! – O sargento Rimsky andava de um lado para o outro, golpeando com seu bastão os recalcitrantes; a punição raramente tinha de ser repetida. Eles iam travar uma batalha. Mas, primeiro, era preciso marchar. O capitão Dolgurovsky montou a cavalo, depois os tenentes, e a companhia formou uma coluna, pés chafurdando nas poças, a chuva molhando cabeças e ombros, encharcando quepes e mochilas, aumentando-lhes o peso. O fuzil de madeira batia no ombro de Ivan. Mas, pelo menos, ele estava entre amigos. Dava graças a Deus por ter Vygodchovsky e Taimanov a seu lado.

A manhã explodiu. Ivan tremeu com o estrondo, perdeu por um momento a audição e cambaleou contra Vygodchovsky, que esbarrara no camarada ao lado. O barulho era insuportável, o eco dos estrondos, seguido de um silvo agudo, que penetrava em seus tímpanos já atordoados.

Rimsky vibrava seu bastão a torto e a direito. Berrava, também, mas Ivan não podia ouvir o que dizia o sargento. Conseguira recobrar o equilíbrio e voltar a seu lugar. Gradualmente, fez-se a ordem.

— São nossos canhões — disse Vygodchovsky. — Os alemães vão agora saber que estamos avançando.

"Meus Deus!", pensou Ivan. "Como deve sentir-se um homem sob tal bombardeio?" Mas o problema era dos alemães. Agora já era dia claro, e ele pôde ver que não estavam tão isolados, como supusera. As outras companhias do regimento marchavam de cada lado, e havia um setor da cavalaria, à direita, esparramando lama pelo interminável atoleiro em que se transformava o terreno sempre que chovia. Mas desaparecera a farda azul da artilharia. Estavam na retaguarda, disparando seus canhões.

O capitão Dolgurovsky tinha desmontado e estava desembainhando sua espada.

— Companhia, fixar baionetas.

Com grande ruído, eles executaram a ordem. Ivan imaginou-se como o equivalente de um escudeiro medieval, e eles tinham se saído bem como soldados, até a invenção da pólvora. Havia quase mil homens no regimento, e ele se achava bem no centro. Sua posição não poderia ser mais protegida.

Mas onde estava o inimigo? Não podia ver por cima dos homens à sua frente. Parecia-lhe estar olhando para aquelas costas desde que desembarcara do trem. Talvez passasse a guerra inteira olhando as costas de outros soldados.

Ouviu-se um súbito ruído vindo da frente, e um tremor percorreu a coluna. Um homem caíra de joelhos e, enquanto Ivan o olhava, seu rosto foi também bater contra o chão; ao passo que seus camaradas desviavam para não pisar nele. Oh, aquilo ia dar em encrenca! O sargento Rimsky viria com seu bastão punir o homem por terra. Na certa, ele apenas escorregara; Ivan não via qualquer sinal de ferimento, notou apenas que o quepe do homem caíra e seu rosto parecia subitamente cinzento e estranhamente inexpressivo. Depois, viu um tom vermelho misturar-se à água que, lentamente, ia lhe empapando o corpo. Ivan percebeu que a bala devia ter atravessado o infeliz e ido alojar-se em sua mochila.

A bala? Outro lampejo de luz brilhou na distância. Havia homens lá adiante, atirando. Atirando *nele*.

– Cerrem as fileiras. – O sargento Rimsky continuava a andar de um lado para o outro. Presumivelmente, já tivera experiência de agir sob tiroteio. Não parecia muito preocupado.

– Companhia, avançar! – O capitão Dolgurovsky colocou-se à frente do batalhão. Também ele não parecia preocupado com os disparos. – Companhia, manter o alinhamento!

– Alinhem-se, vamos! – berrou um dos tenentes; era quase um menino e estava pálido. Ivan estendeu depressa o braço esquerdo para tocar no ombro direito de Vygodchovsky, mas foi impelido a marchar para a frente, apontando o fuzil, a baioneta luzindo. Foi necessário passar por cima do corpo do homem morto. Ivan sentiu o estômago revirado.

Através da névoa em seus óculos, ele podia ver uma verdadeira exibição de fogos de artifício e, de repente, o eco dos passos de quase mil homens marchando aceleradamente feriu seus ouvidos. Era um ruído terrível, um ritmo mecânico.

– Companhia, avançar em fila dupla! – gritou o capitão Dolgurovsky, pondo-se a correr. Ivan correu também, tropeçando e escorregando. De repente, o homem que ia à sua frente soltou um grito e jogou os braços para o alto, o fuzil de madeira voou no ar, enquanto ele caía de costas tão subitamente e com tal força que a baioneta de Ivan quase o trespassou. Ivan teve de parar bruscamente, esbarrou no homem que vinha atrás, ombro contra ombro, e caiu de joelhos. Ficou assim um momento, enquanto os outros passavam às pressas por ele, fitando o homem morto, lembrando que seu nome era Kuslov. Nunca tinham sido amigos; Kuslov era do Norte e desprezava mujiques das estepes. Mas agora eram amigos. Se aquela bala não tivesse aberto um buraco tão grande no centro do peito de Kuslov, teria aberto um furo igualmente grande no peito do próprio Ivan. Fascinado, ele ficou olhando o buraco encarnado, jorrando sangue, com as bordas cinzentas, mal destacando-se do cáqui rasgado da farda. Teria Kuslov sentido alguma coisa? Os veteranos sempre diziam que ninguém nunca sentia o tiro que o matara. Mas como podiam *eles* saber?

– De pé, de pé! – O bastão vibrou em seus ombros. – De pé ou, por Deus, eu lhe estouro os miolos. – O cano do fuzil avançou ameaçador, a ponta luzidia da baioneta a apenas centímetros de sua orelha. Ivan pôs-se de pé e correu para a frente, quase imediatamente tropeçando em outro corpo, depois em mais outro. Seus companheiros estavam talvez uns 15 metros na dianteira, correndo, berrando e caindo; agora ele pôde ver os alemães: suas fardas quase da mesma cor que a deles, a única maneira de distingui-los era porque usavam capacetes com um espigão e pelo arranjo diferente das cartucheiras e do equipamento. Punham-se de pé para atirar; nada de fuzis de madeira. Ivan respirou para tomar fôlego, tropeçou, titubeou, esperando a cada momento sentir o ruído surdo que significaria que ele fora atingido. Correu tão depressa que quase alcançou Vygodchovsky, quando iam chocar-se com a linha inimiga. Um homem surgiu diante dele, com o fuzil no ombro, apertando o gatilho. Com grande espanto, Ivan nada sentiu. O homem também estava espantado; com a boca escancarada, ele baixou o fuzil. O alemão gritou-lhe alguma coisa, mas Ivan não o compreendeu. Então, lançou o corpo para a frente, com tremendo ímpeto, e sua baioneta penetrou exatamente no centro do estômago do alemão. O sangue jorrou, quase como se estivesse sendo esguichado por uma mangueira, espirrando no cano de seu fuzil de madeira e, quando se aproximou mais, em suas mãos. O alemão caiu de costas, e a baioneta estava tão profundamente enterrada, que Ivan se viu arrastado por cima da cabeça do inimigo morto, agarrado ainda ao fuzil, que então quebrou com um estalo. Por fim, ele tombou de costas, aturdido, de olhos postos nas nuvens cinzentas. "Matei um homem", pensou.

O primeiro de muitos.

– De pé, de pé! – berrou o sargento Rimsky. – Os miseráveis estão fugindo. De pé, de pé!

– Eles foram derrotados? – perguntou Ivan. – Acha que eles foram derrotados?

– Não completamente – respondeu Vygodchovsky, mordendo a ponta de seu cachimbo. – Não completamente ou estaríamos continuando a avançar.

Ivan imaginara que eles tinham cessado de avançar por estarem cansados. Tinham rompido as duas primeiras linhas dos alemães e avançado através de um bosque e agora estavam na outra extremidade do bosque, onde havia um sítio – ou, antes, onde existira um sítio, porque a barragem de fogo russa se espalhara por aquela paisagem, tornando-a um pesadelo. Água e sangue enchiam buracos que eram como crateras, e em todo o redor havia casas destroçadas e restos de animais e de homens. Mas não de mulheres ou crianças. Elas tinham sido evacuadas. Isso o frustrou. Mas naquela tão estranha situação, misto de medo, exaustão e repulsa, seria ele capaz de desejar alguma mulher?

Agora já estava escurecendo. Teria sido na manhã desse mesmo dia que eles tinham sido acordados e impelidos para sua apavorante missão? Seria a mesma manhã em que o camarada Taimanov estivera sorrindo e pilheriando? Ninguém sabia o que fora feito de Taimanov. Não estava mais ali. Dos 89 que formavam a companhia ainda nessa manhã, restavam apenas 52 homens. A porcentagem não estava certa, de acordo com as estatísticas que Mikhail lera na enciclopédia. Havia algo errado.

Mas ele estava vivo, e Vygodchovsky também. Assim como o capitão Dolgurovsky, embora houvesse avançado à frente de seus homens. E o sargento Rimsky também. Só restava um dos tenentes. Com certeza o outro, assim como Taimanov, como Kuslov, como tantos dos alemães, agora era apenas um monte de carne estraçalhada, jazendo em alguma parte na retaguarda. Também na vanguarda e de ambos os lados. A chuva da primavera cessara por um momento e, em lugar da umidade enjoativa, havia outro cheiro. Ivan pensou, apavorado, que talvez ainda estivessem ali na manhã seguinte. Evidentemente, estariam ali na manhã seguinte. Tinham parado para passar a noite.

– Bons homens – disse Rimsky, chegando a sorrir e cofiando o bigode. – Bons homens. – Vocês lutaram bem e amanhã lutarão ainda melhor. O capitão está contente.

"Então por que não vem ele mesmo até aqui para nos dizer isso?", pensou Ivan.

– Bons homens – repetiu Rimsky pela terceira vez. – Soldado Vygodchovsky, o sargento Selesniev foi ferido. Vai ocupar o posto do sargento a partir de agora. Está compreendido?

Vygodchovsky levantou-se às pressas e bateu continência. Depois sorriu para seus camaradas.

– Sou agora sargento. Quando eu der ordens, é melhor vocês...

Vygodchovsky nunca terminou a frase. Pois mais uma vez os céus se abriram.

IVAN CAIU DE BRUÇOS, com a cara na lama e na água. Tinha urinado e evacuado. Não de medo. Disso tinha certeza. Seu organismo estava abalado demais para produzir medo. Não havia mais nada a não ser som – estampidos, estrondos, impactos, sons catastróficos. De quando em quando, algo era lançado para cima dele – lama, ou sangue, ou miolos, pelo que supunha. De quando em quando, ouvia um grito de dor, terror, ou desespero. Talvez alguns dos gritos partissem dele mesmo. Quanto tempo estava durando aquilo? Obviamente, não faltava munição aos alemães. E agora estava já escuro, mas nunca escuro de todo, pois a explosão das granadas iluminava o céu, e o caleidoscópico brilho de projéteis ao caírem na terra a transformava num vulcão que projetava no ar aço derretido.

"Vou enlouquecer", pensou ele. "Meu cérebro vai explodir para fora de meus ouvidos. Talvez eu já tenha enlouquecido. Estamos todos loucos. Só loucos podem dispor-se a marchar para tal situação e morrer em tal situação, no meio de tanta imundície, medo e horror."

Algo o atingiu no ombro, algo mais duro do que um pedaço de lama. Ele revirou o corpo, olhou para Vygodchovsky. Estaria seu companheiro realmente vivo? Podia qualquer um deles estar realmente vivo?

– De pé! – gritou Vygodchovsky. – De pé!

Mais espantoso ainda do que o fato de Vygodchovsky estar vivo, era conseguir fazer-se ouvir. Ivan sentou-se no chão e percebeu que a barragem de fogo cessara.

– De pé! – tornou a gritar Vygodchovsky, e então emitiu um curioso assobio, fez uma lenta pirueta e caiu na cratera. Ivan não perdeu tempo verificando o que acontecera a seu camarada. Sabia agora quando um homem estava morto. Pôs-se de pé e observou os vultos correndo para ele, alguns disparando, enquanto corriam. Russos? Alemães? Onde estavam os homens do próprio batalhão, que tinham avançado em sua frente? Onde estavam os homens com quem ele marchara essa manhã? Ivan não podia ver ninguém, a não ser o inimigo aproximando-se, através das lentes de seus óculos, toldadas de água e lama. O Exército russo parecia ter-se desintegrado. E ele estava sozinho. Instintivamente, pulou para dentro da cratera ao lado de Vygodchovsky, escorregando na lama, atirando de lado seu fuzil. Era um fuzil de verdade, tirado de um morto, não um brinquedo de madeira. Mas de nada lhe adiantava agora. Tinha os tornozelos mergulhados na água, que penetrava pelo cano de suas botas. Olhou para o céu, um círculo mais claro na escuridão. Talvez eles não espiassem para dentro da cratera. Talvez passassem correndo. Afinal, não tinham sido derrotados. Agora iam ganhar a batalha.

Mas não iam deixar de espiar para dentro dos buracos. Ivan viu rostos debruçando-se, o brilho de baionetas. E na certa havia balas naqueles fuzis; fuzis que não eram de madeira.

Ele ergueu os braços bem alto, rezando para que o pudessem ver.

DA JANELA DE SEU GABINETE, Tigran Borodin fitou acima do Prospekt Nevskiy, o porto, e, mais adiante, as ilhas, com a Fortaleza de São Pedro e São Paulo em primeiro plano. Em sua opinião, não havia uma vista melhor em toda Petrogrado, nem mesmo do próprio Palácio de Inverno. Apreciava-a mais no inverno, quando o Neva se cobria de gelo e parecia possível ir a pé até Helsinki sem molhar os pés. Mas era atraente também no verão. À medida que se aproximava o verão, porém, ele era perseguido pela ideia de que um belo dia iria olhar pela janela e ver a esquadra alemã entrando a todo vapor no porto. Ideia absurda. Os alemães tinham os ingleses com que se ocupar, pelo menos no mar.

Naturalmente, olhando na direção da Fortaleza de São Pedro e São Paulo, ele tinha em mente a casa de sua noiva, embora não pudesse avistá-la daquela distância. Mas o simples fato de estar olhando naquela direção bastava para ele mal acreditar no que tinha feito, no que vinha fazendo diariamente. Sem dúvida, seus amigos de ambos os sexos partilhavam de sua incredulidade.

Era verdade que, em tempo de guerra, as coisas ficavam mais simples. Pela primeira vez em suas vidas, todos eles estavam ocupados. A maioria de seus amigos partira para a frente com seus regimentos ou, como ele próprio, trabalhava dez horas por dia na cidade. Não menos ocupadas eram suas amigas com enfermagem ou vários outros ofícios, que subitamente se tinha constatado serem perfeitamente adequados a mulheres. Bailes e festas pertenciam agora ao passado, e até Irina, que viera a Petrogrado para a estação, em desobediência ao marido, logo retornara a Starogan. A sociedade de Petrogrado cancelara todos os programas enquanto durasse a guerra, pelo menos oficialmente.

Essa situação significava que ele pouco via a família, o que lhe poupava constantes demonstrações de desaprovação. Quando ele participara ao pai suas intenções, o conde Igor apenas lhe lançara um olhar e, dando-lhe as costas, saíra da sala. Mas sua mesada continuava sendo depositada em sua conta todos os meses, e isso era o mais importante. Na certa, sua mãe persuadira o marido de que o noivado era uma aberração temporária, provocada pela guerra e, como não houvesse sido oficialmente anunciado, ainda estaria em tempo de o filho recobrar o juízo. Quanto aos outros, Viktor achara a ideia excelente, ao passo que Xenia... mas era difícil ter certeza a respeito de Xenia. Contudo, ela trabalhava no mesmo hospital que as irmãs Stein e parecia dar-se bem com Rachel.

Então... seria mesmo uma aberração? E se não era, por que tinha ele, constantemente, aquela sensação de irrealidade? Estaria esperando – quando fora procurar Jacob Stein e pedir-lhe a mão da filha, frisando, porém, que lhe era impossível ficar oficialmente noivo e muito menos casar-se até o término da guerra – que seu pedido não fosse aceito? Na ocasião, ele não sabia ao certo. Mas agora... sentia-se tomado de um senso de honra, de virtude, a que não estava habituado, mas que o deleitava. Conhecia muito bem a si mesmo. Nascera na família mais nobre do país, à exceção dos próprios Romanov, mas de um ramo secundário. Nunca tendo de suportar o peso da plena responsabilidade de seu sobrenome, ele tirara da vida tudo o que lhe apetecia, desde sua saída da escola. Gastava sua mesada em caixas de champanhe, charutos Havana, cavalos e carro, mulheres de todo o tipo, desde bailarinas até prostitutas fichadas, em noitadas e jogatina com amigos. Chafurdara-se em desregramentos, consciente do que fazia, sempre na crença de que um dia encontraria sua verdadeira vocação ou alguém a quem realmente amasse, e então tudo daria certo.

Que ela fosse uma judia de cabelos escuros e que as coisas tivessem acontecido de maneira tão estranha, sem nenhuma premeditação de sua parte, era o que o deixava perplexo e meio perturbado. Mas era fato consumado e ele estava feliz. Mais feliz do que nunca. Feliz com a própria coragem de persistir em sua decisão e com seu controle, quando se achava junto dela. Estavam noivos, ainda que não oficialmente. Era de presumir que ela o amasse. Difícil ter certeza, pois Rachel não era muito comunicativa. Mas tinha dado o "sim" e parecia feliz na companhia dele. Era delicioso quando a abraçava, beijava, acariciava e, sem dúvida, seria delicioso fazer muito mais do que isso com ela. Mas nunca o fizera. Nunca nem mesmo o tentara. Era Tigran Borodin, o Novo Homem. Tinha honra e tinha coragem. Por incrível que parecesse, Rachel fizera dele um cavalheiro. Ninguém, é claro, acreditava nisso. Ele próprio não acreditava. Estavam todos esperando que a barriga de Rachel começasse a crescer, conforme previam. Pois esperariam em vão. Quando ele se deitasse ao lado dela, na noite de núpcias, Rachel seria ainda virgem.

Evidentemente, como ele atingira um estado de espírito de absoluta honestidade, admitia que só estava conseguindo controlar-se daquela maneira por causa da guerra. Era fácil portar-se com honra em tempo de guerra, quando amigos estavam sendo massacrados na Polônia e na Galícia. Cada qual tinha um dever consigo mesmo e com sua classe, de se colocar acima das tentações da carne, de trabalhar somente para a vitória da pátria, de pensar apenas em todas as coisas boas que resultariam dessa vitória. Mais tarde viria a recompensa de tanto esforço. E Rachel Stein, cada dia mais bonita, à medida que se tornava mais segura e consciente de si mesma, seria uma recompensa soberba.

Outro fato surpreendente: ele estava começando a gostar dos Stein como família. Nunca antes cogitara a questão judaica, nunca supusera que realmente houvesse uma questão judaica. Na verdade, havia mais judeus na Rússia do que em qualquer outro país do mundo; mas 5 milhões de judeus ainda assim eram uma porcentagem bem pequena de toda a população russa. O fato de eles sempre terem preferido manter-se fora da cultura geral do país, com a própria religião, os próprios alimentos e o próprio Sabá, nunca lhe parecera especialmente importante, como também não via motivo para o Governo julgar necessário arrebanhá-los numa paliçada. Nada disso, evidentemente, se aplicava aos Stein. Jacob Stein, como certa vez sua filha mais velha observara, com desprezo, cada vez mais se distanciava de sua raça. Sua assimilação podia não ter agradado a Judith, mas certamente era uma atitude sensata. Se não fosse por isso, ele nunca teria conhecido Rachel. E Judith, como revolucionária condenada, não podia ser considerada uma verdadeira representante de sua família. Graças a Deus, Rachel não nutria simpatia alguma por revolucionários ou por quaisquer atividades antigovernamentais.

Uma pancada na porta, que se abriu para deixar passar Dora Ulyanova. No trabalho, Dora usava óculos de aro grosso e prendia o cabelo num coque bem apertado; mas, apesar disso, era uma moça extremamente atraente. O busto amplo e os quadris estreitos eram acentuados pela blusa branca e a saia justa de linho preto, que compunham o uniforme de verão de uma secretária. Muitas vezes Tigran, à noite, na cama, pensava nela, quando não estava pensando em Rachel. Dora era outro exemplo da maneira de pensar do novo Tigran Borodin. Era incrível que ele trabalhasse todos os dias com aquela moça durante quase um ano e nunca tivesse feito mais do que apertar-lhe a mão. O antigo Tigran teria uma secretária no divã minutos depois da chegada dela, logo no primeiro dia.

Mas mesmo que Rachel não existisse, ele não tinha certeza de que teria tentado conquistar Dora Ulyanova. Havia algo nela que o inquietava. Os olhos, que pareciam faiscar por detrás dos óculos, possuíam uma impenetrabilidade que o assustava, e, às vezes, quando ela não sabia que ele a estava olhando, seu rosto assumia uma expressão que era quase demoníaca. Uma consequência, sem dúvida, dos anos que passara na Sibéria. Não era o tipo de secretária geralmente aprovado. Uma anarquista anistiada trabalhando no Ministério do Exterior, ainda que numa posição subalterna? Ele tivera de insistir com Philip para conseguir que ela fosse aceita, alegar que Dora, em primeiro lugar, era uma russa, para depois ser anarquista, e que sua única preocupação era a derrota da Alemanha, e que – o tema preferido dele – essa guerra era a chance de unir solidamente a nação em redor do czar, acabar com divisões insensatas. Felizmente Philip era fácil de convencer, sendo inteiramente dominado pela irmã de Tigran – e felizmente, também, Dora provara ser uma funcionária leal e eficiente.

– Bom dia, Excelência – disse ela de pé, junto à mesa, esperando que ele se sentasse.

– Bom dia, Dora. Será que é um dia bom?

– O avanço continua, Excelência.

– Assim espero.

O avanço sempre continuava, até acabarem a munição e os víveres; então, os alemães por sua vez avançavam. E outro milhão de homens era desperdiçado nos campos ensanguentados da Polônia. Fora esse o quadro no outono passado, quando os exércitos russos tinham sido dizimados em Tannenberg e nos Lagos Masurianos. Assim, nessa primavera de 1915, as coisas iam ser diferentes; o grão-duque Nikolai assumira pessoalmente o comando dos exércitos na frente ocidental. Agora era esperar para ver o que iria acontecer. Mas, pelo menos, o grão-duque tinha uma boa reputação como soldado.

– E ainda há filas de pão – disse Dora.

Tigran mexeu melancolicamente a cabeça. Era incrível que, de acordo com os relatórios que chegavam à sua mesa de trabalho, a produção de alimentos no país nunca fora tão abundante; ele sabia, por exemplo, que ninguém estava passando fome em Starogan. Mas uma parcela bem pequena dessa abundância chegava a Petrogrado, e Moscou parecia estar em situação igualmente desesperadora. As estradas de ferro – todo o sistema de transporte do país – não estavam preparadas para atender às necessidades da guerra e, ao mesmo tempo, transportar alimentos. Tigran não queria pensar em como seria o próximo inverno.

– Conseguiu algum?

– Uma bisnaga. – Ela continuou esperando.

– Ótimo. Tenho uns despachos para ler, depois haverá algumas cartas. Volte dentro de meia hora.

Ela permaneceu de pé, de mãos cruzadas, olhando-o com as sobrancelhas franzidas.

– Quer alguma coisa, Dora?

– Eu gostaria de que Vossa Excelência devolvesse o livro de código.

– O livro de código? – Tigran curvou-se para trás na poltrona.

– Vossa Excelência sabe que é contra o regulamento o livro não ser guardado à noite.

"Como ela tinha um ar severo! Parecia uma professora", pensou ele.

– Não estou com o livro, Dora.

– Não está aqui, Excelência – disse ela, franzindo ainda mais a testa.

– É impossível.

– Acabei de verificar.

– Meu Deus! – Tigran coçou a cabeça.

– Precisamos informar o Ministro – disse Dora. – E depois dar parte na polícia. É um assunto muito grave.

– Tenho certeza de que deve haver uma explicação razoável.

– Para alguém tirar o livro de sua gaveta durante toda uma noite?

– É...

– Precisamos dar o alarme – insistiu Dora. Agora o tom dela era de uma castelã medieval, com turcos selvagens prestes a atacar seu castelo.

– Vou discutir o assunto com o grão-duque – decidiu Tigran.

– Mas... – Dora parecia em dúvida.

– *Tem* de haver uma explicação. – Tigran levantou-se e bateu no ombro de Dora. – Não precisa preocupar-se. – E saiu às pressas de seu gabinete, em direção à sala do cunhado. Dora era tão dedicada. Isso era uma parte essencial de suas funções. Ele devia ser também dedicado. Mas não havia razão para entrar em pânico. *Tinha* de haver uma explicação.

Em seu gabinete, Philip Romanov estava fumando um charuto.

– Não existe mais pão em parte alguma – anunciou ele.

– Já sei – retorquiu Tigran e, com um gesto, mandou que a secretária do grão-duque saísse. – Philip...

– Acho que será preciso fazer alguma coisa a respeito – disse Philip. – Ou vamos ter protestos. E a última coisa que desejamos é revoltas na retaguarda. O povo poderá estar disposto a aguentar escassez de alimentos no inverno, mas nunca no verão. Precisamos de organização. Os trens terão de deixar de transportar tropas para transportar comida, quanto a isso não há dúvida. Falei com Sukhomlinov, mas ele diz que nada pode fazer sem a assinatura do czar, e Sua Majestade está esperando para discutir o assunto com a czarina, e ela está esperando por uma decisão de padre Gregori. Meu Deus, que maneira de governar um país!

– Escute. – Tigran sentou-se na ponta da mesa. – O livro de código desapareceu.

– Não desapareceu em absoluto.

– Desapareceu, sim. É o que lhe estou dizendo. Foi retirado da gaveta a noite passada e ainda não foi recolocado no seu lugar.

– Eu sei.

– O quê?

– É que Protopopov o queria. Afinal, ele é o primeiro-ministro Eu não tinha como recusar.

– Mas, pelo amor de Deus, até o primeiro-ministro tem de obedecer ao regulamento! E para que diabo quer ele o livro de código? Está por acaso enviando mensagens secretas?

– Provavelmente – respondeu Philip, encolhendo os ombros.

– Está bem. – E Tigran pôs-se de pé. – Não posso admitir isso Vou falar com o ministro.

– Que foi nomeado por Protopopov.
– Bem, então vou... – Ele hesitou.
– Falar com Sua Majestade? O ministro nomeou Protopopov a conselho de Sua Majestade e com a bênção do padre Gregori. – Philip apontou com o charuto. – E não se esqueça de que você não é um sujeito muito popular nos círculos da realeza. Logo se verá transferido para Cabul, como adido de segunda categoria, na missão do Afeganistão.
– Mas, em nome de Deus, sabe o que eles andam dizendo?
– Eles – disse Philip pensativo. – Sempre desejei saber quem eram *eles*. Mas sei dos boatos que correm. Como alemã, a czarina deve estar a serviço do kaiser e, portanto, todos cuja nomeação ela recomenda devem estar também a serviço dos alemães. Já lhe ocorreu, por acaso, que você e eu estamos incluídos nessa lista, Tigran? Eu, certamente.
– Mas, meu Deus...
– Portanto, o conselho que lhe dou é que volte para seu gabinete e finja que não notou o desaparecimento do livro, que oportunamente será devolvido, dou-lhe minha palavra. E Tigran, prefiro que não repita essa nossa conversa a ninguém.

Tigran fitou-o alguns instantes, depois se virou e saiu da sala.
Dora continuava esperando-o em seu gabinete.
– E então?
– O assunto já está solucionado – disse ele, sentando-se.
– Mas, Excelência...
– Já disse que o assunto está solucionado, Dora. Você agiu bem. Eu a felicito por ter notado o desaparecimento do livro e por me avisar. Agora, no que se refere a suas obrigações a questão está encerrada.
Foi a vez de Dora fitá-lo por um instante. Depois voltou-se e saiu do gabinete.

– Enfermeiras.
O ordenança estava perfilado à porta da sala de repouso, os calcanhares juntos, o rosto rígido. Ali todas as mulheres eram enfermeiras, gostava de pensar o sujeito. Podiam não se dignar a cumprimentá-lo na rua, mas, uma vez ali dentro, não passavam de enfermeiras.

– Outro trem. – A grã-duquesa Tatiana, segunda filha do czar, subiu as escadas acompanhada das outras; Xenia Romanova de um lado, Rachel Stein do outro. Todas eram agora amigas. Boas amigas. Tinham trabalhado lado a lado durante mais de 12 meses e nesses meses muitas das jovens se tinham tornado verdadeiramente mulheres.

As três entraram na enfermaria e ficaram esperando com as outras, endireitando suas toucas e aventais brancos engomados, reparando nas macas que estavam sendo levadas para a enfermaria, pensando com que horrores teriam de lidar nesse dia. Rachel presumia que os recém-chegados eram os de maior sorte; feridos, se foram transportados até Petrogrado era porque deviam ter chance de recuperação. Nem todos se recuperavam, mas pelo menos tinham alguma esperança ao chegar.

– Alteza, leito três. – O médico de plantão tinha uma lista na mão e começou a citar nomes. Tatiana adiantou-se apressadamente.

– Alteza, leito sete. – Era a vez de Xenia.

– *Mademoiselle* Stein, leito oito.

Rachel parou diante do leito para o qual fora designada e murmurou uma prece silenciosa em ação de graças. O ferimento do homem era na cabeça. Sem dúvida, ela estava enganada ao dar graças aos céus, pois ele tinha a cabeça toda envolta em bandagens, que abrangiam também o olho direito; o ferimento devia ser bastante grave. Mas pelo menos era na cabeça, não nas pernas ou na barriga. Os ferimentos no corpo eram os que ela mais detestava. A primeira vez que vira intestinos expostos quase vomitara no chão. Isso fora há quase um ano, e sua reação agora teria sido diferente. Mas detestava ter de lavar os órgãos genitais dos feridos. Nunca, antes de começar a trabalhar no hospital, vira um pênis de homem e isso a deixara alarmada e enojada; olhara para a grã-duquesa Tatiana a fim de ver qual seria sua reação. Tatiana ficara impassível. Provavelmente, o fato de ser filha do czar a habituara a ter sangue-frio. Mas Rachel pensara: "Tigran tem um pênis e vai querer introduzi-lo em meu corpo. Teria o príncipe Piotr introduzido o seu em Judith?" Nunca poderia fazer tal pergunta; mas não podia imaginar nada mais desagradável. E então o pênis se movera, quando ela o tocara, estremecendo e endurecendo, e o homem, apesar de toda a sua dor, sorrira para ela. Rachel tivera ímpetos de fugir da sala. Vários meses haviam se passado desde esse incidente, mas ela duvidava de que se habituasse e um dia.

Esticou os lençóis sobre o ferido e deu-lhe água para beber. Ele tinha um bigode, ou, antes, um meio bigode. O outro lado fora rapado pelo cirurgião. Então ele lambeu os lábios, lentamente, doloridamente.

– Você é um anjo – disse ele. – Um anjo.

– Psiu – fez ela, pois o olho que restava ao ferido tremulara enquanto ele falava, e ela sabia que a cabeça devia doer-lhe muito. – Estou aqui para fazer com que você fique bom.

O cirurgião-inspetor tinha chegado ao leito ao lado, onde Xenia o aguardava.

– Gromek, meu senhor.

– Regimento?

– Regimento 180 da Infantaria, meu senhor.

– Local de origem?

– Starogan, meu senhor.

Rachel tentou ver-lhe o rosto. Starogan! Como Starogan parecia longe. O médico estava consultando sua lista.

– Está bem, enfermeira Romanova. Virei examiná-lo esta tarde.

– Pois não, doutor.

Ele passou ao leito designado para Rachel e repetiu o mesmo diálogo. Mas Rachel mal o ouvia. Só estava esperando que ele fosse embora.

– Xenia. – Ela deu a volta no leito. – Pode trocar comigo?

– Por quê?

– Eu gostaria de falar com Gromek.

– Sobre Starogan? – A boca de Xenia se abriu num largo sorriso. – Nunca vai morar lá, sabe? E ele era apenas um lacaio – acrescentou, sem se dar o trabalho de baixar a voz. – Além disso, o ferimento é no quadril. – Xenia sabia das idiossincrasias de Rachel.

– Por favor.

– Está bem – concordou Xenia, com um encolher de ombros, e deu a volta no leito. – Como está sua cabeça? – perguntou ao paciente de Rachel.

Apesar de seu espalhafato e arrogância, Xenia podia fazer sorrir o ferido mais desesperado. Mas, segundo Rachel, a beleza vistosa de Xenia devia ajudar.

– Lembra-se de Starogan, *mademoiselle*? – perguntou ele, enquanto ela lhe ajeitava o travesseiro.

– Eu?

– Eu me lembro de *mademoiselle*. Foi a Starogan em julho passado, com sua irmã. Carreguei suas malas. Eu e Ivan Nej.

– Ivan Nej? – Rachel percebeu que corara à menção do nome de Ivan. Houvera algo na maneira com que ele a tinha olhado, especialmente naquela última noite horrível, logo antes da chegada da princesa Irina. – Ele ainda está em Starogan?

– Ivan Nej? – replicou Gromek, com desprezo. – O príncipe mandou que ele se alistasse. Precisava ver como ele se queixou e reclamou. É um socialista, naturalmente. Todo mundo sabe disso. O irmão dele foi condenado à morte por atividades socialistas. Ivan é a mesma coisa. Só que lhe falta coragem.

– Vocês estavam no mesmo regimento? – perguntou Rachel, depois de esperar pacientemente que ele terminasse seu relatório.

– Oh, não! Eles nos separaram, *mademoiselle*, acha que vão poder salvar minha perna?

– Claro que sim. – Rachel lhe deu um sorriso. – Do contrário, não teriam trazido você para cá.

– Enfermeiras, perfilem-se!

A ordem partiu da porta. Rachel apressou-se a ir colocar-se ao pé do leito de Gromek. Viu então entrar a czarina, seguida de perto por Gregori Rasputin, e sentiu o estômago revolver-se. Rasputin inspecionava com frequência o hospital e, cada vez que deparava com ela, fitava-a com aqueles olhos enormes, o que a deixava muito perturbada. Mas ele não podia querer nada com ela. Estava interessado apenas em damas de alta categoria, que podiam ajudá-lo em seu crescente domínio sobre o Governo – mulheres cujos maridos ocupavam postos importantes. Xenia? Lançou um olhar à sua futura cunhada. A fisionomia de Xenia se transformara, como sempre acontecia quando ela via o curandeiro: as narinas fremiam e os olhos pareciam chispas de fogo. Positivamente Xenia. Mas o que *faziam* elas quando iam visitar o santo homem? Petrogrado fervilhava de comentários inacreditáveis.

A czarina estava conversando em alemão com o cirurgião. Rachel teria preferido que ela não usasse a língua alemã, não somente porque não a compreendia, mas também por saber que isso desagradava os feridos. Quer acreditassem ou não no boato absurdo de que a czarina esperava que os alemães ganhassem a guerra, eles estavam ali porque alemães os haviam ferido. E não era muito gratificante para suas mentes o pensamento de que sua imperatriz era nascida no campo inimigo.

A Rachel pareceu que tampouco o padre Gregori estava apreciando muito aquela conversa. Afastara-se da czarina e agora ia se aproximando. Parou diante da grã-duquesa Tatiana, passou o braço sobre os ombros dela e a apertou contra o peito. Como se fosse o próprio czar. E Tatiana não pareceu contrariada, apenas sorriu e até lhe deu um beijo na face. Rasputin era amigo de sua mãe.

Agora ele se deteve diante de Rachel. Não a tocara desde a noite do baile, em agosto passado. Talvez, com sua intuição, soubesse que ela não queria que ele a tocasse. Mas sempre a olhava com um ar de apreço.

– Rachel Stein – disse ele. – Rachel Stein.

Depois, aproximou-se do leito aos cuidados de Xenia. Sempre tocava em Xenia.

– Realmente, você podia lembrar a Tigran que ele deve, de vez em quando, visitar a família – observou Xenia mais tarde, aspirando o ar da noite, tão fresco e puro após o mau cheiro do hospital. – Não é possível que não lhe sobre tempo senão para você.

– Nós nos vemos muito raramente – disse Rachel, descendo as escadas com Xenia –, pois tenho meus turnos no hospital e ele passa a maior parte do tempo no Ministério.

– E quando os dois ficam juntos, não há tempo para conversas – comentou Xenia, com uma de suas risadas estridentes. – Só há tempo para a cama.

– Eu... nunca vamos para a cama – protestou Rachel. – Nunca fomos. Estamos noivos, não casados.

Xenia parou ao pé da escada e voltou-se para fitá-la com um olhar de espanto.

– Tigran, meu irmão Tigran, nunca a levou para a cama?

– Claro que não. – Rachel deu graças a Deus por estar escuro e poder esconder seu rubor.

– E espera que eu acredite nisso?

– É a verdade. Eu... eu nunca sonharia em ir para a cama antes de me casar.

– Ah, mas ele *pediu* a você que fosse.

– Não... nunca.

– Deveria, pelo menos, dizer a verdade à sua futura cunhada – replicou Xenia, com ar severo. – Eu não contaria a ninguém.

– Eu...

Rachel deixou transparecer no rosto sua preocupação. Teria Tigran esperado que ela lhe desse o sinal de avanço? Não podia ser. Naquela primeira noite, ela previra certa luta e, em vez disso, ele lhe propusera casamento. Desde então, parecera contentar-se com tê-la nos braços e acariciá-la, mas sempre por cima do vestido. Mas teria ele se contentado mesmo? Esperara dela um abandono maior, e talvez o decepcionara? Seria esse o motivo de ele tão raramente dispor de tempo para ir vê-la?

– Está bem, guarde seus segredos – disse Xenia com uma bem-humorada irritação. Esperou, enquanto o chofer lhe abria a porta; o Rolls-Royce vinha buscá-la todas as noites à saída do hospital. – Eu a levo em meu carro, se você quiser.

Rachel foi tomada de surpresa. Nunca antes Xenia se oferecera para levá-la.

– É muita gentileza de sua parte. – E aconchegou-se nas almofadas macias.

– Tem notícia de Tattie? – perguntou Xenia.

— Não. Por quê?

— Pensei que talvez você soubesse. Ela anda escrevendo cartas para todo mundo. Já pensou? Ficar trancada em Starogan com tanta coisa acontecendo aqui? E só com aquelas duas velhotas para conversar? Ah, e Irina, naturalmente. Imagino que Irina e Tattie façam companhia uma para a outra. Podem sempre trocar reminiscências.

— Realmente — concordou Rachel, olhando pela janela, e sem entender uma palavra do que se tratava.

— Ah, sim — disse Xenia. — Irina, Tattie e eu costumávamos divertir-nos muito quando Tattie estava no convento aqui em São Petersburgo, perdão, eu quis dizer Petrogrado. Acha que eles vão tornar a trocar o nome da cidade quando a guerra acabar?

— Não tenho a menor ideia — respondeu Rachel, virando a cabeça. — Já passamos a ponte da ilha.

— Sim, minha querida. Mas não vai querer ir para casa imediatamente, não é? Eu lhe estava contando sobre Irina e Tattie e eu, nos bons velhos tempos, antes de Piotr estragar tudo.

— Aonde vamos? — quis saber Rachel.

— Ah... a uma reunião.

— Mas... assim? — protestou Rachel. — Não tomei banho e estou suja de sangue... olhe, e minhas mãos estão cheirando a desinfetante...

— Estivemos trabalhando... pela Rússia. Não ficaria bem você aparecer toda enfeitada. Padre Gregori costumava deixar Tattie tocar a música que bem entendia. E então Tattie dançava para ele. Oh, era fascinante. Ela dança lindamente. Já a viu dançar alguma vez?

— Não, eu...

Rachel sentia a cabeça num torvelinho. Já era meia-noite, e ela estava tremendamente cansada. Só queria ir para casa e para a cama. E, além do mais, não podia ir a uma reunião sem Tigran, mesmo acompanhada pela irmã dele. Tigran estava sempre dando a entender que Xenia levava uma vida dissipada, como ele próprio levara antes de conhecer Rachel.

— E aonde vamos? — O carro reduzira a marcha.

— Aqui — disse Xenia, olhando para fora da janela.

– Oh, mas... – O carro entrara por um caminho ladeado de árvores e parou diante de uma casa de pórtico alto. – Escute, por favor, me leve para casa, para que eu possa, pelo menos, lavar o rosto e trocar de roupa. Não vou demorar.

– Tolice.

Um lacaio abrira a porta, e Xenia já descera do carro. Rachel suspirou e seguiu-a. Notou que já havia vários carros ali, com os choféres reunidos num grupo, fumando. Não pareceram interessados nas recém-chegadas.

– Xenia...

– Deixe de se preocupar. Eu também não troquei de roupa. – E, agarrando Rachel pelo braço, arrastou-a para dentro.

– Não tenho certeza se Tigran vai aprovar.

Xenia soltou uma de suas risadas estridentes.

– Então não conte a ele. Precisa adquirir prática. Mulher alguma conta ao marido aonde vai na ausência dele.

Rachel mordeu o lábio, atemorizada ao ver os casacos de pele que se amontoavam num cabide atrás da porta. Os demais convidados não tinham chegado diretamente do hospital.

Um lacaio abriu outra porta, e Xenia conduziu-a a uma antessala. Rachel parou, atônita. Havia pelo menos vinte mulheres no recinto, todas elas, a julgar pelas roupas, bem como pelos casacos de pele no vestíbulo, eram, sem dúvida, muito ricas. Estavam ali sentadas, sorvendo chá servido por dois garçons e olhando umas para as outras e para as paredes. Agora voltaram as cabeças para as duas recém-chegadas. E seus olhares eram hostis.

– Xenia – sussurrou Rachel –, fomos mesmo convidadas?

– Claro que fomos. Essa gente está sempre aí – disse Xenia em voz alta, e atravessou com passo firme a sala para falar com o mordomo, que estava admoestando uma das senhoras. – Anton.

– Alteza. – E, curvando-se, o mordomo tomou a mão de Xenia e beijou-a. Em seguida, voltou-se para Rachel.

– *Mademoiselle* Stein.

– *Mademoiselle* Stein. É claro. Padre Gregori as espera.

— Padre Gregori? — exclamou Rachel. — Xenia... — Mas a porta já se abrira, e ela deparou com Rasputin.

Usava o mesmo traje de camponês com que sempre o vira, mas nessa noite seu blusão não estava tão limpo como de costume; ele havia derramado vinho tinto no peito e, ao se aproximar, Rachel pôde sentir-lhe o bafo de álcool misturado ao odor do corpo que sempre o cercava como uma nuvem. Mas ela não tinha como escapulir; a porta se fechara, e Xenia a estava retendo pela mão.

— Rachel Stein — disse Rasputin, com sua voz rouca como que a envolvendo. — Seja bem-vinda à minha casa.

Ela deixou que ele lhe beijasse a mão. Mas não foi um beijo, e sim lambidas nos dedos.

— Eu... é um prazer, Reverendíssimo Padre.

— Muito bem — disse ele, e tomou-lhe as mãos, puxando-a mais para dentro da sala.

Era uma sala grande, de teto alto, porém escassamente mobiliada, com apenas dois divãs encostados à parede, um tapete persa no centro e uma mesa sobre a qual havia uma garrafa de vinho Madeira e diversos copos. Apesar da noite quente de verão, o forno de porcelana irradiava calor junto à parede na outra extremidade da sala. Rachel começou imediatamente a transpirar e pensou que passar horas naquele calor perene talvez fosse a explicação do cheiro do padre Gregori.

— Fica muito elegante com seu uniforme — comentou Rasputin, largando-a, afinal, para sentar-se no divã. — A grã-duquesa me contou que você vai casar-se com o irmão dela.

— É verdade, Reverendíssimo Padre. — Rachel olhou para Xenia, que continuava de pé a seu lado, sem dar demonstração de estar ofendida por não ter sido convidada a sentar-se. Mas, como sempre que se via na presença do curandeiro, Xenia perdera toda a sua arrogância e portava-se como uma garotinha nervosa.

— Então, dou-lhe meus parabéns. Soube guardar bem o segredo. Mas seu noivado é o motivo por que pedi a Xenia que a trouxesse aqui esta noite. Precisamos conversar.

– Reverendíssimo Padre? – Será que ele queria dizer que elas deviam ficar ali a noite inteira? Como duas colegiais erradias?

– Vai casar-se, Rachel Stein, com um membro de uma das mais importantes famílias do país, uma família aparentada com a própria casa imperial – disse ele, em tom grave. – Está preparada para tal responsabilidade?

De repente, Rachel sentiu despontar uma dúvida crescente. Evidentemente, ela se surpreendera com a maneira pela qual os Borodin pareciam ter concordado com o noivado de Tigran. Talvez não estivessem mesmo de acordo... Talvez estivessem apenas especulando quanto tempo duraria o noivado e, enquanto isso, tramando seus planos. Agora tinham voltado contra ela uma de suas armas mais poderosas. Mas não esperara alguma coisa nesse gênero o tempo todo?

– Acho que sim, Reverendíssimo Padre – disse ela, sem baixar os olhos.

– Acho que sim, mas isso não basta, menina. É sua mente que me preocupa. Deve ser elevada acima dos pensamentos pecaminosos. E tem de alcançar a graça de Deus. Sua mente já atingiu esse estado?

– Reverendíssimo Padre?

– Tire sua touca. – E ele estalou os dedos.

– Reverendíssimo Padre?

– Faça o que o Reverendíssimo Padre está mandando, minha cara – ordenou Xenia. – Solte os cabelos.

Rachel hesitou, depois ergueu lentamente as mãos e puxou os alfinetes que lhe prendiam a touca. Imediatamente, seus cabelos se soltaram e lhe rolaram sobre os ombros.

– Você é muito linda, minha filha – disse Rasputin. – Mostre-me mais de sua pessoa. Dispa o uniforme.

– Padre? – A voz de Rachel adquiriu um tom agudo.

– Ela é tímida, Xenia. Sirva-lhe um copo de vinho. Sirva vinho a todos nós.

Como que hipnotizada, Rachel viu a grã-duquesa dirigir-se obedientemente para a mesa, encher três copos, colocá-los numa bandeja e voltar.

– Agora beba – ordenou Rasputin, e Rachel obedeceu. Sentia a cabeça num torvelinho, não só por causa do poder hipnótico dos olhos de Rasputin como pela exaustão e pelo efeito da bebida.

– Acha que é errado tirar a roupa diante de mim, um santo homem?

– Bem, Reverendíssimo Padre... – hesitou ela, mordendo os lábios.

– Acha que é um pecado?

Rachel lançou um olhar de apelo a Xenia. Mas Xenia estava sorrindo, um sorriso que ela nunca vira antes nela. Xenia devia saber o episódio daquela manhã, em que ela se banhara no rio, em Starogan. Na certa, Tattie lhe contara. "O que devo fazer?", pensou Rachel.

– Nunca pecou antes, Rachel?

– Suponho que sim, Reverendíssimo Padre. Todo mundo peca.

– Pequenos pecados – disse Rasputin, com desprezo. – Já cometeu algum grande pecado?

– Espero... acho que não, padre.

– Então como pode chegar a conhecer a grandeza de Deus, a clemência de Deus? Deus não se preocupa com pequenos pecados. Quer que seus filhos cometam grandes pecados e depois orem pedindo Seu perdão, pois só assim saberá que são realmente Seus filhos.

Rachel percebeu que estava de boca aberta e tornou a fechá-la. Nunca lhe havia ocorrido aquele ponto de vista.

– É a função do padre – prosseguiu a voz gutural – interceptar esses pecados terríveis e interceder perante Deus Todo-Poderoso para que perdoe o pecador. Ninguém pode começar a viver... e você mal está começando, Rachel Stein... sem a bênção de Deus. Beba seu vinho.

Rachel bebeu.

– Agora, tire sua roupa. Tem razão, é um grande pecado despir-se para qualquer homem que não seja seu marido. Mas você tem de pecar para que eu possa pedir a Deus que a perdoe e a fortaleça a fim de suportar as provações que a aguardam.

Rachel fitou-o, atônita. "Pense", disse para si mesma. O que fazer? Era-lhe impossível despir-se diante de um homem, mesmo sendo ele um santo curandeiro. Além disso, não era sua devota e não acreditava em nada do que ele pregava.

Mas e se Rasputin tivesse razão a respeito de pecado? Por que ninguém nunca antes lhe sugerira tal raciocínio? O rabino Levin, por exemplo?

– Ela é tímida – repetiu Rasputin. – Faça-lhe companhia, Xenia.

Com um ligeiro estremecimento, Xenia largou o copo e despiu-se com um abandono exuberante, que sugeria que ela já teria feito isso muitas vezes antes. Túnica, anágua e calças caíram no chão, e ela apenas se curvou para tirar as meias e as ligas e chutar os sapatos. Era uma deusa rutilante de beleza branca e rósea, e ao desfazer-se da última peça do vestuário, a touca, despencou-lhe sobre os ombros uma cascata de cabelos ruivos. Rachel fitou, estarrecida, os grandes seios empinados, o ventre arredondado, os pelos surpreendentemente escuros no púbis, as longas pernas musculosas... Xenia *era* uma deusa.

Rasputin estalou os dedos, e Xenia deixou-se cair de costas no colo dele. Imediatamente, a mão de Rasputin deslizou sobre seus seios, descendo pelo estômago até embrenhar-se nos pelos sedosos de seu púbis. Rachel pensou que ia desmaiar. Mas nunca havia desmaiado e não era agora que ia ousar perder os sentidos.

– Sua Alteza está cometendo um pecado – disse Rasputin, com a voz mais abafada do que nunca, ao passo que Xenia suspirava e abria as pernas, um calcanhar pousado no chão – pelo que receberá a bênção de Deus. Agora, Rachel, não deve mais resistir. Ordeno-lhe que dispa suas roupas.

O poder dos olhos era irresistível. Rachel abriu os botões e sacudiu dos ombros a túnica.

– E agora – disse Rasputin – pode vir substituir Xenia. Tem de vir agora.

Agarrando Xenia pelos cabelos, ele a arrancou de seu colo e a empurrou de lado sobre o divã. Ela não fez mais do que gemer de dor. Então ele desafivelou o cinto, deixando seus calções escorregarem até os tornozelos, e Rachel viu o pênis mais aterrador que jamais vira, duas vezes o tamanho do de qualquer um dos feridos no hospital. E com isso, soube o motivo real de estar ali, porque fora induzida por Xenia, que não passava de uma cafetina do diabo que ela adorava, do homem que queria apenas seu corpo para satisfazer a própria lascívia. E ele tinha querido seu corpo desde a primeira vez em que a vira, acompanhado da czarina.

Quis virar-se e fugir. Mas não tinha para onde ir e, além disso, parecia paralisada pelo poder daqueles olhos enormes e pelo poder ainda maior do pênis ereto virado para ela. E agora Xenia, que se pusera de joelhos no divã, fitava-a com olhos liquefeitos e a boca descaída. Pareceu a Rachel que estava sonhando. O sonho mais fascinantemente obsceno que já sonhara, que ultrapassava os limites de sua fraca imaginação, de suas antecipações temerosas. Estava sendo assaltada por demônios, demônios que sabiam exatamente o que Rachel queria que lhe fizessem, o que sempre desejara nos recessos de sua mente, que ela jamais ousara explorar.

Com suas roupas espalhadas pelo chão, ela se viu sentada no vasto colo, um colo diabólico, e afagando um membro imenso. As mãos dele a cingiam; uma segurava-lhe por baixo nas nádegas e a outra estava entre suas pernas, cujos dedos acariciavam-lhe o sexo. Esfregando a barba áspera nos seios e no estômago dela, ele baixou a cabeça para beijá-la na boca, com um ardente e devorador ímpeto de língua e lábios, como ela nunca experimentara. E o tempo todo Xenia o estava ajudando, segurando os cabelos de Rachel e afagando-os com os dedos.

A sensação podia ter durado uma eternidade ou apenas segundos. Então, tudo submergiu na explosão de prazer, que pareceu apoderar-se simultaneamente de Rasputin e dela própria, deixando-os umidamente exauridos, enquanto a mente de Rachel descia em torvelinho cada vez mais fundo dentro de um poço de desespero e pavor, horrivelmente misturado ao êxtase. Mas se ela estava exausta, o curandeiro não parecia estar. Com uma gargalhada, ele se pôs de pé e, como acontecera com Xenia poucos minutos antes, Rachel rolou do colo dele para o chão.

– Agora – disse ele, olhando-a e puxando Xenia para estreitá-las nos braços. – Agora vocês duas vão me dar um banho.

A GRÃ-DUQUESA Xenia Romanova espreguiçou-se com não muita distinção e bateu com os dedos na boca para tapar um bocejo ainda menos distinto.

– Estou exausta. Inteiramente exausta. Olhe só a hora – disse ela consultando seu relógio de lapela, incrustado de diamantes. – Duas e meia da manhã. Não é uma sorte que nosso turno seja só na parte da tarde? – Tentou segurar a mão de Rachel, mas ela retirou rapidamente a mão e se encolheu o máximo possível no outro canto do assento.

Rachel não podia acreditar. Não podia acreditar que estivesse sentada ali, no fundo do Rolls-Royce, ao lado de Xenia, quando tão recentemente as duas... mas não ousou sequer terminar seu pensamento. E o chofer? Estava atento ao caminho, guiando em direção à ponte da ilha. Mas estivera esperando, de conversa com os outros chofores, por mais de duas horas, enquanto suas patroas continuavam ocupadas lá dentro. Será que sabiam o que aquelas mulheres altivas estavam fazendo ou esperando pacientemente para fazer?

– Você vai dormir bem esta noite – disse Xenia.

Rachel virou a cabeça. Mesmo na escuridão, ela podia ver os dentes de Xenia reluzindo.

– Nunca mais vou dormir.

– Não seja infantil. Mas você é mesmo uma criança. Ou era, até esta noite. Suponho que seja isso o que agrada a Tigran.

– Nunca mais tornarei a ver Tigran – murmurou Rachel.

– Agora é que está sendo mesmo infantil. Embora, sem dúvida, essa sua decisão agradasse a meu pai e a minha mãe. Acho até que, se eu lhes contasse como as coisas se passaram, eles me dariam um presente.

– E não foi essa sua intenção? – retorquiu Rachel, elevando a voz, esquecida, em sua raiva, da presença do chofer. – Fazer com que eu me sentisse tão envergonhada que... – Mas calou-se, com um suspiro, e tornou a encolher-se na escuridão.

– Sua tola. – Xenia chegou mais para junto de Rachel e abraçou-a. – Eu não faria uma coisa dessas. Bem, talvez fizesse, se pensasse que me traria algum benefício. Mas pouco me importa com quem Tigran se case. Se não fosse você, provavelmente seria alguma bailarina da ópera ou pior. Mas você... Padre Gregori gosta de você. Ele já me disse isso várias vezes. Sugeriu que eu a levasse à sua casa, mas nunca antes tive a oportunidade. – Ela soltou uma risadinha. – Ou, talvez, coragem. Mas agora vamos ser muito amigas, você e eu, Rachel. Depois desta noite, como poderíamos deixar de ser amigas?

– Amigas! – exclamou Rachel. – Depois do que me fez... – Faltaram-lhe as palavras adequadas.

– Fiz-lhe o quê? – perguntou Xenia. – Não foi violada. Seu hímen está tão intacto como no dia em que nasceu. Apenas teve um orgasmo. Meu Deus, isso é simplesmente sexo! E Tigran não vai saber. Acho que deve considerar-se uma criatura de muita sorte. O que imagina que tenho que aguentar de Philip? Meu Deus, ele porta-se como amo e senhor. Para dentro e para fora, *fuque, fuque*, bufando nas minhas orelhas. Graças a Deus eu já me tinha tornado discípula antes do casamento ou teria enlouquecido. Fiz a você o maior favor desta vida, minha querida menina.

– Favor? – murmurou Rachel.

– Está muito cansada – disse Xenia, e deu-lhe outro abraço. – Amanhã de manhã, quando acordar, vai ter a sensação mais maravilhosa do mundo. E depois, da próxima vez...

– Não vai haver próxima vez.

– Não seja tola. Voltaremos lá da próxima vez que estivermos no turno da noite.

– Não. Nunca! E, se você tentar...

– Se *você* tentar, minha querida, como vai poder deixar agora de voltar lá? Já é uma discípula. Padre Gregori se zangaria se você não voltasse. Ele poderá muito bem ordenar que eu faça coisas que não me agradariam nem um pouco. Como contar a Tigran que você se tornou uma discípula. Tigran não entenderia essas coisas. Pensa que eu vou lá rezar. Tigran detestaria saber a verdade sobre padre Gregori e nós. Especialmente você, pois que nunca ousou fazer com você as coisas que padre Gregori fez. Voltaremos lá da próxima vez que estivermos no turno da noite.

Chuva de primavera. Presumivelmente, estava chovendo na Alemanha, assim como na Polônia e na Galícia e na Frente Ocidental. Ivan ligava a guerra à chuva. Nunca conhecera outra situação. "Não que soubesse grande coisa a respeito da guerra", pensava ele, fitando a cerca de arame farpado na ondulante paisagem campestre da Bavária. A guerra ele vira bastante, mas não participara de muitos combates. Estava ali havia meses, sentado junto àquela cerca, vendo as colinas verdes tornarem-se pardas e depois brancas de neve, depois pardas e de novo verdes na primavera.

Achava que não tinha motivo real para se queixar. Estava vivo e não fora sequer ferido. Sua situação era bem melhor que a de Vygodchovsky e Taimanov, do capitão Dolgurovsky e do sargento Rimsky. Não devia restar mais deles nem os ossos. Ao passo que ele estava vivo e razoavelmente bem alimentado; os alemães não eram nada maus, quando se chegava a conhecê-los. Em sua maioria, detestavam aquela guerra tanto quanto ele. Uma guerra que parecia ter perdido todo o significado e que ninguém tinha ideia de quando terminaria. Para Ivan, ela nunca tivera significado algum.

– Bom dia, soldado Nej.

Ivan se pôs de pé, como era seu dever diante de Korlov. Mas a relação deles era estranha, pois, embora Korlov fosse um sargento, por outro lado, era um novato no campo de concentração. E como o prisioneiro mais antigo do campo, Ivan tinha direito ao respeito do sargento. Os dois se tratavam com mútua polidez.

– Não é um bom dia, sargento. Acho que o verão vai ser chuvoso.

– Sem dúvida, sem dúvida – concordou Korlov. – Mas isso é uma boa coisa, não concorda? Haverá muita névoa, muitas nuvens baixas nas colinas e vales. Acho que será uma boa coisa.

– Ruim para o reumatismo, sargento.

– Ah, sim? – Korlov olhou em redor para ter certeza de que não havia ninguém por perto. – Um sujeito jovem como você não tem reumatismo. Que idade tem, Nej?

– Vinte e sete anos. – "E o que tenho feito da minha vida?", pensou ele. "Saí da prisão que era Port Arthur, para a prisão, que era Starogan, e depois a prisão que é a Alemanha. Não é uma grande realização em 27 anos."

– Muito jovem para passar o resto de vida sentado, olhando através desta cerca – observou Korlov. – Não acha?

Ivan encolheu os ombros. "Por acaso, estarei pior aqui do que em Starogan?", perguntou a si mesmo. Pelo menos, só tenho minhas botas para engraxar, quando me dá vontade. Não tenho que me curvar diante dos Borodin. Como o mais antigo prisioneiro, não esperam que eu bata continência para ninguém, a não ser para os oficiais alemães, e eles não contam. Que importa, se não tenho o conforto dos braços de Zoe, a maciez de seu ventre – eu nunca apreciei as qualidades de Zoe, porque estava sempre sonhando com outra mulher. E posso sonhar da mesma forma aqui.

– Muito jovem – repetiu o sargento Korlov. – Somos todos jovens demais, soldado Nej. Alguns de nós não vão ficar aqui o resto da vida.

– O quê?

– Existe um túnel – disse Korlov, baixando a voz. – E a Suíça fica apenas a 80 quilômetros daqui. Haverá neblina nas colinas e nos vales quando chegar o outono.

– Onde fica o túnel?

– Saberá quando chegar a hora. – Korlov pôs o dedo na ponta do nariz.

– Está me convidando?

– Foi uma decisão unânime. Você é o mais antigo dos prisioneiros. Gostaríamos de que nos acompanhasse.

Suíça. Mikhail estava na Suíça, com seu amigo Lenin e todos os outros terroristas foragidos. Mas o que estavam realizando? O que qualquer um deles estava realizando? Segundo Mikhail, Lenin previra, havia anos, aquela guerra em seu jornal. Mas previra, também, que seria uma guerra curta, que provocaria o colapso do capitalismo e o advento do socialismo internacional. Pois nisso ele se enganara, como já se enganara em muitas outras coisas. O único resultado daquela guerra era que milhões de socialistas em potencial tinham sido mortos, estavam sendo mortos todos os dias. As listas de baixas não continham muitos nomes de capitalistas – como o príncipe Borodin ou o tenente Gorchakov. Nenhum deles. Do que lhe adiantaria fugir para a Suíça? Provavelmente, morreria de fome, ou de um tiro, ao tentar a fuga.

– Então? – perguntou Korlov.

– Estou satisfeito aqui – disse Ivan e encaminhou-se para o portão. Vira o caminhão entrando, os soldados alemães perfilando-se. Correio. Uma carta de Zoe, como de costume, contando-lhe tudo sobre Starogan, como as mulheres se sentiam infelizes com a partida de seus homens. Mas contava também como tudo estava lindo em Starogan. Ivan não queria saber das belezas. Se havia algo que a guerra o fizera decidir era que ele nunca mais voltaria a Starogan. Sem abrir a carta, colocou-a no bolso e apanhou o jornal. Pois com o correio vinha o jornal, um jornal alemão, mas escrito em russo para entretenimento dos prisioneiros. Oh, os alemães eram bondosos. Todos os infortúnios, todos os problemas na retaguarda russa, todas as derrotas catastróficas sofridas pelos exércitos russos eram cuidadosamente relatados. E todas as mortes, que podiam ser identificadas. Ele sabia disso tudo, sabia que mais da metade das notícias era pura propaganda do inimigo, mas, mesmo assim, esperava todo o mês pelo jornal e, como o prisioneiro mais antigo, era o primeiro a lê-lo.

Apoiou-se contra a parede de seu alojamento, passou os olhos na lista das baixas. Nenhum Borodin, do primeiro ao último B. Sobreviveriam a essa guerra como tinham sobrevivido a todas as outras e ficariam ainda mais ricos e poderosos. Ocorreu a Ivan que ele odiava os Borodin. Sem dúvida, sempre os odiara, mas ali no campo, sem nada para fazer a não ser pensar, seu ódio se cristalizara.

E odiava o príncipe Borodin mais do que a todos os outros.

Continuou folheando as páginas. Revoltas em Moscou provocadas pela falta de pão; no próximo inverno, seria ainda pior. Mudanças nos Ministérios, todas para pior. Acontecimentos sociais, descrevendo como os ricos estavam vivendo à larga, enquanto os pobres sofriam nas trincheiras. Rasputin.

"Esta é a lista de damas da sociedade que frequentam os salões desse santo homem", dizia o jornal. Ivan percorreu a lista de condessas e outras damas, sorriu cinicamente ao deparar com o nome da grã-duquesa Xenia Borodina e estacou ao ler o nome seguinte: *mademoiselle* Rachel Stein.

Voltou a fixar os olhos na cerca de arame farpado. O jornal já dedicara muito espaço para descrever, com todos os detalhes possíveis, as orgias realizadas na casa de Rasputin. Aqueles artigos nunca tinham significado muito pare ele. Mas Rachel, aquela beldade esguia, com aqueles cabelos abundantes, entregando-se àquele nojento monstro das estepes... e, sem dúvida, ela lhe fora apresentada pelos Borodin. Não fora outrora a própria Tattie uma discípula de Rasputin?

Pôs-se a amassar o jornal nas mãos e só com esforço se conteve. Outros deviam ler aquele jornal. Outros deviam saber da vergonha de Rachel. Não ia impedi-los. Seria desleal com os companheiros. Só restava a Ivan sentir ódio e esperar pelo dia em que gente como Rasputin e suas admiradoras seriam derrubados pela vontade do povo.

Mas ele não podia continuar sentado ali, esperando. Talvez fosse possível apressar o dia da queda. Desencostou o corpo da parede e foi à procura do sargento Schiffer.

6

O trem entrou lentamente na estação, e o major príncipe Piotr Borodin levantou-se e ajustou o cinturão. Achava que Petrogrado era o único baluarte de sanidade que restava em todo o país, depois de Starogan. Mas Starogan tinha algo de irreal, uma paz demasiada, que não condizia com a situação mundial. Petrogrado estava igualmente distanciada do horror sangrento da frente de batalha, mas fervilhava. Seria de ardor ou de descontentamento?

A porta lhe foi aberta por seu ordenança e ele desceu do trem. A plataforma estava repleta de soldados, mas poucos bateram continência para o oficial. O Exército certamente fervilhava de descontentamento. Era o resultado de quase dois anos de derrotas. Mas seria diferente depois da próxima campanha do verão.

E, apesar de todos os boatos, ainda havia táxis na cidade. Tomou um no pátio da estação e foi levado através das ruas cheias de gente.

Era de manhã cedo, e as donas de casa tinham saído em busca de alimento. Iam de armazém em armazém e, onde havia mercadoria disponível, entravam em filas que, às vezes, se estendiam por um quarteirão inteiro. Tagarelavam, formando pequenos grupos. Pareciam bem-humoradas; racionar e ficar em filas nas ruas tinham se tornado uma rotina. "Como elas me odiariam", pensou Piotr, "se soubessem que acabo de chegar de Starogan, onde não há filas e nada falta, onde a vida continua igual aos últimos trezentos anos, independentemente do que possa estar acontecendo nos Cárpatos ou na Polônia."

O táxi parou, e Piotr subiu as escadas do edifício em que moravam George e Ilona. Bateu na porta com a pesada aldraba. Por George, iria saber a verdade sobre Petrogrado.

George estava vestido com um roupão e fumava seu cachimbo da manhã. Pelo menos, ele representava uma continuidade. Piotr não podia imaginar George senão como o homem seguro, bem-humorado e resoluto que conhecera naquela primeira guerra, havia 12 anos.

– Piotr? Santo Deus, como é maravilhoso vê-lo! Entre, entre. Natasha, desjejum para dois. – Apanhou o quepe e o cinturão de Piotr na porta. – Que ótimo vê-lo de novo. Lamento que Ilona não esteja aqui.

– Eu sei. – Piotr entrou na pequena sala de estar, aspirando o cheiro do conhaque da noite anterior e dos bons charutos que George agora lhe oferecia.

– Mas se está indo para Starogan, irá encontrá-la lá.

– Acabo de chegar de Starogan – disse Piotr, sentando-se.

– Quer dizer que está voltando de uma licença? – George esperou, enquanto a empregada trazia o café e uns pãezinhos de aspecto esquisito. – Feitos em casa – explicou ele. – Com farinha de milho. E mesmo essa farinha não é fácil de encontrar.

– Eu deveria ter lhe trazido farinha.

– Teria sido assaltado. Como está Ilona? As crianças?

– Muito bem. Tudo vai bem em Starogan, como você pode calcular.

– É bom saber que tudo vai bem em algum lugar. – George serviu o café. – Ela lhe contou por que decidiu voltar?

– Sim. Eu sabia que seria assim – disse Piotr, com um encolher de ombros. – Não se pode censurar de todo essa gente que governa nossa sociedade. As convenções pesam muito. Mesmo nos dias de hoje.

– As convenções nada valem numa guerra como esta – retorquiu George. – Illy é uma enfermeira capacitada e experiente. E não a aceitaram. Ela tentou diversas vezes e foi simplesmente recusada. Se me permite dizer, Piotr, essa atitude, que é bem típica, está fazendo com que a Rússia perca esta guerra.

– Estamos perdendo a guerra? – Piotr ergueu as sobrancelhas, com espanto.

– Não me venha dizer que vocês a estão ganhando. Creio que nem os ingleses e os franceses se animariam a dizer tal coisa. Eu tinha algumas esperanças na campanha do Mediterrâneo, mas agora que eles evacuaram Galipoli...

– Vamos ganhar esta guerra, George, e vamos ganhá-la este verão. Quer que eu lhe diga por quê?

– Bem gostaria que vocês ganhassem.

– Pois bem, concorda que os alemães estão imobilizados em Verdun?

– Eu não diria que é bem assim. Mas prossiga.

– E os austríacos estão cercados no Isonzo.

– Com isso eu concordo.

– Não vê, então, que após o desfecho no Lago Naroch, em fevereiro passado, eles chegaram à conclusão de que a Frente Oriental, como a chamam, ficará absolutamente estável até o final do ano? Com razão, suponho eu. Perdemos quase 250 mil homens só naquela batalha.

– Como disse você – concordou George –, eles têm razão de supor que os russos precisarão de tempo para se recuperarem.

– Pois não vamos esperar esse tempo para nos recuperar. Sabemos agora quais foram nossos erros. Não resta dúvida de que os alemães, em virtude de sua disciplina e homogeneidade, como força de combate, são muito superiores aos austríacos, que se compõem de várias raças, línguas e religiões. Mas estivemos sempre atacando na Polônia. Agora vamos marchar para a Galícia e, antes que os aus tríacos se deem conta, estaremos em Viena. Com a Áustria fora da guerra, os alemães serão obrigados a pedir a paz.

George suspirou e começou a passar manteiga no pão de milho.

– Desculpe-me, mas acho que já ouvi tudo isso antes.

– Claro que ouviu. A guerra é uma trama de opções, e cada um *espera* ser bem-sucedido na opção que adota. Claro que erros foram cometidos. Mas dessa vez será diferente.

– Diga-me por quê. Diga-me por que aqueles pobres infelizes nas frentes de combate vão lutar melhor em 1916 do que em 1915, quando continuam sem munição o bastante e até sem fuzis suficientes? Após dois anos de guerra. Suponho que, lá na frente de batalha você não saiba mas, quando os soldados chegam de licença a Petrogrado, parecem um exército derrotado. E falam, também, como se estivessem derrotados. É certo que todo soldado resmunga. Mas alguns desses resmungos soam quase como um motim. Voltam a seus lares, depois dos tiroteios do inimigo, sem chance de retribuir os ataques, e encontram suas famílias passando fome e a czarina à frente do Governo. Sabe qual foi o maior erro que o seu czar cometeu nesta guerra? Assumir o comando do Exército em lugar do grão-duque. A única coisa que poderia salvar a situação agora seria ele devolver o comando e voltar a governar o país. Não duvido de que a czarina esteja fazendo o melhor, mas falta-lhe a capacidade. Não foi treinada para isso. E sua associação com nosso velho amigo Rasputin não faz nenhum bem à sua reputação.

– E a quem acha você que o czar deveria entregar o comando? – perguntou Piotr, reclinando-se na cadeira, sem parecer perturbado com o discurso de George.

– Bem, acho que seria um erro mandar chamar de volta do Cáucaso o grão-duque. Ele está atuando bem, e seria como admitir a própria incompetência. Talvez alguém como Brusilov...

– Eu sabia que você ia dizer isso – replicou Piotr, estalando os dedos. – Brusilov foi nomeado para o comando geral. Na semana passada.

– O comando de todos os exércitos? Agora a conversa é outra.

– Todos os exércitos para a ofensiva – corrigiu Piotr.

– Mas... quer dizer que Sua Majestade continua como comandante-chefe?

– *Ele* é o comandante-chefe, George. É seu dever. O descontentamento aqui e em Moscou não é causado pela escassez de alimentos. Falta também comida em Berlim, Viena, Paris e Londres, como você sabe. O descontentamento é simplesmente causado pela falta de sucesso nos campos de batalha. Vai ver. Depois dessa próxima ofensiva, depois de termos esmagado os austríacos, todo o descontentamento se dissipará como fumaça.

– Espero que tenha razão. Deus, tomara que você tenha razão. E é claro que lhe desejo todo o sucesso possível. Lamento confessar, mas eu próprio já estou ficando um pouco cansado desta guerra. E um pouco atemorizado, para ser franco. Mas agora que você está aqui em Petrogrado, não falemos mais em guerra. Fale-me de Starogan. Não perguntei como vai sua mãe.

– Muito bem. Em plena forma. Ela gosta de tomar conta de tudo. Até minha avó está muito bem.

– E Irina? Tattie?

– Bem... – Piotr suspirou. – Irina nunca apreciou a vida campestre. Está entediada, não posso negá-lo. E quando sente tédio, torna-se petulante. Quanto a Tattie... mas é claro que compreendo a situação de Tattie. Lá está ela, noiva, com quase 23 anos e, a seu ver, desperdiçando a vida em Starogan. Eu a compreendo perfeitamente.

– O jovem Gorchakov está bem?

– Perfeitamente bem. Mas só nos concederam uma semana de licença antes de lançar a ofensiva, e ele achou que devia vir ver os pais. Tattie não o vê há um ano. É muito triste. Mas logo isso tudo vai acabar, garanto-lhe. Depois de nossa ofensiva...

– Quando começa a ofensiva?

– Dentro de uma semana. No dia 4 de junho.

– Acha que fez bem em me contar isso?

– Não vai publicar a notícia, George. Tenho certeza.

– Talvez. Mas você é apenas um major. Será que todo major do Exército está a par da data?

– Imagino que sim.
– E a maioria deles teve uma semana de licença?
– Oficiais russos não costumam ser tagarelas, George.
– Não se ofenda. Só que, se eu estivesse lutando numa guerra, não confiaria em *ninguém*. Nem mesmo em meu melhor amigo ou em meu irmão.
– Bem, não faz diferença. O fato é que até os austríacos sabem que haverá uma ofensiva de nossa parte e nada podem fazer contra isso. Simplesmente, eles não dispõem de mais homens. Apenas isso.
– Piotr terminou o café e tirou uma migalha de pão do bigode. – Foi uma refeição magnífica. Agora, George, só vou partir para a frente à meia-noite. Vamos dar uma volta pela cidade, para espairecer.
– Espairecer? Em Petrogrado?
– Deve haver algum local de diversão.
– Vou ter de pensar no assunto – disse George, apagando o charuto.

Os dois caminharam ao longo da Prospekt Nevskly. Pelo menos, no porto era grande a atividade – o comércio com a Suécia continua de vento em popa, sendo mantido por capitães, apesar do risco de se deparar com submarinos alemães – e, pelo menos, os soldados de guarda no Palácio de Inverno e no Almirantado não se esquivavam de bater continência para os oficiais do Exército. As pessoas na rua, embora descrentes, não se mostravam mal-humoradas. Liam os boletins pregados no portão do Palácio e trocavam comentários incrédulos e despidos de entusiasmo sobre a invariável lista de "vitórias" e manobras de retirada "estratégica" ou "planejada". George não pôde deixar de se lembrar daquele dia de agosto, havia dois anos, em que toda a Petrogrado se reunira ali, para dar fervorosos vivas e chorar, quando o czar e a família tinham aparecido na sacada, acenando para o povo, enquanto a Guarda Preobraschenski marchava para a guerra.

Dois anos. Conforme George havia profetizado, anos amargos. Não, porém, para ele, pois fora o período da maior experiência de sua vida. Até então, não se conscientizara da falta que sentia da vida de correspondente, o quanto lhe desagradava ser apenas um executivo.

Mas durante aqueles dois anos, dedicara todo o seu tempo às atividades de correspondente, com Ilona e as crianças sempre ao alcance de um telefonema ou mesmo num fim de semana ocasional. George não podia desejar algo melhor; além do mais, Ilona também se sentia feliz de poder gozar do convívio com sua mãe e desfrutar Starogan, após tão longa ausência. Até o pai de George tinha compreendido, não o pressionara para voltar, e reassumira de bom grado a presidência do jornal enquanto durasse a guerra. George olhou para Piotr. O que estaria *ele* pensando daqueles dois anos?

Mas Piotr estava preocupado, observando a ponte da Ilha Petrogrado, as pessoas encaminhando-se para lá e, entre elas, uma jovem de cabelos escuros e com uniforme de enfermeira.

– Meu Deus! – murmurou ele.

– Rachel Stein – observou George.

– Tem tido contato com a família Stein?

– Nenhum. Ambas as irmãs estão trabalhando em enfermagem, e as enfermeiras andam muito ocupadas.

– Com licença, sim?

– Dou-lhe licença – disse George. – Mas ela lhe dará?

– Ela é noiva de Tigran – retrucou Piotr, corando. – Embora o noivado não seja oficial, seria indelicado da minha parte não ir cumprimentá-la, não acha, George?

– Claro. Devo esperá-lo para o almoço?

Piotr hesitou, depois sorriu.

– Quem sabe? Irei, se puder.

– Hoje é sábado – comentou George. – Não vai conseguir muito na casa dos Stein. Mas divirta-se.

Ele ficou olhando Piotr atravessar apressadamente a rua, viu a moça parar, ao ouvir alguém gritar seu nome. Rachel Stein. Ele próprio fora à casa dos Stein havia apenas um mês. Teria dificuldade em explicar a si mesmo o motivo da visita; nunca pensara nisso, enquanto Ilona permanecera em Petrogrado. Fora uma experiência deprimente. As bebidas eram servidas de garrafas meio vazias, obviamente em desuso havia algum tempo. A casa tinha um aspecto decadente, as roupas eram surradas, o que, em tempo de guerra, não chegava a surpreender; mas a família dava a impressão de estar deprimida, talvez sobretudo Rachel. Aliás aparentava algo mais que depressão. Tinha uma expressão meio alucinada nos olhos e quase não conversara, embora ele houvesse imaginado que estabelecera certo relacionamento com ela em Starogan. Seria o que diariamente ela via e ouvia e sentia no hospital? Ou a crescente convicção de que seu casamento com Tigran era um sonho irrealizável, seu noivado apenas uma impostura, fruto da súbita decisão de Tigran de ser dono de si mesmo, de se desvencilhar da tutela da família, não um propósito sincero de se unir a uma mulher?

Faltava a Rachel a fibra da irmã. Mas o fato era que ainda não havia sofrido tanto quanto Judith. Ambas eram fascinantes. Naturalmente, esse era o motivo de George ter ido visitá-las. Pensamento perigoso para um homem feliz no casamento, especialmente quando sua mulher pertencia à família que mais prejudicara os Stein. E iria prejudicá-los ainda mais? Na certa Piotr, voltando de férias pouco satisfatórias em Starogan, importunado por Irina e atormentado por Tattie, devia estar ansioso por uma diversão, segundo confessara. Portanto, estava usando o noivado de Rachel como pretexto para penetrar na casa dos Stein e reatar com Judith.

O aspecto verdadeiramente trágico da situação era que Piotr não tinha a mais leve ideia de que estava fazendo mal a alguém. Era o príncipe de Starogan. Fora criado na convicção de que conceder um simples sorriso ou uma carícia passageira a um ser inferior era um ato de absoluta bondade. E George pensava que a guerra decerto não mudara aquele estado de espírito.

– Bom dia, Sr. Hayman!

Ele se voltou, surpreendido, e deparou com Judith.

– Mas... eu justamente estava pensando em você.

Judith não vestia uniforme e, por seu traje, discreto e bem cuidado, seu ar tranquilo e sem pressa, George presumiu que ela devia estar voltando da sinagoga.

– Que gentileza! – disse ela, sorrindo.

– Estou dizendo a verdade... Veja... – E virou-se, mas Piotr e Rachel haviam desaparecido no meio da multidão, que atravessava a ponte.

– Eu sei – disse ela. – Eu os vi.

– Então...

– Prefiro caminhar em sua companhia e manter-me afastada deles.

– Não existe no inferno ódio maior...

– Não estou com ódio do príncipe Piotr, Sr. Hayman. Nunca tive ódio dele. Um homem é o que é.

– Também uma mulher, *mademoiselle*. Como a vida a está tratando?

– Da mesma forma que a todo mundo.

– E Rachel?

– Rachel? – Um olhar rápido. – Por que mencionou Rachel, Sr. Hayman?

– Bem... – Ele corou. Não tivera intenção de perguntar. – Ela não parecia muito bem da última vez em que a vi.

– Rachel tem andado muito deprimida neste último ano. – Judith suspirou. – Imagino que seja por causa da guerra. Se não fosse a guerra, ela já estaria casada com Tigran. Mas só o que tem a fazer é esperar, enquanto as coisas vão de mal a pior. Se eu própria não estou deprimida é porque as coisas aqui ainda não estão tão ruins quanto na Sibéria.

– Mas não quer tornar a ver o príncipe Piotr?

– Prefiro não vê-lo.

– Então venha almoçar comigo, Judith. Acho que ele vai passar o dia todo rondando sua casa.

– Mais um dia, mais uma morte – comentou jovialmente a grã-duquesa Xenia Romanova, lavando as mãos. – Já pensou, minha cara *mademoiselle* Stein, que, quando esta guerra terminar, se é que algum dia vai terminar, provavelmente terei visto mais homens morrerem do que terei dormido com meu marido? Não é um pensamento muito animador.

Judith não respondeu. Felizmente, raras vezes lhe ocorria terminar seu turno ao mesmo tempo que a grã-duquesa e mais raro ainda no caso de sua irmã. Olhou para Rachel, que também lavava as mãos. Mas Rachel, pela forma do costume, parecia preocupada com algum problema íntimo. Nessa última semana, não fora difícil presumir qual era o problema: a ofensiva de Brusilov fora oficialmente bem-sucedida. Isso tinha abalado o império austríaco até suas fundações. Apenas cessara, poucas semanas antes, em razão de uma apressada transferência de tropas do Exército alemão na frente francesa. No sentido puramente militar, esse fora até agora o verão mais bem-sucedido para os russos. Mas o preço do sucesso fora tremendo, e os hospitais tinham estado repletos durante os meses de agosto e setembro. O horror era suficiente para deixar qualquer pessoa neurótica.

– Muito bem. – Xenia vestiu o casaco de pele, embora o tempo ainda não estivesse frio nem com tendência a chuvas diárias. – Pelo menos vamos poder nos descontrair um pouco. Lamento não poder oferecer-me para levá-la até sua casa, *mademoiselle* Stein, mas Rachel e eu temos um compromisso.

– Oh, mas... – Rachel voltou-se e fitou Judith com enormes olhos ansiosos.

– Estamos sendo esperadas – disse Xenia, com firmeza. – Boa noite, *mademoiselle* Stein.

– Boa noite, Alteza.

Rachel, ainda envergando seu casaco, foi agarrada pelo braço pela grã-duquesa.

– Boa noite, Judith – balbuciou ela, apressada pela outra corredor afora.

Judith seguiu-as mais lentamente. Talvez fosse uma sorte para Rachel que a grã-duquesa, aliás a única na família, decidira ser sua amiga. Contudo, Judith não aprovava muito a amizade. Xenia tinha a reputação de levar uma vida desregrada, desde antes de seu casamento, um tanto tardio. Por exemplo, fumava cigarros, e algumas de suas festas tinham dado o que falar. Por outro lado, supostamente, era a futura cunhada de Rachel, e na certa Rachel se apegaria mais a ela com o passar do tempo, mesmo em detrimento da própria família. E se estava se habituando a beber e a fumar na casa de Xenia, ainda não trouxera para casa nenhum desses maus hábitos.

"De qualquer forma", pensou Judith ao descer as escadas e pisar nas poças formadas pela chuva fina, "Rachel está com 23 anos e é uma mulher feita." E Judith já tinha muita coisa em que pensar, para se preocupar, também, com a irmã. Teria ela cometido uma tolice em maio passado? Segundo Rachel, o príncipe Piotr quisera apenas conversar com ela e tinha esperado o dia inteiro em sua casa, na expectativa de que Judith acabasse voltando. Em vez disso, ela passara a tarde inteira na companhia de George Hayman. Era curioso que, embora tivesse conhecido o Sr. Hayman em Starogan havia dois anos e tendo tornado a vê-lo em apenas mais duas ocasiões, sentia como se o conhecesse desde muito tempo. Devia ser por causa de Ilona.

Mas George Hayman, bem casado com uma mulher linda, cercado pela segurança do sucesso e protegido por uma aura de neutralidade, jamais poderia ter nada a ver com o futuro dela. E o príncipe Piotr? Um soldado durante uma breve licença, antes de voltar para a frente de batalha? Em tais ocasiões não cabiam palavras, apenas atos. Pois bem, eles tinham consumado seu ato. E mesmo que houvesse tempo para palavras, não lhes restava mais nada a dizer um ao outro. O tempo não voltava atrás, nem mesmo para o príncipe de Starogan.

Supondo que fosse aquele seu desejo?

Então, o que reservava o futuro para Judith? Não estava ela satisfeita, apesar de toda a desgraça que a cercava, apesar da guerra, que a impedia de tomar quaisquer decisões, a impedia de planejar um futuro? Estava com 27 anos e se sentia vazia por dentro. O resto de seu ser fora abandonado na Sibéria.

Apertando mais o capote contra o corpo para se agasalhar, ela caminhou sob a chuva em direção à parada do bonde. Como de costume, o bonde estava repleto. Fisionomias contraídas. A umidade e a ameaça do frio próximo faziam com que as pessoas, encolhidas, parecessem menores do que eram realmente – frio e fome, pois a maior parte daquela gente tinha fome. Judith Stein ainda não. Embora seu pai estivesse desbaratando suas economias para manter a família no padrão a que a habituara. E nenhum Borodin ainda. Nunca nenhum Borodin.

— *Mademoiselle* Stein?

Ela virou a cabeça e se surpreendeu ao deparar com o homem que pronunciara seu nome. Era um médico chamado Purishkevich e, como sua clientela incluía grande parte da aristocracia de Petrogrado, ele não viajava geralmente de bonde. Mas Judith o conhecia; ele trabalhava como cirurgião substituto no hospital quando o Dr. Alapin estava de folga.

— Seria possível eu lhe dar uma palavra? — perguntou ele, com um sorriso tranquilizador.

— É claro, doutor. — "Eu devo ter feito alguma coisa errada", pensou ela. "Vou ser repreendida. Mas que maneira estranha de agir, quando ele poderia simplesmente chamar-me em seu consultório."

— Não aqui — disse o médico. — Podemos descer na próxima parada e caminhar um pouco?

Judith hesitou. Mas ele era um homenzinho de maneiras extremamente educadas. E era seu superior.

— Pois não, Dr. Purishkevich.

O bonde parou, e ele a ajudou a descer, segurou-a pelo cotovelo e os dois começaram a andar com cuidado, evitando as poças.

— Há dois cavalheiros que gostariam de conhecê-la.

— Dois cavalheiros? — Judith tentou parar; era difícil na superfície escorregadia.

— Dois grandes cavalheiros que desejam conhecê-la e ter uma conversa com você, *mademoiselle* Stein. Aqui estamos.

Tinham parado diante de uma porta entre duas loja que, obviamente, dava para uma escada interna. Tabuletas de metal indicavam que o andar de cima era ocupado por escritórios. Dois homens a estavam esperando. Influência de Rasputin, suspeitou ela, pelo que já ouvira contar. De acordo com Jacob Stein, Petrogrado inteira era imoral.

— Realmente, não acho... — começou a dizer.

— É um assunto muito importante, *mademoiselle* — interrompeu Purishkevich, destrancando a porta. — Negócio de Estado. Não é uma leal servidora da Rússia?

— Espero que sim, doutor.

– Então deve ouvir o que esses cavalheiros têm a dizer.

Ele a segurava pelo cotovelo delicadamente, mas com firmeza, a impelia pelo vão da porta. Afinal de contas era o Dr. Purishkevich. Não podia haver médico mais respeitado em toda a cidade. Judith começou a subir a escada, sempre com o médico segurando-lhe o cotovelo. Em cima, o corredor era sombrio, mas já havia uma porta aberta, e por trás, luz elétrica e um fogo ardendo. Ela entrou cautelosamente, tranquilizou-se com o odor de conhaque e charutos finos, à vista de pesados reposteiros que tamparam as janelas e poltronas confortavelmente estofadas. Depois notou, pelas cortinas abertas de uma alcova, uma cama. Hesitou. A *garçonnière* de alguém. "Oh, meu Deus!", pensou ela.

Ainda tentou virar-se, mas Purishkevich fechara a porta, e agora um dos dois homens, que se encontravam na sala, adiantou-se para beijar-lhe a mão.

– *Mademoiselle* Stein. Nunca fomos apresentados, mas já ouvi muito falar na senhorita. Sou o grão-duque Dimitri Pavlovich.

Judith ficou muda, de olhos arregalados.

– E quero apresentar-lhe o príncipe Felix Yusupov.

Judith continuou calada. O grão-duque era primo do czar e do marido de Xenia, e o príncipe Yusupov era casado com outra prima de sangue real.

– Permita que eu a ajude a tirar o casaco – disse o príncipe, e depois conduziu-a a uma poltrona. Judith sentia a cabeça girar. Ainda que nunca tivesse conhecido pessoalmente nenhum dos dois homens, conhecia-os bastante de reputação. E se ainda restavam boas reputações em Petrogrado, eles eram um exemplo. Então, o que podiam querer dela?

– *Mademoiselle* está com frio – disse o grão-duque. – Sirva-lhe um conhaque, doutor.

– Não, realmente não quero. Obrigada.

– Como queira. – Mas um copo foi colocado junto de seu cotovelo, e o grão-duque sentou-se diante dela. O príncipe manteve-se de pé, a um lado, e Purishkevich, do outro.

– O que disse a ela? – perguntou o grão-duque.

– Que se tratava de um negócio de Estado.

– E é exatamente do que se trata – declarou ele, curvando-se para a frente. – Sua irmã vai casar-se com um membro de uma família famosa, *mademoiselle*.

"Ai, meu Deus!", pensou Judith de novo. Não calculara que os Borodin continuassem persistindo no assunto depois de tanto tempo. Mas só lhe restava esperar e ouvir o que eles tinham a dizer. Purishkevich trancara a porta.

– É verdade, Alteza – disse ela.

– Uma família que, sob muitos aspectos, não é exatamente o que deveria ser.

– Alteza?

– Estou falando de minha prima por afinidade, a grã-duquesa Xenia.

Judith fitou-o, perplexa.

– Sabia que a grã-duquesa é uma das discípulas daquela besta humana, Rasputin?

– Eu... Ouvi rumores, mas isso foi antes do casamento de Xenia.

– E não sabe que ela fez sua irmã, a futura condessa Borodina, tornar-se uma discípula, também?

Judith percebeu que estava de boca aberta e tratou de fechá-la. Não podia ser verdade. Rachel? Mas claro que era verdade. Ela sempre soubera que havia algo de anormal naquela amizade.

– Sabe, *mademoiselle* Stein, que a grã-duquesa e sua irmã se deitam nuas com aquele monstro? Dão-lhe banho? Acariciam-lhe os órgãos genitais?

Judith tomou um gole de conhaque. Não conseguia pensar.

– E que ele as acaricia também? – prosseguiu o grão-duque. – E não são elas as únicas. A lista das conquistas desse homem daria um compêndio. Tem ramificações até nos círculos mais íntimos da família imperial, sem falar em Xenia Romanova. Todos sabemos que ele influencia a própria czarina, que é o Governo *de fato*. *Mademoiselle* Stein, estes cavalheiros e eu decidimos que a Rússia tem de ser salva, e só poderá ser salva se for imposto um paradeiro a Rasputin.

Judith virou bruscamente a cabeça.

– Preso – apressou-se em acrescentar Purishkevich.

– Mas é difícil – disse Yusupov. – Ele nunca sai de casa sem guardas e criados, e, naturalmente, seria impossível invadir sua casa sem um contingente de homens.

– E como a czarina está totalmente sob a influência dele – continuou o médico –, não podemos procurar a polícia. Teríamos de recrutar nossos próprios homens. Mas se ampliássemos nosso círculo, logo a imperatriz seria informada, e nós é que seríamos presos.

– Quer ajudar-nos, *mademoiselle*? – perguntou o grão-duque. – Pela Rússia?

– E por sua irmã – acrescentou Yusupov.

Judith notou que seu copo estava vazio.

– Mas como posso *eu* ajudar, Altezas? Nunca vi Rasputin. Nada sei sobre ele.

– O santo homem adora sua irmã – interveio Yusupov. – Sabemos disso de fonte limpa. Da própria Xenia Romanova. Agora suponha que ele descubra que Rachel Stein tem uma irmã, uma irmã ainda mais linda, mais voluptuosa, mais atraente.

– Mas...

– Não estou exagerando, *mademoiselle*.

– Então... quer que eu...

– Nunca lhe pediríamos tal sacrifício, *mademoiselle*. Não, não. Mas compreenda, nossa única esperança de prender o monstro é se conseguirmos apanhá-lo sozinho. Como fazer? Só há um jeito. De vez em quando, Rasputin comparece a alguma festa privada, quando julga que vai interessá-lo.

– Ele nada suspeita de nossas intenções – disse o grão-duque. – Por outro lado, não somos seus amigos. Não há motivo algum para que aceite qualquer convite de nossa parte, a não ser que nossa lista de convidadas o atraia especialmente.

O que lhe estavam propondo era impossível, inconcebível. Inevitavelmente, já avistara Rasputin que, de quando em quando, visitava o hospital. Nunca em sua vida vira alguém mais repulsivo. Quanto a

Rachel... não restava dúvida de que ele a olhava com um ar de posse absoluta. Que tola fora por não ter percebido isso antes. Rachel! Não podia permitir que Rachel continuasse frequentando-o. Mas como impedi-la? Contando a seus pais? Ela mal podia imaginar quais seriam as consequências. Além do mais, como aqueles homens lhe estavam dizendo, Rasputin, gozando do apoio da czarina, era onipotente. Podia mandar prender toda a família Stein, como judeus e prováveis inimigos do Estado, se suspeitasse de que se opunham a seus desejos.

– Não está ansiosa por ver o fim daquele monstro? – perguntou o príncipe Yusupov.

– É o único meio de salvar a Rússia de uma catástrofe – disse o grão-duque. – Uma vez preso o monstro, poderemos ter acesso a seus papéis secreto. Testemunhas vão apresentar-se, e a czarina terá de aceitar a verdade dos fatos. E o czar certamente fará o mesmo.

Judith fitou-os por um momento. Os três homens mais honestos, mais honrados de Petrogrado, talvez de toda a Rússia.

– Agora, ouça com atenção – disse o Dr. Purishkevich. – Este é o plano que temos em mente.

MAIS UMA VEZ, ela era uma conspiradora. Pensamento perturbador. E mais uma vez contra o Estado ou contra o confessor da czarina, o que vinha a dar no mesmo. Sua última participação numa conspiração lhe valera uma sentença de prisão perpétua na Sibéria. Não estaria ela sendo imprudente?

Mas, dessa vez, estava trabalhando pelo bem da Rússia. E não fora o que pensara da última vez também?

Não havia dúvida de que um dos motivos por que aqueles homens a tinham procurado era por conhecerem os fatos de seu passado. Alguém em quem podiam confiar, pois, se se dispusesse a traí-los, sua acusação não teria valor algum; por outro lado, se resolvessem abandoná-la, ela não teria a menor defesa. Era uma imprudência arriscar-se assim. Mas o outro motivo que os levara a procurá-la era Rachel. Nessa noite, ficou acordada durante horas em sua cama, muito depois de toda a família estar dormindo. Era comum Rachel chegar em casa muito tarde; nada de mau podia acontecer-lhe porque ela estava na companhia da grã-duquesa Xenia, que vinha trazê-la em seu Rolls-Royce. Para ver um carro daqueles estacionado diante de sua porta com tanta frequência, Jacob Stein era capaz até de concordar com as visitas da filha a Rasputin.

Ao ouvir bater na porta, Judith saiu do quarto e ficou esperando no patamar.

– Onde você esteve? – perguntou ela.

– Saí com Xenia Romanova – respondeu Rachel. – Onde imagina que estive?

– Na casa de Rasputin.

– Não tem nada com isso.

E, imediatamente, a fisionomia de Rachel se anuviou

– Tenho sim, se o que dizem dele é verdade.

– Nada do que dizem dele é verdade. E não espero que você seja capaz de compreendê-lo.

– Então é verdade – disse Judith. – O sujeito é uma besta humana. Deve estar louca. E se Tigran descobrir o que anda fazendo?

– Tigran nunca vai descobrir. O que poderia você lhe contar? Iria acusar a grã-duquesa? Juntamente com várias outras grã-duquesas. Posso dizer-lhe o que lhe iria acontecer: seria mandada de volta para a Sibéria. E seria bem merecido.

E, passando rapidamente pela irmã, Rachel dirigiu-se para seu quarto.

– Rachel! – implorou Judith.

– Deixe-me em paz – retorquiu Rachel, asperamente. – Eu já disse, você não compreenderia. E quem é você para me julgar? Tentou ser a amante de Piotr Borodin e ele a desprezou. Porque não se entrosa no ambiente dos Borodin, nem em Starogan ou nas outras casas deles. Mas eu sim. Vou fazer parte da família. Vou casar-me com Tigran e vou ser igual a eles. E isso significa que devo ser igual a Xenia. Como uma aristocrata. Porque vou ser uma aristocrata. Cuide você de sua salvação e deixe que eu cuide da minha. – Ela abriu a porta do quarto. – E se tentar meter-se, eu própria farei com que seja mandada de volta para a Sibéria.

A porta se fechou, e Judith percebeu que estava chorando. Mas por quê? Rachel tinha tomado decisões por conta própria e estava tratando de realizar o que almejava. Ia ser uma aristocrata, igual a qualquer uma delas, tão corrupta, falsa e perversa quanto Xenia ou Irina Borodina e talvez até mesmo Tattie. Afinal, Tattie fora, também, uma discípula de Rasputin quando estivera sob a asa de Irina. E, pensando bem, estava de novo sob a asa de Irina, lá em Starogan. E Piotr, que arriscara toda a sua carreira para fazer oposição ao monstro, não percebia isso?

Oh, Piotr, Piotr! O grande erro que ela cometera fora o de não querer vê-lo na primavera passada. Apesar de toda sua presunção, sua displicência e arrogância, Piotr era pelo menos um homem bom. Não havia corrupção em sua mente. Se ao menos ela pudesse vê-lo agora, discutir o assunto com ele... mas Piotr estava muito longe, lutando na guerra. Se é que ainda estava vivo.

Quem sobrava naquela situação? George Hayman? Ilona não era uma típica aristocrata russa graças à influência de Hayman. Mas ele era tão impotente para mudar o curso dos acontecimentos quanto a própria Judith. Só lhe cabia relatar, e não comentar. Mas devia haver outras pessoas decentes, imunes à corrupção – na Rússia, em Petrogrado. Claro que havia. E ela acabara de se encontrar com três dessas pessoas. Três homens dispostos a enfrentar inúmeros obstáculos, decididos a lutar pela salvação de todos. E que a tinham convidado para ajudá-los.

Mas como superar a tensão daqueles dias até a tal reunião, na expectativa de Rasputin aceitar o convite? E supondo que o esquema tivesse ido além do que mandava a prudência e Rasputin contasse a Rachel que fora convidado a uma reunião para conhecer sua irmã? Rachel podia desmantelar o plano todo, despertando suspeitas.

Como enfrentar outras circunstâncias? Como evitar todos os dias o sorriso de Xenia, quando sua vontade era encará-la, fazê-la saber que os dias de seu santo homem estavam contados? Como curvar-se para cumprimentar a grã-duquesa Tatiana que, influenciada pela mãe, considerava padre Gregori um santo? Mas Judith dizia a si mesma que "Tatiana é uma jovem inteligente e acabará compreendendo, quando nós tornarmos publica a verdade a respeito dele". Nós: um grão-duque, um príncipe, um médico eminente e Judith Stein. Isso a fez lembrar-se de Mordka Bogrov e Mikhail Nej.

A parte mais difícil, porém, não era esconder sua cumplicidade numa conspiração, mas disfarçar sua excitação com o fato de fazer parte de tal grupo, que a havia escolhido porque ela era importante para seus planos. Talvez, bem no fundo do coração, ela fosse uma conspiradora nata e só agora tivesse percebido o quanto sua vida era vazia, desde sua volta de Irkutsk.

Como evitar de se trair no seio da família? Mas isso não era tão difícil, pois os Stein não eram mais uma família. Os negócios do pai se tinham reduzido a praticamente nada; ninguém estava comprando ou vendendo propriedades, ninguém mais procurava advogados em Petrogrado. O pai passava a maior parte do dia sentado à sua escrivaninha, com a cabeça enterrada nas mãos, preocupado com suas economias cada vez mais reduzidas. E igualmente preocupada estava sua mãe, com a impossibilidade de providenciar boas refeições, com a necessidade de despedir todas as empregadas, exceto Hilda. Joseph trabalhava como operário, pois não havia outros empregos disponíveis, e passava o tempo falando sobre a inevitável vitória alemã, o que podia valer-lhe a prisão. Mas após a queda de Rasputin, ela, como uma das pessoas que haviam contribuído para isso, talvez pudesse ajudar o irmão. Talvez pudesse ajudar toda a família.

Até mesmo Rachel, quem menos pertencia à família Stein. Rachel vivia a própria vida à parte.

Com o tempo, a necessidade de disfarçar seus pensamentos, esperanças e temores, de retrair-se ao máximo, como Rachel se retraíra, tornou-se uma rotina de vida. E a prisão de Rasputin passou a parecer-lhe uma ilusão impossível. Quando chegou o bilhete de Purishkevich, dizendo apenas "meu carro vai apanhá-la à meia-noite do dia 16 de dezembro", ela o leu diversas vezes até compreender o que significava. Então seu coração bateu mais devagar, depois disparou loucamente. Afinal... afinal a coisa estava para acontecer. Poderia ter esperado a vida inteira por aquele momento, o momento de cumprir sua missão pela Rússia. E por todas as coisas decentes da vida.

JUDITH VESTIU-SE COM o maior esmero. Não havia escolha a não ser o vestido de cetim azul-escuro que o pai lhe comprara para sua visita a Starogan; não havia dinheiro para roupas novas, mesmo que não houvesse falta de tecidos. O vestido estava agora um pouco justo; apesar da escassez de alimentos, ela engordara desde sua volta da Sibéria. "Mas tanto melhor", pensou. "O corpete ajustado expunha seus seios mais do que era normalmente de seu gosto. Rasputin ia gostar."

Felizmente, Rachel não estava em casa. Mas sua mãe admirou-se. Não via há cerca de dois anos a filha mais velha vestida para alguma reunião à noite.

– Fui convidada para uma pequena *soirée* na casa do príncipe Yusupov – explicou Judith.

– Príncipe Yusupov? Um homem tão simpático, com uma mulher encantadora. Ah, estou muito contente que você vá divertir-se um pouco – disse Ruth Stein; porém, depois pareceu preocupada. – Mas... a princesa foi para o campo. Li isso no jornal.

Judith serviu-se de um copo de conhaque do estoque de bebidas de seu pai, cada vez mais reduzido. Por mais decidida que estivesse, não podia evitar que suas mãos tremessem.

– Vou com o Dr. Purishkevich. – Depois do primeiro gole, ela se sentiu melhor. Sorriu para a mãe. – Não posso recusar um convite de um superior.

– Dr. Purishkevich? Um homem tão bom! Vai chegar muito tarde? Já passa das 11 horas.

– O Dr. Purishkevich não termina seu trabalho antes das dez horas. Talvez eu esteja de volta lá pelas duas da tarde. É um simples jantar. O carro já está chegando. E, vestindo o capote, ela se encaminhou apressadamente para a porta, enquanto Ruth Stein a seguia com o olhar, meio desapontada. Sem dúvida, gostaria de conversar um pouco com o Dr. Purishkevich. Mas nessa noite não havia tempo para conversas.

O médico abriu a porta do carro para Judith, e ela se deixou cair no assento.

– Está nervosa?

– Estou apavorada.

– Mas encantadora. O monstro não vai resistir. Vai tentar agarrá-la. – E ele lhe deu um leve aperto na mão. – Compreende que é preciso fazer com que o sujeito se sinta a gosto?

– Prometeu-me que...

– E manteremos nossa promessa, pode ficar certa. Mas deve representar seu papel. Ele presume que *mademoiselle* está ansiosa por conhecê-lo, que tem ciúme do prestígio da irmã, porém não tem chance de entrar no salão dele por não ser amiga da grã-duquesa Xenia. Prometo-lhe que não ficará sozinha com ele mais do que uns poucos minutos. Tempo insuficiente para que o monstro... bem, possa fazer mais do que tocá-la.

"Não quero que ele me toque", pensou ela. "Não quero nem vê-lo."

– Pela Rússia – disse o Dr. Purishkevich, parecendo ler seu pensamento.

Pela Rússia. O carro parou diante da casa do príncipe Yusupov, no Cais Moika. Purishkevich ajudou-a a descer e acompanhou-a até o vestíbulo, onde o grão-duque a esperava.

– Felizmente chegou, *mademoiselle*. Está encantadora. E corajosa. A Rússia a saúda!

– Onde está o príncipe? – perguntou Purishkevich.

– Foi buscar o monstro.

Os dois homens estavam tão excitados que não se lembraram de ajudar Judith a despir o capote. O vestíbulo estava deserto e a casa, em silêncio.

O grão-duque sorriu-lhe nervosamente e, de súbito, lembrou-se de ajudá-la.

– Demos folga a todos os empregados. Ninguém lhe fará perguntas. Presumem que vai haver uma orgia aqui.

"Meu Deus, e se alguma coisa der errado?", pensou Judith. "Se por acaso..." O grão-duque deu-lhe o braço e fez menção de conduzi-la para a sala de visita no andar acima, como ela esperava; mas depois a fez descer por um lance de escada no fundo do vestíbulo, que dava para a sala dos empregados, confortavelmente mobiliada. Ali havia garrafas de Madeira, o vinho predileto de Rasputin, já abertas sobre a mesa, bem como pratos de bolos e biscoitos. O fogo ardia na lareira, e, diante do fogo, estava deitado um sonolento cão de caça.

– Julgamos que seria mais conveniente usar a sala dos empregados – disse o grão-duque.

– No caso de haver alguma luta – explicou Purishkevich.

– Luta? – repetiu Judith, assustada.

– Nada para preocupar sua cabecinha, minha cara. Agora preste muita atenção. Em circunstância alguma deve beber uma só gota do vinho ou comer qualquer coisa que se encontra sobre a mesa. Estão... drogados, sim, tudo drogado para torná-lo sonolento. Ele é literalmente forte como um touro, e devemos evitar a violência, se possível. Está compreendendo?

– Sim, estou. Mas gostaria de tomar um pouco de conhaque.

– Vou servir-lhe o conhaque. Agora o monstro acredita que o príncipe a persuadiu a, digamos... satisfazê-lo, mas que você preferiu um encontro discreto a ir publicamente à casa dele. Portanto, Rasputin não espera ver-nos. Ficaremos lá em cima. Não tenha medo, estaremos vigiando-a por um orifício bem como a seu lado em questão de segundos se ele tentar violentá-la. Mas compreenda que será melhor se puder induzi-lo a beber o vinho e a comer alguns dos biscoitos. E, além disso, depois de ele ter bebido e comido, faça com que ele se movimente pela sala. O exercício fará com que a droga lhe suba à cabeça mais depressa.

– Lembre-se – disse o grão-duque – de que estaremos atentos o tempo todo.

A porta fechou-se e ela se viu sozinha. Judith Stein, *femme fatale*. "O que estou fazendo aqui?", pensou. O que vai me acontecer dentro de poucos minutos? Bebeu mais um gole de conhaque, sentou-se, mas estava demasiado inquieta para permanecer parada um instante. Tornou a levantar-se e acariciou o cão, que ergueu a cabeça agradecido, mas não se dispôs a abandonar o calor do fogo. Continuaria ele ali deitado, se Rasputin atacasse? Mas por que haveria o cão de defendê-la?

Teve uma súbita necessidade de ir ao banheiro, tornou a sentar-se, cruzou e descruzou as pernas e pensou que seria bom se fumasse, como Xenia. Ou Rachel. Será que Rachel algum dia a perdoaria pelo que ela ia fazer esta noite?

Passos soaram na escada externa, assim como a inconfundível voz gutural. Judith levantou-se, refugiando-se no canto junto à parede do outro lado da sala; então, viu a porta abrir-se. O príncipe Felix foi o primeiro a entrar e logo atrás dele Rasputin.

– *Mademoiselle* Stein – disse o príncipe. Mas estava muito nervoso, com os lábios trêmulos.

– Boa noite, Excelência – disse ela, mal acreditando que era a própria voz que ouvia. – Padre Gregori.

– Você é irmã de Rachel? – O padre adiantou-se na sala. – Venha cá, quero vê-la mais de perto.

Ela lançou um olhar de apelo a Yusupov, e ele tentou ajudá-la.

– Não quer tomar um copo de Madeira, padre Gregori?

– Não agora. Quero antes olhar a moça.

Judith aspirou fundo, desencostou-se da parede e aproximou-se dele. Rasputin agarrou-lhe as mãos, puxou-a para mais junto de si; seu bafo no rosto dela era tão repulsivo que Judith quase suspendeu a respiração.

– Um pouco de vinho – insistiu o príncipe. – Vamos todos tomar vinho. – Estendeu um copo a Rasputin, que o pegou e bebeu o conteúdo de um só trago, sem nem olhar para a bebida.

– Deixe-nos a sós – rosnou ele, puxando Judith para mais junto de si. Ela teve medo de resistir, medo de se mexer. Uma mão grande e suja pousou no seu ombro, depois deslizou para o corpete de seu vestido. Ela teve um estremecimento de repulsa, embora sentisse enrijecerem-se os bicos dos seios; apesar de segura de si mesma, estava tão excitada quanto os homens. – Deixe-nos – repetiu ele, e ela ouviu a porta bater. Estava a sós com o monstro. Quanto tempo levaria a droga para fazer efeito?

Rasputin beijou-lhe a orelha e, subitamente, a tomou nos braços e a beijou nos lábios – um beijo selvagem, escancarando-lhe a boca para enfiar sua língua, uma língua tão comprida que quase lhe tapou a garganta. Ela perdeu o fôlego e o empurrou.

– Não gosta de mim, pequena Judith? – perguntou Rasputin, franzindo a testa.

– Se não gostasse, padre Gregori, não estaria aqui – disse Judith, quando recobrou a respiração. – Mas eu não...

– Você é tímida. Vinho. Deve beber um copo de vinho.

Ela abriu a boca e tornou a fechá-la. Por que não se drogar, também, perder os sentidos junto com ele. Mas se desmaiasse enquanto ele estivesse acordado, Rasputin poderia violentá-la. E parecia que o primeiro copo de vinho ainda não fizera efeito algum sobre ele.

– Beba mais – disse ela, estendendo-lhe o copo.

– Beba você também.

Ela hesitou e acabou enchendo outro copo. Mais uma vez, Rasputin jogou a cabeça para trás e bebeu o vinho de um só trago. Judith conseguiu despejar três quartos de seu copo no que ele acabara de esvaziar. Mas lhe seria difícil ter outra oportunidade de repetir o gesto.

– Venha cá – disse Rasputin, limpando a boca com as costas da mão e sentando-se.

Dois copos, e ele sequer piscara! Ela se aproximou, então ele lhe agarrou a mão e a fez sentar-se em seu colo. Começou a apalpá-la, como se estivesse procurando algo – espremendo-lhe os seios, afagando-lhe as costelas através do cetim, esfregando a mão ao longo de suas pernas e, subitamente, baixando-a até os tornozelos, para enfiar os dedos sob sua saia e deslizá-los por cima das meias.

– Não – balbuciou ela; e conseguiu pôr-se de pé.

– Não deve ser tão tímida comigo.

– Não sou. É que...

– Não é virgem? – Ele jogou a cabeça para trás e soltou uma gargalhada. – É amante de Piotr Borodin. Agora dispa-se. Lentamente.

Judith respirou fundo e circulou o olhar pela sala. O que fazer? As coisas não estavam acontecendo de acordo com os planos dos conspiradores. Ou a intenção deles sempre fora sacrificá-la?

– Lentamente – concordou ela e, indo até a mesa, colocou a garrafa ao lado do cotovelo dele, juntamente com um prato de bolinhos. – Deve beber e comer, enquanto me vê despir a roupa.

– Vou ficar apreciando – concordou ele. – Você é linda! Ainda mais linda que sua irmã... tem mais corpo. – Apanhou a garrafa pelo gargalo, depois tornou a pousá-la. – Vou desabotoar esses botões.

Judith hesitou, depois se aproximou, deu-lhe as costas e sentiu os dedos dele remexerem seu vestido, que começou a escorregar-lhe dos ombros.

– Ah, ah! – gritou ele, e enfiou as mãos por dentro do tecido, tornando a apalpá-la, dessa vez até a frente da anágua, procurando a sua virilha, num gesto tão brutal que ela perdeu o equilíbrio, tombando de quatro no chão. Ele soltou outra gargalhada, pousou a bota no seu quadril e lhe deu um empurrão, que a fez rolar no assoalho. – Que linda menina! – exclamou ele.

Judith conseguiu erguer-se sobre os joelhos. Seu penteado desfizera-se e os cabelos tapavam-lhe o rosto. Ela os soprou, agora tomada de raiva, além de medo e constrangimento. Mas ele tornara a apanhar a garrafa e, com a outra mão, segurava um dos bolinhos. Judith pôs-se de pé, deixou que o vestido escorregasse até seus tornozelos, o viu comer o bolinho, depois emborcar outro bom gole de vinho. Na certa, agora... mas ele lhe estava acenando com a mão para que continuasse, nesse gesto despejando parte do vinho.

Então, ela ergueu a anágua com ambas as mãos por sobre a cabeça. No inverno, usava por baixo uma camiseta de lã, portanto, sentiu-se ainda um pouco protegida. Colocou a anágua à sua frente e notou que ele estava bebendo de novo. Agora só mais uns poucos segundos... Tinha de acontecer. Estaria ele escorregando um pouco da poltrona? Foi o que pareceu a Judith.

– A camiseta – disse Rasputin, e sua voz positivamente soou pastosa. – A camiseta.

Judith hesitou, mordendo o lábio. "Faça com que ele se movimente", dissera o grão-duque. Então ela atirou a anágua no chão e correu para a porta. Rasputin soltou um rugido, erguendo-se da poltrona, mas ela se desviou, alcançou a porta e a escancarou.

— Felix — gritou ela, esquecendo o título, as boas maneiras e o plano.

O príncipe estava do outro lado da porta, à espera. Com horror, Judith notou que ele tinha um revólver na mão. No mesmo instante, um gramofone começou a soar muito alto na sala acima. Ofegante, ela viu que Rasputin tornara a sentar-se e estava esforçando-se por respirar, piscando constantemente os olhos.

— Saia! — ordenou-lhe bruscamente Yusupov. — Rápido. — E, empurrando-a para fora, entrou e fechou a porta. Em sua aflição, Judith olhou ao redor, à procura de seu capote, pois o frio no vestíbulo era intenso e deixara para trás o vestido e a anágua. Nesse instante, ouviu o ruído de um disparo. Virou-se, e a porta abriu-se bruscamente. Yusupov, sem parecer notá-la, subiu correndo as escadas. Judith espiou pelo vão da porta e viu o cão rolando junto à lareira, com sangue jorrando-lhe do pescoço. O cão?

Rasputin caíra de joelhos no chão, agarrando o pescoço, mas sem sangrar. Ela deu um passo à frente, depois hesitou. Se, ao menos, pudesse reaver suas roupas...

Passos soaram atrás dela, e os três homens desceram as escadas.

— Lamento muito — estava dizendo o príncipe. — Minha mão tremeu e... errei o alvo.

Os três pararam no limiar da porta, fitando o curandeiro. Estirado no chão, ele tinha ainda os olhos abertos e fixos neles.

— Dê-me o revólver — disse Purishkevich.

— Não pode fazer isso! — gritou Judith. — Não pode matá-lo. Disse-me que...

O grão-duque agarrou-a pela cintura, quando ela tentou correr para a frente. De súbito, Judith sentiu-se exausta, incapaz de se mover. Viu Purishkevich afastar-se da porta, fechou os olhos, quando o revólver disparou duas vezes e, ao tornar a abri-los, notou sangue espalhando-se no chão.

— Ele está morto — disse Purishkevich.

— Ai, meu Deus! — Soltando-se das mãos do grão-duque, Judith caiu de joelhos no chão. Purishkevich passou por cima de Rasputin, apanhou o vestido e a anágua e entregou-os a ela.

— Esteve magnífica, Judith. Sem você, não teríamos conseguido nossos fins.

— Disse que ele só ia ser preso — murmurou ela, sem poder despregar os olhos do cadáver. Já vira muitos morrerem no hospital, na Sibéria. Mas Rasputin...

— Não havia outra solução — replicou Yusupov. — Lamento que tenha assistido à cena. Não era essa a nossa intenção. Não devia ter havido necessidade de usar o revólver. A dose de veneno devia ter sido suficiente para matá-lo.

— Veneno? — gritou ela.

— O melhor meio — repetiu o grão-duque.

O veneno. E ela quase bebera o vinho, também!

— Mentiu para mim, Alteza. É um príncipe imperial. No entanto, mentiu para mim.

— Pelo bem da Rússia. Agora vista-se e vamos mandar levá-la para casa. Ninguém jamais saberá de sua participação nisso, a não ser que você mesma conte.

"A não ser que eu conte", pensou ela, conseguindo pôr-se de pé. Meu Deus, a não ser que eu conte. Enfiou a anágua pela cabeça. Mas não conseguia despregar os olhos de Rasputin, como se estivesse esperando que ele se movesse, tornasse a se levantar, soltasse aquela inesquecível gargalhada de desprezo por toda a humanidade. E, então, pareceu-lhe que um dos olhos se abria e se cravava nela.

Soltou um grito, apontando o cadáver. Os homens voltaram-se, horrorizados.

— Ele está vivo! — gritou Yusupov. — Meu Deus, ele ainda está vivo! — Voltou-se, batendo em retirada, mas foi detido pelo grão-duque.

— Temos de terminar. *Devemos* terminar — disse ele. Mas não esboçou nenhum gesto. Então Purishkevich deixou escapar uma espécie de gemido e correu para a frente. Do bolso do casaco retirou uma faca de lâmina comprida e, com um grito angustiado, atirou-se sobre o corpo do curandeiro moribundo, enterrando-lhe várias vezes o punhal no peito.

– Camaradas. – Lenin erguera-se com um copo na mão, e as outras sete pessoas sentadas à volta da mesa levantaram-se também.
– Bebamos a 1917, ao sucesso que este ano nos trará!
– A 1917! – repetiram todos, docilmente. Era impossível discordar de Lenin, mesmo quando todos duvidavam de que ainda restasse consistência às suas palavras. Mas pelo próprio aspecto – feições grossas, agressiva barba ruiva, olhos faiscantes – e sobretudo pela força e cólera com que discutia, não era homem que se pudesse contradizer. Pelo menos, não os fiéis membros de seu círculo. "Nem mesmo eu", pensou Ivan Nej. Mas o fato era que ele, Ivan, não cabia em si de satisfação de se ver na Suíça. Às vezes, chegava a não acreditar, pensando naqueles dias que passara encolhido debaixo de árvores e em valas, aquelas noites em que se esgueirara pelas colinas cobertas de névoa sob uma chuva penetrante, esperando a cada momento um grito de alerta e o ruído surdo de uma bala penetrando-lhe no corpo. Fora um longo, interminável pesadelo. Mas já haviam decorrido meses. Agora estava ali e fora bem-vindo; o simples fato de ser irmão de Mikhail lhe garantira a boa acolhida. Lenin precisava de muita gente, de gente de confiança, para o sucesso de seus planos. E seriam coroados de sucesso, algum dia. Certamente Ivan acreditava nisso. Estava até pensando em adotar um nome falso. Mikhail continuava chamando-se Nej, mas Mikhail não era ninguém. Em outros tempos, Lenin era conhecido como Ulyanov. Mas agora a grande maioria o conhecia como Lenin, pseudônimo vago no final de artigos inflamados. Como Lenin, ele era famoso. Como Ulyanov, podia viver na obscuridade, onde quer que quisesse, sempre que quisesse.

E com Krupskaya. Ela estava sentada à sua direita, fitando-o intensamente. Eram casados e, no entanto, ela venerava cada palavra do marido. Eram casados. Inacreditável, tratando-se de um revolucionário, sintoma da formação burguesa de Lenin. Mas como devia ser maravilhoso para um homem ter uma mulher adorando-o constantemente! Ventura que jamais caberia a Ivan Nej, a não ser que a mulher fosse uma tosca camponesa, como Zoe Feodorovna. Era um sonhador, não um homem de ação, e como acontecia com a maioria dos sonhadores, seus sonhos não aguentavam a luz da realidade.

Lenin permanecera de pé, ao passo que os outros voltaram a se sentar.

– Por que esse desânimo? – ecoou a voz dele. – Não acreditam que 1917 será um bom ano?

Os outros trocaram olhares.

– Mas, camaradas... – Baixando a voz, ele adotou aquele seu tom insinuante. – Na Rússia, estão agora comemorando o Natal. Não é uma acusação contra a comunidade das nações o fato de o nosso Natal ser comemorado 14 dias depois do resto do mundo? Não concordam comigo?

Dessa vez, houve murmúrios afirmativos.

– E neste Natal, eles terão algo para comemorar – disse ele ainda em seu tom baixo e insinuante.

– Ganhamos outra vitória? – perguntou Kamenov. Kamenov era um simplório, na opinião de Ivan.

– Outra vitória? – O tom de Lenin tornou-se desdenhoso. – Não podem existir vitórias quando exércitos alimentados pelo capitalismo travam combate, camarada. E como podem os exércitos russos jamais ser vitoriosos, traídos como o são por seus líderes? Não. Mas o *povo* russo conquistou uma vitória. Uma vitória que lhes foi proporcionada pelos próprios membros da classe que juramos aniquilar. Eu sempre não lhes afirmei que, quando príncipes, duques e sacerdotes caíssem, então seria nossa hora?

Outro murmúrio, apoiando-o.

Lenin soltou uma gargalhada estrondosa.

– Pois isso aconteceu, camaradas. A notícia chegou hoje e eu esperei esta noite para contar-lhes. Rasputin está morto. A maldita fera morreu, meus amigos, assassinada por membros da própria família imperial. Reina o tumulto em Petrogrado. E esse tumulto crescerá, camaradas, crescerá e crescerá, até estourar. Sim, 1917 é nosso ano, camaradas. Sinto, sei: 1917 é nosso ano!

7

— Enfermeira Stein. – A irmã estava no limiar da porta, muito empertigada, com o uniforme bem passado, como sempre. – Apresente-se ao Dr. Alapin.

Judith estremeceu. Há dois meses que vivia no terror de ser chamada. Por mais fielmente que o grão-duque Dimitri, o príncipe Felix ou o Dr. Purishkevich tivessem mantido suas promessas, ela sabia que seu segredo não poderia ser guardado para sempre.

Secou as mãos no avental, olhou para seu enfermo com um sorriso apressado e enveredou pelo corredor. As outras enfermeiras a acompanharam com os olhos. Xenia não estava presente. Desde o Natal, Xenia não comparecia ao trabalho. A desculpa era de que estava doente. Mas pelo boato que corria, ela cortara os pulsos ao saber da morte do Reverendíssimo Padre. Fora socorrida a tempo, e sua mãe a levara para convalescer em Starogan.

Também Rachel sumira. Também Rachel estava doente. De desgosto? Impossível sabê-lo. Pelo menos, ela não tentara o suicídio. Apenas parecia mais retraída do que nunca, raramente respondia quando lhe dirigiam a palavra e executava suas tarefas com um ar abstrato. Então, de repente aparecera com uma febre alta. Logicamente, era em consequência do frio. O mês de janeiro fora o mais frio de que havia memória, outra provação acrescentada à fome, insegurança e medo, que castigavam a população de Petrogrado. Mas agora era fevereiro e logo passaria o inverno. Rachel recobraria a saúde. Para Judith, sair do hospital à noite e ir sentar-se à cabeceira da irmã era seu mais penoso dever – como desejava confiar seu segredo a alguém! Mas certamente Rachel, quando melhorasse, haveria de compreender a sorte que tivera de escapar ao monstro.

O frio reduzira a uma quinta parte o número de enfermeiras. Hoje nem mesmo a grã-duquesa Tatiana comparecera. – Outra adepta afetada por aquele drama horrendo? Mas a grã-duquesa não se mostrara muito abalada; comparecer ao hospital até três dias atrás, embora parecendo bem menos alegre que de costume e trajando luto pela morte do amigo de sua mãe. Mas, provavelmente, estava sendo mantida em casa por causa da agitação nas ruas.

Pois era essa a responsabilidade mais terrível. Judith tornara-se a instigadora de um crime, como dizia seu pai. E para quê? O que tinham eles realizado? O grão-duque e o príncipe Felix haviam sido ambos banidos para suas propriedades; eram parentes muito próximos da família imperial para serem julgados por assassinato, mesmo que tivessem tentado negar sua culpa. Purishkevich fora enviado para a frente de batalha, como cirurgião do Exército. A hipótese de haver uma quarta pessoa implicada, uma mulher que atraíra Rasputin para o encontro fatal, não passava de um rumor. E nada havia sido alterado, exceto que o czar passara o comando do Exército ao general Aliexeiev e regressara a Petrogrado; ao que parecia, mais para estar ao lado da mulher, naquela hora de desgosto, do que para assumir as rédeas do Governo. A czarina podia ter perdido seu confessor, mas eram ainda seus protegidos Protopopov e Sturner que governavam o país e cuja incompetência, ou talvez pior, mantinha a população no regime da fome. Durante os dois meses, desde a morte de Rasputin – os meses de inverno mais intenso –, tinham crescido a agitação e o descontentamento. Não se passava um dia sem notícias de choques entre a polícia e radicais revoltados. Por mais corajosamente que os soldados na frente de batalha estivessem lutando, o povo na retaguarda estava totalmente desiludido com a guerra.

Judith se encaminhou pelo corredor para o gabinete do superintendente. Agora iria ser enviada... para onde? Dificilmente, eles arriscariam levá-la a julgamento, com receio do que ela pudesse revelar, das acusações que poderia fazer. Mas podiam mandá-la de volta para a Sibéria. No entanto, quase se alegrava com a ideia de um desfecho. Durante aqueles dois meses, não dormira uma noite sem um pesadelo, sem a visão daquele único olho aberto, cravado nela, sem relembrar a cena em que os três homens arrastavam aquele corpo imenso para fora da casa e através do pátio, depois rompendo o gelo do Neva para jogar o cadáver no rio. E, oh!, o horror inconcebível que sentira quando, ao ser encontrado o corpo, vários dias depois, apurara-se que a vítima morrera por afogamento. Dois tiros, uma dose brutal de veneno e várias punhaladas não tinham conseguido liquidar aquela criatura gigantesca. No decorrer daqueles dois meses, ela quase não conseguira comer, sentindo, o tempo todo, que o pai e a mãe a observavam; eles sabiam, embora tivessem tacitamente concordado em não revelar o segredo a Rachel ou a Joseph. A mãe sabia onde Judith estivera aquela noite e contara ao marido. Talvez, segundo a opinião geral, não se tratasse de um assassinato, mas da justificada execução de um animal feroz e traiçoeiro; ainda assim, os Stein tinham de encarar o fato de que sua filha tomara parte na morte de um homem.

Também ela tinha de conviver com aquela realidade. Fora falsamente acusada de cumplicidade no assassinato de Stolypin. Mas a nova acusação não seria falsa. Não poderia alegar inocência.

Judith bateu na porta.

– Entre.

Ela fechou a porta atrás de si e foi postar-se diante da mesa. O Dr. Alapin era o médico mais credenciado do hospital. Era um homem baixo, gorducho, com longos anos de experiência; estivera em Port Arthur quando a cidade fora sitiada pelos japoneses. Pela primeira vez, Judith se deu conta de que ele devia conhecer Ilona Borodina, que servira como enfermeira durante a guerra. Devia ela contar-lhe que era amiga de Ilona?

Ele nem sequer ergueu a cabeça, em que reluzia uma rodela de calvície.

– Enfermeira Stein, destinei-lhe uma mudança de cenário. Creio que vai gostar, após dois anos neste hospital, não é verdade?

– Sim, doutor. – Estaria o médico tentando ser engraçado?

– Há um carro à sua espera. Deve seguir imediatamente para Czarkoe Selo.

– Para... – Seu coração pareceu-lhe dar uma reviravolta dentro do peito. Czarkoe Selo era o palácio particular do czar, fora da cidade. "Meu Deus", pensou ela, "será que a czarina quer interrogar-me pessoalmente?" Mas por que não havia policiais aguardando-a?

– Sim – prosseguiu o dr. Alapin. – Parece que as czarevnas contraíram sarampo. Eu já suspeitava disso há vários dias, e agora a doença foi diagnosticada. A grã-duquesa Tatiana solicitou os préstimos de sua irmã, mas como ela também está enferma, resolvi mandá-la em seu lugar. – Finalmente, ele ergueu a cabeça e esboçou um sorriso. – Uma Stein deve equivaler a outra, não acha? Não creio que haja muito trabalho, mas é preciso ter alguém cuidando das czarevnas. Vai permanecer em Czarkoe Selo, enfermeira Stein, até o completo restabelecimento das enfermas. Está entendido?

Judith respirou fundo. Seu segredo não transpirara.

Mas como ousaria ir para Czarkoe Selo, viver sob o mesmo teto que a czarina? Quer as pessoas o soubessem ou não, ela era culpada. Embora na ocasião não tivesse ideia do que ia acontecer, *ela* atraíra Rasputin para sua morte. Iria a czarina adivinhá-lo só de olhar em seus olhos? Ou trairia ela a si mesma?

Mas a mudança significava escapar ao horror do hospital, à bomba prestes a explodir que era a cidade de Petrogrado, à presença de Rachel e suas implicações – e gozar a paz e a tranquilidade de Czarkoe Selo.

– Está entendido, enfermeira Stein? – repetiu o Dr. Alapin, de testa franzida.

– Sim, doutor.

– Já teve sarampo?

– Sim, doutor. Aos 11 anos.

– Muito bem. Então vai partir imediatamente. O carro a levará à sua casa para que apanhe suas malas e depois seguirá para o palácio. Mas não demore.

– Sim, doutor.

Deixou a sala, aturdida. Não seria presa. Não, nada em perspectiva, a não ser a honra de cuidar das czarevnas. Colocou nos ombros a capa, saiu para o frio intenso do pátio e sorriu para o chofer de uniforme, perfilado junto ao carro. Ele lhe abriu a porta, ela entrou, sentou-se, e a porta bateu. Judith Stein, viajando num dos carros da própria czarina...

Mas *como* iria poder encará-la? A czarina não visitara mais o hospital desde a morte de Rasputin. No momento em que olhasse para

Judith, ela não iria ler a culpa em seus olhos? Judith, ela própria, não tinha essa impressão, cada vez que se olhava no espelho? Começou a torcer os dedos com tanto nervosismo que arrancou uma das luvas das mãos. O que fazer? Mas negar-se a ir... virou a cabeça, ao ouvir um forte ruído; o carro foi bruscamente freado.

– O que houve?
– Um disparo – informou o chofer, sem se virar. – E ouça.

Novos disparos, em seguida, ela ouviu gritos e o clamor assustador de uma multidão amotinada.

– É um levante – disse o chofer. – E está vindo da Prospekt Nevskiy. Creio que não vou poder atravessar a ponte.
– Mas minha casa... minhas roupas... meus pais...
– Será perigoso – advertiu o chofer. – Especialmente com o brasão imperial no carro. Sua família não está em perigo, nem sua casa. Mas sua situação é que pode tornar-se perigosa, *mademoiselle*. – Ele deu marcha a ré, penetrou numa rua transversal e fez meia-volta com o carro. – Vou levá-la diretamente para Czarkoe Selo e explicaremos a situação a Sua Majestade. Ela a deixará vir apanhar suas roupas quando os amotinados forem dispersados.

Judith achou que o chofer tinha razão. Quase todos os dias havia levantes e disparos quando a polícia e as tropas dispersavam o povo. Porém, quando o carro se afastava do motim, outro tiroteio começou à esquerda, depois mais outro à direita, e o alarido de gente gritando quase bloqueou o ruído do motor. Judith espiou pela janela do carro e viu vários soldados correndo dobrarem uma esquina. Ainda bem. Eles não iam deixar que o motim se alastrasse. Viu, fascinada, homens ajoelharem-se em fila e começarem a atirar. Mas estariam atirando nela? Ou, pelo menos, no carro?

Soldados?

GEORGE HAYMAN subiu correndo a escadaria externa do Ministério do Exterior, abrigou-se na soleira de uma porta, parando para tomar fôlego. Atrás dele um clamor, superado pelo estrépito bem mais sinistro de tiros de metralhadora, continuou conturbando a manhã. Sabia que ninguém o visara diretamente e, além do mais, estava bastante habituado a se ver sob o fogo, tanto como combatente na guerra de 1898 em Cuba quanto como correspondente na África do Sul, com os boêres, e em Port Arthur, com os russos. Mas luta civil daquela natureza era novidade para ele. Pareceu-lhe tão sem sentido! Uma multidão, aparentemente bem-humorada e desarmada; de repente, era como se uma centelha acendesse os ânimos e, no minuto seguinte, trocavam-se disparos e corpos tombavam na neve. Na verdade, dando-se ouvido aos rumores...

Percebeu que estava sozinho no vestíbulo do andar térreo do Ministério. Quando atravessava a rua, correndo, avistara as secretárias reunidas numa janela acima, observando-o. Mas onde estava o vigia, normalmente de guarda ali? A turba, se quisesse, poderia invadir facilmente o prédio.

Mas, de qualquer modo, poderia um vigia impedi-la?

George subiu correndo as escadas, passou por uma moça de blusa branca e saia preta, sobraçando uma resma de pastas, que lhe deu um breve sorriso. Nem um fio de cabelo fora do lugar, e ela continuou seu caminho, sem lhe dar um segundo olhar. O fato de metade da população estar lutando enquanto a outra metade continuava levando a vida normalmente, sem aparentes preocupações, era um espetáculo desnorteador. E quando as duas metades estavam interligadas como agora, o espetáculo tornava-se absurdo, quase uma farsa.

Hayman percorreu apressadamente o corredor e abriu a porta da antessala do gabinete de Tigran. Uma secretária de óculos ergueu a cabeça. Era uma moça bonita, de corpo bem feito, com uma expressão meio tensa no rosto.

– Eu gostaria de ver *monsieur* Borodin.
– O senhor tem hora marcada?
– Não. Mas aqui está meu cartão.

A secretária examinou o cartão, tornou a erguer o olhar para George, depois se levantou e entrou no gabinete. George mal teve tempo de acender um charuto e imediatamente Tigran apareceu.

– George, meu caro. Não o vejo há mais de uma semana.
– É verdade, mas tenho andado ocupado. Tigran, que providências vocês estão tomando a respeito dessa situação?

– Que situação? – Tigran segurou-lhe o cotovelo e conduziu-o para dentro de seu vasto gabinete.

– Não acha anormal a situação?

– Sente-se, meu caro. – Tigran serviu conhaque em dois copos, depois inclinou a cabeça de lado. – Está falando dos tiroteios?

– Para começar.

– É a polícia dispersando o povo. Sabe disso.

– Bem – retorquiu George, sorvendo um gole de conhaque. – Mas o que acha desse boato de que os homens do Regimento Pavlovsky mataram seu coronel?

– Apenas um boato.

– Posso citar o que está dizendo?

– Claro que pode. Está havendo muita inquietação. O mesmo aconteceu em fevereiro passado, como deve estar lembrado. Gente com fome age de maneira estranha. Receio que será necessário executar um punhado de gente. Mas não há nada grave.

– Posso citar isso também?

– Certamente. Quer que lhe diga por que acho que não pode ser nada grave? Há coisa de dois dias o czar deixou Czarkoe Selo para retornar ao Exército.

George fitou-o boquiaberto.

– É fato – disse Tigran. – Agora certamente concorda que ele deve estar seguro de que a situação aqui foi controlada. O czar sabe muito mais o que se passa do que nós.

– Sabe mesmo?

– Claro que sabe – retorquiu Tigran, erguendo as sobrancelhas. – Onde estava você em 1905? Em Petrogrado ou Moscou? Eu estava aqui. Ilona, em Moscou. Pergunte a ela. Houve choques violentos entre cossacos e grevistas. Os canhões entraram em ação. E, no final, os revoltosos foram dispersados por seu velho amigo Roditchev. Como ele agora se acha em Petrogrado, comandando a polícia, posso afiançar-lhe que o mesmo acontecerá aqui.

– Na verdade, é sobre Ilona que vim falar com você – disse George. – Não consigo comunicar-me com Starogan. Todas as vezes dizem-me que as linhas estão ocupadas.

– Absurdo.
– Exatamente o que acho. Poderia obter uma ligação para mim?
– Claro que sim. Dora! – chamou Tigran.
A porta para a antessala ficara aberta.
– Sim, Excelência?
– Quero fazer uma ligação para Starogan. Para falar com a princesa mãe Borodina. Diga que se trata de negócio de Estado urgente e que a ligação deve ser completada imediatamente.
– Pois não, Excelência. – Dora retirou-se, deixando a porta aberta.
– Não vai demorar – disse Tigran. – Mas Ilona está em absoluta segurança. Essas desordens são locais, limitadas a cidades, onde o povo tem motivos para reclamar. Além disso, como sabe, minha mãe e Xenia estão lá. Certamente teriam avisado, se algo de anormal acontecesse. Mas nunca acontece nada em Starogan. – E bebeu mais uns goles de conhaque. – Agora fale-me sobre o boato que corre, bem mais interessante, de que seu povo será realmente nosso aliado.
– É o que realmente corre – confirmou George. – Cortamos relações diplomáticas com os Poderes Centrais. Acho que isso tinha de acontecer. E já foi tarde.
– Digo amém a suas palavras. É a melhor notícia que ouvi em alguns anos. E uma vez que se espalhe nas ruas, pode crer que a situação se modificará.
– Pode levar ainda algum tempo – frisou George. – O presidente não pode declarar guerra. Tem de primeiro persuadir o Congresso.
– Mas acha que conseguirá persuadi-lo?
– Sim, creio que sim. É por isso que preciso entrar em contato com Ilona. Gostaria de que ela e as crianças voltassem para os Estados Unidos.
– Para os Estados Unidos? *Você* pretende voltar?
– Não imediatamente. Gostaria de ficar e ver o que acontece aqui. Creio que estou um pouco velho para lutar como soldado na frente de batalha. Mas ficaria bem mais feliz com Ilona e as crianças em segurança.
– Acha que estarão em segurança atravessando o Atlântico? De qualquer forma, nunca vão conseguir passar pelo Dardanelas.

– Tenho uma ideia diferente. – George fez uma pausa, quando a secretária de Tigran apareceu mais uma vez à porta.

– Todas as linhas estão ocupadas até Moscou, Excelência.

– Maldição! – exclamou Tigran. – Vou tentar de novo mais tarde, George, e o aviso.

– Eu lhe ficaria grato. – Então ele se levantou e Tigran fitou-o com um ar preocupado.

– Acha realmente que vai haver uma revolução, não é verdade?

– Acho que *está havendo* uma revolução neste momento. Aquele incidente de 1905 surgiu no fim de uma guerra. Seu governo tinha os homens e os recursos para enfrentá-lo. Dessa vez, a guerra continua, e continua mal. E está demorando demais.

– E quanto a seu povo?

– Já lhe disse, vai levar algum tempo para uma declaração de guerra ser votada, mais tempo para a mobilização e mais tempo ainda para transportar nossos homens através do Atlântico. Não creio que o czar disponha de *tanto* tempo. Não creio que nenhum de vocês disponha de tanto tempo. Se eu fosse você, começaria a pensar nisso.

– Está aconselhando-me a desertar de meu posto, George? – perguntou Tigran, levantando-se e tornando a servir duas doses de conhaque. – Você não está desertando de seu posto, no entanto é apenas um observador. Além do mais, Rachel está doente.

– Rachel?

– Parece ter apanhado uma espécie de gripe forte. Está com febre alta e de cama.

– Realmente, ela significa tanto assim para você?

– Por favor, estamos noivos.

– Estão noivos há três anos. Quantas vezes você a viu durante esse período?

– Estamos em guerra, George.

– Ama mesmo aquela moça, Tigran?

– Que pergunta. Vou casar-me com ela.

– Não é a mesma coisa.

Tigran foi até a janela, olhou para o pátio embaixo, nos fundos do edifício.

– Ela é a melhor mulher e mais honesta que já conheci. E a mais linda. Também a mais meiga, a mais inocente.

– Tudo isso soa mais como admiração do que como amor. Não se ofenda, Tigran. Mas vai se casar com Rachel porque acha que será boa mulher para você ou porque está tentando provar alguma coisa à sua família?

– Decidi casar-me com ela – disse Tigran, voltando-se da janela e sorrindo. – E espero que você esteja aqui para a festa do casamento, George. Bem, agora acho que tenho de trabalhar. O que vai fazer?

– Acho que devo agora ir fazer uma visita a Serguei Roditchev. Já o deveria ter visitado, considerando que estou em Petrogrado há três anos, não acha? Gostaria de descobrir o que *ele* tenciona fazer a respeito dos últimos acontecimentos...

– ACABO DE TER UMA conversa com George Hayman. Sabe que ele...

Tigran abriu a porta do gabinete do cunhado e hesitou, constrangido. O grão-duque estava com sua secretária no colo; o bloco de estenografia fora convenientemente colocado junto à mesa. A jovem pôs-se prontamente de pé, mas não com tanta rapidez que não desse tempo de Tigran ver sua saia descer... Philip estivera com a mão por baixo. Contudo, ela não pareceu em absoluto encabulada. Era uma garota bonita, que gostava de sorrir, também de gozar a vida.

– Isso é tudo, obrigada, *mademoiselle*. – Philip tampouco pareceu contrafeito. Sujeito de sorte.

– Obrigada, Alteza. – A jovem sorriu para Tigran e saiu, fechando a porta.

– Peço-lhe mil desculpas por entrar assim de repente – disse Tigran.

– Eu preferia que Xenia não soubesse – replicou Philip, com um gesto de mão displicente.

– É claro.

– Natasha é apenas uma criança. Mas uma criança encantadora. Você ia me dizendo alguma coisa?

Tigran pensou que dificilmente teria a calma e a autoconfiança do cunhado. Não era pensamento que lhe ocorresse nos primeiros tempos de seu noivado. Mas de maneira inexplicável, Rachel parecia ter se afastado dele naqueles últimos meses, e isso o fazia sentir-se diminuído. Culpava Xenia. Ficara contente quando Xenia, aliás a única da família, passara a tratar bem sua noiva. Era inevitável que Xenia acabasse atraindo Rachel para o círculo de Rasputin, mas, para ele, isso não constituíra motivo de preocupação. Mulheres, jovens e idosas, pareciam necessitar de conselheiros sacerdotais, e o fato de Rachel, uma judia, estar frequentando o salão de um padre ortodoxo prometia um futuro de menos controvérsias do que ele temera. Os boatos, espalhados sobretudo por simpatizantes da Alemanha, de que as damas da aristocracia russa faziam mais do que venerar o curandeiro, Tigran os considerava apenas propaganda inimiga.

Mas aquele clima, desde a morte de Rasputin – a tentativa de suicídio de Xenia e o colapso mental de Rachel, convenientemente camuflado pela febre alta –, fizera-o pensar, e seus pensamentos se haviam transformado em dúvidas. Agora ele estava voltando a uma filosofia de vida, a qual julgara ter descartado para sempre. Será que Dora Ulyanova algum dia se sentaria em *seu* colo?

– Tigran?

– Ah... George Hayman acha a situação no país mais séria do que se supõe.

– Hayman?

– Às vezes, fico pensando que talvez esses jornalistas sabem mais do que nós sobre o que está acontecendo.

– Não duvido de que a situação seja bastante séria, Tigran. Receio que a polícia muito em breve terá de usar alguém como exemplo.

– Não sei se não devia haver mais tropas na cidade. Escute! – De repente, ouviu-se estalar um tiroteio bem perto e, mais uma vez, o pipocar de uma metralhadora.

– Tolice. A tropa na cidade já conta com 160 mil homens. É preciso manter a calma. É dever de pessoas como nós dar o exemplo em situações conturbadas. – E lançou um olhar irritado à porta, que fora bruscamente aberta. – Que falta de maneiras é esta?

– Perdoe-me, Alteza – ofegou Natasha. – Mas está havendo luta na rua. Os guardas aderiram aos manifestantes e estão atacando a polícia.

– O quê?

– Santo Deus! – murmurou Tigran. – Se a tropa...

– Obviamente a situação é grave – disse Philip, estalando os dedos. – Feche seu gabinete, Tigran. É melhor irmos até a Duma para saber o que está acontecendo. E, Tigran, tem uma pistola?

– Um revólver.

– Então vá buscá-lo e verifique se está carregado.

Tigran fez que sim com um gesto de cabeça, voltou-se para a porta e lançou um olhar à secretária. O seu sorriso charmoso desaparecera. Viu apenas uma jovem muito assustada.

– É melhor você ir para casa – disse ele.

– Sim – concordou Philip. – Vá para casa, Natasha. Mandarei um mensageiro avisá-la quando não houver mais perigo.

– Mas... – Natasha olhou de um para o outro. – Não pode ser de carro?

– De carro seria bem mais perigoso – respondeu Philip. – Uma moça a pé não atrairá atenção. Apresse-se agora. Saia pela porta dos fundos e vá para sua casa. – Levantando-se, ele foi até a janela, mas recuou bruscamente, quando a vidraça se espatifou. – Há homens na rua atirando contra nós – exclamou.

– Depressa! – Tigran empurrou Natasha para a porta, encaminhou-a para as escadas e deu-lhe outro empurrão. – Vou apanhar minha arma. – E saiu correndo pelo corredor até seu gabinete. Dora Ulyanova estava junto à janela, olhando para baixo. – Pelo amor de Deus! – gritou ele. – Estão disparando contra nós. Saia dessa janela. – Sentando-se à sua mesa, ele abriu a gaveta e parou aturdido; o revólver desaparecera. Olhou para Dora Ulyanova. Ela afastou-se da janela, e Tigran viu-a segurando o revólver com ambas as mãos. Em nome de Deus...

– O americano tinha razão – disse ela. – A revolução *começou*.

– Evidente! Agora vá para casa. Dê-me o revólver. Sua Excelência e eu vamos até a Duma ver que medidas devem ser tomadas. – Ele deu a volta na mesa, mas parou, ao vê-la erguer o revólver.

– O primeiro dever da revolução – disse ela – é matar todos os traidores.

– Do que está falando, Dora? – Não podia ver a expressão dos olhos dela por detrás dos óculos. Seria uma brincadeira? Num momento daqueles?

– Entregou o código a um agente alemão – acusou ela, com voz calma e absolutamente controlada.

– Claro que não. Nunca ouvi maior absurdo. Eu... – Mas deixou cair o queixo de espanto ao ver os dedos dela apertando o gatilho. "Meu Deus!", pensou ele. "Vou morrer agora. Não posso morrer! Sou Tigran Borodin, herdeiro do conde Igor Borodin... futuro ministro do Exterior do Império. Tenho apenas 35 anos. O resto da vida para construir uma carreira, amar Rachel Stein... Eu..."

– O que está acontecendo aqui? – Philip entrou às pressas na sala mas deteve-se, espantado. Tigran virou-se para avisá-lo, justo no momento em que o revólver detonou. Nunca antes vira alguém morrer. Toda a frente da roupa de Philip pareceu dissolver-se numa confusão rubra, e ele caiu de costas, sem um só gemido. O baque de seu corpo batendo no chão repercutiu em toda a sala.

– Meu Deus! – Tigran voltou-se para encarar a moça e mal viu um lampejo rubro quando o revólver tornou a disparar.

Disparos atrás dele e à esquerda. E, um momento antes, ouvira disparos à direita. George Hayman hesitou, depois buscou abrigo na soleira de uma porta. A porta, como todas as outras pelas quais passara, estava trancada e os postigos das janelas, fechados. Era impossível saber se havia alguém lá dentro. Mas o que não faltava era gente nas ruas. Observou um grupo de jovens passar correndo, armados de fuzis e revólveres, a maioria carregando pedaços de pau e pedras arrancadas do calçamento. Ninguém deu atenção ao homem bem vestido, encostado a uma soleira. Por enquanto, pelo menos, a fúria da turba era dirigida contra os homens fardados mais do que os de aspecto abastado.

Contudo, um número assustador de militares já havia pregado laços vermelhos em seus quepes para demonstrar que haviam aderido à revolução. George deixou a soleira da porta e dirigiu-se para a esquina, de onde podia avistar o quartel-general da Okhrana. A praça defronte da Okhrana estava repleta de gente, a maior multidão que ele já vira naquela semana, agitando-se e cantando diante dos portões de ferro. Isso o fez lembrar a turba que apedrejara lojas e casas de proprietários alemães nos primeiros dias da guerra. Naquela ocasião, a turba fora dispersada pelos cossacos e pela Okhrana. Quem dispersaria agora essa multidão?

Os cossacos, naturalmente. Ouviu o temido toque de clarim, o ruído de cascos de cavalos. A multidão também ouviu. A agitação cessou, transformando-se num movimento contínuo, numa retirada. Mas não ainda uma debandada. As pessoas carregavam armas. Algumas mais ousadas preparavam-se para enfrentar até mesmo os cossacos.

A cavalaria trotou para dentro da praça, os cavaleiros repuxaram as rédeas a um comando de seu capitão, formando fileiras; os cavalos batiam com os cascos nas lajes. George já vira cena parecida. Pensou que os cossacos deveriam ter sido chamados antes. Agora, se a multidão estava disposta a enfrentá-los e lutar, haveria derramamento de sangue numa escala sem precedentes em Petrogrado.

O capitão alçou a espada e emitiu outro comando. Os cavalos trotaram avante, e George impressionou-se com a juventude dos cavaleiros. Usavam a farda dos cossacos, mas não passavam de recrutas, cujos pais e irmãos mais velhos estavam ocupados em combater os alemães. Aqueles rapazolas não tinham treino, não haviam ainda adquirido um senso de superioridade sobre as pobres criaturas que tencionavam aterrorizar. Fascinado e horrorizado, ele os viu adiantarem-se mas sempre a passo. Viu a multidão tomar posição para enfrentá-los, com pedaços de pau e fuzis em riste. Subitamente, um dos cossacos jogou longe seu chicote, saltou da sela e abraçou o primeiro homem, com quem deparou.

O oficial deu outra ordem, tentou atingir o cossaco desertor com sua espada, quando outro cavalo o abalroou e o fez perder o equilíbrio. Agora mais homens estavam desmontando, misturando-se ao povo, enquanto os animais esperavam pacientemente. O oficial desviou seu cavalo, olhou um momento, indignado, para a cena, depois fez meia-volta e enveredou por uma rua lateral. Alguém disparou contra ele – George não tinha certeza se fora um de seus homens

– mas o tiro se perdeu na distância. Então, todo o contingente de cossacos desmontou para aderir à multidão.

Era o fim. Em toda a história da Rússia, os cossacos tinham sido o derradeiro baluarte da coroa russa, desde que Pedro, o Grande, assegurara sua fidelidade, durante a campanha contra Carlos XII da Suécia. Hoje, exatamente duzentos anos mais tarde, a dinastia Romanov perdera o controle de sua principal arma.

Era do que a Okhrana logo tomaria conhecimento. Só podia existir, efetuar seu horrendo trabalho, com a nação suficientemente ajoelhada para sujeitar-se. Agora a nação estava sendo conduzida pelos jovens de gorros de pele e lanças cintilantes. Mais uma vez a turba lançou-se contra as grades que cercavam o quartel-general da Okhrana e sacudiu-as como um brinquedo nas mãos de um gigante. Alguns homens escalaram as barras de ferro, outros as forçavam com os ombros. Com um tremendo estrondo, a estrutura toda tombou para dentro e, soltando gritos, ainda mais estrondosos, a multidão avançou.

Partindo do pórtico do edifício, ouviu-se o trepidar de metralhadoras, e líderes, encabeçando a multidão, tombaram amontoados e sangrando uns sobre os outros. George sentiu um aperto no coração. Agora não podia mais haver compaixão, nem humanidade. Após uma pausa momentânea, a turba tornara a investir. Aliás, as metralhadoras não podiam matar tanta gente. Vultos apareceram nas janelas dos andares superiores disparando fuzis e revólveres. Então as metralhadoras silenciaram, as portas da entrada cederam como palitos de fósforo. Mulheres gritavam dentro do edifício, outras aplaudiam, juntando-se a seus homens no assalto. George só podia assistir à cena imobilizado em seu canto: gente surgindo nas janelas, chorando e gritando; homens e mulheres atirados dos andares superiores, caindo sem vida no gramado, vidraças estilhaçadas, donde eram lançados papéis, os arquivos de um século de tirania, que esvoaçavam ao vento de fevereiro. Inevitavelmente, uma pluma de fumaça apareceu de repente, transformando-se imediatamente em rolos de nuvens negras.

A multidão precipitou-se para fora do edifício condenado, dando vivas e berrando. Mas não saiu de mãos vazias. Carregava de roldão suas vítimas, homens e mulheres, como bonecos, que imploravam piedade. Em resposta, recebiam pontapés no rosto e no estômago, ao serem atirados no gramado, antes de levarem tiros à queima-roupa, ou eram conduzidos pelas ruas até o lampião mais próximo, onde eram pendurados, ora pelo pescoço, ora pelos tornozelos, cercados por um clamor de gracejos e risadas. Viam-se calças arrancadas, olhos perfurados, órgãos genitais decepados, secretárias violadas, antes de serem penduradas nos lampiões.

Era a cena mais horrível que ele já presenciara, mas a multidão não parecia saciada.

– Roditchev! – gritavam eles. – Queremos Roditchev! – Aglomeraram-se no gramado, espezinhado e ensanguentado, diante do edifício em chamas, e berravam seu ódio e ânsia de vingança.

– Roditchev! – bafejou alguém junto a George. – Está morto?

Ele se voltou, surpreso, ao deparar com Dora Ulyanova, do Ministério do Exterior. A secretária de Tigran. Saberia Tigran daquela faceta de sua secretária? Suas roupas estavam em desalinho, os óculos haviam desaparecido, e ela carregava na mão um revólver.

– Está morto? – tornou a perguntar. – Vocês o mataram?

– Ele não estava lá dentro – respondeu, mexendo a cabeça, o rapaz a quem ela fizera a pergunta. – A fera escapou.

A moça curvou os ombros, depois se virou e encarou George. Instintivamente, sacou o revólver, que acabara de enfiar no cinto da saia, e George arrependeu-se de não ter trazido a própria arma; com tanta gente disparando a esmo, ele julgara mais prudente deixá-la em casa.

Os dois se entreolharam por um momento, depois a moça mostrou os dentes num sorriso.

– Você é o correspondente americano. Hayman.

George ergueu o chapéu. Gostaria muito que ela baixasse o revólver; e, finalmente, Dora Ulyanova recolheu a arma.

– Por que haveria de matá-lo, americano? Quero que conte ao mundo que estamos livres, enfim! Conte-lhes isso, Mr. Americano. Conte-lhes que nos libertamos!

Uma sineta tilintou, e o som cristalino ecoou pelos corredores e escada abaixo. O único ruído em todo o palácio.

A tranquilidade era o privilégio mais agradável em Czarkoe Selo. Certamente, era possível as pessoas serem felizes ali mais do que em qualquer outra parte. Isto é, *deveria* ser possível... se, por outro lado, fosse possível descartar-se das preocupações. Não pensar no que podia estar acontecendo em Petrogrado e em outras partes da Rússia. Mas era Petrogrado o que mais preocupava Judith. Seus pais moravam lá, assim como Rachel e Joseph. E, por tudo o que se ouvia contar, Petrogrado estava à mercê de uma ralé. O chofer, que voltara para apanhar as roupas dela – fazia apenas uma semana –, tinha dito que sua família estava bem, mas quem podia garantir que a situação já não mudara?

Entretanto, em Czarkoe Selo tudo estava em paz e soara a hora de ela se levantar. Claudette, a criada de quarto francesa, já entrara no quarto e abrira a porta para o chuveiro. Incrível que Judith Stein tivesse de levantar-se de madrugada e tomar um banho frio. Em Irkutsk, ela se levantava de madrugada, porém lá não havia chuveiros. Mas a czarina considerava que os hábitos da enfermeira deviam moldar-se aos da família imperial e não convinha contrariar a czarina. Judith esboçou para Claudette um sorriso apressado, cerrou os dentes – enquanto a criada colocava a touca de borracha na cabeça, protegendo cuidadosamente cada mecha de cabelo – e criou coragem para o choque súbito da água gelada, que lhe picou a pele como milhões de agulhas. O frio a fez perder a respiração, deixando-a arfante, mas, de repente, sentiu-se invadida por uma imensa sensação de bem-estar, quando saiu do chuveiro e foi envolvida numa toalha.

A czarina. "Provavelmente, a mulher mais odiada em toda a Rússia", pensou Judith. No entanto, não podia haver patroa mais bondosa. Judith era tratada como uma amiga, participava das diversões da família, que sabia bem se entreter. Mas como a czarina devia estar preocupada! Além de suas responsabilidades como chefe de Estado, agora que o czar retornara mais uma vez à frente de batalha, de seus temores por ele e da própria saúde – pois ela era sujeita a espasmos cardíacos que a deixavam prostrada –, havia ainda a saúde do czareviche. Só naquela última semana Judith se dera conta de como era grave a enfermidade do menino. Doente, mas não acamado. Era um típico adolescente, vibrante, feliz, impetuoso, em constante ameaça da morte, pois o menor arranhão podia transformar-se em sangramento interno, que o fazia contorcer-se de dor. O dom de aliviar aquela dor e mesmo de fazer cessar o sangramento era a causa da aproximação entre Rasputin e a czarina, e mais tarde fizera com que ela passasse a ter uma verdadeira adoração pelo curandeiro. Agora que via o problema de perto, Judith quase podia compreender aquele sentimento. Depois da morte de Rasputin, inspirava compaixão ver a mulher mais poderosa da Rússia fitando o filho, aflita, com receio de que ele se machucasse, esperando o desastre cada vez que ele montava a cavalo ou mesmo quando saía para vaguear pelos bosques nos fundos do palácio. "E deve saber", pensava Judith, "que um inválido jamais poderá vir a ser o czar." Mas o que podia ela fazer? Não tivera outros filhos homens e já passara dos 40 anos.

E a enfermeira de suas filhas contribuíra para a destruição do único homem, em toda a Rússia, capaz de trazer alívio ao czareviche. Se ela soubesse...

Judith estava vestida com seu uniforme. Claudette era muito eficiente. Agora seus cabelos estavam presos e a touca colocada na cabeça.

— Pronto, *mademoiselle*. Nem mesmo Sua Majestade encontrará motivo para alguma crítica.

Pois, apesar de toda a afabilidade e cortesia, Alexandra Feodorovna possuía um olho de águia e tudo a seu redor tinha de estar absolutamente impecável. Judith podia ser amiga de Tatiana, mas era, também, uma profissional e devia estar a postos a todas as horas do dia.

— Obrigada, Claudette. Há alguma notícia de Petrogrado?

— Notícias, ora! Esta manhã apareceram alguns homens aqui, membros da Duma... imagine só, *mademoiselle*!... querendo falar com a czarina, à hora em que ela ainda estava recolhida.

— Já se foram?

— Não, não, *mademoiselle*. Sua Majestade consentiu generosamente em recebê-los depois do desjejum. Estão esperando lá embaixo.

Judith apressou-se pelos corredores silenciosos. Seria possível dar-lhes uma palavra? Membros da Duma. Provavelmente amigos de seu pai. Deviam saber o que estava acontecendo. Decerto tinham vindo a Czarkoe Selo para informar a czarina sobre os últimos acontecimentos. Mas primeiro o desjejum. Parou no limiar da sala ensolarada, fez uma reverência e, imediatamente, à sua volta ergueu-se um alarido de vozes. Sob muitos aspectos, aquelas jovens – Olga e Tatiana apenas mais moças do que ela própria – eram estranhamente infantis para suas idades, gostavam de brincadeiras tolas e conversas absurdas.

– Eu primeiro! – gritou a grã-duquesa Marie, e Judith tirou do bolso seu termômetro.

– Ponham-se em fila – disse a mãe. – Minhas filhas não lhe parecem bem hoje, *mademoiselle*? Acho que o pior já passou.

– Tenho certeza de que sim, Majestade – concordou Judith, anotando cuidadosamente a temperatura de cada uma e lavando o termômetro antes de colocá-lo na boquinha da seguinte. – O doutor vai vir hoje? – O médico seria uma boa fonte de informação.

– Creio que sim. Estão aqui uns *cavalheiros* da Duma que vieram falar comigo – disse Alexandra, servindo-se café. – Portanto, presumo que as estradas devem estar desimpedidas.

– Acho que papai devia mandar buscar todos os nossos soldados – disse o czareviche Alieksei. – E mandar prender todos os desordeiros.

– Acho que os alemães é que iam gostar disso – comentou Tatiana. – Todos os nossos soldados devem estar ocupados lutando contra *eles*.

– De qualquer forma, Seolov não disse que a tropa aderiu aos motins? – observou Olga. – E os cossacos também.

Fez-se um breve silêncio, em que todas as cabeças se voltaram para Olga. Ela tinha mencionado um tabu.

– Tenho certeza de que tudo isso não passa de boatos, minha querida – replicou a mãe. – Mas vou apurar a verdade com aquela gente da Duma.

– O que vai acontecer, mamãe? – perguntou Anastásia. Era a mais nova das irmãs, e sua voz soava alto.

Novamente, uma troca de olhares entre as irmãs mais velhas. Judith tomava seu café.

– Nada vai acontecer, minha querida – disse a czarina. – Está faltando pão e isso deixa as pessoas descontentes. – Lançou um olhar à pilha de torradas na torradeira. – Mas logo o inverno vai passar e então haverá muito pão para todo mundo. E as pessoas voltarão a ficar contentes. Além disso, seu pai logo estará em casa. Telegrafei-lhe e ele vai voltar para cuidar de tudo. Agora preciso receber aquela gente – acrescentou, levantando-se.

Todas se puseram de pé, e a czarina saiu da sala. Os lacaios fecharam a porta.

– Pobre mamãe! – disse Olga. – Tanta coisa com o que se preocupar. E ainda por cima arranjamos essa doença... Quando vamos poder sair, Judith?

– Quero sair hoje – declarou o czareviche, olhando pela janela. – Olhem toda aquela neve desperdiçada. Como disse mamãe, o inverno vai acabar daqui a umas poucas semanas, então a neve vai desaparecer. E eu aqui, sem poder brincar com ela!

– O que acha que vai acontecer, Judith? – perguntou Tatiana, sentando-se ao lado dela.

– Bem... tenho certeza de que Sua Majestade tem razão no que disse. Realmente, ela sabe muito mais sobre o que está acontecendo do que qualquer uma de nós.

– Mamãe pediu a papai que voltasse – disse Tatiana –, apesar de ele ter partido há tão pouco tempo. Não teria feito isso se a situação não fosse séria. Acredita que a tropa passou para o lado dos revoltosos?

– Não posso acreditar nisso – retorquiu Judith.

Mas lembrou-se do dia de sua vinda para Czarkoe Selo, quando homens fardados tinham disparado contra o carro com o brasão imperial. Se ao menos houvesse uns poucos batalhões regulares da Guarda, talvez com o príncipe Piotr no comando, estacionados em Petrogrado! A tropa era formada de recrutas, inseguros para que lado pendiam suas lealdades, muito facilmente influenciados pelos agitadores

– Mas, no fundo, você acredita – observou Tatiana.

– Eu me assusto com muita facilidade, Alteza. – Judith corou.

– E não estamos nós todas assustadas? – Olga estava de pé atrás delas. – Sabem o que disse Karlovsky ontem? – Karlovsky era um dos tutores das princesas. – Que isso aqui está parecendo muito 1789, na França.

– Então vão cortar a cabeça de todas nós? – disse Anastásia, soltando uma risadinha estridente.

As duas outras irmãs, Tatiana e Olga, se entreolharam.

– Não cortaram a cabeça de nenhuma princesa – protestou Marie. – Apenas... – Ela se calou, ainda de boca aberta. As irmãs olhavam pela janela.

– Pois ninguém vai me cortar a cabeça! – declarou o czareviche. – Eu os mato todos. Tenho o Exército atrás de mim e vou... – Mas interrompeu-se quando a porta tornou a abrir-se. Ao ver a mãe, todos se apressaram em ficar de pé. A czarina não estava sozinha; desconhecidos a seguiam. Aos aposentos particulares do palácio?

A czarina entrou na sala e esperou. Dois homens entraram depois dela. Pareciam extremamente constrangidos; seus rostos emergiam de altos colarinhos brancos; estavam ruborizados e luzidios de suor. Fitaram as cinco jovens e o czareviche como que magnetizados.

– Estes *cavalheiros* têm algo a lhes dizer – explicou Alexandra Feodorovna. Sua voz era calma, mas Judith percebeu que ela estava controlando-a com grande esforço.

Houve um momento de expectativa, e o mais velho dos dois homens adiantou-se.

– Altezas... – Hesitou e olhou meio em dúvida para Judith.

– *Mademoiselle* Stein está cuidando de minhas filhas, que adoeceram – explicou a czarina.

– Ah, *mademoiselle* Stein... – Nova hesitação enquanto ele registrava na mente o nome de Judith. – Bem... eu queria dizer que me coube o doloroso dever de informar a Vossas Altezas que estão sob ordem de prisão.

Houve um momento de absoluto silêncio. Então Olga abriu a boca, olhou para sua mãe e tornou a fechá-la. Judith se deu conta de que ela também estava boquiaberta. Não era possível que aquilo estivesse acontecendo. Nada parecido jamais acontecera na Rússia.

Czares haviam sido presos, talvez, mas por membros das próprias famílias, nunca pelo seu povo. O czar era o czar, e sua família estava acima de quaisquer leis, quaisquer comentários, quaisquer restrições que não fossem impostas por ele próprio. Era um prenúncio do fim do mundo.

– A decisão visa sobretudo à proteção de Vossas Altezas – explicou o homem, depois de passar a língua nos lábios. – A turba... bem, turbas são imprevisíveis. Agora quero que saibam que procuraremos facilitar ao máximo tudo para o conforto de Vossas Altezas. Por enquanto, permanecerão em Czarkoe Selo... – Então olhou para Judith.

– *Mademoiselle* Stein permanecerá aqui também – declarou a czarina.

– É claro. E terão permissão de usar o parque, quando o tempo melhorar. – Dirigindo-se à czarina – Haverá guardas...

– Já temos guardas – observou ela.

– Eu quis dizer... bem, dentro do palácio. E quando estiverem passeando no parque.

– Para nos proteger? – sugeriu a czarina, com um tom carregado de sarcasmo.

– É claro.

– Papai nunca permitirá isso! – gritou o czareviche. – Ele mandará vocês para a Sibéria.

O homem fitou-o por um instante.

– Seu pai abdicou – disse ele. – Por si mesmo e por Vossa Alteza, czareviche Alieksei. – Depois bateu os calcanhares. – Majestade, Altezas, *mademoiselle* Stein.

E os dois se retiraram.

– MANDOU CHAMAR-ME, Excelência? – O capitão Alieksei Gorchakov entrou na barraca e perfilou-se.

– Ah, Alieksei. – O coronel Piotr Borodin deu a seu futuro cunhado um rápido sorriso. – Sim. Querem que o regimento volte à linha de frente. Isso não é bom sinal. – Indicou com o dedo um ponto no mapa aberto à sua frente, sobre uma mesa de cavalete. – Parece-me uma brecha bem grande. Mas, aparentemente, não existem outras tropas disponíveis. Temos de fazer o possível. Os comandantes da companhia estão lá fora?

– Sim, Excelência, e estão todos reclamando. Deixamos a linha de frente há apenas três dias. E prometeram aos homens uma semana de folga.

– Mas vão ter de se sujeitar. Gostaria de que você fosse até o quartel de brigada e lhes dissesse que simplesmente não tenho homens suficientes para preencher a brecha. Se os alemães conseguirem romper a linha vão aniquilar nossa retaguarda. Talvez devêssemos mandar um mensageiro, em vez de usar o telefone de campanha. Sim. Mande vir um homem aqui e eu escreverei uma mensagem explicando a situação.

– Gostaria de dar uma palavra a Vossa Excelência – disse Alieksei. – Em particular.

– Do que se trata? – Piotr Borodin empertigou o corpo; seu quepe tocou no alto da tenda.

– Saia – ordenou Alieksei ao ordenança de Piotr, que bateu continência e retirou-se.

– Do que se trata, Alieksei? – tornou a perguntar Piotr.

– Recebeu alguma notícia de Petrogrado, Excelência?

– Claro que não. Recebo minhas informações através da brigada, quando eles se lembram de que existimos. Por que está tão interessado em Petrogrado?

– Corre o boato no regimento de que está havendo uma grave revolta lá.

– Há sempre revoltas em Petrogrado – retrucou Piotr, franzindo as sobrancelhas. – Não passam de protestos contra a falta de pão. Vi uma dessas demonstrações da última vez que lá estive.

– O boato é de que se trata de algo mais grave do que protestos, Excelência. Dizem que a tropa aderiu aos agitadores.

– Acredita nesse disparate, Alieksei?

– Os homens estão acreditando, Excelência. E esta manhã correu a notícia de que o czar... – Ele hesitou

– Fale de uma vez.
– Que o czar abdicou, Excelência.
– E os homens acreditam também *nisso*?
– Bem, Excelência...
– Não sei o que está acontecendo com este Exército, Alieksei. Como esse boato chegou até nós?
– Pelo vagão de munições hoje de manhã, Excelência. E, juntamente, chegaram uns sujeitos... bem, eles se dizem representantes da Duma.
– E por que não fui informado? – perguntou Piotr franzindo a sobrancelha.
– Estou informando-o agora, Excelência.
– E não mandou prender esses sujeitos?
– Bem, Excelência...

Piotr saiu da tenda, e o ordenança se perfilou. Seu cavalo estava selado à espera, junto com o de Alieksei e os dos comandantes da companhia, que estavam aguardando pacientemente sob uma chuva fina.

– Montem, cavalheiros.

Piotr subiu na sela. Sentia-se tomado de uma raiva surda. Agitadores da Duma. Em outros tempos, ele julgara que a Duma era uma instituição útil, uma válvula de escape para os problemas da nação. Em anos mais recentes, mudara de opinião. Convocar a Duma fora um ato de fraqueza. Mas a verdade era que tantos outros atos do czar Nicolau tinham sido resultantes de sua fraqueza. Seria impossível imaginar o pai do atual soberano, Alexandre III, aquele homem gigantesco, tendo um momento de fraqueza. Com ele no trono, a Rússia fora uma grande potência. E tornaria a sê-lo, quando voltasse a ser governada por um homem enérgico. Talvez fosse uma boa coisa Nicolau abdicar, juntamente com aquela alemã e seu filho doentio, e passar o trono para o grão-duque Nikolai.

Piotr corou, perturbado com a temeridade de seus pensamentos, e impeliu o cavalo para a frente, seguido de perto por seus oficiais. O regimento achava-se num acampamento a uma distância de menos de 100 metros. Ao aproximar-se, ele viu que, embora já não fosse mais de madrugada, as fogueiras continuavam ardendo, e os homens se encontravam sentados ou reclinados ao redor do fogo, tomando tranquilamente suas sopas. A não ser pelo troar distante dos canhões, não havia o menor indício de que aquele Exército estivesse em guerra e de que os alemães se achavam a menos de 40 quilômetros de distância. Muito bem, logo ele os poria de pé. Freou seu cavalo.

– Onde está essa gente da Duma?

Alieksei Gorchakov apontou para um grupo maior de soldados reunidos em torno de uma plataforma improvisada, onde dois homens discursavam.

Piotr tornou a impelir para a frente seu cavalo.

– Excelência. – Alieksei cavalgou para junto dele. – Se está tencionando prendê-los, seria melhor chamar a guarda.

– Para prender dois agitadores? Está surpreendendo-me, capitão.

Então galopou para dentro do acampamento, e a lama voou dos cascos de seu cavalo. Os homens espalharam-se de ambos os lados, mas as imprecações cessaram ao reconhecer seu comandante.

– Fora do meu caminho! – gritou Piotr, cavalgando para cima do grupo de ouvintes.

Também eles recuaram para os lados, deixando-o passar e, imediatamente, Piotr se viu diante da plataforma. Os dois sujeitos trajavam algum tipo de farda, mas não traziam equipamento. E eram muito jovens. Piotr sentiu sua raiva crescer.

– Desçam daí! – ordenou em tom áspero. – Desçam já. Estão presos. Você e você – acrescentou, apontando para os dois soldados mais próximos. – Coloquem estes dois homens sob guarda.

Ninguém se moveu.

– Só podemos ser presos com o assentimento dos soldados, coronel – disse um dos rapazes.

Piotr olhou-o, boquiaberto. Nunca sentira maior surpresa em toda a vida.

– Pode ser preso, também, coronel, por decisão de seus homens – disse o outro rapaz. – Então, camaradas! Querem que este coronel continue a comandá-los? Não preferem eleger o próprio coronel?

– Ora, você aí!... – gritou Alieksei e puxou o revólver.

Mas antes que pudesse apontá-lo, alguém arremeteu contra seu cavalo e ele tombou da sela; a arma disparou sem atingir ninguém. Piotr viu um dos comandantes de sua companhia ser arrancado da sela, e outro vibrando a espada desembainhada para afastar os atacantes. Baixou os olhos para onde jazia Alieksei, meio enterrado na lama e sendo espezinhado por seus soldados. Viu-os avançarem para seu cavalo, soltou uma perna do estribo para dar um pontapé num homem que tentava agarrar-lhe a bota e puxou o revólver para atirar à queima-roupa em outro. As fisionomias não eram mais de soldados disciplinados, mas rostos raivosos contorcidos e perversos.

Piotr percebeu que estaria morto em questão de segundos. Chicoteando seu cavalo, ele soltou um grito de desafio. O garanhão ergueu-se sobre as pernas traseiras; as patas dianteiras atingiram dois homens e os fizeram rolar para longe, com os maxilares espatifados. Piotr tornou a disparar sua arma e derrubou outro homem. Então seu cavalo saltou para a frente, derrubando soldados de ambos os lados. Um momento depois, ele se viu desimpedido e puxou momentaneamente as rédeas. Havia um grande número de soldados no acampamento. Devia ser possível reuni-los e dominar os amotinados. Sim, devia ser possível. Mas ao voltar a cabeça para trás, viu-os avançando para ele, ao passo que seu Estado-Maior desaparecera, provavelmente todos eles jazendo mortos e espezinhados na lama.

Piotr tornou a apertar as esporas, e seu cavalo partiu a galope por entre as barracas. Ouviu um tiro em sua direção, depois vários outros disparos, mas os homens estavam muito excitados para acertar o alvo. Curvando-se sobre o pescoço do cavalo, ele continuou a galopar pela lama e pela neve. Seu coração batia violentamente e o suor escorria-lhe pelo rosto, misturando-se às lágrimas. Quando se viu fora do alcance dos atacantes e pôde frear seu cavalo, só então se deu conta de que estava rumando para o oeste, em direção às linhas alemãs.

8

— Nunca! – declarou a princesa mãe Olga Borodina. – Deixar Starogan? Isso é ridículo. O que iria dizer Piotr?

George Hayman suspirou. Percorreu com os olhos a fileira de rostos femininos de cada lado da mesa. Mas esperara ele, realmente, algo diferente? Talvez sim, porque viera da fúria e do tumulto de Petrogrado, portador de notícias trágicas. Mas mesmo antes de chegar, à medida que o trem avançava, soltando baforadas de fumaça pela infindável paisagem do campo aberto, deixando para trás a poeira, a fuligem e a violência das cidades, ele começara a pensar se tudo aquilo não passava de um sonho ruim, do qual estava agora acordando. Starogan era indestrutível. Fora, era e sempre o seria. Então pareceu-lhe que aquela jornada, para constatar se Ilona e as crianças estavam em segurança, tinha sido desnecessária. Quanto mais persuadir aquela família a tomar providências: estava fora de cogitação.

O ambiente era de tristeza, mas o abalo era bem menor do que ele previra, porque o conde Igor já havia telegrafado informando a terrível notícia. A chegada de George, que estivera com Tigran no dia de sua morte, provocara apenas mais algumas lágrimas. E nessa manhã, não havia mais vestígio de choro. A família sofrera uma perda terrível, mas cerrara fileiras, como uma companhia de soldados, para enfrentar a crise. Unira-se e retraíra-se. Ninguém sequer perguntara por Rachel Stein, nem como ela reagira ao saber da morte do noivo. Rachel estava para sempre excluída das cogitações dos Borodin, assim como seu desgosto e sua enfermidade, que era mais séria do que se supusera. Tinham feito apenas umas poucas perguntas sobre a família imperial, transferida de Czarkoe Selo para o leste – medida de proteção, alegara o Governo, mas, na realidade, a fim de mantê-la prisioneira, George estava certo disso. E junto com a família do czar estava Judith Stein. Uma estranha sequência de circunstâncias fizera com que uma anarquista anistiada estivesse agora compartilhando a prisão da czarina. Mas nada disso tinha significação para os Borodin, comparado à necessidade de preservar Starogan.

— É capaz de levar algum tempo até Piotr voltar — advertiu ele. — O Governo Provisório assumiu o compromisso de continuar a guerra com a Alemanha até o fim. Mesmo com meus compatriotas como aliados da Rússia, essa situação pode levar meses. Anos até.

— Mas vai chegar o dia — disse Olga, triunfalmente. — E Piotr voltará para nosso lar. Que diria ele se não nos encontrasse aqui?

— De qualquer modo, para onde poderíamos ir? — perguntou a princesa Irina. — Os turcos não nos deixariam atravessar Dardanelos. Estamos inteiramente cercados por inimigos.

— Não inteiramente — respondeu George. — Pensei numa solução e...

— Mas por que haveríamos de partir? — insistiu a mãe de Piotr. — Houve uma revolução terrível, mas já acabou. Não é a primeira que acontece na Rússia.

— Mas não como esta — disse George.

— Que tolice, George. Você é um pessimista. Acredite. Estou tão chocada como todo mundo com o fato de Sua Majestade ter sido deposto, de não haver mais um czar. Mas não posso deixar de reconhecer que foi ele o causador disso tudo, com sua fraqueza e desregramento. Vai dizer-me que não serei mais uma princesa mãe e que me tratarão simplesmente como *madame* Borodina. Mas que importância tem um título? Desde que continuemos com Starogan...

— Aí está a questão — disse George. — Não há garantia de que os Borodin ainda serão os donos de Starogan no próximo ano.

A família olhou-o friamente.

— *Vão* encontrar a pista daquela moça? — perguntou a condessa Anna Borodina. Era a sétima vez que ela fazia a mesma pergunta. Parecia não poder pensar em outra coisa. — Será que ela vai ser presa e enforcada?

George olhou para Ilona. Como explicar àquela gente o que era agora Petrogrado? Como explicar que dificilmente poderiam enforcar Dora Ulyanova por ter assassinado dois funcionários do Ministério do Exterior sem enforcar também metade da população de Petrogrado pelo assassinato de só Deus sabia quantos policiais?

— Perder Starogan? — disse Olga, com voz troante. — Que absurdo! Meu caro George, conheço há anos o príncipe Lvov. Não posso pretender aprovar o que ele está fazendo, mas posso afirmar-lhe...

— E eu lhe posso afirmar, princesa, que o príncipe Lvov não passa de uma figura decorativa. O Governo está nas mãos dos socialistas. Por enquanto, eles parecem ser homens equilibrados, de atitudes moderadas. A decisão que tomaram de lançar essa ofensiva de verão comprova minha opinião sobre eles. Estão, basicamente, do nosso lado. Mas *são* socialistas. Faz parte do programa deles proceder a uma redistribuição de terras. É o que vai acontecer.

— Não tem importância se perdermos um pouco de nossas terras — declarou Olga. — Sempre nos restará o suficiente. Acredite, George, isso já aconteceu em outros tempos. O czar Alexandre II insistiu numa redistribuição de terras. Era um socialista, se quiserem. Mas nós sobrevivemos.

George teve vontade de arrancar os cabelos. Mas em vez disso sorveu outro gole de café.

— Pode ter razão, princesa, se os socialistas mantiverem o controle. Comprometeram-se a promover eleições dentro de dois meses; eleições totalmente livres. Mas hoje há muitos grupos na Rússia que tendem para a extrema esquerda, mesmo aos olhos dos socialistas. Se esses grupos conquistarem o poder...

— Realmente, George. Está agora sonhando com catástrofes. Como podem esses tais grupos conquistar o poder? Uma coisa posso dizer-lhe, pois está em todos os jornais: *monsieur* Kerensky, sejam quais forem seus erros, tem o apoio do Exército. De outra forma, ele não poderia ter derrubado o czar. E não vai permitir que a ralé se aposse da Rússia. — Ela ergueu os olhos e Nikolai Nej, ouvindo com a mesma atenção de sempre os pronunciamentos de sua patroa, apressou-se em puxar para trás sua cadeira. Olga Borodina levantou-se. — Preciso ir supervisionar o trabalho nos campos. Venha comigo, Irina.

Docilmente, Irina também se levantou. "Era notável o efeito que quase três anos de reclusão exercera sobre ela ou para o bem dela, seria mais exato dizer", pensou George. Agora vestia-se com simplicidade, usava um lenço que lhe cobria a cabeça e parecia quase contente de ser a mulher de um senhor rural. "Talvez, no final das contas, Olga tenha razão", pensou ele, "e a família sobreviverá. Os Borodin devem ter enfrentado outras crises semelhantes no passado."

Ou, pelo menos, alguns deles sobreviveriam. Olhou para Xenia Romanova, que passava vagarosamente a manteiga no pão. Os outros a ignoravam a maior parte do tempo, tratavam-na com displicente paciência quando tinham de lhe dar atenção. Aparentemente, colapsos nervosos não eram admitidos na família. Presumivelmente, os Borodin nada viam de anormal no fato de ela nunca escovar seus magníficos cabelos ruivos, que caíam em desalinho sobre os ombros, e dar a impressão de raramente tomar banho. "Quantas das brilhantes borboletas da alta sociedade de Petrogrado teriam caído igualmente em decadência?", pensou George.

Tatiana levantou-se, puxou a cadeira de Xenia e murmurou-lhe algo ao ouvido para fazê-la levantar-se. Tattie era a única pessoa da família que se importava com a prima. Havia uma afinidade entre as duas: Xenia perdera o marido e um irmão, a quem era afeiçoada, e Tattie, o noivo e um primo muito querido. E ambas haviam perdido seu mentor, Rasputin. Mas Tattie era mais forte, mais capaz de suportar um golpe. Parecia estranha a palavra forte aplicada a Tattie Borodina. Mas George começava a perceber que, de fato, ela possuía uma força interior, pois, afinal, o que é força senão profundidade, reservas íntimas, para as quais se apela nas horas de adversidade? Ao passo que Xenia sempre vivera superficialmente, uma vida espalhafatosa e extravagante, sobretudo física. Tattie começara a levar essa vida havia seis anos, quando fora atraída para a órbita de Xenia. Segundo a opinião geral, ela tinha sido esmagada pela decisão de Piotr de obrigá-la a viver em Starogan. Mas Tattie sempre tivera sua música como recurso interior e seus pensamentos e sentimentos íntimos, que nunca revelava a ninguém. George supunha ser a única pessoa que suspeitava deles. Agora ela passava a maior parte do tempo sozinha. Ninguém mais fazia objeção a que ela tocasse *ragtime* ao piano ou dançasse solitariamente, na intimidade de seu quarto; frequentemente, ouviam-se seus passos de dança soarem no sobrado. Tattie recuara do mundo real da tragédia para um mundo íntimo, que talvez fosse até mais real. Possivelmente, também estava sofrendo um colapso nervoso, supunha George; mas, se era esse o caso, conseguia mantê-lo sob controle.

– Não posso deixar de dar razão à mamãe – disse Ilona. Os dois estavam agora sozinhos à mesa; Alice, a ama, levara as crianças para uma caminhada matinal. Levantando-se, ela foi para junto da cadeira do marido. – Sei que é fácil dizer. Houve uma catástrofe e devemos partir daqui. Mas acho que é a pior coisa que poderíamos fazer. Cabe a pessoas como nós permanecer e estabilizar o país, dar-lhe a liderança de que vai necessitar nos meses vindouros.

– Está falando como um político – disse ele, apertando-lhe a mão.

– E acha que estou sendo absurda.

George levantou-se, passou o braço pelos ombros da mulher e atravessaram juntos o vestíbulo, passando por lacaios que se curvavam e criadas que lhes faziam reverências, em direção à varanda. Starogan nunca mudara. Com a graça de Deus, nunca mudaria!

Entretanto, ia mudar.

– Acho que está sendo muito sensata. Muito corajosa e decidida. Sempre esperei isso de você. Mas está falando sob a impressão do que sabe, do que viu.

– Sei que deve ter sido terrível em Petrogrado durante a revolta – disse ela, apoiando a cabeça no ombro do marido. Mas eu também já estive numa revolta, George. Achava-me em Moscou em 1905.

– As coisas são um pouco diferentes dessa vez, meu amor. Esta revolta é vitoriosa. Serguei não está mais em Petrogrado, com seu canhão. Sumiu de lá.

– Onde acha que ele poderá estar?

– Não tenho a menor ideia. Talvez tenha previsto o que ia acontecer. E tratou de desaparecer sem deixar vestígio. Mas o que importa é que *outras* pessoas estão reaparecendo. Eu não quis lhe dizer diante de sua família, mas aquele sujeito, Lenin... lembra-se dele?

– Conheci-o nas barricadas de Moscou.

– Pois bem, Lenin está de volta à Rússia, com todo o seu bando. E sabe quem faz parte desse bando?

Ela ergueu a cabeça, com um olhar de interrogação.

— Mikhail Nej.
— Oh, meu Deus! Você o viu?
— Não. Mas li a relação dos nomes nos jornais.
— Creio que não temos nada a temer agora de Mikhail Nej. As coisas se passaram há muito tempo. E você salvou-lhe a vida.
— Johnnie é filho dele, Illy. O que acha que ele faria se soubesse que o filho está na Rússia? E se ele agora fosse um homem poderoso?

Ilona afastou-se do marido e foi até o balaústre da varanda para contemplar os campos de trigo, que começavam a brotar. Mais perto, viam-se o rio e o pomar de macieiras. E, no pomar, seus filhos estavam brincando sob o olhar atento de Alice.

— Acha que, algum dia, ele poderá tornar-se poderoso, George?
— Não sei. O que sei é que seria um engano supor que a revolução já terminou. Tudo depende de ser bem-sucedida a ofensiva militar de Kerensky e das eleições no próximo outono. E posso dizer-lhe que a ofensiva não vai muito bem. Gostaria de rever Mikhail?
— Claro que não — retorquiu ela, voltando-se bruscamente e corando. — O que aconteceu foi pura loucura. Porque tinham afastado você de mim. Porque eu nada podia ver no futuro exceto Serguei. Porque...
— Calma, meu amor. Calma. Tampouco eu gostaria de tornar a vê-lo.
— Não posso abandonar mamãe. Não agora, George. Quando Piotr estiver de volta, então...
— E se as coisas piorarem, antes da volta de Piotr?
— De qualquer modo, para onde eu poderia ir? — Suspirou ela. — Com a participação dos Estados Unidos na guerra, não sou mais neutra. Os turcos não me deixariam passar tampouco.
— Há outro jeito.
— Qual?
— Atravessando a Sibéria: ouça bem. Já fiz o plano e até comecei a tomar as providências. Você toma o trem daqui para Karkov, de lá para Moscou e a estrada de ferro Transiberiana. Lembra-se da jornada que fez comigo de volta a Starogan, em 1905? Mesmo depois de tudo o que aconteceu, foi uma viagem maravilhosa.

– Lembro. Éramos bem mais jovens naquela ocasião.
– Não somos tão velhos assim agora. Você desembarca em Vladivostock. Há sempre navios entre Vladivostock e o Japão. Uma vez no Japão, pode procurar nossos agentes, Murgatroyds em Iokoama. Eles a farão embarcar num navio para São Francisco. Até já retirei dinheiro suficiente para suas despesas da viagem.
– Minha viagem?
– Você e as crianças.
– E você?
– Vou ter de ficar em Petrogrado por mais algum tempo.
– Ora, George...
– Não é só por causa do jornal, meu amor. Dave Francis, nosso embaixador, acha que posso ser útil nessa situação, pelo fato de conhecer bem o país e o povo russo. Prometi ajudá-lo em tudo o que puder. A Rússia é agora, oficialmente, uma aliada, e requer toda a espécie de ajuda. É muito importante verificar que receba o material certo e que esse material chegue às mãos das pessoas certas.
– Já compreendi. Quer que eu fuja, enquanto você e minha família ficam para trás.
– Ilona, não acha que tem uma responsabilidade com a *sua* família?
– É sua família também. E quanto a seu jornal nos Estados Unidos? A Rússia é apenas parte do noticiário. Não tem uma responsabilidade com o *People*?
– Minha querida, sabe que já acertei essa questão com meu pai. O que está agora acontecendo na Rússia é um processo fundamental de nossos tempos. É importante que eu esteja aqui. Meu pai concorda comigo. Simplesmente, não quero ter de me preocupar também com sua segurança. – George fez uma pausa, depois abraçou-a pelos ombros. – Escute, pode ser que, como disse sua mãe, eu seja pessimista. Pode ser que o Governo Provisório consiga manter estável a situação. Nessa hipótese, nenhum problema. Mas supondo que o governo Lvov não possa manter-se no poder e que seja substituído por... Bem, não tenho ideia de quem o substituiria, mas posso afirmar-lhe que o

resultado seria a total anarquia. Promete que, se eu lhe mandar um telegrama, você reúne as crianças e parte imediatamente para o Japão?

– Se é esse o seu desejo... – disse ela, depois de fitá-lo por alguns instantes.

– É o meu desejo.

– Mas vai esperar até a certeza de um colapso?

– Sim. Quanto tempo for possível. Até ter a certeza.

Ilona lançou ao marido outro olhar demorado. Depois concordou, com um gesto de cabeça.

– Está bem, George. Partirei assim que me avisar de que chegou o momento.

"Assim que me avisar de que chegou o momento." Desse modo, ela colocou todo o peso da decisão sobre os ombros dele – não precipitar as coisas, separando-a da família antes de ser absolutamente necessário, antes da volta de Piotr. Se ao menos Piotr pudesse voltar logo! Mas não havia esperanças a esse respeito, mesmo depois do desastroso fracasso da ofensiva do verão. "Continuaremos lutando", fora a declaração de *monsieur* Kerensky, agora exercendo as funções acumuladas de primeiro-ministro e de ministro da Guerra. "Não abandonaremos nossos aliados."

Independentemente do que estava acontecendo no país, no início, George chegara a recobrar certo otimismo. Como ele suspeitara, Lenin e seus seguidores tinham ido longe demais, presumindo que podiam contar com mais apoio do que era o caso e tentando forçar a situação. Mas ao saber que havia ordens de prisão contra eles, tinham fugido do país. Então, George tivera esperanças de que a crise houvesse passado. Mas, no começo do outono, as notícias da imensa derrota sofrida pelos exércitos russos na Polônia começaram a chegar aos ouvidos da população; ao aproximar-se o tempo das eleições na Duma, ele voltara a se preocupar. Os bolcheviques estavam de volta, usando disfarces absurdos, mas reconhecidos por todo mundo, inclusive pelo Governo e pela polícia reorganizada. Mas dessa vez ninguém ousava prendê-los. Agora eles tinham o apoio do povo e, em seus comícios, pregavam abertamente a queda do Governo Provisório e a implantação da sociedade bolchevista.

"Evidentemente, isso é uma utopia" – escreveu George em sua reportagem. "A Rússia – a antiga, tradicional, leal e profundamente religiosa Rússia – nunca aceitaria ser governada por um punhado de ateístas doutrineiros, que só querem subverter a ordem. Sem dúvida, as condições do tempo aqui favorecem pensamentos deprimentes. Há anos não se vê um outono como este. Chove todos os dias, sopra um vento gélido vindo do Báltico e a situação parece muito negra no cenário da cidade dilapidada. Há lama por toda parte – e ninguém mais faz a limpeza das ruas. A eletricidade só funciona das 18 horas à meia-noite e apenas com baixa voltagem. Praticamente não existem mais lampiões de rua. Como se pode calcular, o índice de delinquência quase triplicou. Por toda a parte veem-se filas, mas mesmo assim as pessoas têm de pagar preços absurdos por gêneros como frutas, açúcar ou pão. E o tempo todo os líderes só fazem discutir, discursar e gritar uns com os outros.

"Lenin está de volta. Regressou justamente há uma semana, usando uma peruca e a barba raspada, acompanhado de sua Guarda Pretoriana, homens como Kalinin e Nej, e com a fiel Krupskaya a seu lado. Sua volta foi preparada por seus partidários mais ousados, como Trotsky, que, diariamente, vem incitando a plebe. Agora o próprio Lenin discursa todos os dias, pregando a revolução e o controle bolchevista. Felizmente, ele não tem o apoio total do próprio Partido. Mas à medida que passam os dias e Kerensky não se decide a agir – enérgica e até brutalmente, caso seja necessário –, torna-se cada vez mais próxima a iminência de outra revolução."

George largou a caneta e foi até a janela. Já eram quase 18 horas e lá fora estava escuro. Mas a cidade fervilhava. Já havia alguns dias, a cidade estava em polvorosa, pois os bolcheviques, agora mais ousados, tinham saído às ruas para falar ao povo. A atmosfera era tensa, como se uma tempestade estivesse prestes a desabar. Mas ele não podia ficar em casa. Saía a pé quase todos os dias, ao entardecer, ouvindo e observando, acumulando notas para os artigos que escrevia ou para as notícias que enviaria no dia seguinte ao seu jornal. Agora vestiu o sobretudo, pôs o chapéu na cabeça e saiu de seu apartamento. Parou à saída do edifício, observando o povo, que passava apressadamente. Nessa noite, parecia haver ainda mais gente que de costume, exibindo laços vermelhos no chapéu ou fitas vermelhas no braço. Os antibolchevistas ficavam em casa, gente que queria apenas continuar a rotina comum, entregue a suas ocupações. Os guardas vermelhos, como denominavam a si mesmos, eram uma minoria, porém os que mais faziam questão de aparecer.

George enfiou as mãos nos bolsos e seguiu pela rua em direção a Prospekt Nevskiy. Naquela caminhada noturna, ele dirigia os passos para o edifício onde o Governo se mantinha em sessão permanente; ali a guarda era formada de acordo com as recentes e demagógicas noções de absoluta igualdade de sexo e de classe – por um regimento de mulheres fardadas. Aquela inovação parecia a George um disparate. "Mas, pelo menos, fornece uma nota romântica aos leitores nos Estados Unidos", pensou ele.

Nesta noite, teve de andar devagar, abrindo caminho entre o povo, em meio ao grande número de guardas vermelhos, homens, mulheres, adolescentes de ambos os sexos, e, de repente, deparou com Viktor Borodin.

Por um momento, George não pôde acreditar nos próprios olhos. Viktor Borodin usava um gorro de pele, ostentando uma enorme estrela vermelha, e um casaco com uma larga fita vermelha no braço.

– Viktor? – perguntou ele, incrédulo.

– George Hayman. – Viktor bateu-lhe no ombro. – Ouvi dizer que você tinha deixado a cidade.

– Fui fazer uma visita a Starogan – explicou George. E, segurando Viktor pelo braço, puxou-o para um lado. – O que, em nome de Deus, você está fazendo?

– Agora sou um bolchevique – retorquiu Viktor, de sobrancelhas.

– Você? Mas...

– Não contei à mamãe e agradeceria se você não lhe contasse, por enquanto. Mas é o futuro da Rússia. Esta noite o futuro da Rússia vai ser decidido.

George observou, calado, a expressão excitada, o brilho quase histérico dos olhos de Viktor.

– Esta noite?

– Kerensky mandou buscar tropas – disse Viktor. – O general Dukhonin, em cumprimento à ordem, está marchando neste momento para Petrogrado.

– Mas então...

– Não vamos esperar pelas tropas de Kerensky, George. – Viktor sorriu. – Vamos depor o Governo agora, antes que nos possam impedir. Espere e verá.

"Mas essa gente assassinou seu irmão e seu cunhado", foi o que George teve vontade de dizer. Em geral, as pessoas estabeleciam ligação entre os anarquistas, como Dora Ulyanova e os bolcheviques. Talvez fosse injusto. Mas, fosse qual fosse a verdade, um Borodin aliar-se àqueles políticos da sarjeta...

– Lá está! – gritou Viktor.

O troar de um canhão ecoou pelo porto e pela rua, fazendo estremecerem as janelas do prédio atrás deles.

– Onde? – perguntou George, voltando-se, assim como os outros transeuntes.

– O cruzador *Aurora* – exclamou Viktor. – É o sinal pelo qual estávamos esperando. A Marinha está conosco.

"A Marinha", lembrou-se George, "sempre estivera na vanguarda das revoluções; em 1905, o couraçado *Potemkin* tinha bombardeado Sebastopol."

– Vamos! – gritavam vozes. – Ao Palácio de Inverno. Ao Palácio de Inverno!

No palácio iriam deparar com o regimento feminino. "Realmente," pensou ele, "o mundo enlouqueceu."

– Vamos! – gritou um homem, saltando sobre o suporte de um lampião para ser mais facilmente visto e ouvido. – Avante!

– Mas esse sujeito... – começou a dizer George.

– É nosso líder – interrompeu Viktor. – Mikhail Nej. Venha, George, venha tomar o palácio conosco!

George deixou que Viktor corresse à sua frente. Aproximou-se devagar do lampião, do homem que gesticulava.

– Mikhail Nej – disse ele.

Tinha evitado cuidadosamente qualquer encontro com Mikhail durante sua estada anterior em Petrogrado. E não sentira a menor vontade de revê-lo da segunda vez que Mikhail retornara à cidade. Surpreendeu-se ao constatar que o outro quase não havia mudado.

– George Hayman! – Mikhail saltou para o chão. – Em Petrogrado?

– Fazendo meu ofício, Mikhail. Mas você parece ter trocado de ofício.

– Não poucas vezes. – Mikhail olhou para a direita e para a esquerda, como se esperasse ver Ilona.

– Ela está em segurança, Mikhail. Eu não queria vê-la metida numa confusão destas.

– E o menino?

– É um excelente menino.

– Ele sabe de tudo a meu respeito?

George balançou negativamente a cabeça:

– É melhor assim, não acha?

– Também pensei assim no passado – disse Mikhail, franzindo a testa. – Quando julgava não haver futuro para mim. Mas agora... depois desta noite, vou fazer parte do Governo.

– Depois desta noite – replicou George – é provável acabe pendurado numa forca. Não sabe que, neste momento, Dukhonin está marchando sobre a cidade com uma brigada de tropas regulares?

– Dukhonin de nada valerá. – Mikhail sorriu. – Nossos agentes já se infiltraram na brigada. Não teremos problemas por esse lado. A cidade será nossa esta noite, Hayman. A nação será nossa, depois desta noite... para fazermos dela o que bem entendermos. E, acredite, meu amigo, temos muito a fazer. Venha comigo. Venha assistir à queda do Palácio de Inverno.

George podia ouvir gritos, disparos de fuzis e o estrepitar de metralhadoras a distância. Era uma repetição de fevereiro. Só que dessa vez o resultado seria bem pior do que a tomada do poder pelos socialistas.

– Vá na frente. Tenho algo a fazer agora – disse George, correndo para o telégrafo.

O TREM REDUZIA a velocidade. Ivan Nej tirou os pés de cima do assento estofado à sua frente e pôs-se de pé. Tinha a garganta seca e o coração sobressaltado.

Os outros passageiros o olhavam insistentemente, como o haviam olhado durante quase toda a viagem. Ao entrar instintivamente no vagão de primeira classe, como estavam acostumados a fazer, não esperavam ver um soldado raso, com as botas enlameadas sobre o assento dianteiro. Esperaram que ele se levantasse, erguesse o quepe, talvez, e se retirasse às pressas. Como isso não acontecera, um dos passageiros fora procurar o guarda. Mas o guarda pertencia ao Partido. Ivan só imaginou o que o guarda respondera ao imbecil que o fora procurar. Hoje as coisas estavam mudadas na Rússia; o soldado de aspecto sujo usava o distintivo de um comissário político.

O distintivo tinha sido espetado em sua manga pelo próprio camarada Lenin. No dia seguinte à queda do Palácio de Inverno, mandara que eles se formassem em fila.

– Camaradas – dissera Lenin –, vocês são minhas pontas de lança. Vou lançá-los no escuro. Tratem de encontrar seus alvos.

Ivan esperara que Starogan ficasse a cargo de Mikhail. Mas Mikhail recusara e, além disso, ele não tinha percebido bem o quanto o irmão estava próximo da liderança, isso por ter sido um dos assassinos de Stolypin. Era, realmente, ridículo; mas um golpe de sorte para Mikhail, agora escalado para missão mais importante, a de ir à Sibéria tomar providências a respeito do destino do czar e de sua família. Coubera a Ivan a tarefa de retornar a Starogan, juntamente com outros rapazes e algumas moças que estavam voltando às suas cidades de origem, para fazer com que a revolução se estendesse por toda a Rússia.

Fora sua sorte. Espiou pela janela os campos cobertos de neve, as pequenas colunas de fumaça erguendo-se da primeira casa à vista e sentiu o estômago revirado e a garganta seca. Supondo que fracassasse? Supondo que não conseguisse seu intento? Que a população não estivesse disposta a apoiá-lo, conforme Lenin presumira? O burgomestre da aldeia estaria lá, e padre Gregori, e Feodor Geller, o mestre-escola, seu sogro. Bem, pelo menos, Feodor Geller sempre tivera tendências socialistas; era o que afirmara Mikhail.

Mas se ele não conseguisse encontrar as palavras certas?

Os freios rangeram e o trem parou. A porta foi aberta. Então, colocando o quepe de banda e o fuzil no ombro – ideia de Lenin para dar-lhe a imagem de um herói, um soldado que retornou da guerra –, ele desceu do vagão. As velhas tábuas da plataforma rangeram sob seu peso, e imediatamente a garoa anuviou-lhe os óculos. Não reconheceu nenhuma das pessoas na plataforma; e ninguém pareceu reconhecê-lo.

Foi o único passageiro que desembarcou em Starogan. O trem parou apenas poucos minutos, depois, soltando baforadas de fumaça, desapareceu sob a chuva e a neve. Ivan viu-se sozinho entre a gente de Starogan. Mas era sua gente e esperava que alguém o reconhecesse.

Atravessando a plataforma, ele se abrigou sob o telhado e parou para limpar os óculos. Três ou quatro pessoas se aproximaram.

– De onde é você? – perguntaram.

Pareciam estar com frio e fome, passando miséria. Ivan começou a animar-se.

– Sou de Starogan. Sou Ivan Nikolaievich Nej.

– Ivan Nikolaievich – murmuraram, adiantando-se para apertar-lhe a mão.

Ele as afastou e aproximou-se dos degraus. Eram os mesmos degraus de onde os Borodin falavam ao povo quando algo importante acontecia.

– Ouçam-me! – gritou Ivan, diante da praça da aldeia. Algumas cabeças se voltaram e janelas se abriram, curiosamente. – Sou Ivan Nej – tornou ele a gritar. – Estou voltando da guerra. Venho de Petrogrado.

Várias pessoas correram pelas ruas, aglomeraram-se ao pé dos degraus.

– Ivan Nej – repetiam. A notícia se espalhava.

– Ouvimos falar que você tinha morrido – disse alguém.

– Pareço morto, camarada? – replicou Ivan. – Estou de volta da guerra. Vim de Petrogrado porque tenho algo a dizer a vocês.

– Ivan? – Feodor Geller abriu caminho por entre o povo, com a mulher seguindo-o de perto. – Oh, Ivan. Estamos tão contentes. Zoe vai ficar tão feliz. Precisamos ir até a mansão. A princesa vai ficar contente.

– Princesa? – berrou Ivan. – Não existem mais princesas. Princesas são coisas do passado, mestre-escola. Eu vim para libertá-los. – Olhou ao redor as fisionomias perplexas e viu alguém que reconheceu. – Stefan Gromek, é você?

O homenzarrão adiantou-se, capengando. A muleta se encaixava sob o braço direito e a perna direita da calça estava presa com alfinete contra a coxa. Parecia magro e esfaimado.

– Ivan Nej?

– Sou eu, Gromek. Cortaram fora sua perna. Por que fizeram isso?

– Eu... – Gromek olhou para a direita e para a esquerda. Já explicara tudo tantas vezes. – Eles disseram que não podiam salvar minha perna.

– Não quiseram dar-se o trabalho de salvar sua perna, isso é o que você quer dizer! – Gritou Ivan. – Escutem bem. Quantos de nós marcharam para a guerra? Uns vinte ou trinta? E quantos voltaram? Stefan Gromek, sem uma perna. E eu. Por que fomos lutar, camaradas? Pelo czar. Pelo homem que nos traiu. Por sua mulher alemã. Por aquelas prostitutazinhas alemãs das suas filhas. Perguntem a Gromek. Gromek os viu. Eu os vi – mentiu ele. – Sei a maldade que há em seus corações. Mas agora chega, camaradas. Chega dos Romanov, chega dos Borodin. *Agora* somos nós os donos da Rússia. – E, enfiando a mão no bolso, tirou uma folha de papel, que Lenin lhe entregara. – Tenho aqui uma ordem de prisão contra Xenia Romanova. Ordem emitida pelo Governo.

– Governo? – Padre Gregori abriu caminho entre as pessoas e olhou para Ivan através de seus óculos anuviados. – Afirma que está representando o Governo, Ivan Nikolaievich?

— Eu *sou* o Governo aqui em Starogan — gritou Ivan. — Sou o comissário de todo este distrito. Fui encarregado de libertar vocês todos, camaradas. Libertá-los do jugo dos Borodin, do jugo dos Romanov. Estou aqui para lhes trazer a liberdade. Estou aqui... — Ele respirou fundo. — ... para lhes dar o direito de morar na casa grande, se quiserem. Perguntem a si mesmos, camaradas, por que os Borodin vivem lá no alto, na riqueza, e nós aqui embaixo, na pobreza?

— Mas, meu amigo... — O padre subiu os degraus para se colocar ao lado dele. — Onde fica a Igreja em tudo isso?

— A Igreja pertence ao Estado, padre. Ficará no lugar que o Estado decretar. Não temos nada contra a Igreja, só contra aqueles que se opõem aos decretos do Estado, à vontade do povo. Vai opor-se à vontade do povo, padre? Do seu povo?

Padre Gregori ficou um momento puxando a barba.

— Meu dever é obedecer ao príncipe Piotr — disse ele. — E, em sua ausência, à princesa Irina e à princesa mãe Olga.

— Não mais!— gritou Ivan. — Essa gente foi deposta, despojada de seus títulos e privilégios por ordem do Soviet em Petrogrado. Tenho uma ordem de prisão contra Xenia Romanova. Vão me acompanhar, camaradas?

As pessoas hesitaram, e Ivan sentiu de novo o estômago revirar. E se o repudiassem? O que lhe aconteceria? Para onde iria? Tudo parecera tão simples em Petrogrado, ouvindo Lenin. Mas agora...

— É ordem do Governo — gritou Stefan Gromek, empertigando o corpo sobre o último degrau. — Do nosso Governo, meus amigos. Ivan Nej tem razão. Cortaram minha perna porque acharam que não valia a pena tentar salvá-la. Não cortaram a perna de nenhum príncipe. Chegou a hora de mostrarmos que somos gente. É ordem de... — Ele olhou para Ivan. — De quem?

— Do camarada Lenin — disse Ivan. — Também...

Mas um nome bastava para a memória curta de Gromek.

— É a vontade do camarada Lenin — gritou ele.

— Nosso novo líder — acrescentou Ivan.

— A grã-duquesa Xenia Romanova é prima do príncipe Piotr — disse padre Gregori. — Não posso permitir que a prendam em sua própria casa e, além do mais, doente.

– Padre, está opondo-se à vontade do povo – advertiu Ivan. – Grã-duquesas não existem mais. Ouviu o camarada Gromek. Ela é cidadã Romanova, e tenho aqui a ordem de prisão contra ela. Se não a prendermos, seremos traidores da pátria.

– Desça daí – gritou Feodor Geller. – Desça já daí, seu miserável! Deve lealdade ao príncipe e à sua família.

Ivan aspirou fundo. Mas Lenin lhe ensinara a resposta.

– Lealdade? – gritou ele. – Fidelidade a nosso príncipe? Gromek e eu fomos "voluntários", camaradas, porque o príncipe nos ordenou. Sabe o que me deram, camaradas? Um fuzil de pau e me mandaram atacar uma trincheira alemã. Foi a arma que me deram, que deram a todos nós, camaradas. Agiram eles com lealdade? Poucos se importam conosco. Por que havemos de nos importar com eles?

– E nos tiraram nossa vodca – resmungou alguém.

– E agora estão carregando nosso trigo – disse outro.

– Esperem – gritou Feodor Geller, subindo os degraus. – Não deem ouvidos a estes homens. Meu Deus, pensar que um genro meu ousa dizer coisas tão horríveis! O príncipe é bom para nós. Ele e sua família sempre foram bons para nós. É verdade que mandaram Mikhail Nej para o exílio. Mas se não fosse a amizade do príncipe, teria sido enforcado. Ele é nosso príncipe e devemos...

Ivan sentiu que mais uma palavra daquele discurso e a revolução em Starogan estaria perdida. Aquela gente tinha muito respeito pelos mais velhos, pela autoridade; a vida inteira tinham sido governados. Nunca tinham visto a autoridade ser rebaixada, atirada à lama. Sem dar a si mesmo tempo de refletir, Ivan ergueu a bota e deu um pontapé nas costas de Feodor Geller. O mestre-escola soltou um gemido e caiu de bruços na lama.

– Ele queria opor-se à vontade do povo – gritou Ivan. – Ninguém pode opor-se à vontade do povo. Sigam-me. À liberdade! – Desceu correndo os degraus, pisou nas costas do sogro, que tentava se levantar e, apressado, tomou a estrada que levava à mansão. Não perdeu tempo de olhar por cima do ombro, para ver quem o estava seguindo.

No final da estrada, estariam as irmãs Borodin.

Sentada à sua escrivaninha, Tatiana Borodin escrevia à irmã. Ilona e os filhos haviam partido havia apenas um mês; provavelmente, ela ainda não chegara a Vladivostock e muito menos aos Estados Unidos. A carta a estaria esperando quando chegasse ao lar.

Tattie sempre fora uma missivista entusiasta, mas, no decorrer daquele último ano, em poucas ocasiões tivera de escrever. Todos os seus correspondentes habituais se achavam reunidos em Starogan e, por mais estranho que parecesse, à medida que iam chegando, ela se sentia mais solitária. Imaginara que a vida se tornaria mais fácil com a presença de Irina. As duas tinham se divertido tanto quando ela era aluna interna em São Petersburgo e Irina ocasionalmente ia buscá-la no colégio. Fora Irina quem a apresentara a Rasputin, e a iniciara em todas as coisas importantes da vida. Mas Irina tinha mudado, desde que a guerra começara, e ela passara a viver em Starogan. Talvez estivesse envelhecendo. Era quatro anos mais velha do que Piotr e isso significava que devia estar beirando os 40 anos. Idade terrível para uma mulher, sobretudo uma mulher como Irina, que passara a vida dominando homens e mulheres com sua beleza agressiva, sua impecável feminilidade. Agora, era uma mulher fatigada e impaciente, que resmungava o tempo todo e maltratava os empregados.

Assim, Tattie se enchera de esperanças, um ano antes, quando fora anunciado que Xenia viria morar em Starogan. Durante aqueles dias frenéticos em São Petersburgo, ela se tornara mais íntima de Xenia do que de Irina, pois Irina não permanecera por muito tempo como discípula do padre; enfastiava-se com facilidade e era capaz de se fartar até de padre Gregori. Xenia nunca se enfastiava, assim como nunca era fastidiosa, com sua beleza, sua alegria, seu brilho. Mas agora Xenia ali estava, porém uma Xenia que Tattie desconhecia e não apreciava, com os cabelos despenteados, as roupas em desalinho, os olhos escuros mergulhados em melancolia. Apesar de já fazer um ano desde sua tentativa de suicídio, as cicatrizes em seus pulsos permaneciam lívidas. Tattie não podia imaginar alguém cortando os pulsos. O gesto parecia-lhe tão sem sentido. E por causa de um padre? Mesmo tratando-se do padre Gregori. Ele fora bom com Tattie, deixava-a tocar as músicas de seu gosto e até lhe arranjara partituras das mais recentes músicas americanas; encorajara-a, também, a dançar; em troca, fazia-a sentar-se em seu colo para afagá-la, quase como se ela fosse uma gata. Tattie gostara dos afagos; mas, como Irina, estava começando a enjoar das sessões mesmo antes de Piotr surgir como um anjo vingador e levá-la de volta para Starogan. Mas tudo isso acontecera havia muito tempo, e ela agora tinha muito a lamentar, tanto quanto Xenia. Se Xenia perdera um marido que, obviamente, não lhe interessava, Tattie perdera um noivo que mal chegara a conhecer. Sem dúvida, Alieksei teria sido um marido enfadonho. Mas, ainda assim, fora seu noivo e estava morto. Tattie tinha motivo para se lamentar.

Em vez disso, ela se mostrara sensata e recomeçara a fazer planos. Seu noivo morrera. O país estava em revolução. Sua mãe e Irina pareciam dispostas a aceitar uma vida de ocupações rurais e conforto para sempre, ali em Starogan. Bem, as duas já tinham vivido suas vidas. Ela, porém, nem começara a viver e estava com 24 anos. Não podiam realmente exigir que continuasse sentada ali, esperando algum homem, que podia nunca aparecer. Era evidente que seu futuro estava nos Estados Unidos. Tinha dito isso a Illy, e chegado a implorar à irmã que a levasse para Vladivostock. E como era de prever, Illy recusara-se. Ela própria tinha relutado muito em partir, e só o fizera por causa de sua promessa a George, quando ele a avisasse de que era chegado o momento. Tattie teria de esperar até a volta de Piotr e que as coisas se normalizassem.

Mas iam normalizar-se, sem dúvida, dentro em breve. Se o Exército continuasse perdendo as batalhas, o novo Governo seria obrigado muito brevemente a pedir paz, e Piotr voltaria ao lar. Então tudo se tornaria possível. Assim, indubitavelmente, era uma boa ideia manter contato com Illy. E, ao terminar aquela carta, ia escrever a George, porque tinha ainda mais chance de o cunhado ajudá-la, sobretudo estando ainda na Rússia. Mas quando partisse...

O relógio soou 13 horas. Logo o almoço seria servido, e sua mãe gostava de que todos descessem pelo menos meia hora antes para tomar um aperitivo. Tattie olhou-se no espelho, endireitou o lenço, alisou a saia e passou a escova no cabelo. Franziu as sobrancelhas, ao ouvir um ruído da estrada que levava à aldeia. Foi até a janela, espiou e, por um momento, nada pôde ver através da constante garoa gélida que encobria a paisagem como uma cortina. Lugar algum do mundo podia parecer mais desolado do que Starogan num inverno úmido. Os trigais ondeantes, que tanto contribuíam para a beleza do verão, eram agora apenas campos de lama viscosa; as árvores do pomar estavam despidas de folhas e frutos; os gramados continuavam verdes como sempre, mas de um tom estranhamente desbotado; e o rio parecia ainda mais pardo que de costume, sombriamente revolto. Mas o pior era o desaparecimento do infinito céu azul, do sol brilhante e da suave brisa do verão, substituídos por um infindável céu cinzento, uma chuva fina e, frequentemente, um vendaval.

Sim, agora podia ouvir uma grande gritaria de um local além do pomar. Então viu um agrupamento de gente, homens, mulheres e até crianças que avançavam pela estrada em direção à casa. Que diabo estavam pretendendo? Na certa, sua mãe ia ficar muito zangada.

Desceu as escadas correndo e viu a mãe, que já se achava no vestíbulo, acompanhada de Irina, de Nikolai Nej e Alieksei Alieksandrovich, o mordomo.

– O que significa toda essa gente, Alieksei Alieksandrovich? – estava perguntando Olga.

– Não sei dizer, Alteza. – O mordomo parecia nervoso.

– Deve ter havido algum desastre – disse Irina. – Já sei. Chegou um trem essa manhã. É isso, foi um desastre.

– Pois, então, sorria – ordenou-lhe a sogra. – Não deve deixar que a vejam preocupada.

– Será que nos rendemos? – perguntou das escadas Tattie. – Os alemães terão ganhado a guerra?

Todos se voltaram para ela.

– Não diga absurdos, Tatiana – replicou Olga, em tom áspero. – Como poderiam os alemães ganharem a guerra?

O ajuntamento de gente estava agora atravessando o gramado diante da casa; Tattie calculou umas duzentas pessoas, praticamente a aldeia toda.

– Vá falar com eles, Nikolai Ivanovich – ordenou a princesa mãe.

Alieksei Alieksandrovich apressou-se em abrir as portas, e o administrador esgueirou-se para fora. O povaréu estacou à vista do ancião, mas alguns continuaram a gritar. Agora a porta estava aberta, e as pessoas no vestíbulo podiam ouvir os gritos.

– Morte ao czar!
– Morte à alemã!
– Morte a todos os Romanov!
– Pão é liberdade!
– Abaixo os imperialistas!
– Oh, meu Deus! – balbuciou Olga Borodina. – Oh, meu Deus!
– Vá para seu quarto, mamãe – disse a princesa Irina, em tom firme, como se estivesse falando com uma criança. – Tattie, leve sua mãe para cima. E depois vá também para seu quarto.

Nikolai Nej estava de olhos pregados no líder dos manifestantes, agora ao pé da escada.

– Ivan? – perguntou ele, com voz trêmula. – É você, Ivan?
– Sou eu, papai – respondeu Ivan. – Estou voltando da guerra.
– Ivan. – Nikolai deu um passo à frente, de braços estendidos, depois baixou-os. – O que significa este barulho? O que quer esta gente toda?
– Tenho aqui uma ordem de prisão contra Xenia Romanova - disse Ivan.
– Queremos que ela nos seja entregue – acrescentou Stefan Gromek.
– E agora vamos morar nesta casa – disse mais alguém. – Por que hão de só os Borodin morar aqui?

A meio caminho nos degraus, Olga Borodina olhou consternada para a nora. A atenção de Tattie foi atraída por quatro lacaios, parados no corredor que dava para a copa da criadagem, que viam e ouviam a cena.

– Vão para seus quartos – disse de novo Irina, sem as olhar, e foi colocar-se ao lado de Nikolai Nej. Ele recuperara o fôlego.

– Seus facínoras! – berrou Nikolai. – Você, Ivan Nikolaievich, não passa de um cão traiçoeiro. Deus me perdoe por ter tido tais filhos. Você... – Sua voz terminou num estranho engasgo, e Tattie abandonou a mãe e desceu correndo para acudir o ancião, que caíra de joelhos, com os dedos tentando afrouxar o colarinho.

– É o coração! – exclamou Irina. – Ajude-o, Alieksai Alieksandrovich!

"Como é estranho", pensou Tattie, "que Irina esteja assumindo o comando da situação, ao passo que minha mãe parece totalmente aterrada." Nunca supusera que Irina tivesse tanta coragem. Precisava apenas de um pequeno apoio e faria com que toda aquela gente voltasse correndo para a aldeia.

Mas o mordomo permaneceu indeciso junto à porta, enquanto os manifestantes também hesitavam à vista do administrador caído de joelhos. Então Ivan correu para a frente.

– Justiça de Deus – gritou ele. – Justiça de Deus! Agarrem a cadela Romanov. Agarrem a cadela!

Tattie voltou-se e correu para a escadaria. Raspou o braço contra o de sua mãe, e a princesa mãe quase caiu. Espiou por cima do ombro e viu Irina imóvel à porta da entrada, fitando a onda de gente prestes a tragá-la. Agora sua mãe passara correndo pela porta dupla e entrara na sala de estar. Ao correr para cima, Tattie não viu mais o povaréu. Mas continuou ouvindo o barulho. A casa encheu-se de um rugido desenfreado e, então, ouviu-se o estampido de uma pistola e o rugido cessou momentaneamente, antes de ressurgir. "Oh, Deus", pensou Tattie, ao chegar ao patamar. "Oh, Deus!" Compreendeu que o tiro de pistola fora o fim. Mas quem a tinha disparado? Seus pés deslizaram pelo corredor afora. Escancarou a porta do quarto de Xenia.

– Xenia! Xenia, você está aí? – Sua prima estava deitada na cama, completamente vestida, olhando para o teto. Era o passatempo favorito de Xenia, desde que chegara a Starogan. – Levante-se! Levante-se!

Enquanto puxava a prima pela mão, Tattie ouvia os gritos vindo de baixo, a que se acrescentava o barulho de vidros quebrados e móveis espatifados. Uma ralé à solta na casa. Tinha de ser um pesadelo.

– Vá embora – disse Xenia. – Você é uma presença odiosa, Tattie. Vá embora.

Tattie soltou-a e virou o rosto para a porta, onde três homens estavam postados. Um deles era Ivan Nej, o segundo, Gromek, apoiado a uma muleta, e o terceiro, um rapaz da aldeia. Ela recuou contra a parede quando eles entraram no quarto, e Xenia sentou-se na cama.

– Saiam do meu quarto – disse Xenia. – Saiam imediatamente.

– Ela cuidou de mim – disse Gromek. – Aquela ali. Foi quem cuidou de mim, quando me cortaram a perna.

– Então pode ficar com ela – disse Ivan, e encaminhou-se para Tattie. Ela o fitou de olhos arregalados, na verdade notando-o pela primeira vez em sua vida. O rosto dele parecia esfaimado. Tattie nunca vira uma expressão assim.

– Não me faça mal – disse ela. – Eu nunca lhe fiz mal.

Ivan estendeu a mão e agarrou o corpete do seu vestido. Jamais na vida ela tivera uma experiência tão brutal. Só pôde ficar olhando-o fixamente, enquanto ele a puxava para junto de si e, quando ela instintivamente começou a recuar, o tecido do vestido rasgou-se.

– Xenia! – gritou ela, e ouviu a prima gritar também seu nome.

O rapaz da aldeia agarrara os tornozelos de Xenia e arrastara-a para fora da cama. Xenia fez esforço para se firmar, mas sua cabeça bateu no chão com um horrendo baque surdo, enquanto sua saia se levantava até os joelhos. Tentou sentar-se, mas Gromek calcou com força a muleta bem no centro de seu estômago. Xenia tornou a cair de costas, com a respiração terrivelmente resfolegante.

– Pelo amor de Deus! – implorou Tattie.

Já no corredor, viu gente por toda parte, abrindo portas, entrando em quartos e banheiros, esvaziando armários e gavetas. Com horror, descobriu que alguns criados participavam da pilhagem. Entre eles, Zoe Nej e outras criadas no quarto de sua mãe. Então, Zoe espiou pela porta aberta e viu o marido.

– Ivan! – gritou ela, correndo para ele, enquanto as outras mulheres davam demonstrações de alegria.

– Vá embora – rosnou Ivan.

– Mas, Ivan... – Ela o agarrou pelo ombro. – Você está mesmo de volta. Disseram que tinha voltado, mas não acreditei. Ivan...

Ivan deu-lhe um empurrão, com a mão livre, que a fez cambalear pelo corredor afora, esbarrar contra a parede e escorregar para o chão.

– Vá embora – tornou ele a dizer. – Estou divorciado de você. Vá embora!

Outras mulheres surgiram no quarto, e algumas delas puxaram as roupas de Tattie, arrancaram-lhe a blusa, da qual só restou a gola, com o lenço pendurado, e passaram a dar-lhe tapas e pontapés nas costas, nos ombros e nas pernas.

– Por favor! – implorava ela. – Por favor!

Então alguém a empurrou pelo vão de uma porta entreaberta; nisso sua cabeça bateu na quina, o que a deixou por um momento bastante desnorteada. Depois ela rolou sobre uma cama, que percebeu ser sua, e ouviu a porta sendo fechada e trancada. Por Ivan Nej. Sentando-se na cama, ela viu pela janela uma árvore grande, a apenas uns 9 metros de distância. Sentiu ânsia de vômito ao ver mais gente, na maioria homens, segurando Alieksei Alieksandrovich debaixo da árvore, enquanto os outros subiam pelos galhos carregando uma corda, que deixaram cair para passá-la ao redor do pescoço do mordomo. Alieksei Alieksandrovich implorava piedade, ela o percebeu pela expressão no rosto dele e pelo movimento de seus lábios, embora não o pudesse ouvir através da janela fechada e acima dos ruídos do povaréu dentro da casa.

Tornou a jogar-se na cama, tentou rolar sobre o estômago e sentiu-se agarrada pelos ombros, virada à força de costas. O rosto esfaimado olhava-a do alto.

– Por favor. Não me faça mal. *Por favor*! – Ela tinha certeza de que, se conseguisse sobreviver durante a próxima hora, poderia sobreviver para sempre.

– Então, fique quietinha, menina – disse Ivan. – Fique quietinha e não vou machucá-la. – Ele tirou os óculos e deixou-os cair no chão.

Ela umedeceu os lábios e o olhou. Olhou só para ele. Para nada mais. Era sua única chance de salvação. Sentiu as mãos dele em seu peito, rasgando-lhe a blusa, tocando-lhe os seios. Depois escorregaram para sua cintura e mais uma vez ouviu o ranger de tecido rasgado. "Eu teria me despido, se você me pedisse", pensou ela. E agora não podia mais olhar para o rosto dele, porque este desaparecera; suas calças estavam sendo rasgadas, e o rosto dele, metido entre suas pernas com a boca tão grudada em seu sexo que lhe pareceu que ele ia arrancá-lo a dentadas. Nenhuma das suas experiência passada, nem mesmo com Rasputin, a tinha preparado para tal coisa. No susto, ela dobrou os joelhos, mas ele os forçou de novo para baixo.

– Fique quieta – vociferou Ivan.

Tattie manteve-se imóvel, mesmo quando sentiu as pernas sendo abertas. "Fique quieta. Fique bem quieta", disse para si mesma. E agora tornou a ver o rosto avançando para ela, buscando seus lábios e, no mesmo instante, sentiu algo penetrar onde havia pouco ele metera a boca, cada vez mais fundo, e atirou braços e pernas para o ar, num súbito ímpeto de indesejada e aterrante excitação.

PIOTR BORODIN PAROU junto à entrada da casa dos Stein. Mas seria mesmo a casa deles? Os portões de ferro forjado haviam desaparecido – até os gonzos haviam sido arrancados dos pilares de pedra – e a própria pedra estava picotada de buracos de balas. Mais adiante, os canteiros tinham sido espezinhados, a grama esmagada. O aspecto da casa era muito parecido com o de todas as outras que ele vira em Petrogrado. Com o de sua própria casa.

E havia, também, aquela gente. Iam e vinham constantemente, olhando-o sem interesse. Ele vestia a farda de coronel, mas isso não era motivo para respeito ou cumprimentos. Já estava agora habituado. Disciplina no Exército, respeito pela categoria de oficial superior acabara com a revolução anterior, mesmo antes de ele ter sido feito prisioneiro. Kerensky decretara que todos os homens deviam ser iguais, exceto quando marchavam para o campo de batalha, que soldados não precisavam mais bater continência, nem tratar seus oficiais de Vossa Senhoria ou os de sangue nobre de Vossa Excelência, de ceder seu lugar num bonde ou trem a um oficial. Esse decreto certamente lhes valera o fracasso da ofensiva do verão anterior. Lenin estava apenas conduzindo as coisas a uma conclusão lógica, assim como fora uma conclusão lógica para os bolcheviques firmar uma paz ignominiosa.

"Além disso", refletiu ele, "o súbito desprezo por oficiais me é favorável." Naqueles dias, era mais fácil um homem esconder-se sob a farda de oficial do que de soldado raso. Pobre Smyslov. Ninguém ia dar pela falta do homem cuja identidade Piotr adotara, da mesma forma que ninguém ia dar pela falta de Piotr Borodin.

Seu coração batia com força. Chegara até ali, dentro de poucos minutos ela estaria em seus braços. Se tivesse sobrevivido. Mas certamente ela tinha sobrevivido, ao contrário do pobre Tigran e de Philip. Se o mundo inteiro desabara, se posição e família nada valiam, então podia escolher a mulher que amaria apenas por ela mesma.

Além do mais, já que atingira um estado de espírito de absoluta honestidade – desde que deixara o campo de prisioneiros na Alemanha –, sentia que necessitava da força dela, a força da experiência, do sofrimento, para ajudá-lo a enfrentar os inimagináveis problemas que o futuro lhe reservava.

E Judith? Não a via desde aquela horrível noite de 1914. Mas esperava que ela já o tivesse perdoado pela sua fraqueza. Ele era o príncipe de Starogan e podia agora oferecer-lhe uma vida com a qual até então ela só sonhara; a vida que lhe teria oferecido se Irina não houvesse reaparecido tão inesperadamente.

A vida que seria dela agora, apesar de Irina. Tudo o que ele tinha a fazer era convencê-la disso.

Procurando não parecer ansioso, ele atravessou o jardim dilapidado. Subiu as escadas do pórtico, onde Vasili Mikhailovich costumava deixar o chapéu e o sobretudo. O que fora feito de Valisi Mikhailovich? Esbarrou com três crianças imundas, que brincavam no centro do vestíbulo, enquanto, no fundo, suas mães lavavam roupa em grandes tinas. O ambiente tresandava a corpos mal lavados e água de esgoto exposta ao calor do verão. Os móveis estavam em pedaços e o papel da parede, rasgado. Pela porta aberta, ele via o canapé em que estivera sentado com Rachel no verão de 1916, à espera de que Judith voltasse para casa. Agora um homem dormia estirado sobre o canapé, com o colarinho desabotoado, a camisa manchada de suor e pesadas botas de trabalhador pousadas no estofado.

Piotr hesitou, mas uma das mulheres ergueu a cabeça e fitou-o.
– Estou procurando o camarada Stein – explicou.
– Lá em cima – disse ela. – Que regimento, camarada?
– O Preobraschenski.
– Nome? – perguntou a mulher, com um gesto de cabeça e soltando uma risada curta.
– Smyslov, camarada. Capitão Piotr Smyslov.
– Lá em cima – repetiu ela, sem lhe dar mais atenção.

Piotr subiu as escadas e chegou ao patamar. Nunca tinha estado no andar de cima. Era o andar dos quartos, do quarto de Judith, de todos os tesouros familiares que hoje lhes pertenceriam se ele tivesse tido a coragem de desafiar o peso da tradição de seus antepassados. Mas seriam agora deles e num ambiente melhor. Ele deu a volta para não pisar numa poça de urina, bateu na primeira porta, deu com os olhos em Rachel. Ela o fitou e sua boca formou um grande O de espanto. Como se parecia com a irmã! Parecia e, ao mesmo tempo, não parecia. Judith o teria fitado nos olhos, mas Rachel baixou o olhar para sua farda.

– Não se lembra de mim?
– Príncipe Piotr. Oh, meu senhor. Príncipe... – Ela escancarou a porta. – Mamãe, o príncipe Piotr está aqui.

Piotr entrou e fechou a porta; não queria que seu verdadeiro nome ressoasse pela casa. Olhou ao redor, decepcionado. A sala estava repleta de todos os objetos que os Stein tinham conseguido salvar do andar térreo e preciosas fotos de família em manchadas molduras de prata. Havia, inclusive, uma foto grande de Judith, cabeça e ombros, colorida com muito capricho pelo fotógrafo. Havia ainda uma cama ali e, obviamente, a família inteira dormia nela, assim como cozinhava numa pequena boca de gás que ocupava o espaço do que antes fora uma lareira, e todos se vestiam e despiam juntos.

A impressão era de que a família, toda ela, decaíra sob o peso do infortúnio. Piotr tirou o quepe, sem saber se devia ou não estender a mão. Ruth Stein não parecia diferente das lavadeiras lá embaixo. Seu cabelo estava solto e era grisalho. Ele nunca notara que fosse grisalho. O vestido malfeito e sujo, e ela não usava nenhuma joia. A verdade era que nunca usara joias, apenas anéis; hoje até os anéis haviam desaparecido. As unhas estavam sujas. Mas seu aspecto era bem melhor do que o do marido, sem colarinho e com a barba por fazer, estendendo a mão trêmula para Piotr.

– Príncipe Piotr. Oh, príncipe Piotr!
– Príncipe Piotr. – Ruth Stein pendurou-se no braço dele, e longas lágrimas rolaram pelas suas faces. – Nós o julgávamos morto. Não sabíamos...
– Há quanto tempo estão vivendo dessa maneira?
O casal fitou-o sem responder. Rachel foi em auxílio dos pais.
– Seis meses.

As roupas dela não deviam estar mais limpas que as dos pais, Piotr notou, porém, que Rachel parecia mais animada, menos apavorada. Mas ele já havia observado uma reação, tanto em si mesmo como em seus semelhantes: somente a juventude era capaz de enfrentar a revolução desassombradamente.

– A alimentação tem sido suficiente?
A família trocou olhares.
– Estamos conseguindo manter-nos – disse Rachel. – Mamãe vendeu...
– Fique quieta, Rachel – interveio Ruth Stein, torcendo os dedos sem anéis.
– Onde está Judith? – perguntou ele, não aguentando esperar mais tempo.
Os Stein tornaram a se entreolhar.
– Eu vim buscá-la – disse ele. – Vou para o Sul e... – Decidiu não lhes contar que queria reunir-se ao Exército do general Denikin. – Tenho papéis falsos com o nome de coronel Smyslov. Fui nomeado para um posto em Odessa. Com minha mulher. Tenho duas passagens de trem. Para Judith e para mim.
– Judith está com a família real.
– O quê?
– Judith está com eles há mais de um ano – explicou Ruth Stein, recuperando o controle sobre si mesma. – As princesas tiveram sarampo na ocasião em que o czar teve de abdicar. A czarina mandara

buscá-la no hospital para cuidar das filhas, e então a família toda foi aprisionada. Judith também.

– Judith, presa? – exclamou Piotr. – Mas...

– Quando a família imperial foi transferida de Czarkoe Selo para a Sibéria – prosseguiu Ruth – Judith a acompanhou. Faz mais de um ano que não temos notícias dela.

– Mas ela está bem – disse Jacob Stein. – Tenho certeza de que está bem, pois a família imperial está sendo bem tratada. Eu soube disso por... amigos.

– Judith está em melhor situação do que qualquer um de nós – disse Rachel. – Eles ainda têm criados. E boa comida.

Piotr foi até a janela encardida e olhou para o gramado de croqué, onde crianças brincavam e suas mães tagarelavam, estendendo ao sol as roupas lavadas.

"O destino sempre conspirando para nos manter separados", pensou ele, "para torná-la apenas uma imagem em minha mente." Estaria sentindo alívio? Ele a queria. Oh, não restava dúvida de que a queria. E, no entanto, cada vez que a oportunidade lhe fugia, tinha consciência de que assim problemas haviam sido evitados.

– Vai para o Sul e para Starogan? – perguntou Jacob.

– Não posso ficar aqui. Eu... – Ele se voltou e levou a mão ao coldre, quando a porta se abriu e surgiram dois rapazes. Nenhum dos dois parecia abatido ou faminto, e suas fardas cáqui estavam bem passadas. Um deles era seu primo.

– Viktor? Meu Deus, Viktor... – Deu um passo à frente, depois se deteve ante a expressão no rosto de Viktor.

– Eu soube que um coronel andava perguntando notícias dos Borodin – disse Viktor. – Você? Meu Deus.

– O que é esta sua farda? – perguntou Piotr, franzindo a sobrancelha.

– É o uniforme da Polícia Especial – disse Joseph Stein. – E você está preso, Borodin.

– Preso?

– Está usando um nome falso e documentos falsos. É um czarista, um inimigo do povo. Acompanhe-nos.

– Não pode fazer isso! – gritou Rachel, agarrando o braço do irmão, desesperadamente, e o de Viktor também. – Não pode prender o próprio primo.

Viktor fitou-a um momento, depois foi fechar a porta.

– O que está fazendo em Petrogrado?

– Tentando encontrar alguém da minha família. Procurando Judith.

– É um desertor em tempo de guerra – disse Joseph. – Temos seu nome em nossa lista há muito tempo, Borodin. Esperava-se que você voltasse a Petrogrado. Entregue-me seu revólver.

– Só quando estiver vazio – replicou Piotr, recuando contra a parede.

– Não pode permitir isso, camarada Borodin – implorou Ruth.

– Se ele se entregasse, jurasse fidelidade ao novo Governo, como eu fiz – disse Viktor –, teria apenas uma sentença curta por deserção.

– A sentença é a pena capital. – A voz de Joseph era ríspida.

– Deixe-o partir, imploro – disse Jacob Stein. – Ele não fez mal a ninguém. Salvou a vida de sua irmã em outros tempos. Veio aqui somente para saber notícias dela. Agora ele já sabe que Judith está em segurança. Deixe-o partir.

– Para onde? – quis saber Viktor.

– Eu tinha planejado ir para Starogan – respondeu Piotr.

– Starogan? – disse, sarcástico, Joseph. – Acha que Starogan ainda existe? Há uma guerra civil no sul. É um campo de batalha.

– Minha mãe e minhas irmãs estão lá. Sua irmã, também, Viktor.

– Renunciei à minha família – replicou Viktor. – Starogan está na mão do Exército Branco. Não quero mais saber de minha família.

– Formou-se um exército contrarrevolucionário na Crimeia – declarou Joseph. – É para *lá* que você quer ir.

– Quero ir para Starogan – retorquiu Piotr. – Para ficar junto de minha mãe, minha mulher e minhas irmãs. Se me impedir, Viktor, você é mais criminoso do que eu poderia supor.

– Por favor, Viktor. Por favor. – Rachel agarrou-lhe novamente o braço.

– Ele não pode fazer mal a ninguém, Joseph – disse Viktor, olhando para Joseph. – E nem vai conseguir chegar a Starogan. Você sabe disso. Alguém mais irá vê-lo e dar-lhe voz de prisão.

– Quer permitir que ele se vá?

– Bem... meu pai desapareceu e, quanto a mim, tenho de seguir meu caminho. Compreende, Piotr? Meu caminho. – Sua voz tornara-se de novo estridente.

– Cada homem deve seguir o próprio caminho, Viktor – disse Piotr, encolhendo os ombros.

– Você cuidará das mulheres?

– Claro que sim.

– Bem... – Ele mordeu, nervoso, o lábio. – Faça de conta que não estivemos aqui, Joseph. Vamos embora e voltaremos dentro de uma hora. Uma hora, Piotr. Se ainda estiver aqui, se for encontrado em qualquer lugar em Petrogrado, será preso e fuzilado. Está entendido?

– Obrigado, Viktor – disse Piotr, depois de fitar o primo por alguns instantes.

– Não vai dizer a ninguém que meu primo esteve aqui – advertiu Viktor a Jacob Stein. – Compreende? A ninguém. Se falar, será fuzilado por ter abrigado um czarista.

– Não direi a ninguém – prometeu Jacob Stein.

– Venha, Joseph – disse Viktor, desvencilhando-se da mão de Rachel.

Joseph hesitou, depois também encolheu os ombros.

– Uma hora, camarada. Uma hora.

E saíram, fechando a porta.

– Ele é um bom rapaz – disse Ruth Stein. – Ambos são bons rapazes.

– Mas têm seu caminho a seguir – comentou Piotr.

– Acham que estão trabalhando para o bem do país. – Suspirou Jacob Stein.

– Não resta dúvida – concordou Piotr. – Bem, é melhor que eu me vá de uma vez. Se conseguirem enviar uma mensagem a Judith, digam-lhe que eu a encontrarei, irei até onde quer que esteja, assim que for possível. Digam-lhe...

— Nós lhe diremos — prometeu Jacob.

— Obrigado. — Ele hesitou, cumprimentou com a cabeça e voltou-se para a porta.

— Piotr — disse Ruth Stein. Era a primeira vez que ela o chamava pelo nome.

Ele tornou a virar-se. Ruth olhava ansiosa para o marido.

— Acha que poderá chegar a Starogan? À Crimeia?

— Vou tentar.

— Piotr... leve Rachel com você.

— O quê?

— Eu?! — exclamou Rachel.

— Sim — disse Ruth, impetuosamente. — Ela não pode permanecer aqui. Não há comida suficiente e... não existe mais moral em Petrogrado. Moças se vendem por um pedaço de pão, um copo de vodca.

Piotr olhou para Rachel, que corou e lhe deu as costas.

— Não posso levar uma mulher comigo numa jornada como essa.

— Estava disposto a levar Judith.

— É diferente. Nós éramos... bem...

— Não importa — disse Ruth. — Não importa mais. Rachel era noiva de seu primo. É quase sua prima, por afinidade. Estou suplicando-lhe, príncipe Piotr. Se Rachel ficar aqui, não sei o que vai ser dela.

Piotr fitou Rachel. Ela o encarou por um momento, depois baixou os olhos e suas faces se ruborizaram de repente.

— Quer vir comigo, Rachel?

— Oh, sim! — exclamou, erguendo a cabeça. — Mas só se for da sua vontade.

— Vai ser duro. São mais de 1.500 quilômetros até Starogan. E se nos descobrirem, seremos mortos. *Madame,* acha realmente...

— Quero que ela saia de Petrogrado — insistiu Ruth. — Aqui vai morrer ainda mais depressa. Morrerá de fome e doença. Morrerá de desespero. Todos nós vamos morrer de desespero.

— Então, por que não vêm todos comigo?

— Tem só duas passagens para o trem. Apenas seríamos um estorvo. Faça isso por nós, Excelência. Suplico-lhe. Cuide de minhas meninas por mim. Eu não posso mais cuidar delas.

Piotr tornou a olhar para Rachel. Dessa vez, ela não corou. Seu rosto iluminou-se num sorriso.

– Vou buscar minhas coisas – disse ela.

COM UM RONCO e um gemido o trem parou.

– Todo mundo para fora – gritou o chefe do trem. – Poltava. Todo mundo para fora.

Piotr endireitou o corpo. Queria estirar-se, aliviar o endurecimento dos membros tolhidos, mas não havia espaço para isso. Tinham tido sorte de obter lugares para a viagem até Moscou; todo o primeiro dia depois da partida de Petrogrado tinham sido obrigados a ficar de pé. Agora Rachel estava aconchegada em seus braços, ao passo que, do outro lado, uma senhora robusta se apoiava nele. A senhora robusta não tomava banho havia muito tempo. "Mas", pensou Piotr, "a verdade é que tanto Rachel quanto eu também não tomamos banho há muito tempo."

Mas estavam em Poltava e não tardariam a chegar a seu destino. Starogan ficava a apenas umas poucas horas de distância. Piotr não sabia o que encontraria lá, o que sua família ia pensar, o que diria Irina. Rachel estivera em Starogan havia quatro anos, acompanhando sua irmã, quando o mundo parecia ter sido criado especialmente para os Borodin. Agora, ela chegava com um Piotr Borodin despojado de posição e título. Fazia-se passar por sua mulher. Mas Irina iria compreender que aquilo não passava de um disfarce. Exigências da guerra.

E, no entanto... Rachel estirou ligeiramente os braços e sentou-se, recuando para longe, tomada por uma reação nervosa ao despertar nos braços dele, mas, ao mesmo tempo, sorrindo-lhe, encabulada. Poderia ser Judith. Uma Judith que sorria e parecia disposta a aguentar qualquer provação, sem queixas, uma Judith que nunca discutia, que se contentava em obedecer ordens. Uma Judith que era naturalmente boa? Piotr não sabia o que pensar, não conhecia a fundo a verdadeira Judith. A guerra fazia com que muitas coisas estranhas acontecessem; muita gente se portava diferente de seu normal. Na guerra, ele tinha matado e, na realidade, nunca tivera o menor desejo de matar alguém. Quem era ele para criticar o que uma jovem faminta poderia fazer para manter-se viva? Nunca tinha criticado Judith.

– Todo mundo para fora. – O guarda chegara ao compartimento repleto, e as pessoas estavam se levantando, juntando seus parcos pertences. – Você, também, camarada coronel.

– Meus bilhetes são para Odessa.

– Isso foi cancelado. O trem não vai mais longe.

– Por que não?

– Ordens, camarada coronel – respondeu o guarda, com um encolher de ombros. – Quem pode saber? Talvez o Exército Branco tenham conseguido uma vitória. Deve apresentar-se ao quartel-general aqui. – E seguiu caminho pelo corredor.

Exceto por eles dois, o compartimento estava agora vazio.

– O que vamos fazer? – perguntou Rachel, sem parecer apreensiva. Continuava confiando nele, como confiara nesses últimos três dias; afinal, tinham conseguido chegar até ali.

– Vamos caminhar o resto do caminho. São apenas uns 80 quilômetros.

– Caminhar? Até Starogan? – Ela arregalou os olhos.

– Por que não? – Piotr abriu a porta para deixá-la passar, e ela saltou para a plataforma, ajeitando a roupa. Escolhera seu melhor traje para a viagem, um costume de sarja marrom com um chapéu de feltro do mesmo tom, enfeitado com uma pluma vermelha. Era uma roupa quente demais para junho e agora estava bastante enxovalhada, mas ainda assim ela era de longe a mais bem vestida entre as muitas mulheres na plataforma e, como sempre, atraía olhares.

– Vão deixar-nos passar? – disse ela, notando os soldados armados à saída.

– Eles não vão saber. Daqui a uma hora estará escuro. Venha. – E Piotr lhe deu a mão, carregando a maleta dela, onde havia também uma muda de roupa dele, e os dois caminharam em direção aos guardas.

– Sou o coronel Smyslov. Desejo informações sobre onde fica o quartel-general.

– Dobre à esquerda do portão e siga em frente dois quarteirões – disse o primeiro soldado, inspecionando Rachel.

– Obrigado, camarada. – Eles atravessaram a porta e se misturaram aos passageiros do lado de fora, desorientados no fim da linha, sem saber o que fazer.

– Eles são tão grosseiros – sussurrou Rachel. – Não sei como você consegue aguentar.

– Fique quieta – aconselhou Piotr. – Aguento porque tenho de aguentar. Venha. – Depois de passar pelo portão, dobraram à esquerda conforme as instruções, para o caso de os homens os estarem vigiando, e desceram junto à fila. A revolução chegara a Poltava, também. Várias lojas haviam sido pilhadas, e, de quando em quando, viam-se casas destruídas por incêndios. As ruas não tinham tido serviço de limpeza naquele ano, e o cheiro habitual de lixo e esgoto e corpos mal lavados pairava no ar. Piotr pensou que sempre iria associar revolução à sujeira. Revolução era ainda mais suja do que a guerra.

– Por aqui. – Dobraram à esquerda no primeiro quarteirão, em vez do segundo, depois de novo à esquerda na próxima esquina e desembocaram no que devia ter sido uma rua residencial. O sol estava se pondo. – Vamos seguir um pouco por esta rua.

– Estou com uma fome terrível – disse ela. – Sobrou-nos algum daquele pão de Karcov?

– Sim, mas primeiro temos de encontrar um lugar para descansar. Longe das pessoas. Ali. – Piotr apontou para outra casa meio destruída por um incêndio, com toras de madeira projetando-se melancolicamente no ar. E a rua, no momento, estava deserta. – Venha. – Atravessaram correndo a rua e passaram por cima dos destroços espalhados pelo jardim.

– Cheira mal – disse Rachel.

– A cidade inteira cheira mal. Às vezes, penso que o país inteiro cheira mal. Mas não vai cheirar mal em Starogan, prometo-lhe.

Ela apertou a mão do companheiro e resmungou quando um de seus sapatos caiu de seu pé. Usava sapatos de salto alto, bem pouco adequados para uma jornada como aquela. Mas eram os melhores que possuía.

– Eu a carrego. – Piotr ergueu-a nos braços e pulou por cima de vigas caídas e destroços de alvenaria. Finalmente, viram-se atrás de um muro meio tombado, que os separava da rua, com um tapete de capim onde se sentaram, o céu como telhado e, diante deles, a parede original da casa, fendida ao meio pelo calor das chamas que a tinham destruído, revelando a escuridão de um porão. – Aqui está perfeito – decidiu ele e, depositando-a no chão, sentou-se ao lado dela e abriu a mala, de onde tirou a metade de um pão; restava ainda outro pão, mas seria para alimentá-los até Starogan.

– Meu Deus, o que eu não daria por um bife! – disse Rachel, ajoelhando-se e metendo os dentes no pão. – Vai haver bifes em Starogan?

– Vai haver bifes em Starogan. Haverá tudo o que você quiser em Starogan.

– Banho quente?

– Claro.

Ela balançou o corpo nos saltos, sorrindo ante aquela perspectiva. Piotr devolveu-lhe o sorriso, depois franziu a testa.

– Ouça.

– Água – disse ela, virando a cabeça. Com o esforço de chegarem até ali, não tinham ouvido antes, mas agora era bem nítido um rumor de água a escorrer continuamente. – Oh, água! – Então, pôs-se de pé, tirou o outro sapato e se encaminhou para o porão.

– Tenha cuidado. – Ele se apressou em segui-la, piscou os olhos, procurando habituá-los à escuridão, e viu o filete de água que corria pelo chão e desaparecia num esgoto mais adiante. – Deve ter estado correndo todo o verão. Que desperdício!

– Podemos bebê-la? Oh, por favor, posso beber um pouco dessa água?

– Com cuidado – advertiu ele. – Provavelmente está contaminada. – Mas ajoelhou-se ao lado dela, colheu um pouco do líquido com a mão e provou. Pareceu-lhe melhor do que um néctar. – Haverá champanhe em Starogan.

– Desde que eu possa tomar um banho. Coronel... – Ela ainda não conseguia chamá-lo simplesmente de Piotr e não podia mais arriscar um Vossa Excelência. – Acha que posso me lavar aqui?

– Não vejo por que não. Vou sair para que tome seu banho. – E retirando-se do porão foi apoiar-se à parede, contemplando o céu. Conseguira realizar seu plano. Se a estrada de ferro estava bloqueada, só podia ser em razão da proximidade do Exército de Denikin. Isso significava que ia poder reunir-se a eles e, se já estavam tão ao norte, ainda deviam estar de posse de Starogan. A propriedade, a família, estavam a salvo. Ele levaria Rachel para lá e a deixaria em segurança. Se ao menos em vez dela fosse Judith, não importava o que diria Irina. As circunstâncias agora eram outras. As circunstâncias jamais voltariam a ser as mesmas.

"ALÉM DISSO", pensou irônico, "como provavelmente agora sou um homem pobre, pelo menos até o Exército Branco, isto é, os contrarrevolucionários, ganhar a guerra, Irina não estará mais interessada em mim."

Se ao menos quem estivesse a seu lado fosse Judith... Mas Judith também estava em segurança. Ninguém iria perturbar a família imperial. Eram todos prisioneiros muito valiosos para quem quer que fosse que os tivesse sob controle. E ele e Judith acabariam por se encontrar. Eram jovens o bastante para sobreviver a revoluções. Não sobrevivera Judith à Sibéria e ele à guerra? Era o privilégio da juventude, ao passo que gente idosa como o casal Stein se deixava esmagar pela catástrofe.

Agora, sentado na obscuridade, percebeu que estava vislumbrando uma pele branca. Rachel despira-se inteiramente, jogava jatos de água sobre os ombros, que deixava escorrer pelas costas. Alarmou-se porque, de repente, percebeu que seu membro estava mais ereto do que jamais estivera em sua vida, ereção causada não só pelo desejo do momento como por uma longa privação. A irmã de Judith. Seria ela virgem? Não, se ele conhecera bem a maneira de agir habitual de Tigran. E uma jovem, que passara três noites dormindo em seus braços...

Ele estava de joelhos e ela o ouviu mover-se. Virando-se ainda de joelhos, ele olhou os seios empinados, com os bicos enrijecidos pela frieza da água, o contorno do ventre, o sedoso pelo castanho do púbis. Então ela se pôs de pé e ele pôde ver também suas pernas. Teria

Judith pernas como aquelas? Existiria outra mulher com pernas tão magnificamente longas e retas?

— Como... vai enxugar-se? — perguntou ele.

Ela ergueu e baixou os ombros; foi o gesto mais fascinante que ele vira em sua vida.

— Você disse que íamos ficar aqui algum tempo — disse ela. — Até escurecer.

O GRITO DE uma garça solitária despertou de súbito Piotr, que esfregou a nuca para afugentar a sonolência e fitou o céu acima.

— Anoiteceu. Está na hora de partirmos — disse ele, apertando de leve o braço de Rachel.

— Já, tão cedo? — Ela aconchegou a cabeça no peito macio de Piotr e suspirou. — Não podíamos ficar aqui para sempre? Estou tão cansada.

Ele sabia que Rachel nunca caminhara tanto em toda sua vida. Tinham deixado Poltava ao cair da noite e caminhado até de madrugada, seguindo o curso do rio, que corria para o sul em direção a Starogan. Quando ele decidira que seria perigoso continuar, os dois se tinham deixado cair juntos no chão, os pés machucados, a boca ressequida. Mas o rio lá estava, onde podiam beber e depois banhar-se, subitamente esquecidos da exaustão sob a carícia fria da água, inteiramente repousados por uma hora, quando mais uma vez se puseram a explorar o prazer mútuo de seus corpos.

Em Poltava, lembrava-se ele, não houvera prazer. Houvera desejo, um tremendo desejo crescente. Quando ele se ajoelhara diante dela para tomá-la nos braços, não fora um gesto voluntário. Durante três dias ela dormira em seus braços e durante três dias, irrefletidamente, sem premeditação, cada vez mais ele tomava conhecimento dela como mulher. A consciência de ser ela a irmã de Judith, segunda edição de Judith, o impedira de gozar de seu corpo como queria, o que, no final, o deixara frustrado.

Mas ela tinha continuado a beijá-lo e a passar as mãos nos cabelos dele, a tatear-lhe o pênis com surpresa infantil, afagando e chupando os bicos do peito dele, com o abandono de uma mulher desejosa. Sua honestidade era absoluta. "Quero que *você* saiba", começara ela, mas ele a fizera se calar. Porém, enquanto os dois caminhavam pela noite afora, fora impossível silenciá-la. E, além disso, as confidências os haviam mantido acordados. Mas e Rasputin? Ele se lembrava de sua fúria ao descobrir que Tattie era uma discípula, de como, possuído pela indignação, invadira a casa do curandeiro e depois se sentira arrasado, quando o czar o baniu. E de seu alívio ao constatar que Tattie não fora realmente atingida, ou se modificara de qualquer forma, por ter sido induzida à perversão.

E o mesmo se dera com Rachel. Espantosamente, para alguém que fora noiva de Tigran Borodin e que tivera de sobreviver ao descalabro de Petrogrado depois da revolução, ela se mantivera virgem. E, no entanto, não o perturbara o fato de o desejo dela ser tão ardente, de ela possuir tanta experiência na arte do amor, sem nunca antes ter chegado à sua consumação.

Desejara-o, realmente? Ou procurara apenas garantir a própria sobrevivência, que só através dele podia conseguir. Não teria sido necessário entregar-se para isso: Piotr nada exigira, não estipulara preço algum para salvá-la. Mas se ela simplesmente cedera ao desejo, seria o desejo *dele* em especial? Ou ao de qualquer homem? Não era uma pergunta fácil naquele momento; aparentemente, a resposta era a seu favor. Quando tinham parado à margem do rio, despido juntos as roupas, ela tivera contra seu corpo uma série incrível de orgasmos, e mais outros depois, quando tinham tornado a entrar no rio e flutuado juntos, tocando-se, de quando em quando, como para se certificarem de que aquilo não era um sonho. Então, fora possível esquecer tudo que não fosse a beleza e a paixão e o ardor daquela mulher. Rachel Stein, a irmã de Judith. Mas procurar iludir-se de que tudo aquilo estava acontecendo com Judith, de que Judith era capaz de sentir tal paixão, entregar-se de maneira total, seria levar a si mesmo à loucura. Porém, Judith estava longe, muito longe, e Rachel estava ali em seus braços, desejando ficar para sempre em seus braços.

E não desejava ele também ficar para sempre nos braços de Rachel? Se possível fosse?

– Comemos o resto do pão. Vamos passar fome – disse ele, beijando-lhe a orelha.

– Construiremos uma casa – murmurou ela, sonhadora. – E arranjaremos uma rede para pescar. E laços para apanhar pássaros. Era assim que viviam nossos antepassados, há milhares de anos.

– Porque não tinham Starogan a apenas uns poucos quilômetros. Banhos quentes. Carne. Champanhe – replicou ele, levantando-se.

Rachel segurou-lhe a mão, quando ele se abaixou para apanhar as calças.

– E nós?

Piotr a fitou nos olhos; ela corou e teria retirado a mão, mas ele a prendeu com força.

– Se isso bastasse a você.

O rubor acentuou-se, depois foi desaparecendo.

– Isso me bastaria, Piotr. Juro que me bastaria.

Os DOIS PASSARAM a noite caminhando, agora devagar. Mas o solo junto ao rio era macio, e Rachel pôde tirar os sapatos, parecendo um garotinho descalço. Às vezes, ele a carregava sobre as pedras do caminho e, de quando em quando, paravam e se sentavam abraçados à beira do rio. Nenhum dos dois mencionava Judith. Pensariam em Judith quando terminasse a guerra e a civilização voltasse à Rússia. Nenhum dos dois sabia quando isso aconteceria, se é que um dia iria acontecer.

E nenhum dos dois mencionava Irina. Irina estava mais perto, logo teria de ser enfrentada. Mas de alguma maneira, caminhando ao longo da margem do rio de mãos dadas, eles viam em Irina um problema não mais grave do que quaisquer dos outros que haviam enfrentado na semana anterior. Piotr não tinha a menor ideia se se tratava de amor, mas o fato é que *estavam* juntos. De repente, não era mais possível imaginar a vida sem Rachel caminhando a seu lado, sem Rachel dormindo em seus braços.

Chegaram a Starogan de madrugada. Por 24 horas, não tinham visto vivalma, um animal sequer, exceto pássaros. E ao cruzarem o leito da estrada de ferro, já sabiam também que não iriam ver nenhuma criatura viva, a não ser cães famintos brigando por algum miserável pedaço de carne putrefata. Viram casas destruídas por incêndios, vestígios de uma aldeia. Campos desertos, onde cresciam, em vez de trigo amadurecido, matagais. Não havia sequer um cheiro no ar. O que quer que tivesse acontecido em Starogan, acontecera havia várias semanas e, desde então, a aldeia fora abandonada.

Piotr pôs-se a correr pela longa estrada reta. Rachel ofegava, tentando acompanhá-lo, depois desistiu, quando o pé descalço esbarrou numa pedra. Sempre correndo, ele atravessou o pomar entre as macieiras pesadas de frutos não colhidos, depois o gramado danificado por centenas de pés e cascos de cavalos e parou ao pé dos degraus do alpendre para examinar a casa. Espantosamente, a casa não fora incendiada; continuava apresentando sua estrutura quadrada ao vento e ao mundo. Mas havia furos de bala nos muros. A passos lentos, ele subiu os degraus e parou no alpendre. A porta da frente fora arrancada de seus gonzos e, no interior, nada restava a não ser móveis espatifados. Hesitou, com medo do que iria encontrar lá dentro, mas sabendo que nada encontraria a não ser destruição.

– Piotr – gritou Rachel.

Ele se voltou e ouviu ao mesmo tempo o ruído de cascos de cavalos. Uma patrulha de cavalaria. Com suas lanças, armas no coldre, suas espadas e revólveres, eles eram a cavalaria mais bem armada que Piotr já vira. Usavam fardas cáquis e quepes e seu aspecto era tipicamente russo. Haviam cercado uma Rachel alarmada; um deles suspendeu-a do chão e jogou-a atravessada sobre sua cela, antes de se adiantar para Piotr.

Lentamente, ele desceu os degraus do alpendre, e os cavaleiros pararam à sua frente.

– Exército regular – disse o oficial de comando. – Enforquem-no.

– E a moça? – perguntou um dos soldados de cavalaria.

– Oh, pode usá-la um pouco. Mas depois deve ser enforcada também.

– Bom dia, Mark Ivanovich – disse Piotr.

O oficial, já fazendo seu cavalo dar meia-volta, enquanto três de seus homens desmontavam para cercar a vítima, repuxou a rédea. Os soldados hesitaram, a menos de 2 metros de Piotr. Rachel tinha parado de gritar e arfava.

– Piotr? Piotr Dimitrievich? – Mark Liselle desmontou lentamente. – Mas... usando essa farda?

– De que outro modo poderia eu ter chegado até aqui? E você? Ia mandar matar-me, sem julgamento? E violentar *mademoiselle* Stein?

Liselle tirou o quepe e enxugou o suor da testa.

– Estou lutando pelo general Denikin.

– É o que espero de você. Mas isso lhe dá o direito de portar-se como um selvagem?

– Larguem a moça... Larguem *mademoiselle* Stein – ordenou Liselle, e cumprimentou Rachel quando ela foi colocada no chão. – Peço desculpas, *mademoiselle*. Eu não a havia reconhecido

– Creio que você nunca a viu antes – observou Piotr.

– Oh! – Liselle parou um instante para pensar. Mas não era importante. – Ainda não me perguntou o que aconteceu aqui

– Conte-me.

– A aldeia passou para os bolcheviques. O povo deixou-se levar por um ex-soldado chamado Gromek.

– Um de meus lacaios, santo Deus!

– Bem, ele está morto. Nós o enforcamos. Enforcamos todos os que pudemos encontrar. Um ou dois escapuliram. Mas pegamos quase todos.

– Por terem aderido aos bolcheviques?

– Acho melhor que venha comigo – disse Liselle, depois de fitá-lo por alguns instantes e encaminhou-se para os fundos da casa, seguido de Piotr e Rachel. Piotr sentia-se como se caminhasse no ar. Com razão, tinha julgado Petrogrado o limiar do inferno. Mas agora, com Rachel pelo braço, ia penetrar no próprio inferno.

– Enterramos sua família aqui – disse Liselle, apontando para uma extensa elevação na terra.

Piotr caiu de joelhos, com os olhos fixos na terra.

– A princesa Olga, sua mãe, tinha um ferimento de bala, mas acreditamos que ela tenha sido espezinhada até a morte. A princesa Marie certamente morreu esmagada sob os pés da turba. A princesa Irina...

– Continue – disse Piotr.

Liselle soltou um suspiro

– Morreu sufocada.

– Estrangulada?

– Creio que foi arrastada na poeira do chão até morrer sufocada.

– Não foi.

– Os ferimentos... – Liselle passou a língua nos lábios – podem ter sido infligidos após a morte. Mas a causa da morte foi sufocação.

"Os ferimentos", pensou Piotr. "Meu Deus, ferimentos naquele corpo túrgido, voluptuoso!"

– Prossiga – disse ele.

Liselle parecia estar tendo dificuldade em respirar.

– Xenia... a grã-duquesa, morreu também.

A última vez que ele vira Xenia fora no verão de 1916, uma resplendente deusa ruiva.

– Como?

– Ela... ela também foi mutilada, mas deixaram que sangrasse até a morte. Pelo que pudemos apurar.

Rachel soltou um grito de horror e caiu de joelhos ao lado de Piotr.

– Continue.

– Foram só esses membros de sua família que encontramos. Alguns dos criados morreram também, creio que tentando defender a casa. Um deles foi enforcado naquela árvore ali adiante, outro foi praticamente estraçalhado.

– Deve ter havido mais vítimas – disse Piotr, em tom calmo. – Minhas duas irmãs se achavam aqui. E meus três sobrinhos e sobrinhas. Todos aqui, também. – Pela primeira vez, sua voz começou a alterar-se.

– Não encontramos mais ninguém.

Piotr pôs-se de pé lentamente. Olhou para a direita e para a esquerda, como se esperasse ver Tattie e Ilona surgirem do matagal.

– Enforcaram os assassinos? Todos eles?

– Todo homem, mulher e criança que pudemos encontrar – respondeu Liselle.

– Mas deve haver outros – disse Piotr. – Por que estamos parados aqui?

9

— O trem está parando – disse a grã-duquesa Olga.
– Já chegamos? – perguntou o czareviche. – Já chegamos? Papai está nos esperando?

Com muita cautela, Judith Stein ergueu a ponta da cortina pesada, que tapava a janela do compartimento de terceira classe, e espiou para fora. Mas nada havia a não ser o leito da estrada de ferro. E montanhas, que se erguiam em todas as direções, quentes ao sol. Mas ela podia imaginar como seriam no inverno.

E então, de súbito, casas. Judith largou depressa a ponta da cortina. Não seria bom se os guardas percebessem que ela tentara espiar.

– Então? – quis saber o czareviche. – Onde estamos, Judith? Papai está nos esperando?

– Não sei, Alteza. Mas estamos na região das montanhas.

– As Urais – sugeriu a grã-duquesa Tatiana. – Eles disseram que íamos para as Montanhas Urais.

As irmãs olharam umas para as outras, depois para o irmão. Dependiam agora umas das outras, como dependiam de Judith; não lhes restava mais ninguém de quem depender, desde que seus pais tinham sido levados embora três semanas antes. "Três semanas", pensava Judith. "Era como se fosse uma vida inteira. Cada dia era uma vida, tinha sido uma vida durante aquele último ano."

Enquanto haviam permanecido em Czarkoe Selo restava esperança. O czar voltara cheio de otimismo. O que ele dizia à czarina na intimidade do quarto conjugal, se ele tinha ou não chorado, ninguém sabia. Para as filhas, para o filho, para a criadagem, ele ainda era o czar, e se seus deveres agora consistiam em nada além de cuidar do jardim; ele não se desesperara, nem permitira que sua família se desesperasse. *Monsieur* Kerensky viera visitá-lo várias vezes. Havia coisas que *monsieur* Kerensky precisava saber, e que só o czar podia lhe responder. E havia coisas que só *monsieur* Kerensky podia dizer ao czar.

– Kerensky não é um mau sujeito – observara o czar.

– Um socialista – comentara a czarina, em tom amargo.
– Ainda assim, um bom sujeito. E parece que o mundo inteiro é socialista nos dias de hoje. Não deseja fazer-nos mal, pode ficar certa disso. Estaria disposto a nos trocar por outros prisioneiros, se pudesse, ou mandar-nos para a Inglaterra. Mas existem dificuldades.

Ao que parecia, as dificuldades tinham aumentado. Logo, a família teve de sair de Czarkoe Selo e foi transferida para Tobolsk, na Sibéria.

– Vossa Majestade não irá mais precisar de mim. As meninas já estão restabelecidas – dissera Judith, que na verdade não tinha a menor vontade de voltar para a Sibéria, ainda que o destino fosse Tobolsk.

– É claro que precisamos de você, Judith – replicara a czarina. – O que fariam as meninas sem sua companhia? É claro que deve ficar conosco.

"É bem típico dos aristocratas russos", pensou Judith, "simplesmente não cogitar, como agora a czarina o faz, que outras pessoas, pessoas subalternas, possam ter vida própria." Pelo menos, ela tinha podido trocar mensagens com seus pais, saber que eles ainda estavam bem, no desintegrante caos de Petrogrado. Mas desde que saíra de Czarkoe Selo, não tivera mais notícias deles.

Entretanto, estava agora conformada em acompanhar a família imperial para onde quer que fosse. Havia mesmo uma ironia melancólica do destino no fato de ela voltar para a Sibéria como exilada – e na companhia do homem e da mulher que eram os principais responsáveis por seu exílio. Não que o exílio deles em Tobolsk se parecesse com o dela em Irkutsk. Em Tobolsk, a família imperial fora instalada na casa do governador, tratada com deferência pelos guardas e mantida a par de tudo o que acontecia em Petrogrado e no restante do mundo. Até outubro passado. E, então, fizera-se um súbito silêncio em torno deles e, com o silêncio, uma lenta mas perceptível diminuição de respeito por parte dos guardas, acompanhada de uma ainda mais perceptível vigilância. Pelos guardas eles tinham sabido a causa da mudança: os bolcheviques haviam assumido o poder, o próprio Kerensky fora exilado e Lenin era o soberano da Rússia.

Lenin! "Lutei ao lado dele nas barricadas em Moscou", Judith tinha vontade de dizer. Mas isso fora há 12 anos. Iria ele lembrar-se dela agora? Devia ela revelar agora esse fato? A ideia não lhe agradava. Não queria incorrer no ódio daquela estranha família, que lentamente começava a respeitar e até a amar, pela coragem que demonstrava, por sua união e simplicidade, que os deixava perfeitamente contentes uns com os outros, apesar de despojados de todo o poder e toda a glória. Além disso, em seu íntimo, ela sabia que tempos mais duros viriam. E como amiga de Lenin, talvez pudesse ajudá-los.

Três semanas depois, chegou o momento. Um súbito despertar de madrugada e a ordem para juntar seus pertences, pois um trem os estava esperando. Quase um acesso de histeria da czarina, que, apesar de sua atitude de estoica reserva, era quem mais próxima estava de entrar em colapso. E, dessa vez, com razão. O czareviche achava-se em uma de suas periódicas crises da terrível doença. Tinha esfolado o joelho e o ferimento tornara-se roxo, de sangue preso sob a pele, fazendo com que o menino gemesse e se contorcesse de dor. Não podia viajar. E sua mãe não o podia deixar. Os guardas foram obrigados a arrastá-la; a única concessão, a quem já fora majestade, tinha sido permitir que as três irmãs do czareviche e a governanta judia permanecessem com ele em Tobolsk até sua recuperação.

Seguiram-se as três semanas mais longas da vida de Judith. Mas agora o prazo estava terminado. E o que iriam encontrar? Ela se levantou e ficou de frente para a porta, que fora aberta por um oficial ladeado de dois guardas.

– Vão desembarcar aqui – disse o oficial, com um ligeiro sorriso.
– Seus pais o estão esperando.

– Papai! – gritou Alieksei Nikolaievich e tentou sair correndo. Judith agarrou-lhe depressa a mão para impedir que ele fosse empurrado pelo oficial, pois até um empurrão podia desencadear sua hemofilia.

– Dignidade, Alieksei – disse Olga. – É preciso manter sempre a dignidade. Especialmente... – Ela mordeu o lábio. Não podia mais dizer "especialmente um herdeiro do trono". – Especialmente meninos crescidos.

Seguiram todos em fila pelo corredor e saltaram na plataforma. Ekaterinburg, a cidade de Catarina. Batizada com o nome do maior dos czares, um czar mulher, que enfrentara muitas revoluções e revoltas e saíra vitoriosa de todas elas. O que acharia Catarina daquela cena?

– Conhece este lugar? – perguntou Tatiana em voz baixa.

– Sim. Passei por aqui em 1911. Fica na principal via férrea do Leste.

– Acha que vamos prosseguir ainda mais adiante para Leste?

Judith olhou para trás. O trem continuava parado na plataforma.

– Por aqui. – Os guardas estavam esperando a fim de escoltá-los para fora da estação. Desceram alguns degraus, passaram por funcionários da estrada de ferro, um deles esboçou um cumprimento, depois, apressadamente, pôs as mãos nas costas, ao passo que os outros olhavam em silêncio e de cara sombria os recém-chegados.

Então, puseram-se a caminhar pela rua empoeirada e suja, ladeada por dois renques de casas inexpressivas. Ekaterinburg. Era uma pequena cidade industrial, pelo que Judith se lembrava. Hoje a população não estava trabalhando, apenas olhando. Tiveram de percorrer a rua, com guardas escoltando-os atrás, na frente, dos lados, entre gente que os olhava e apontava e sussurrava.

– As czarevnas.

– As mulheres Romanov, é o que quer dizer.

– Repare como andam, de queixo para cima.

– Logo vamos fazer com que os abaixem.

– Eu preferia abaixar outra coisa camarada. – A piada provocou gargalhadas grosseiras, e Judith, que andava atrás e carregava as pequenas trouxas de roupa do grupo, viu as orelhas das meninas ficarem vermelhas. Estariam elas se dando conta de que mais do que suas vidas estava em jogo? Não tinha a menor dúvida de que, diante do pelotão de fuzilamento ou mesmo do machado do carrasco, elas enfrentariam a morte sem pestanejar. Mas, supondo que fossem entregues a uma turba ansiosa por violentá-las, como sua sensibilidade sempre tão resguardada reagiria a tal provação?

E como ela própria reagiria? As circunstâncias a fariam lembrar-se de Roditchev e sua bengala, de seus sequazes? Não era cada vez tão horrível quanto a primeira, por mais vezes que acontecesse?

Chegaram diante de um muro que cercava um pequeno jardim e, no centro, uma casa de três andares – quase a única construção de três andares da cidade. O portão abriu-se para deixá-los entrar. Ainda lhes estavam concedendo um pequeno conforto, outra casa de governador. Entraram no pátio, e o portão fechou-se atrás deles, isolando-os dos curiosos, os perversos e os que riam e diziam obscenidades. De pé, esperando-os, estavam o czar, a czarina e Anastásia, que correu ao encontro das irmãs.

– Minhas queridas. – Alexandra abraçou as filhas, uma por uma. Apertou contra o peito o czareviche. – Meus filhos.

Havia lágrimas nos olhos do czar, que se voltou para que os guardas não o vissem chorar. "Ou mesmo para que eu não o veja", pensou Judith, que se mantivera um pouco afastada, esperando que terminassem as efusões para receber instruções, quando ouviu chamarem-na pelo nome.

– Judith? Judith Stein?

Ela olhou para a direita, onde as damas de companhia e outras pessoas da comitiva se achavam, e esbarrou com os olhos em Ilona Hayman.

– Ilona? – Judith deu um passo à frente, depois parou para se certificar. Mas era realmente Ilona, se bem que não a Ilona que ela conhecera de outros tempos. A sublime e altiva confiança em si, bem como o penteado perfeito e os trajes parisienses, haviam desaparecido. Os cabelos magníficos estavam soltos, o vestido era de algodão e sua única joia, uma aliança. Havia vincos de ansiedade em sua fronte. Mas a nova aparência da verdadeira Ilona devia ser apenas temporária. Ao contrário dos Romanov, conscientes de que, para eles, a vida nunca mais seria a mesma, Ilona Hayman sabia que a situação, em que se encontrava no momento, não passava de um contratempo irritante, uma interrupção no perene fluxo de sua felicidade.

Mas como acontecera aquilo?

– Judith. – Ilona tomou-lhe ambas as mãos. – Graças a Deus que você está aqui. Conhece essa gente... não, não, não o czar – disse, vendo Judith desviar os olhos. – Refiro-me a esses guardas. Não os conhece?

Judith balançou negativamente a cabeça.

– Eles parecem não entender – explicou Ilona. – Deram-me ordem de prisão. Pensam que sou russa. Mas sou uma cidadã americana.

– Há quanto tempo está aqui? – perguntou Judith.

– Desde o Natal.

– Desde... meu Deus! Sozinha?

– Meus filhos estão comigo. Estávamos tentando chegar a Vladivostock. Esses comissários, ou seja lá como se chamam, nos obrigaram a descer do trem e esperar... por instruções de Petrogrado, dizem eles. Fiquei tão feliz de encontrar Suas Majestades aqui no dia seguinte. E agora você! A família imperial vai ficar detida aqui também?

– Creio que sim.

– Mas...

– Prisioneiros, perfilem-se – ordenou alguém.

Elas se voltaram e viram os Romanov interromperem suas efusões e se colocarem de frente para o portão. Um homem alto, magro e fardado transpôs o portão. O rosto era tão magro quanto o corpo, e contorcido num misto de embaraço e determinação. Judith refletiu que já o vira antes, rapidamente. Viajaram no mesmo trem; de fato, já estava no trem quando Judith e seu grupo tinham embarcado em Tobolsk e descera à plataforma para fiscalizar o embarque das jovens e do czareviche. Agora ele se colocou no centro do pequeno pátio, diante do czar.

– Sou o camarada Beloborodov – disse ele –, o novo comandante deste Soviete. A partir desse momento, receberão ordens minhas. – Fez uma pausa para examinar os prisioneiros um por um; isso levou algum tempo, pois eram cerca de trinta pessoas. – Esta casa – disse ele finalmente – foi reservada para o camarada Romanov e sua família. Pode manter a seu dispor dois membros de sua comitiva, camarada Romanov, um homem e uma mulher.

— Mas não podemos nos arranjar só com duas pessoas — replicou o czar. E sua voz foi abafada pelas exclamações de protesto das damas de companhia e dos lacaios.

— Calem a boca todos! — gritou Beloborodov. — Estou aqui para dar instruções, não para ouvir queixumes. O médico poderá permanecer também. Os outros prisioneiros devem acompanhar os guardas.

— Para onde nos estão levando? — quis saber Ilona.

— Para outra casa, camarada. Outra casa.

— Exijo que me ponham em liberdade — disse Ilona. — Sou uma cidadã americana. Meus filhos são cidadãos americanos. Pode perguntar a esta moça, *mademoiselle* Stein. Ela é de seu Partido. Foi exilada na Sibéria por causa de seus credos políticos. Não mentirá a vocês.

Beloborodov fitou-a um instante, depois se voltou para Judith, que corou ao notar os olhos da família imperial voltados também para ela, embora, naturalmente, nenhum deles ignorasse seus antecedentes. Beloborodov consultou a lista que tinha na mão, virando devagar as páginas.

— Seu nome?

— Ilona Hayman. Sra. George Hayman.

— Ilona Borodina — disse Beloborodov. — Anteriormente princesa Roditcheva. — Ele ergueu a cabeça. — Onde está seu marido?

— Meu marido? Meu marido é o Sr. George Hayman, vice-presidente do *American People*. No momento, está em Petrogrado fazendo o que pode para ajudar a Rússia.

— O que estou perguntando é onde está Serguei Roditchev?

— Como posso saber? — retorquiu Ilona. — Há seis anos que não o vejo. Ele não é mais meu marido. Há anos que nos divorciamos. Pergunte à *mademoiselle* Stein.

Beloborodov olhou mais uma vez para Judith e consultou sua lista.

— Judith Stein — disse ele. — Seu pai foi membro da Duma.

— Sim, foi.

— Mas não membro do Partido. Ou mesmo membro de qualquer outro partido. Lembro-me de você, camarada Stein. Esteve implicada no complô para assassinar Stolypin.

– Sim, estive – disse Judith, após uma hesitação.

– E foi exilada em Irkutsk. – Beloborodov lançou um olhar à família imperial. – Mas, ao que parece, virou a casaca. Não gostamos de gente que vira a casaca, camarada Stein. – Ele fechou bruscamente a sua lista. – Removam os prisioneiros.

– Mas não pode levar Judith – protestou a grã-duquesa Tatiana. – Ela é nossa amiga.

– Terão de se contentar com a companhia de si mesmas – disse Beloborodov, com um sorriso breve. – E cuidar umas das outras. Removam os prisioneiros. – Depois voltou os olhos para Ilona. – Seria bom que nos dissesse onde está seu marido. Pode chegar a hora em que a forçaremos a falar.

– É ABSOLUTAMENTE INACREDITÁVEL – declarou Ilona. – Parece um pesadelo. E agora ainda não é o pior. Se tivermos de passar outro inverno aqui, vou enlouquecer. Quanto às crianças... – Ela as fitou, brincando do outro lado da sala com a ama, Alice. – Isso foi ideia de George, sabe? Achou que não estaríamos em segurança em Starogan. Queria que voltássemos para os Estados Unidos. Meu Deus! Um dos guardas me disse que Starogan está agora nas mãos do Exército Branco do general Denikin. Se ao menos tivéssemos permanecido lá! – Ela suspirou e estirou-se no catre, com as mãos cruzadas sob a cabeça. – E se ao menos eu pudesse mandar uma mensagem a George.

Judith percebeu que o sentimento dominante em Ilona era a cólera. Tanto melhor; pelo menos, ela não sucumbira ao desespero que dominava a maioria dos outros prisioneiros. Mas como se sentiria ela se tivesse de passar outro inverno ali?

– Na certa – disse Judith, sentando-se junto dela –, se o Sr. Hayman estava contando com sua volta para os Estados Unidos, a essa hora já deve estar sabendo que houve um contratempo. E vai procurar encontrá-la.

– Claro. Certamente George vai encontrar-me. Só peço a Deus que ele não demore.

Sentou-se e ficou observando a porta abrir-se, sem uma batida convencional. Os guardas estavam sempre fazendo isso, vigiando as mulheres. Era parte de suas obrigações certificar-se de que ninguém estava planejando algo, mas a obrigação também tinha possíveis compensações, pois frequentemente pegavam alguém em trajes menores ou mesmo fazendo suas necessidades fisiológicas no único urinol que servia a todas elas.

Mas para Ilona as interrupções eram especialmente perturbadoras, por causa da ameaça de Beloborodov. "Realmente era inimaginável", pensava Judith, "que aquela beldade tão altiva se visse exposta a um 'interrogatório', conforme era praticado pelo primeiro marido de Ilona e, sem dúvida, praticado também pelos bolcheviques." E Ilona, apesar de se recusar a dar demonstrações de medo, sabia bem o que um interrogatório podia significar.

A porta fechou-se e Ilona tornou a deitar-se, com outro suspiro. Enxugou o suor da testa. Era o começo de julho, o calor era intenso mas os prisioneiros não tinham permissão de abrir as janelas e eram levados apenas uma vez por dia ao jardim para uma curta caminhada. Banhos não eram permitidos, e só havia um balde de água para todo mundo se lavar; o ar cheirava a suor.

– Foi assim seu exílio em Irkutsk? – perguntou Ilona.

– Não – disse Judith. – Tínhamos de trabalhar. Mas acho que era melhor do que ficar sem fazer nada.

– Tem razão – concordou Ilona.

– E não éramos segregados. Tínhamos permissão de coabitar com quem quiséssemos.

– E foi quando você teve seu filho? Piotr contou-me.

– Sim, foi quando tive meu filho. Mas ele não sobreviveu ao inverno seguinte – disse Judith, levantando-se e indo espiar pela janela. Elas tinham mais sorte do que a maioria dos prisioneiros, porque da janela se avistava uma rua além da cerca. Não podia ver a rua propriamente, mas via as árvores e as cabeças das pessoas que por ali passavam. Naquelas últimas poucas semanas, havia passado muito tempo ali, imóvel, tentando descobrir o que estava acontecendo.

Dedos infantis puxaram-lhe a saia. Ela baixou os olhos para o garoto.

– Quando vão nos soltar? – perguntou John Hayman.

"John estava apenas com 9 anos e já passara por situações que, provavelmente, poucos meninos na Rússia haviam conhecido", pensou ela. Arrebatado de casa quando tinha 3 anos, criado durante três anos como menino americano e, nos últimos três anos, gozara os privilégios de nobre russo; e agora, havia seis meses, era prisioneiro com sua mãe. Que espécie de homem seria quando crescesse? Mas também que espécie de menino era ele? Filho de Ilona. Mas quem era o pai? Apesar da intimidade que se estabelecera entre as duas nas últimas semanas, Ilona nunca aludira a essa importante questão e Judith nunca se achara no direito de perguntar-lhe a respeito.

– Logo – disse ela.
– Quando papai chegar aqui?
– Claro. Ele virá, pode ficar certo disso. – Passou-lhe a mão pelos cabelos e olhou para Ilona, ainda deitada no catre.

Ilona preocupava-se mais com Johnnie do que com os outros dois, que eram muito pequenos para entender o que estava acontecendo. Era espantoso que, apesar das condições precárias em que viviam e da comida pouco apetecedora, estavam todos com boa saúde. Até o presente momento. Mas no próximo inverno... – Ele logo estará aqui – disse ela, e tornou a olhar para fora da janela. Subitamente, percebeu lá fora uma grande agitação e soldados marchando na rua. – Mais prisioneiros – comentou ela.

Ilona levantou-se da cama e correu para junto de Judith.

– São os Vermelhos? Estou falando dos soldados. Poderiam ser os Brancos. Ouvi um boato que o almirante Kolchak não está longe daqui. Os Vermelhos estão sendo derrotados por toda a parte.

– Papai está com o almirante Kolchak, mamãe? – perguntou Johnnie.

– Não, meu amor. – Ilona abraçou o filho. – Acho que ele virá pelo outro lado.

– São soldados Vermelhos – declarou Judith. – Se fossem Brancos, estaríamos ouvindo disparos.

– Como você suspeitou, mais prisioneiros – disse Ilona, espiando pela vidraça embaçada. – Mas pelo menos eles devem trazer alguma notícia.

– Se pudermos falar com eles. Raramente tinham oportunidade de falar com seus companheiros, pois os guardas mantinham cada um em celas separadas. Nem sabiam ao certo se a família imperial ainda estaria do outro lado da rua. "Mas, certamente, se eles tivessem saído", pensou Judith, "eu os teria avistado da janela. A não ser que tivessem evaporado durante a noite."

Os soldados haviam desaparecido. Ilona voltou para o catre e tornou a deitar-se. Passava a noite e o dia inteiro deitada, exceto quando comia, andava pelo pátio ou abraçava os filhos. Não havia mais nada a fazer. E não havia mais assunto para conversas.

Portas abriram-se e bateram. Judith apoiou-se contra a parede para vigiar a porta da própria cela. Era possível que trouxessem alguém mais para lá; havia apenas seis leitos, mas os guardas exigiam que as duas crianças menores ocupassem um só leito, e assim sobrava lugar para mais uma pessoa. Que não tinha chegado.

Passos ecoaram nas escadas. Ilona sentou-se na cama.

– Silêncio, crianças – advertiu Alice, quando Felicity e George Júnior continuaram a tagarelar; ela sentia que uma nova crise podia estar próxima.

Uma chave girou na fechadura. Judith prendeu a respiração, ao mesmo tempo que segurava a mão de Johnnie.

A porta se abriu e ela deparou com Mikhail Nej.

– Judith Stein – disse ele. – Não pude acreditar em meus ouvidos quando me disseram que você estava aqui.

Judith não o via desde que tinham estado juntos no banco dos réus, em São Petersburgo, como era então chamada a cidade, ouvindo a sentença de morte para ambos. Agora, sete anos mais tarde, estavam ambos vivos, ela de novo prisioneira e ele... estava de farda cáqui e boné de pala, trazia um revólver no coldre preso à cintura e exibia estrelas vermelhas na gola. Ela o achou mais magro, mas ele estava obviamente em excelentes condições físicas. Mikhail Nej. Fora retirado da Rússia por George Hayman, a fim de escapar à forca. Agora era a vez de ele salvá-las.

Certamente salvar Ilona, pois o olhar de Mikhail já a buscava no outro lado da cela.

— Princesa.

Ilona desceu devagar as pernas de cima do catre, pisou nas tábuas do assoalho e levantou-se lentamente. Judith nunca vira ninguém deixar transparecer tamanho assombro.

Mas de novo Mikhail desviou os olhos, dessa vez para as crianças, que tinham cessado de brincar e estavam ajoelhadas olhando-o. Então, ele fitou o menino que segurava a mão de Judith.

— Ivan? — perguntou ele.

Ilona atravessou a sala com longos passos ansiosos; não se deteve para calçar os sapatos.

— John — disse. — John Hayman. — E segurou a outra mão do filho.

Mikhail Nej encarou-a durante alguns instantes, depois estalou os dedos.

— Fora — ordenou ele. — Saiam todos daqui.

Judith hesitou. Alice reuniu as duas crianças menores e as protegeu com os braços.

— Sim — disse Mikhail — Vocês quatro. A Sra. Hayman vai ficar. E o menino também.

Judith olhou para Ilona. Mas Ilona estava voltada para Mikhail Nej. Judith saiu pela porta, onde a esperavam três guardas. Alice e as duas crianças seguiram-na e a porta se fechou.

— Vão ficar aqui até nova ordem do comissário — advertiu um dos guardas.

Com Ilona Hayman, mulher de seu salvador. E o menino de 9 anos. Judith encostou-se à parede, tentando pensar.

Mikhail Nej agachou-se diante de John Hayman e fitou-o atentamente.

— Ele é um Borodin — disse Ilona.

Mikhail concordou com um gesto de cabeça e estendeu a mão.

O menino olhou para sua mãe, que o soltou.

— Mikhail...

— Fique quieta — disse Mikhail e segurando a mão do menino, apertou-o contra o peito. — Conheci seu pai... Conheci muito bem seu pai. — Estendeu a outra mão para acariciar a cabeça do menino. —

Ame sempre seu pai. – Em seguida, soltou Johnnie, levantou-se e foi abrir a porta. – Vá ficar com seu irmão e sua irmã.

Johnnie olhou para a mãe e, quando ela lhe fez sinal para que obedecesse, saiu, e Mikhail tornou a fechar a porta.

– Obrigada – disse Ilona.

– Não foi muito imprudente de sua parte voltar para cá?

– Não havia guerra nem revolução quando voltei.

– E depois, por que permaneceu na Rússia?

– George queria ficar. Ele ama a Rússia tanto quanto eu ou você, Mikhail. Mas ama você realmente a Rússia?

Ignorando a pergunta, ele lhe agarrou a mão, depois tornou a soltá-la. Estava bem próximo dela, acariciando-lhe a face com um dedo, depois, seguindo a linha da testa até tocar nos cabelos. Sempre fora um homem extraordinariamente delicado, lembrava-se Ilona.

– Estive com George. Em Petrogrado.

– Ele está bem? – perguntou ela, tomando-lhe ambas as mãos.

– Acho que George Hayman sempre estará bem. Mas se preocupa com você, que agora já deveria estar de volta, nos Estados Unidos. Prometi-lhe que ia encontrá-la. Não é fácil hoje, na Rússia, um estrangeiro viajar. Na realidade, ele deveria deixar o país. Quando você voltar, escreva-lhe dizendo que volte, Ilona Dimitrievna.

– Quando eu voltar?

– É uma cidadã americana – disse ele, com um rápido sorriso. – Não temos o direito de mantê-la aqui.

– Eu disse isso a eles. – Ilona sentiu o sangue subir-lhe às faces. – Disse isso a Beloborodov. Mas ele apenas ameaçou interrogar-me a respeito de Serguei.

– Roditchev continua desaparecido. Suspeito de que tenha ido reunir-se aos Brancos no sul. Mas ainda vamos apanhá-lo.

– Tem alguma notícia de minha família?

Ele suspirou, soltou-lhe a mão e sentou-se no catre.

– Estão todos mortos.

Lentamente, Ilona deixou-se cair de joelhos.

– O que esperava? – perguntou ele. – Revoluções vomitam criaturas como esse Beloborodov. Como meu próprio irmão. Ele foi man dado a Starogan para difundir a revolução. Não sei o que aconteceu. Mas sei que houve um massacre sem sobreviventes.

— Piotr?... — Ilona tapou o rosto com as mãos.

— Creio que a respeito dele devemos supor, também, o pior — disse Mikhail, encolhendo os ombros. — Quando assinamos a paz, em março, os alemães nos devolveram os prisioneiros de guerra. Mas o nome de Piotr Borodin não constava da lista dos que foram devolvidos.

— Meu Deus! Meu Deus!

Mikhail deu um sorriso irônico.

— Assim meu filho poderia vir a ser o herdeiro do título dos Borodin. Não é incrível?

Ela contraiu os olhos para reprimir as lágrimas.

— Sim, incrível. Mikhail...

— Jamais se lembra de Moscou, de Starogan, de quando nos amávamos?

— Sim, penso...

— E Hayman sabe, calculo eu. Ele sabia quando me substituiu na prisão?

Ela confirmou com um gesto de cabeça.

— Ele disse que sabia — murmurou Mikhail, pensativo. — Mas eu não tinha certeza do quanto ele sabia.

— De tudo.

— E tenho de ser eternamente grato a George Hayman — observou Mikhail. — *Sou* muito grato e ainda mais grato a ele por trazê-la de volta à Rússia, por mantê-la aqui e me dar a oportunidade de revê-la.

Ilona umedeceu os lábios.

— Mikhail...

— Oh, não pretendo fazer amor com você, Ilona. Eu poderia. Se você resistisse, poderia mandar que meus homens a segurassem. São essas as vantagens de ser comissário. — Ele estendeu a mão e tocou-lhe de novo a face. — Eu bem que gostaria de fazer amor com você de novo, Ilona Dimitrievna.

— Mikhail...

— Mas seu marido salvou minha a vida. — Ele se pôs de pé. — Sou-lhe ainda grato por ter tornado a vê-la e por ter visto meu filho. Amanhã de manhã, haverá um trem que parte para o leste; você embarcará nele. O trem não poderá ir muito longe, pois o almirante Kolchak se encontra próximo daqui. O trem irá até o limite do nosso controle; lá você e seus filhos desembarcarão. Temos contato com os Brancos e vocês serão entregues com uma bandeira de trégua. Identifique-se perante Kolchak e ele não hesitará em ajudá-la.

– Mas... e os outros prisioneiros? E o czar?

Mikhail balançou a cabeça.

– Eles nunca me salvaram a vida, Ilona Dimitrievna. Vão ter de ficar.

– Então, como posso ir?

– Porque você nada tem a ver com eles. E tem um marido que está ansioso por sua causa. Tem um filho por quem deve zelar, fazer dele um bom... – Outro sorriso irônico. – Um bom americano.

– E você? – perguntou ela.

Mikhail fitou-a alguns instantes, depois lhe tomou o rosto nas mãos e beijou-a nos lábios.

– Tenho muitas coisas a fazer. E muitas dessas coisas são terríveis, julgadas por seus padrões, Ilona. Não pense mais em mim. E nunca diga a verdade a Ivan.

MILAGROSAMENTE, a bagagem, apreendida por ocasião da chegada do trem, reapareceu. Ilona e Alice puderam arrumar decentemente as crianças; Ilona pôde vestir um costume de viagem limpo.

– Não sei o que dizer – comentou ela, escovando o cabelo e colocando o chapéu. – De certa forma, sinto-me culpada.

– Culpada do quê? – perguntou Judith, com um sorriso. – Sempre disse que não ficaria aqui muito tempo. No inverno, estará de volta ao lar.

– Meu lar... – O rosto de Ilona se contraiu. – Perguntei a Mikhail se... se não podia deixar partirem os outros prisioneiros. Se não permitiria que você partisse. E ele recusou.

– É um comissário. Provavelmente, isso ultrapassa sua autoridade. Além do mais, não se esqueça de que cheguei aqui acompanhando as czarevnas.

– Oh, Judith... – Lágrimas brotaram nos olhos de Ilona. – Dissemos que a ajudaríamos.

– Se fosse possível. Quando fosse possível.

– Promete-me? – E Ilona apertou-lhe ambas as mãos. – Se algum dia eu ou George pudermos ajudá-la, promete-me que se comunicará conosco?

– Se for possível ajudar-nos, prometo. – Judith beijou-lhe a face.

– Sua parte é a mais dura. Não sabe o que a aguarda. Eu só tenho de ficar aqui sentada, esperando. Estou habituada a esperar. – Tornou a beijá-la e abraçou cada uma das crianças. – Estarei pensando em você.

Todos agora choravam. Mas a porta estava aberta e os guardas, esperando. A distância, Judith chegou a pensar que podia ouvir o silvo do trem. E como desejava que se fossem de uma vez, antes que ela não aguentasse mais e desatasse em pranto. Como seria bom partir com eles.

Seguido do guarda, o grupo saiu da sala. A porta ficara aberta e Judith correu para lá, mas havia um guarda postado no alto da escada. Então, encaminhou-se para a janela e espiou para fora. Poucos minutos depois, o grupo surgiu, acompanhado pelos guardas. Ilona virou a cabeça e olhou para cima. Judith acenou com a mão, apesar de Ilona não poder vê-la através da vidraça suja. Viu-os descerem a rua, em direção à estação, e desaparecerem de sua vista. Usou a manga para enxugar as lágrimas.

Quase sem ruído, a porta foi fechada.

– É verdade, vocês eram amigas mesmo no tempo de Moscou – disse Mikhail Nej. – Eu tinha me esquecido.

Judith se voltou, contrafeita.

– Ela me mandou espioná-la – acrescentou Mikhail. – Para descobrir onde vocês se reuniam. Não com a intenção de traí-la. Só queria participar.

– Sei disso – disse Judith.

– É estranho como as pessoas se encontram, formam laços de amizade, se separam e depois tornam a encontrar-se em circunstâncias inteiramente diversas.

– Já foi amante dela – disse Judith. – Aquele menino é seu filho. Nunca me dei conta disso. Nunca me ocorreu.

– Que uma princesa pudesse ter um caso com o criado de seu irmão? Nunca ocorreu a ninguém.

– E você ainda a ama – disse Judith. – Foi muito cavalheiro deixá-la partir quando poderia mantê-la aqui. E a seu filho.

Mikhail sentou-se no catre ao lado dela.

– Até mesmo um criado bolchevista pode possuir certo código de honra, camarada Stein. Além do mais, eu não a poderia manter aqui. Não haverá alegrias para os que foram forçados a ficar.

– O czar?... – perguntou ela, erguendo a cabeça.

– O czar tornou-se um embaraço. E também um ponto de concentração de todas as forças contrarrevolucionárias, que são bem numerosas.

– Não pode fazer isso.

– É meu dever. Pelo menos transmitir ordens, assinar os papéis necessários.

– Mas... as meninas... a czarina...

– Não sou um assassino de mulheres, Judith.

Ela soltou um suspiro de alívio.

– Contudo, elas têm de ficar segregadas num lugar onde o mundo jamais torne a ouvir falar nelas.

– Oh, meu Deus! E o menino...

– É o czareviche.

– Ele só poderá viver, no máximo, mais uns poucos anos – intercedeu Judith.

– Muita coisa pode acontecer em uns poucos anos. Todos os membros masculinos da família Romanov têm de ser executados. E as mulheres, reduzidas a menos do que nada. É a vida. E não pense que estamos sendo desnecessariamente cruéis. O que há de tão sagrado num Romanov? Somente a vida é sagrada, e você deve saber o número de vidas que eles sacrificaram, com um displicente traço de pena... e o número ainda maior de vidas que sacrificariam, se algum dia voltassem ao poder. O fato de certa vez haverem poupado *sua* vida, com igual displicência, atendendo ao apelo de seu amante, não redime nenhum dos outros crimes dos Romanov.

— E a comitiva? — perguntou Judith, baixando a cabeça.

— Alguns deles, também. Certamente os homens.

— E nós?

— Prisão — respondeu Mikhail, encolhendo os ombros. — Quer passar o resto de sua vida numa prisão, Judith?

— Que importância tem o que eu quero, camarada comissário? Pelo menos, está prometendo-me a vida.

— Poderia prometer-lhe muito mais do que isso.

Ela o olhou de sobrancelhas cerradas e viu que Mikhail corava.

— Tive uma vida estranha — disse ele. — Primeiro, passei vinte anos como criado, sonhando. Depois, dois ou três anos maravilhosos, quando todos os meus sonhos se realizaram. E, então, meu mundo explodiu e vivi seis anos no exílio, voltando a sonhar. Agora, milagrosamente, estou de novo em situação de realizar meus sonhos.

— E mandou embora seu sonho — disse ela. — Nunca mais vai encontrar outro.

— Talvez não igual a ela — concordou ele. — Mas um homem precisa de um sonho, de uma mulher. Precisa de uma mulher que seja importante para ele. Você é essa mulher, Judith. Não tão importante quanto Ilona, talvez, porém mais do que qualquer outra. Foi a amante do meu amo...

— Nunca fui amante de Piotr.

— Questão técnica. Ele a queria. Estava apaixonado por você. Desde o começo, isso a tornou atraente a meus olhos. Aliás, por si só, você é realmente uma mulher atraente. Além do mais, ouvi seus gritos na cela ao lado da minha, quando Roditchev a estava torturando. E eu bem podia imaginar o que ele estava fazendo com uma mulher linda como você. Gostaria que me contasse o drama por que passou.

— Jamais.

O rosto de Mikhail não mudou de expressão.

— Portanto, como vê, passei a sonhar com você também. Tinha a impressão de que a conhecia. Havíamos partilhado dor, humilhação e desespero, separados apenas pela parede de uma cela. Desde então, tenho pensado muito em você. E ouça. Pouco tempo depois de subirmos ao poder, encontrei um prisioneiro de guerra, de volta da Alemanha, um médico chamado Purishkevich. Nessa ocasião, eu já sabia que você trabalhara no hospital dele, e lhe pedi notícias suas. Purishkevich me informou. É agora um homem inteiramente arrasado. Mas você... você deveria ser tratada como uma heroína do Soviete. Atraiu Rasputin para a morte. É claro que não fez isso por nós. Há os que dizem que você não tinha desejo algum de provocar a queda do czar. Mas creio que, com o tempo, poderei fazer com que adote meu ponto de vista. E então eu passaria a possuir a mulher mais famosa da Rússia.

— Por um momento, apenas por um momento, pensei que você fosse um homem decente.

— Todos os homens são decentes em determinadas circunstâncias e indecentes em outras. Cumpri meu gesto de honra. Agora quero uma mulher que seja minha. Uma mulher importante para mim. E no que estou sendo indecente? Estou oferecendo-lhe um apartamento em Petrogrado, uma mesa farta, todas as roupas que deseje, todo o dinheiro que possa gastar. Seria uma tola se me recusasse, Judith. Sou agora muito mais poderoso do que o príncipe Piotr jamais foi. E qual é a alternativa? Permanecer aqui, morrendo de desnutrição e doença, ou ser mandada para trabalhar numa mina pelo resto de seus dias. É uma atitude de bom senso?

— Talvez seja preferível a ser a amante de um bolchevique assassino.

Mikhail Nej sorriu e levantou-se.

— Estou também lhe oferecendo a chance de salvar a vida de seus pais, que estão morrendo à míngua num quarto em Petrogrado. Mas, pior ainda, seu pai cometeu o erro de se meter em política, de ser eleito para a Duma como socialista moderado. Minha cara Judith, não há mais lugar para moderação na Rússia. E como deputado socialista moderado ou mesmo ex-moderado, ele é geralmente considerado um inimigo do Estado. A verdade é que, nesses últimos seis meses, já fuzilamos mais de cinquenta desses deputados moderados. Jacob Stein escapou até agora apenas porque insisti que o poupassem. Se voltar comigo, Judith, seu pai viverá e talvez até possa prosperar. Assim como sua mãe. Mas se eu voltar para Petrogrado sozinho, não terei mais interesse em mantê-lo vivo. – Ele se chegara agora para perto de Judith e erguera-lhe o queixo com a mão. – Vou partir esta tarde. Arrume sua bagagem. Mandarei um homem vir buscá-la.

JUDITH SAIU DO QUARTO de seus pais e desceu lentamente as escadas. Era necessário andar devagar, porque os degraus estavam cobertos de lixo, além das crianças brincando. Era necessário, também, sorrir para as mulheres suadas no vestíbulo que, lavando roupa ou cozinhando em fogões portáteis, fitavam-na com olhares hostis. Podiam não gostar dela, mas Judith logo passaria a pertencer à mesma classe que aquelas mulheres.

"Felizmente", pensava, "nunca cheguei a considerar essa casa meu lar." A família mudara-se após sua prisão e, embora ela tivesse vivido na casa durante quatro anos, desde sua volta do exílio, nunca lhe parecera ser sua moradia permanente. Mas não estava ela agora entrando numa fase permanente de sua vida? Era o que parecia estar acontecendo, embora sem nenhuma formalidade. Mas talvez os bolcheviques não acreditassem nas formalidades habituais de relações sexuais permanentes. Caso a intenção de Mikhail fosse firmar uma relação sexual. Não estava certa disso. Não tinha certeza de nada. No trem, ele não a tocara, não tentara segurar-lhe a mão ou beijá-la. De qualquer forma, outras demonstrações teriam sido impossíveis, pois o compartimento do comissário estava repleto de ajudantes e soldados. Dormira uma noite com a cabeça apoiada no ombro do homem a seu lado. Assim era o comunismo.

E, ao chegarem naquela manhã, ele a levara diretamente para ver os pais. Começava a crer que Mikhail era um homem perfeitamente sincero – portanto, muito mais perigoso do que qualquer um dos hipócritas ou enganadores que ela já conhecera na vida ou dos que, como o príncipe Piotr, viam o mundo apenas por um limitado ângulo particular. O jogo de Mikhail era franco. O que diria ele se Judith agora alegasse que seus pais estavam tão bem quanto possível e não necessitavam da proteção dele? Teria a coragem de mandá-la de volta para Ekaterinburg?

Chegou ao alpendre e aspirou o ar relativamente limpo do porto. Apenas relativamente limpo; por toda a parte, Petrogrado cheirava a esgoto.

Mikhail Nej estava sentado no último degrau, vendo as crianças mais velhas brincarem nos canteiros de rododendros de Jacob Stein ou no que restava deles. Estava fardado com seu uniforme de comissário, e as crianças mantinham uma distância respeitosa; em apenas seis meses, as estrelas vermelhas tinham se tornado símbolo de autoridade indiscutível.

– Então? – disse ele, levantando-se quando a viu.

– Meus pais me pediram que lhe agradecesse o cesto.

– O cesto foi dado por você.

– Eles sabem que não tenho meios para arranjar aquela quantidade de mantimentos.

– Ah! – Mikhail pôs-se a andar em direção ao portão, seguido de Judith.

– Minha irmã desapareceu – disse ela. – Sabe de seu paradeiro?

– Não. Muita gente tem desaparecido neste último ano. Seus pais não sabem de nada?

– Acho que eles sabem alguma coisa – disse Judith. – Mas não quiseram revelar. Disseram apenas que ela se foi.

– Então é essa a verdade. Simplesmente, ela se foi com algum homem capaz de protegê-la. Algum homem capaz de alimentá-la. São fatos decorrentes da revolução. Você lhes contou nosso arranjo?

– Eles não teriam compreendido.

– E você compreende?

– Não inteiramente.

Estavam na rua, caminhando em direção à ponte. À direita, erguia-se a Fortaleza de São Pedro e São Paulo.

– Com o tempo, acabará compreendendo – disse Mikhail Nej. – Há muito o que fazer. O país inteiro está precisando ser reconstruído. Mas primeiro, naturalmente, é necessário derrotar todas as forças contrarrevolucionárias. Espero que isso não nos tome muito tempo. É nossa primeira e grande tarefa.

– E executar o czar – acrescentou ela. – Ou isso já foi consumado?

— Seria bem insensato de sua parte sentir amargura por causa do destino de um homem, um homem por quem não pode ter nenhuma afeição.

— Vivi com a família dele durante mais de um ano — disse ela — Fiquei conhecendo-os bem e, talvez, amando-os.

— Era apenas uma empregada deles. E se tivessem recuperado o poder ou mesmo voltado a se sentir em segurança, não se lembrariam mais de sua existência. É uma sentimental, Judith. Não há lugar para sentimentalismos neste mundo moderno. Quanto à vida do czar, está em perigo exatamente na medida do sucesso do Exército de Kolchak. Temos de esperar e ver o que acontece. — Estavam agora no meio da ponte, e ele apontou. — Vai ser lá seu novo lar.

— No Prospekt Nevskiy? — perguntou ela, espantada.

— Por que não? O prédio pertencia a um príncipe. Esqueci o nome dele. Ou seria Borodin?

Judith calou-se bruscamente. Mas sentia a cabeça em torvelinho. Mikhail levou-a para o outro lado da rua.

— Solicitei especialmente esse apartamento. É apenas um apartamento, mas tem três cômodos. E um banheiro só para nós. Não existe melhor apartamento em Petrogrado.

Mikhail a fez penetrar no jardim, um amontoado de estátuas quebradas e arbustos espezinhados. Naquele local, a princesa Irina servira chá a suas amigas. Por um breve período, Judith sonhara em ali morar com o príncipe Piotr. Essa era a primeira vez que ela transpunha aqueles portões.

Os dois subiram a grande escadaria, passando pelas inevitáveis mulheres e crianças, apenas estas eram mais bem vestidas do que as que habitavam a casa dos Stein e mais disciplinadas. E nem pareciam temer as estrelas vermelhas, como a maioria das pessoas. Judith compreendeu que o prédio inteiro fora reservado para os comissários, suas mulheres ou amantes.

Em seguida, eles subiram uma pequena escada e chegaram ao patamar de cima.

— Os aposentos da princesa Irina — explicou Mikhail. — Em outros tempos. Acho que você gostará daqui.

Rodou a chave na fechadura, enquanto Judith olhava à sua volta, para a galeria abaixo, pelo poço da escadaria, depois para o patamar de cima, onde começava a ala dos empregados e de onde vinha um ruído de marteladas. Nem mesmo seis meses de ocupação bolchevista haviam destruído os vestígios do luxo do ambiente, os papéis de parede, os balaústres dourados; apenas manchas esbranquiçadas nas paredes, de onde haviam sido removidos os quadros, a ausência de móveis e o jardim abandonado indicavam que essa casa fora saqueada como todas as outras.

A porta estava aberta, e Mikhail esperava que ela entrasse. A sala de estar da princesa Irina. Ali havia ainda uma peça de mobília original, um divã estofado com brocado de ouro, estranhamente em desacordo com duas cadeiras de espaldar reto colocadas defronte e com a falta de tapetes no assoalho. Judith foi até as portas-janelas, que abriam para a varanda, e olhou o Prospekt, o porto e a ponte para a ilha, a fortaleza. A brisa agitou-lhe o cabelo e ela se virou. Mikhail Nej abrira a porta interna.

Lá estava a cama. Uma imensa cama com reposteiros. E nenhum outro móvel em todo o quarto.

– Vou providenciar uma estufa para o aquecimento – disse Mikhail. – Como já lhe disse, temos um banheiro. – Em seguida abriu a porta, à esquerda, e Judith fitou as torneiras chapeadas a ouro; mesmo depois de tanto tempo, havia um leve vestígio de perfume no ar.

– Olhe. – Mikhail abriu as torneiras e, após um ruído de borbulhas, começou a correr um fio de água com ferrugem. – Ainda não há água quente. Mas estamos no verão. Pode tomar um banho.

– Bem que gostaria – disse ela.

– Então tome seu banho. Tenho de sair.

– Aonde vai? – perguntou Judith, que estivera armando-se de coragem para o momento em que os dois estivessem ali juntos e, no entanto, de repente, se alarmava à perspectiva de ficar só.

– Tenho de me apresentar ao Soviete. Já devem saber que estou de volta. Não vou demorar, espero. Quando voltar, trago algo para comermos. Tome seu banho.

– Posso trancar a porta?

– Só há uma chave. Eu tranco a porta quando sair.

Ela o fitou. "Não me quer?", pensou ela. "Não quer me jogar na cama, arrancar as roupas do meu corpo? Não faz parte do acordo?" Seu coração disparou, ao mesmo tempo que a respiração se tornava ofegante. Se tinha de acontecer, por que não agora?

– Tome seu banho. Não vou demorar. – E, com um sorriso, Mikhail saiu.

A ÁGUA ESTAVA TÉPIDA, mas ela a sentiu fria na pele. Foi a sensação mais deliciosa que experimentava desde as várias semanas, desde Tobolsk. Deixou-se ficar imersa, esfregou o corpo, depois escorreu a água e abriu a torneira para outro banho, permanecendo de pé ao lado da banheira, pingando enquanto esperava, a pele arrepiada pela brisa que entrava pelas janelas abertas. A seus ouvidos chegavam ruídos, os ruídos de Petrogrado, de uma Petrogrado que nunca antes existira: rumor de vozes, gritos de crianças brincando, em vez do ronco do tráfego e das campainhas de bicicletas. E tampouco havia o ruído de bondes. Assim como os carros, como as bicicletas, os bondes haviam desaparecido. "Temporariamente", dissera Mikhail. Mas, por enquanto, os habitantes de Petrogrado caminhavam.

Em meio a esse imenso ruído ininteligível, de toda uma cidade que se descontrolara, onde a sociedade virara às avessas, os que estavam por baixo agora estavam por cima, e os que estavam acima de todos haviam desaparecido, para sempre, no fundo de prisões e sarjetas. Judith Stein, deitada em sua banheira, lavava os cabelos. Era uma sensação incrível; tinha vontade de rir e chorar ao mesmo tempo. O que estava pagando por esse privilégio? O que *teria* de pagar? Instintivamente, ela o desafiara, preparara-se em Ekaterinburg para lhe resistir. Que tolice. Não tinha resolvido, ao voltar de Irkutsk, com Dora Ulyanova, que aceitaria qualquer oferta nesse sentido?

Que fim teria levado Dora Ulyanova? Certamente, como sobrinha de Lenin, se aquela história era verdadeira, ela devia estar numa posição altamente privilegiada.

"Como me julgaria ela agora?", pensou Judith. Dora condenara-a por ter aceitado o convite de Piotr para visitar Starogan; nunca contara a Dora o fracasso que fora essa visita, deixara-a supor que seu caso com Piotr havia sido interrompido pela guerra. Bem, houvera um caso, que durara uma noite, em que tinham deitado num trigal, como dois adolescentes. Mas a culpa do insucesso fora dela.

E agora estava estirada na banheira da princesa Irina. Como Irina, onde quer que estivesse, odiaria saber disso! E ali estava ela preparando-se para prostituir-se. Pois não havia outra palavra para qualificar o que ia fazer. Mas o que importava? Quando o mundo inteiro desabava à sua volta, o que importa? A própria irmã, ao que presumia, tinha enveredado por uma vida semelhante. Que importava, já que fora esse seu destino, predeterminado havia pelo menos 11 anos ou mesmo talvez desde seu nascimento? Ao conhecê-la, Piotr Borodin pedira-lhe que se tornasse sua amante e ela recusara. Pedira-lhe de novo e de novo até que, quando ela aceitara, tinha sido tarde demais. E agora ia tornar-se amante do criado particular de Piotr Borodin. Mas não importava, porque Mikhail Nej era agora poderoso, e Piotr Borodin provavelmente estava morto. Morto, morto, morto. Todos mortos. "E aqueles entre nós, que dizem estar vivos, estão apenas fingindo. O mundo inteiro está morto."

O ruído de uma chave girando na fechadura causou-lhe sobressalto. Por um momento, ela pensou que ia ser molestada por algum estranho com acesso ao apartamento, depois ouviu a voz de Mikhail e percebeu que há mais de uma hora estava na banheira.

Saiu do banho, espalhando água, e, só nesse momento, percebeu que não tinha uma toalha. Seu cabelo caía-lhe pelas costas como uma juba molhada e a água escorria de seus braços e pernas. Estava nua e havia um homem no apartamento com ela. Aflita, correu para fechar a porta, mas deteve-se. Que absurdo. O homem que ali estava ia ser *seu* homem. Iria pensar pior dela por estar nua? E o que importava? Não passava de um criado que se tornara um assassino e, agora, por um golpe do destino, um líder revolucionário. Nada podia saber de amor, de delicadeza e finura. Ia ser violentada quer se submetesse ou não, de maneira talvez tão brutal quanto a bengala de Roditchev. O que importava o que ele pensasse ou ela pensasse?

Mas ele já amara Ilona Borodina. Toda aquela formosura, toda aquela feminilidade lhe haviam pertencido. Estaria esperando que ela fosse como Ilona? Se, ao menos, ela soubesse como era Ilona realmente.

Ia abrir a porta, mas parou. Mikhail estava dando instruções.

– Coloquem ali – disse ele. – Sim, assim está bem. Obrigado, camaradas.

Ouviu bater a porta da entrada e esperou. Um momento depois a do quarto abriu-se; então, ele surgiu à sua frente e ficou olhando-a, enquadrada no vão da porta do banheiro.

– Eu... não há uma toalha.

Ele se aproximou, sempre olhando-a, e arrancou a colcha da cama.

– Tome-a. Não quero que apanhe um resfriado.

Judith aproximou-se devagar, pegou a colcha pesada e enrolou-a no corpo.

– Eu lhe trouxe uma estufa – disse ele. E dirigiu-se para a sala.

Ela parou junto dele; a água, ainda escorrendo, formou pequenas poças a seus pés. A estufa de querosene fora colocada a um canto e a seu lado havia uma lata com o combustível.

– Vai cheirar – disse ela.

– Nós nos habituaremos ao cheiro. E aqui... – Havia um grande saco de papel sobre o divã. Mikhail abriu-o e tirou de dentro uma garrafa de champanhe. – Eu trouxe, também, caviar e umas bolachas.

– Um festim para uma princesa.

Ele sorriu, mas imediatamente ficou sério.

– Não uma princesa. Nunca uma princesa. Um festim para uma linda mulher.

A rolha saltou e as bolhas do champanhe escorreram-lhe pelas mãos.

– Não temos copos.

Mikhail estendeu-lhe a garrafa, que ela pegou e levou aos lábios. Não bebia champanhe havia algum tempo. O líquido queimou-lhe a garganta e as bolhas afluíram-lhe às narinas.

– E também não temos pratos. – Mikhail apanhou a garrafa e bebeu.

– E também não temos uma mesa – disse ela e, sem querer, sorriu.

– Esta é a primeira vez que a vejo sorrir – observou Mikhail, colocando a garrafa no chão. – Quando sorri, fica linda. Vai sorrir mais vezes para mim?

– Só posso sorrir quando há motivo para isso.

– Então, devo providenciar para que tenha muitos motivos para sorrir, Judith Stein. Não quer comer? – E tirou do bolso uma faca.

Ela se sentou ao lado dele, o saco de papel entre os dois. Mikhail passou caviar numa bolacha e ofereceu-a a Judith, em seguida preparou uma para si. Ela mastigou lentamente, deliciada; estava com muita fome: mal comera um pedaço de pão na estação. Outra bolacha, mais champanhe. Estava quase seca agora, apenas os cabelos ainda úmidos, e sentia-se maravilhosamente refrescada, com os músculos relaxados. Um simples criado, entretanto, a estava conquistando com muito mais habilidade do que Piotr Borodin jamais fora capaz. Do que, provavelmente, Piotr Borodin jamais julgara necessário.

Um último gole.

– A garrafa está vazia – disse ela. A sala parecia balançar levemente diante de seus olhos.

– Há outra garrafa – respondeu Mikhail, sorrindo. – Mas não para agora, ou vamos acabar dormindo.

– Sim...

Ele a fitou, depois estendeu o braço por sobre o saco de papel para tocar-lhe o cabelo úmido, deslizou a mão pela face, desceu até o pescoço. Abaixo do pescoço encontrou a colcha presa ao redor do busto e tocou o tecido; ela aspirou fundo e sacudiu os ombros. A colcha escorregou até a cintura.

– Está com medo de mim? – perguntou ele.

Ela fez que não com a cabeça.

Delicadamente, os dedos dele escorregaram por seus ombros, tocaram-lhe os seios de leve, por baixo.

– Mas me odeia?

– Não sei – disse ela. – Odeio o que você representa.

– Preferia que voltassem os tempos antigos? Serguei Roditchev comandando a cidade? Preferia que o príncipe Piotr estivesse sentado aqui em meu lugar?

Ela se calou. Não havia resposta para tais perguntas.

– Deve aprender a contentar-se com o que tem, Judith Stein – disse ele, agora sério. – Todos nós temos de aprender isso. – E levantou-se esperando.

Ela se levantou também e deixou que a colcha escorregasse. Irritara-o e agora tinha de suportar a sua cólera, como tinha também de honrar a sua parte no acordo; seus pais estavam vivos e haviam recebido seu cesto de mantimentos. "Pelo menos, tenho meia garrafa de champanhe aquecendo-me o corpo", pensou ela.

Ele se mantinha imóvel junto à porta, decidido a ser um cavalheiro. Ao passar, Judith roçou seu braço e hesitou, esperando que ele a agarrasse, cedendo ao desejo. Mas a frieza de sua atitude impessoal a perturbou. Se ele a tivesse agarrado, atirado-a no chão e saltado sobre ela, Judith teria entendido. Mas ficar ali impassível, quando uma mulher nua resvalava por seu braço...

Então, sentou-se na cama, vendo-o despir-se. Calculou sua idade: 30 e poucos anos; físico soberbo, altura mediana, encorpado, revelando força em cada movimento de seus músculos. Força e indiferença; seu pênis continuava pendente entre as pernas. "Meu Deus," pensou ela, "será que não vou conseguir excitá-lo o bastante para que possa me penetrar? Qual será o fim de nosso acordo?"

– Estou desapontando-a? – perguntou Mikhail, sentando-se ao lado dela.

– Claro que não. É um homem bonito.

– Um homem bonito e uma bonita mulher. Poderíamos formar um belo par. Acha que formaremos um belo par, Judith Stein?

– Não sei. – Ela baixou involuntariamente o olhar.

– Talvez eu não tenha tido uma mulher há muito tempo – disse ele, com um sorriso. – Talvez tenha passado tempo demais sonhando. Ou talvez não possa fazer amor com uma mulher que me odeia.

Ela o fitou. Um simples criado, porém um cavalheiro. Um revolucionário, um assassino, mas um gentil-homem. Seu gentil-homem, se ela o quisesse. Se não pudesse alcançar nada melhor. Mas poderia ela alcançar algo melhor?

Tomou-lhe o rosto e beijou-o na boca. Então as mãos dele pousaram em seus ombros, desceram pelos braços até os seios. Não os apertou nem os acariciou, apenas os segurou, e foi a sensação mais deliciosa que ela já sentira. Ainda beijando-o, escorregou a mão pelo corpo dele procurando seu pênis, sentindo-o endurecer, e soube que, afinal, os dois fariam um belo par.

– ENTÃO? – perguntou Mikhail Nej. – Ainda me odeia?
– Odiar – murmurou Judith. – Odiar você? – Aconchegou o corpo contra o dele, moveu as pernas para que seus quadris pousassem sobre a mão dele.

Era o primeiro homem que, com os dedos, a fizera gozar. Não sabia que isso era uma habilidade masculina e presumira, depois de seu caso com Dora, que o amor heterossexual devia sempre ser a menos satisfatória das modalidades. E agora sabia que era incomensuravelmente o melhor, quando o homem sabia agir. Mãos primeiro, dedos delicados, levando-a ao máximo de desejo que ela julgara possível; o pênis penetrando-a para completar sua excitação num orgasmo fluido e então de novo as mãos, mais delicadas do que antes, deslizando entre suas pernas para segurar-lhe as nádegas, para que ela permanecesse ali, estirada, percebendo a presença dele, movendo o corpo, quando escolheu reavivar a sensação. Reavivar o amor.

Mas ela não podia amar. Não ousava amar. Não Mikhail Nej. Já o conhecia bem demais. Sabia de seu senso de dever com a revolução, com o Partido Bolchevista. Portara-se como um perfeito cavalheiro com sua antiga amante – teria sido Ilona quem o ensinara a usar as mãos daquela maneira? – e agora estava sendo um perfeito cavalheiro com sua nova amante; mas condenara um homem igualmente delicado e um menino moribundo a serem executados e quatro meninas adoráveis e sua mãe doente a uma vida terrível. Não ousava amar um homem capaz de atos tão tenebrosos.

Só podia ter com ele um prazer físico. E isso significava, mais uma vez, comprometer o futuro. Não podia prever sua situação, a situação de ambos dentro de um ano, dentro de um mês ou mesmo no dia de amanhã. Só sabia do dia de hoje. E hoje, pelo menos nessa tarde, ela estava feliz.

De súbito, ele a soltou e levantou-se da cama. Ela se sentou, alarmada; mas ele fora apenas tirar um maço de cigarros do bolso da farda.

– Você fuma?
– Nunca fumei.
– Não inale – disse ele, acendendo dois cigarros e dando-lhe um.

Ela puxou uma baforada, tossiu e deixou o cigarro de lado.

– Não entendo como se pode gostar de fumar.

Mikhail voltou para a cama, apoiou-se na cabeceira e estendeu o braço para que ela pudesse descansar a cabeça no seu peito.

– Fumar acalma os nervos. Gostaria de ter um filho? Outro filho?
– Acha que vivemos num mundo bom para crianças?
– Está falando como uma burguesa. Este mundo vai ser o melhor que já existiu, quando completarmos nossa tarefa.
– Quando? – perguntou ela.
– Algum dia. Mas não lhe dei ainda as notícias. São dois itens.

"Às vezes, mesmo em conversas particulares, ele empregava termos de discurso," pensou ela, meio sonolenta.

– Item um. Vi hoje George Hayman.
– Ah, sim?
– Fui procurá-lo para dizer-lhe que tinha encontrado Ilona e as crianças e que estão todos em segurança.
– Ele deve ter ficado muito aliviado.
– Muito. Creio que isso nunca o afetará, mas, quando vejo um homem como George Hayman, fico pensando na temeridade de se ter uma mulher e filhos.
– Mas acabou de sugerir que eu devia ter um filho seu.
– Talvez eu tenha esperanças de alcançar uma posição de invulnerabilidade, como a de George Hayman. – Ele sorriu, com o rosto mergulhado nos cabelos dela. – Não contei que a tinha encontrado também. Gostaria que eu tivesse contado?
– Não. Não gostaria. Não desejo vê-lo.

– Eu não sabia que você era amiga dele

– Amiga? Nunca fui amiga, Mikhail. Apenas nos conhecemos. Mas... ele representa para mim recordações de Starogan, dos Borodin. Não desejo tais recordações.

– Não enquanto está deitada numa cama comigo? Bem, agora é o segundo item das notícias. A guerra no sul vai mal. Denikin parece ser um general competente, e conseguiu reunir sob sua bandeira grande número de membros da velha aristocracia, homens que, desde que nasceram, foram treinados para ser soldados. Nunca vai adivinhar quem está entre eles. Serguei Roditchev.

– Então ele conseguiu fugir?

– Fala-se que os Brancos talvez cheguem a tomar Kiev. Isso seria um desastre. Portanto, neste inverno, vamos concentrar nosso principal esforço contra eles, justamente quando esperam que cesse a campanha. Para realizar esse plano o camarada Lenin decidiu que necessitamos de uma organização militar inteiramente nova. O camarada Trotsky ficará encarregado do Comando-Geral do Exército. É um grande estudioso da história e dos métodos militares. E adivinhe quem será o comissário do Exército no Sul, que deve enfrentar Denikin?

– Comissário? – Judith sentou-se na cama.

– Minha tarefa será manter os generais em plena forma. Militares tendem a ver as coisas puramente em termos técnicos. A estratégia deveria ser ditada por necessidades políticas, não por dificuldades táticas.

– E você e Trotsky vão ensinar os soldados a combater? Nenhum dos dois jamais esteve numa guerra.

– Ambos estudamos a matéria. Além do mais, esses generais eram apenas oficiais subalternos há poucos meses, às vezes, simples sargentos. Os verdadeiros generais estão com Denikin. Nossa gente espera que lhes diga quando devem lutar, quando recuar. E, mais importante, quando morrer. – Ele estava sorrindo para Judith. – É a maior oportunidade de minha vida. Se eu for bem-sucedido, passarei a ser mais do que apenas um amigo de Lenin. Serei um dos grandes do Partido.

— E se fracassar?

— Não vou fracassar. Mas se eu fracassar, se Denikin tomar Kiev e mantiver a cidade como base para futuras operações, então se poderá dizer que a revolução inteira fracassou.

Ela o fitou. Mikhail parecia bastante confiante. Um ex-criado que certa vez matara um policial, que alegava ter lido uns poucos manuais militares, pretendia enfrentar um exército comandado por um general profissional, assessorado por um Estado-Maior de oficiais competentes, inclusive o homem que esmagara o levante de 1905, em Moscou. Era essa a verdadeira medida daquela revolução caótica.

— Quando vai partir?

— Na próxima semana.

— Leve-me também.

— O quê?

— Não pode me deixar aqui, Mikhail Nikolaievich.

— Pode ser perigoso. *Será* perigoso. Se for aprisionada pelos Brancos... a mulher de Mikhail Nej... É uma guerra sórdida. Todas as guerras civis são sórdidas, mas esta é a pior de que já tive notícia. Nossos inimigos nos odeiam e nós os odiamos. Não se reconhecem prisioneiros de guerra e a execução nunca é sumária...

— Não posso ficar em Petrogrado sem você – frisou ela. – Além disso, se vai vencer, como podem os Brancos nos aprisionar? Leve-me com você. E, até a partida, faça amor comigo. A cada minuto de cada dia.

10

— Judith Stein. – Lenin tomou ambas as mãos de Judith e beijou-a em cada face. – São tantos anos desde que nos vimos pela última vez.

Treze anos. Mas ele mudara, sob vários aspectos, mais do que o processo do tempo justificaria. Havia vincos tensos em sua testa e nos cantos da boca. E ele se movimentava com estranha hesitação, muitas vezes parecendo reter o gesto ou o passo esboçados, antes de voltar a agir normalmente.

Contudo, não havia como duvidar de seu prestígio, que transparecia na deferência com que era tratado por todos à sua volta, na maneira com que os soldados na plataforma da estação se perfilavam e sobretudo em sua aura de onipotência.

– Anos em que prosperou, camarada Lenin – disse ela.

– Ultimamente, Judith. Ultimamente – corrigiu ele. – E você também não prosperou? Pelo menos, ultimamente?

Ela lançou um olhar a Mikhail, a seu lado, e sorriu também.

– Sim, ultimamente, camarada.

– E ainda continua escrevendo? – perguntou ele, agora rindo.

Ela balançou a cabeça.

– Há sete anos que não escrevo uma só linha.

– Mas é preciso. – O sorriso agora desaparecera. – Qualquer revolução, nossa revolução, mais do que todas as outras, necessita de uma literatura. E você é uma das mais competentes redatoras, de acordo com a opinião geral – foi sua vez de lançar um olhar a Mikhail –, uma das mais competentes no assunto. Quero que escreva, Judith Stein. Agora venha, quero apresentar-lhe minha mulher.

Krupskaya estivera esperando pacientemente junto com os auxiliares do marido, no fundo da plataforma. Agora ela se adiantou para abraçar Judith e Mikhail.

– E o camarada Trotsky, meu comissário para o Exército.

Judith notou olhos intensos, apenas parcialmente velados pelos óculos, e um bigode militar bem aparado; ou o bigode só parecia militar por causa do uniforme.

– E o camarada Stalin, nosso secretário do Partido.

Stalin tinha um bigode imenso, que lhe dava um aspecto curiosamente inocente. Na realidade, seu rosto assemelhava-se ao de um querubim, com o sorriso aberto e amistoso. Mas os olhos, sem a proteção de lentes, projetavam-se como dois feixes de luz, tão penetrantes que quase deixaram Judith sem respiração. Bolcheviques! Homens dispostos a matar sempre que era preciso, a se apossarem de tudo de que necessitassem. Mas Mikhail era um deles. Significaria isso que os outros podiam ser também bons e amorosos quando queriam? Krupskaya parecia bastante feliz.

– Tenho notícias para você, Mikhail Nikolaievich – disse Lenin –, que pode usar como lhe aprouver. – E estendeu uma folha de papel.

Mikhail relanceou um olhar pela folha, depois tornou a lê-la antes de erguer a cabeça.

– Quer tornar isso público?
– Evidente. Já que aconteceu.

Mikhail, sem dizer uma palavra, passou o papel a Judith. Ela leu e foi como se seu coração parasse de bater.

"Por ordem do Soviete Ural, o ex-czar Romanov, sua mulher e filhos foram hoje executados na cidade de Ekaterinburg. A medida tornou-se necessária em razão da iminente evacuação da cidade por nossas forças, em vista do avanço do traidor Kolchak."

Judith ergueu a cabeça e olhou para Lenin.

– A ordem foi sua?
– A ordem foi transmitida por Mikhail Nikolaievich, a mando meu.

– Você tinha dito só os homens – comentou ela, voltando-se para Mikhail.

– Foram as instruções que recebi no começo – confirmou ele.
– Mas...
– Quem pode saber o que aconteceu? Talvez o avanço de Kolchak tenha sido mais rápido do que se calculava. Eu disse, também, que em circunstância alguma, *qualquer* dos Romanov devia cair em mãos dos Brancos.

– Mas... aquelas meninas...
– Czarinas em potencial – salientou Trotsky. – Agrupando forças de todos os inimigos, que temos no mundo inteiro.

– E acham que vão reduzir seus inimigos com esses assassinatos? – perguntou ela, indignada.

– Sei que você tinha ligação com os Romanov, Judith – disse Lenin. – Mas tem de compreender que estamos em guerra. Estamos lutando por nossa sobrevivência. E está mostrando sua formação burguesa, sabe? Meia dúzia de vidas, talvez uma ou duas mais. Ao passo que centenas dos nossos estão morrendo todos os dias, lutando pela Rússia que desejam e de que precisam. Você ignora seus nomes, por isso não a interessam. Mas são seres humanos, exatamente como Nicolau Romanov, sua mulher ou suas filhas. Houve tempo, há apenas umas poucas centenas de anos, em que os Romanov eram membros anônimos de uma sociedade. Não tinham nenhum direito divino, fossem quais fossem suas pretensões à glória, à riqueza e ao poder. Apoderaram-se disso tudo. Estamos agora reavendo tudo aquilo de que nos despojaram. E agora você vai partir com o comissário Nej para lutar contra o Exército Branco. É gente que quer fazer o relógio do tempo voltar, interpor-se ao progresso inevitável, reduzir mais uma vez a Rússia à tirania medieval. Mas não vão conseguir, porque vamos derrotá-los. Lembre-se disso, Judith. Vamos esmagar aquele exército. Vamos esmagar qualquer criatura que queira nos impedir. Os tempos vão ser duros, Judith, não menos para nós do que para nossos inimigos. Mas vamos triunfar. Porque temos de triunfar. A história assim o exige. E mais importante ainda: a Rússia o exige.

Mal o trem parou, com seu silvo agudo, rostos apareceram às janelas do vagão de primeira classe, espiando para fora, e o bafo de respirações embaçaram as vidraças. Judith deixou seu assento e foi para o outro lado, onde, pelo menos, a largura do leito de uma linha o separava da plataforma repleta de gente.

– Cracóvia. – Mikhail ergueu a cabeça do mapa que estivera estudando. O vagão inteiro fora transformado num quartel-general, restando ali apenas dois beliches e uma pia. – Já esteve aqui antes?

– Já – replicou Judith.

"Em circunstâncias mais felizes. Uma vez", pensou ela. "e outra vez, em circunstâncias mais infelizes, quando voltava de Starogan." Mas podia alguma circunstância ser mais infeliz do que a presente?

Mikhail apenas suspirou. Durante a jornada de três dias, de Petrogrado, ele não tentara tocá-la, contentando-se com vê-la a seu lado; estava contando que ela acabaria por superar sua primeira reação ao saber da notícia da execução da família real. Sim, acabaria conformando-se, dissera Judith a si mesma, porque não tinha escolha. Fizera um acordo e era sua família que ela devia proteger.

Portas abriram-se e os comandantes locais entraram, seguidos de ordenanças.

– Boa tarde, camarada comissário.

Mikhail respondeu com um cumprimento de cabeça. Usava a aura de autoridade, como se houvesse nascido com ela. "Mas o fato", pensou Judith, "é que ele tivera muitos anos para estudar a personalidade de Piotr Borodin."

– Não gosto que fiquem me olhando – disse Mikhail. – Mande esvaziar a plataforma.

– É claro, camarada comissário. – O coronel deu as ordens necessárias.

– Quero informações. – Mikhail indicou com um gesto o mapa aberto à sua frente.

Os oficiais cercaram-no, um ou dois lançando a Judith um olhar de curiosidade, antes de se concentrarem na tarefa.

– Os Brancos mantêm posições aqui, aqui, aqui e aqui – disse o coronel, apontando com o dedo.

– E continuam avançando – comentou Mikhail.

– Não, camarada comissário. No momento, a situação na frente é estacionária.

– Quer dizer que eles avançaram além de seu trem de suprimentos. Então, por que não estamos contra-atacando?

– Estamos com falta de munição, camarada comissário, e de homens. Além disso, soubemos que o general Denikin está se preparando para lançar uma ofensiva neste outono.

– Souberam? – perguntou Mikhail. – Como obtiveram tal informação?

O coronel deu um sorriso breve.

– De vez em quando, capturamos prisioneiros, camarada comissário.

– Não fomos informados de nada disso em Petrogrado.

Outro sorriso breve.

— Nós não os conservamos, camarada comissário. Mas antes de os fuzilarmos, geralmente conseguimos arrancar-lhes informações. Organizei um departamento especial para lidar com os prisioneiros.

— Ah, sim?

— Sim, camarada comissário. De fato...

— Onde fica seu posto mais avançado?

— Aqui. — Mais uma indicação com o dedo.

— Na linha. A estrada de ferro está intacta?

— Sim, camarada comissário.

— Muito bem. Vou então seguir para Czaritsyn. Quero que providencie um regimento de cavalaria para escolta.

— Czaritsyn, camarada comissário? Mas... preparamos seu quartel-general aqui. Czaritsyn é muito próximo da linha do Exército Branco.

— Motivo por que devo ira para lá, camarada coronel, e não ficar aqui. Partirei em uma hora.

— Sim, camarada comissário. — O coronel trocou olhares com seus oficiais. Não esperavam que um anarquista, transformado em soldado, fosse tão decisivo.

— Tem algum pedido a fazer?

— Apenas munição, camarada comissário. E homens. Homens que saibam lutar.

— Seu pedido será atendido no devido tempo — replicou Mikhail.

— Sim, camarada comissário. Quero também apresentar-lhe meu capitão do Serviço de Informações. É o homem que obtém informações dos prisioneiros.

— Antes de fuzilá-los — disse Mikhail.

— Os Brancos nos tratam da mesma maneira, camarada comissário.

— Tenho certeza de que sim. E não duvido de que tudo isso seja necessário, camarada coronel. Mas estou aqui para levar um exército à vitória. Não posso ser apresentado a todo subordinado com uma tarefa desagradável a executar, especialmente se ele tem prazer no que faz; como tenho certeza de que é o caso de seu homem.

— Ele cumpre muito conscienciosamente seu dever, camarada comissário, como era de se esperar. O capitão solicitou permissão especial para vê-lo. É seu irmão, Ivan Nej.

Judith virou-se da janela, enquanto Mikhail erguia a cabeça. Ivan surgira no limiar da porta. Estava uniformizado e, com aqueles óculos, lembrou a Judith a figura de Trotsky.

– Mikhail Nikolaievich – disse ele, entrando no compartimento e depois lembrando-se de bater continência. – Camarada comissário.

Mikhail pôs-se de pé.

– Ouvimos dizer que você estava morto.

– Não eu.

– Mas... – Mikhail estalou os dedos. – Deixem-nos a sós.

– Pois não, camarada comissário. – O coronel e seus oficiais saíram, seguidos dos ordenanças.

– Você foi escalado há alguns meses para uma missão em Starogan – disse Mikhail.

– Sim. Foi um caso terrível – disse Ivan, desviando o olhar para *mademoiselle* Stein.

– O que aconteceu em Starogan? – perguntou Judith.

– Uma longa história.

– Sente-se. – Mikhail encheu de vodca três copos. – É bom tornar a vê-lo, Ivan Nikolaievich. Quero saber notícias de meu pai e minha mãe. E de Nona. Onde estão Zoe e as crianças?

– Uma triste história. – Ivan sentou-se e bebeu alguns goles de vodca. – Mandaram-me prender Xenia Romanova. Disso você sabe, Mikhail.

– Sim, sei.

– Era só a que eu tencionava fazer – prosseguiu Ivan. – Eu só tinha recebido essa ordem. Mas eles resistiram, Mikhail. Dispararam contra mim.

– Atiraram em você? Quem?

– Os criados, mas eram comandados por Irina Borodina.

– Meu Deus! – disse Mikhail. – E o que aconteceu depois?

– A aldeia estava comigo – explicou Ivan. – A aldeia toda. Eles se enfureceram. Tentei acalmá-los e fui derrubado. Então a casa foi invadida. Uma coisa terrível.

– O que aconteceu? – gritou Mikhail. – O que aconteceu com meu pai e minha mãe? O que aconteceu com Nona?

– Foi horrível – repetiu Ivan. – Papai morreu de um ataque do coração. Mamãe... Acho que a mataram. Nona...

– *Acha?* – gritou Mikhail.

Ivan passou a língua nos lábios.

– Enquanto eles estavam ainda... ainda saqueando a casa, enquanto eu ainda estava tentando mantê-los sob controle, surgiram os Brancos. Milhares de soldados montados. Agarraram todo mundo que puderam e enforcaram todos. Homens, mulheres e crianças, Mikhail. – Ele tornou a olhar para Judith. – Enforcaram todos. Até Gromek, aquele pobre perneta.

Judith nunca vira Mikhail com a fisionomia tão sombria.

– Mas *você* eles não enforcaram.

De novo, Ivan passou a língua nos lábios.

– Eu fugi. Achei que não havia razão para ficar e ser enforcado. Fugi pelos trigais.

– Era responsável por aquela gente. E alguns deles eram sua família. Você simplesmente os abandonou.

– Eu... não havia nada que eu pudesse *fazer* – insistiu Ivan. – E, além disso, eu... eu tinha alguém comigo.

– Quem?

– Bem... – Ivan tirou os óculos e limpou-os. – Tatiana Borodina.

– O que está dizendo?

– Eu... eu tentei o que pude, Mikhail. Não pensei que mamãe e Nona estivessem em perigo. Não com sua gente. Achei que estavam a salvo. Por isso, tratei de salvar Tattie. E consegui salvá-la, Mikhail. Teria salvado as duas, mas Ilona não estava lá. Por isso, salvei Tattie.

– Meu Deus! – murmurou Judith.

Mikhail continuou a olhar, perplexo, para o irmão; mas sabia que Ivan sempre adorara as duas irmãs Borodin.

– Assim – disse ele, afinal –, sonhos tornam-se realidade. E você não sabe o que foi feito de Nona e mamãe? E de Zoe? E de seus filhos?

– Não sei – respondeu Ivan, de cabeça baixa. – Não sei.

– Mas podem ter sido enforcados. – Mikhail levantou-se, foi até a janela e ficou olhando para a plataforma.

– E Tattie? – perguntou Judith. – O que aconteceu depois com ela?
– Ah... nada. Ela está lá fora. – Ivan pôs-se a falar rapidamente. – Eu a trouxe para cá, quando entrei para o Exército. Identifiquei-me, e eles me deram uma comissão. Essa tarefa. E Tattie, bem, ela está comigo. Nós... bem, pensei que agora que você está aqui, Mikhail, talvez Tattie possa ficar com *mademoiselle* Stein. – Calou-se para respirar.

Mikhail virou-se da janela.

– Está dizendo que ela quer ficar aqui, conosco? Com o Exército Vermelho? Com *você*?

– Bem... gosto muito dela – disse Ivan. – Eu a amo, Mikhail. Sempre a amei. Você sabe disso.

– E Tattie gosta de você? Depois da família dela ter sido massacrada?

– Ela... por que não haveria de gostar de mim? – perguntou Ivan.

Judith correu para a porta e abriu-a. Por trás dos guardas viu uma moça trajando um vestido roto, cuja vasta cabeleira loura esvoaçava ao vento. Com um ar de total desinteresse, ela se encostara à outra porta e examinava as unhas, limpando-as de vez em quando.

– Tattie? – murmurou ela. – Tattie Borodina?

Tattie ergueu a cabeça, olhou para a direita e para a esquerda e viu Judith. Por um momento, franziu a testa, depois sorriu.

– Conheço você – disse ela. – Judith Stein. Era a amiga de Piotr. Ele está morto, sabe? Estão todos mortos. Todos eles, exceto eu.

Judith segurou-lhe a mão e arrastou-a para dentro. Nada na expressão de Tattie sugeria medo ou tragédia; seu olhar era vazio. E agora ela sorriu displicentemente para Mikhail.

– Você é Mikhail Nej – disse ela. – Lembro-me de você. Oh, aquilo é vodca? – E, encaminhando-se para a mesa, apanhou o copo que Ivan deixara com um resto de vodca, emborcou-o e tornou a enchê-lo com a bebida da jarra.

– Ela esteve sob grande tensão – disse Ivan.

Mikhail e Judith trocaram olhares.

– Não quer sentar-se? – convidou Mikhail.

Tattie sentou-se, cruzou as pernas e bebeu a vodca.

– Você é o novo general?

— Sou o comissário designado para este Exército. — Mikhail sentou-se diante dela. — Conte-me o que aconteceu em Starogan.

O rosto de Tattie assumiu uma expressão estranha, embora a boca e os olhos continuassem a sorrir.

— É muito importante — insistiu Mikhail.

— Estão todos mortos. — Tattie encolheu os ombros. — A turba matou todos eles. Pelo menos, é o que suponho. Irina foi espezinhada por toda aquela gente. Mas depois fugi e não sei direito o que aconteceu com ela.

— Mas meu irmão salvou você?

— Ah, sim. Ele me levou para seu quarto e me fez ficar ali quieta, até os outros terminarem de matar todo mundo. Mas quando os soldados chegaram, tivemos de fugir. — Ela sorriu para Judith. — Tivemos de caminhar dias e dias pelos trigais. — E estendeu o copo.

Judith olhou para Mikhail, que lhe fez um sinal afirmativo. Ela tornou a encher o copo e o entregou a Tattie.

— Só tínhamos uma garrafa de vodca para dois dias inteiros — disse Tattie, com uma risadinha.

Mikhail apanhou uma caneta, olhou-a, depois tornou a largá-la.

— Está grata a Ivan por tê-la salvado?

— Estou, sim. — Tattie olhou para Ivan e sua expressão não deixava dúvida sobre seu contentamento. — Oh, sim. Do contrário, eu estaria morta, não é mesmo? Além disso, ele é muito bom comigo.

Ivan corou.

— Está bem — disse Mikhail. — Ivan gostaria de que você permanecesse neste trem, com Judith, enquanto ele e eu vamos combater. Seria um prazer para nós, se você ficasse.

— Quero ir para São Petersburgo — protestou Tattie, fazendo beicinho. — Ivan disse que você talvez o deixasse ir para São Petersburgo. Disse que você podia dar-lhe uma carta de recomendação para *monsieur* Lenin, contando que ele tinha trabalhado muito aqui e pedindo um posto para Ivan em São Petersburgo. — Debruçou-se para a frente, apoiando as mãos na borda da mesa. — Quero tanto ir para São Petersburgo!

– Bem, vou ver o que se pode fazer – disse Mikhail. – Ivan, é melhor mostrar-me exatamente o que você faz aqui. Judith, cuide de *mademoiselle* Borodina. – Ao levantar-se, ele lançou um olhar a Judith, e ela o acompanhou até a porta. – Procure apurar o que ela realmente está sentindo – disse em voz baixa.

– Sim... acho que ela está tendo uma espécie de colapso nervoso.

– Seja lá o que for, procure fazê-la falar. Pode ser importante. Venha, Ivan.

A porta se fechou atrás deles; Judith voltou-se e percebeu que a outra a estava observando. Então, Tattie tornou a estender o copo vazio.

– Vodca demais lhe dará dor de cabeça – disse Judith.

– Nunca me dá dor de cabeça. Assim que sinto que vou ter dor de cabeça, tomo outro copo de vodca e a dor de cabeça desaparece. Deve experimentar.

– Ivan lhe dá muita vodca para beber? – perguntou Judith, tornando a encher o copo para Tattie e servindo-se também.

– Ah, sim. Ivan me dá tudo o que quero. Ivan dorme comigo. – Ela soltou uma risadinha. – Bem, acho que seria mais certo dizer que ele dorme em cima de mim. Algum homem já dormiu em cima de você?

– Sim.

– Não é maravilhoso? Antes de Ivan, ninguém nunca tinha dormido em cima de mim. Padre Gregori costumava acariciar-me, e era gostoso. Mas nunca dormiu em cima de mim. Eu adoro. – Seu rosto assumiu um ar pensativo. – A primeira vez, tive medo. Não sabia o que Ivan ia fazer comigo. Mas foi *tão* bom!

– Quando foi a primeira vez? – perguntou Judith.

– Em meu quarto. Estávamos escondendo-nos daquela gente horrível.

– Mas você não queria – sugeriu Judith. – Tentou reagir contra ele...

– Oh, não! – replicou Tattie. – Não quando percebi o que ele estava tentando fazer. O que pensei foi que devia ser melhor do que morrer, como Irina. Mas não tinha ideia de como ia ser bom.

Judith largou o copo, sentou-se do outro lado da mesa e debruçou-se para Tattie.

– Tattie, não importa o que Ivan tenha feito com você, quer você tenha gostado ou não, ele comandou a gente que assassinou sua família e destruiu seu lar. E agora está lutando contra os homens que devolveriam Starogan à sua família. Não o odeia pelo que ele fez?

– Bem... – Tattie bebeu mais um gole de vodca. A bebida parecia não fazer o menor efeito. – Não foi culpa dele. Ivan me disse que não foi culpa dele.

– E você acreditou?

– Claro que acreditei. Ele me salvou a vida. E deita-se em cima de mim e faz com que eu me sinta tão bem. E me deixa dançar. *Manda* que eu dance para ele. Todas as noites. Tiro a roupa e danço para ele, e isso lhe dá vontade de fazer amor comigo. Mas eles nunca me deixavam dançar, e Piotr me trancou em Starogan durante seis anos porque eu dançava para o padre Gregori.

– Mas... não quer voltar para sua gente? Há amigos seus ao lado do general Denikin. Não quer ficar com eles, em vez de aqui conosco?

Tattie pareceu aborrecida com a sugestão.

– Por que haveria eu de ir para o lado do general Denikin? Quero ir para São Petersburgo. Quero dançar. Ivan diz que vai fazer de mim uma grande dançarina, quando eu voltar para São Petersburgo. É para lá que quero ir.

INFINDÁVEIS TRIGAIS. Alguns tinham sido ceifados, mas na maioria o grão apodrecia nos pedúnculos – milhares de acres de podridão e desperdício. Aldeias incendiadas, cadáveres espalhados, aos quais corvos faziam companhia. E numa estação, cadáveres vivos, crianças famintas, que mendigavam pão, espetáculo dos mais dolorosos. Mas o trem nunca parava.

– Não pode fazer alguma coisa por eles? – perguntou Judith.

– Estamos lutando numa guerra – replicou Mikhail. – Não distribuindo caridade.

– Mas essa é a gente por quem está lutando. São russos como você. "Até mais do que você, pois não passaram anos no exílio", pensou ela.

– Não podemos fazer tudo – replicou ele. – Temos de alimentar nossos exércitos e tentar ganhar a guerra o mais rápido possível.

Então todos vão prosperar. Até lá, ninguém vai prosperar e alguns morrerão. Antes esses camponeses do que os trabalhadores ou qualquer dos bolcheviques.

– Você é um monstro desalmado – disse ela.

– Sou um homem com muitas decisões difíceis a tomar; sou comissário deste Exército porque sou capaz de tomar essas decisões. Vá fazer companhia a Tattie.

Tattie instalara-se num banco na outra extremidade do compartimento. Não parecia em absoluto preocupada com crianças famintas, desde que tivesse vodca para beber. E Ivan para olhar. Arranjara um par de binóculos e, através das lentes, observava os cavaleiros que trotavam de cada lado do trem. Durante o dia, Ivan acompanhava-os, à espreita de desertores Brancos ou homens vagando nas imediações.

Ivan Nej e Tatiana Borodina. "Como era estranho", pensava Judith, "que cada um dos dois irmãos houvesse se apossado de uma das irmãs, ainda que temporariamente." Mas o caso Ilona e Mikhail, considerando as circunstâncias em Moscou, conforme ela se lembrava, era mais fácil de entender. Apavorante era Tattie não compreender que se ligara a um monstro, do qual parecia até gostar, e não querer nada na vida além de sexo e vodca. Judith julgava a atitude de Tattie sintomática do país em geral. A Rússia ruíra. E era ainda impossível ter certeza do que iria surgir dos destroços.

"Pelo menos", pensava ela, "se Mikhail está certo a respeito de este conflito ser decisivo, então estarei presente no momento da decisão." Esse momento podia estar mais próximo do que ele supunha. Pois, de súbito, os trigais terminaram e, em seu lugar, surgiram tendas, cavalos e homens, que acenaram para o trem. O trem estava parando. Czaritsyn ficara para trás, e tinham alcançado o Exército de Campanha.

A escolta freou seus cavalos, turvando com uma nuvem de poeira o ar de agosto, e Ivan Nej acenou com seu quepe.

– O novo comissário chegou, camaradas! – gritou ele. – Agora vamos rechaçar os Brancos.

Os soldados levantaram-se, deixaram suas tendas, cavalos e fogueiras e correram para cercar o trem.

— Como se sente como homem popular? — perguntou Judith.
— É melhor do que ser odiado. — Mikhail abriu a porta, saltou para a plataforma, acenou com as mãos e fez um rápido discurso de improviso, repetindo todos os clichês do Partido, que Lenin tantas vezes enunciara. Presumia que os soldados, muitos dos quais eram meros camponeses, compreenderiam muita coisa do que ele tinha a dizer; pareciam contentes por vê-lo e o aplaudiram com entusiasmo. Mikhail calculou que muitos deles estavam embriagados. — Quero ver todos os oficiais, imediatamente, em meu compartimento — disse ele a Ivan e tornou a entrar no trem.

— Há mulheres entre os soldados — comentou Judith, que estivera espiando pela janela.

— Evidente que há mulheres em nosso Exército. É uma guerra do povo, não especificamente uma guerra de homens.

— Não devia eu, então, estar uniformizada? E Tattie também?

Mikhail passou o braço ao redor da cintura dela e beijou-a na face.

— Algumas mulheres têm deveres mais importantes do que lutar. Além disso, poderia você lutar? Seria capaz de matar um homem ou outra mulher?

— Se eu os odiasse o bastante.

— Aí é que está. Você não odeia suficientemente os Brancos. Acho que nos odeia mais do que a eles.

— Não sei por que, então, não me manda fuzilar.

— É que pretendo convertê-la. Ah, camaradas, entrem.

Os oficiais entraram um a um no compartimento — um general, diversos coronéis e outros subalternos. Judith, que se colocara a um canto com Tattie, observou entre os últimos várias mulheres.

— Muito bem, camaradas. — Mikhail estava de pé, por trás de sua mesa, com as mãos enfiadas nos bolsos da túnica, o polegar direito pousado sobre o coldre de seu revólver. — Como devem ter presumido, sou seu novo comissário. Parece que cheguei num momento de trégua.

— O inimigo está concentrando homens, camarada comissário — informou o general.

— Onde?

– A uns 15 quilômetros daqui. Há alguns destacamentos de guarda avançando, mas é só.

– Não podemos fazer nada a respeito dessa concentração?

O general encolheu os ombros.

– Não sem mais uns 10 mil homens, camarada comissário, e munições e suprimentos adequados. Minha artilharia não pode disparar mais do que dez tiros por dia.

– Eles estão avançando – disse Mikhail. – Mas vão levar algum tempo. Quando supõe que os Brancos desfecharão a ofensiva?

– Breve, camarada comissário. Mesmo nestas paragens, ninguém consegue passar nas estradas depois de novembro. Breve.

– Então vamos ter de rechaçar o ataque – disse Mikhail. – Mas precisamos estar preparados. Por que não temos fortificações ou posições prontas para receber o ataque dos Brancos?

O general deu um sorriso de desprezo.

– Porque não há nada a fortificar, camarada comissário. Esta zona é totalmente plana e, nesta época do ano, até os rios se tornam meros córregos. Não há posição que possamos defender com qualquer esperança de sucesso.

– Então devemos criar tal posição, camarada general Malutin.

– Criar uma zona estratégica? – Malutin olhou para a direita e para a esquerda, procurando apoio.

– Não podemos criar colinas, florestas, ravinas, camarada comissário – observou um dos coronéis.

– Podemos cavar trincheiras – disse Mikhail.

Os oficiais fitaram-no, espantados.

– Sim – disse ele. – Temos de cavar, e cavar, e cavar. Quero que nos preparemos para o ataque violento que virá em breve, para enfrentar o inimigo e fazê-lo recuar. Quero ver seus homens trabalhando, camaradas. Trabalhando para a vitória.

– Nossos homens nunca vão cavar trincheiras – disse o general Malutin. – Desertaram do Exército regular só para não ter mais de cavar trincheiras.

– Mas vão ter de recomeçar a cavar.

— Não vão obedecer, camarada comissário. — Vão desertar de novo.

— Não tem a seu dispor tropas de confiança?

— Bem, temos a cavalaria. Com eles podemos contar.

— Pois bem — disse Mikhail. — Quero que posicione a cavalaria, de forma a impedir que os homens desertem. Reúna seus homens e lhes transmita minhas ordens. Se recusarem a obedecer, de cada dez homens fuzile um.

Houve um momento de silêncio.

— Mas... suponhamos... — começou finalmente Malutin.

— Cabe a mim fazer as suposições, camarada general. Sua tarefa é cumprir minhas ordens. Ia perguntar o que aconteceria se a cavalaria deixasse de nos apoiar? Pois bem, morreremos todos. Mas posso garantir-lhe que iremos morrer de qualquer forma, a não ser que possamos deter o general Denikin. Portanto, mãos à obra. Ivan Nikolaievich, quero informações. Reúna uma companhia de cavalaria, vasculhe este território e traga-me um prisioneiro ou desertor. Isso é importante.

— Pois não, camarada comissário. Quero que conheça minha assistente. É a principal encarregada dos interrogatórios. Acredite, camarada comissário, seja qual for o homem que eu lhe entregue, ela lhe arranca a verdade. Camarada comissário, capitão Ulyanova.

Dora Ulyanova bateu continência.

— DORA ? — JUDITH mal podia acreditar nos próprios olhos.

— Bom dia, camarada Stein. — A voz de Dora era fria.

— Mas... ouvimos dizer que você tinha morrido.

— E de quando em quando, eu ouvia dizer que você tinha morrido, camarada. Mas estamos ambas vivas e, ao que parece, prosperando.

Mikhail olhava perplexo para as duas.

— Dora e eu nos conhecemos na Sibéria — explicou Judith. — Após nosso retorno, em 1914, ela morou conosco por algum tempo.

— Foi graças à sua interferência que obtive o emprego no Ministério do Exterior — disse Dora. — Por isso lhe sou grata, camarada.

– Uma gratidão que você provou assassinando seus chefes – disse Judith.

– É dever de todo bom bolchevique matar traidores, sejam eles quem forem – disse Dora, com um sorriso. – É um dever que talvez você devesse ter praticado.

– Então você é a mulher que matou o grão-duque Philip – disse Mikhail. – E Tigran Borodin. Muito bem. Mas... Ulyanova?

– É esse meu nome, camarada comissário.

– Por que, então, não está em Petrogrado?

– Procurando obter favores de meu tio? Prefiro estar aqui, lutando por nossa causa. Não tenho interesse em política. Sou uma revolucionária.

Agora, mais uma vez, Judith teve dúvidas de que Lenin fosse realmente tio de Dora ou se, simplesmente, ela se apossara do sobrenome. Desde o começo, Judith estranhara que nenhum membro da família Ulyanov jamais houvesse tentado estabelecer contato com Dora, após sua volta da Sibéria.

– E, como disse seu irmão, camarada comissário – continuou Dora –, estou desempenhando um papel valioso aqui, onde estamos frente a frente com os Brancos. – Ela tornou a sorrir. – Não há homem que resista a meu sistema de interrogatório. Os Brancos têm pavor de ser capturados e entregues a mim. Apelidaram-me Dora Vermelha e acordam durante a noite aterrados, quando sonham comigo. Mas, camarada Stein, sabe o que descobri recentemente?

– Como posso saber, camarada Ulyanova, a não ser que me conte?

– Descobri que o coronel Piotr Borodin está servindo no Exército Branco. Na realidade, é chefe do Estado-Maior do general Denikin.

– Piotr Borodin? – exclamou Mikhail.

– Piotr? – Tattie, que estivera ouvindo, levantou-se num pulo e aproximou-se correndo.

– Não pode ser verdade – disse Mikhail. – Ele nunca voltou da Alemanha.

Judith tinha os olhos fixos e o coração em sobressalto.

– É verdade, camarada comissário – insistiu Dora. – Parece que ele conseguiu atravessar toda a Rússia sob o nome falso de coronel

Smyslov. E não fez a jornada sozinho. Estava acompanhado de uma moça. Sua irmã, Rachel, camarada Stein.

– Minha... – Judith deixou cair o queixo.

– Nunca relatou isso – disse Ivan. – Por que não relatou antes?

– Não julguei que fosse necessário. Achei melhor guardar a informação até poder tirar dela melhor proveito. Não acha sinistro, camarada comissário, que a irmã dessa mulher tenha aderido aos Brancos? Não suspeita de que a camarada Stein, aqui presente, possa estar planejando desertar para o inimigo, a fim de se reunir a seu amante, que agora é o amante de sua irmã? Talvez ela tencione reconquistar o amor dele, revelando-lhe nossas disposições e nossos planos.

Judith voltou os olhos para Mikhail.

– Rachel Stein – disse Ivan, como para si mesmo. – Teria ele ido a Petrogrado à procura de Rachel? – E virou-se para Judith.

– Imagino que tenha ido à minha procura – disse Judith. "Mas eu não estava lá", pensou ela. "Eu não estava lá."

– Não vai mandar-me de volta para Piotr? – implorou Tattie, agarrando o braço de Ivan. – Por favor, não me mande de volta para Piotr. Ele me vai trancar de novo. E nunca vai me deixar dançar.

Ivan desvencilhou-se bruscamente dela.

– Vá sentar-se, sua estúpida. Não vai tornar a ver seu irmão até que seja trazido para cá como prisioneiro – disse ele, continuando a olhar para Judith. – Mas se ele foi para Petrogrado e lá encontrou Rachel e a persuadiu a acompanhá-lo, deve ter estado em sua casa, Judith.

– Bem, mas eu... – Ela mordeu o lábio, subitamente percebendo a armadilha em que quase caíra por causa de seus pais.

– Com efeito – disse Dora. – A família da camarada Stein certamente teria de saber quem era ele. Um traidor. Um homem com a cabeça a prêmio. São todos iguais, camarada comissário. Por que não me entrega a camarada Stein? Logo farei com que ela esteja implorando para contar tudo sobre sua família.

– Você está louca! – disse Judith. – Sempre foi uma louca. – Mas não pôde deixar de olhar para Mikhail. Não tinham sido poucas as vezes em que lhe dissera que odiava os bolcheviques.

— O homem que lhe forneceu essa informação, camarada Ulyanova, ainda está vivo? — perguntou Mikhail.

— Está, camarada comissário. — Dora sorriu. — Não os deixo morrer tão facilmente.

— Eu gostaria de falar com ele.

— Pois não, camarada comissário.

— É melhor que venha comigo — disse Mikhail a Judith.

— Eu? Mas...

— Acho que vai gostar — disse Dora. — Fará com que você pense melhor.

Mikhail já pusera o quepe e estava encaminhando-se para a porta do compartimento. Tattie voltara a sentar-se em seu canto e olhava melancolicamente pela janela. Ivan e Dora acompanharam o comissário. Judith seguiu-os, com um suspiro. Não tinha dúvida de que ia ver um espetáculo horrível.

O grupo desceu do trem e caminhou pelo leito da estrada, ao lado de tendas onde os soldados resmungavam ao receber de seus comandantes picaretas e pás. Adiante do trem, o regimento da cavalaria esperava com sinistra paciência. No centro do acampamento, as tendas haviam sido substituídas por cabanas, tão confortavelmente se instalara o Exército ali. À entrada de uma das cabanas, uma sentinela se perfilou e Dora abriu a porta.

Judith prendeu a respiração. Dentro, a atmosfera era fétida, impregnada do cheiro de suor e excremento e, sobretudo, de medo. Não havia janelas e, mesmo com o sol de pleno dia, o ambiente era escuro, não tão escuro, porém, que não se pudesse distinguir seu único ocupante, um homem amarrado a uma cadeira de espaldar reto encostada na parede dos fundos. Estava nu, com o corpo todo retalhado e ferido; devia estar consciente, pois virou bruscamente a cabeça, quando a porta se abriu. Não olhou, porém, diretamente para a porta. Seu rosto moveu-se em várias direções, quase como se estivesse ouvindo mas não vendo.

Quase? Judith sentiu um calafrio mortal.

— Esse homem é cego? — perguntou Mikhail.

– É evidente que está cego – confirmou Dora. – Eu sempre começo por lhes arrancar os olhos. Isso os deixa mais aterrados. Ele está aterrado agora, só de ouvir minha voz.

– O que mais fez com ele? – A voz de Mikhail estava embargada.

– Muito pouco ainda.

– Meu Deus! – Mikhail virou-se para o irmão. – Foi você quem autorizou isso?

– É um Branco – retorquiu Ivan. – Foram homens de sua espécie, talvez ele próprio, que enforcaram nossa gente em Starogan. Enforcaram mamãe e Nona, Mikhail Nikolaievich. De qualquer modo, vai ser fuzilado. O que lhe acontece antes é irrelevante, desde que nos possa fornecer informações. Há pouco, pedi informações, camarada comissário. Acha que prisioneiros, que sabem que vão morrer de qualquer maneira, nos dariam informações se não fossem forçados?

Mikhail olhou fixamente o homem mais alguns instantes, depois se voltou e saiu da cabana. Judith correu atrás dele e agarrou-lhe o braço.

– Você tem de impedi-la. Tem de impedi-la!

Ele a olhou, depois continuou a andar, mais lentamente. Não procurou soltar o braço.

– Não pode permitir, Mikhail – suplicou Judith. – Não vê que ela é louca? O ódio transtornou-a. Exatamente como Tattie, só que a loucura de Tattie provém de um tremendo choque, creio eu. Não pode dar a Dora o poder de vida e morte sobre homens inocentes.

– Inocentes?

– Bem... homens que estavam apenas obedecendo a ordens.

– Assim, se acontecer de capturarmos Piotr Borodin, você concordaria que o devolvêssemos? Ele é chefe do Estado-Maior de Denikin; é quem dá as ordens.

– Mikhail, não pode estar falando a sério.

– Sou um monstro desumano, lembre-se. Você mesma disse.

– Mikhail... – Ela o puxou pelo braço com tanta força que ele teve de parar. Os soldados, que já tinham começado a cavar, apoiaram-se nos cabos de suas enxadas para os observar. – Seja lá o que for que eu tenha dito, nunca acreditei realmente nisso. Não acho que você seja um monstro. Não acho que você goste do que é obrigado a fazer. Acho que está forçando a si mesmo, exatamente como forçou a si mesmo para tomar parte, com Bogrov, no assassinato de Stolypin. Mas, Mikhail, certamente chega um momento em que o dever deve ceder lugar a sentimentos de humanidade e decência.

— Não — replicou ele. — Só poderemos nos dar ao luxo de ser decentes e humanos quando as circunstâncias e o tempo o permitirem. Os suíços são decentes e humanos. Mas não tomaram parte na guerra, não é verdade? E posso dizer-lhe que, quando eles estavam lutando suas guerras, não achavam tempo para decência e humanidade. E isso é mais do que uma guerra. É um conflito de ideologias. Os Brancos têm de ser destruídos, não apenas derrotados. Devem ser exterminados como animais nocivos. E pensam o mesmo de nós. Ouviu que a turba saqueou a mansão dos Borodin. Pode você realmente comparar o assassinato de umas poucas aristocratas e seus criados com o enforcamento de toda uma aldeia... homens, mulheres e crianças? Já lhe disse que esta guerra é sórdida, sanguinária. Quis acompanhar-me. Agora não se queixe.

— Então por que não me entrega a ela? — gritou Judith.

— Está histérica — replicou ele. — Ela está cumprindo uma missão. Não gosto do que ela está fazendo, mas está obtendo informações e minando o moral dos Brancos, pelo simples medo da captura. E Ivan tinha toda razão, quando disse que pouco importava. Aquele homem vai morrer. Quer morra após umas poucas horas ou mesmo dias de agonia, quer morra com uma bala no peito no calor da batalha, dá tudo no mesmo. Vai morrer para que possamos triunfar, para que gente como nós, você e eu, possa viver.

— Você e eu — murmurou ela. — Não acredita no que Dora disse de mim?

Ele sorriu, passou a mão nos cabelos de Judith e abraçou-lhe pela nuca.

— Não importa o que ela diga ou no que eu acredite. Eu a amo, Judith.

11

Um toque de clarim soou na manhã e o acampamento começou a movimentar-se. Piotr Borodin acordou no mesmo instante. Rolou, olhou para cima, para o teto de sapê.

Um teto de sapê e paredes de madeira que vedavam olhares curiosos. Havia ali um caráter de permanência, que essa guerra, como tantas outras, apresentava. A maioria dos oficiais, seus companheiros, acreditava que a estação de campanha já terminara e que ele a atrasara talvez demais para executar seus planos antes da próxima primavera. Supunham eles que cabanas como essas seriam proteção suficiente contra os ventos do inverno? Ou que na próxima primavera teriam um exército, se permanecessem no centro daquele vasto trigal onde não havia trigo?

– Então por que não atacamos antes, no auge do verão? – tinham eles perguntado. E Piotr tivera de explicar que lhes faltava material para lutar numa campanha longa. A ofensiva devia ser perfeitamente planejada para os levar pelo menos até Czaritsyn num só ímpeto, conquistando-lhes, assim, uma estrada de ferro e uma cidade sólida para passar o inverno e reabastecer seus estoques de munição. Dali eles espalhariam a notícia de sua invencibilidade, ali iriam recrutar, treinar e armar homens, preparando-os para o próximo ano: o ano decisivo, disso estava certo, o ano em que tomariam Kiev e derrubariam o primeiro esteio do edifício em desagregação do bolchevismo.

Pelo menos, Denikin parecia ter fé em seu novo chefe de Estado-Maior. Denikin e Roditchev. Piotr nunca esperara ser aliado de Serguei Roditchev. Mas agora estavam lutando do mesmo lado, com uma consciência mais profunda do que jamais haviam lutado pelo czar. Podiam nunca vir a ser amigos, mas, no momento, eram companheiros lutando pelo mesmo objetivo.

A jovem deitada a seu lado mexeu-se, virou-se para ele. Não abriu os olhos, mas sorriu ligeiramente em seu sono. Apesar de todas as provações e desconfortos que tivera de suportar, ela se sentia feliz. Feliz de ficar ao lado dele. Em suas tímidas confissões murmuradas, contara-lhe como sempre o idolatrara, quase desde o primeiro momento, em que ele tinha entrado na casa dos Stein, em Moscou, em 1907. Piotr mal podia lembrar-se de como ela era naquela ocasião; lembrava-se apenas de que sempre lhe parecera haver uma irmã mais moça no segundo plano. Mas agora ela estava feliz porque passava todas as noites na mesma cama do príncipe Borodin.

E estava ele feliz? Sentou-se no leito de campanha, pôs os pés no chão e estendeu a mão para apanhar as roupas. Podia alguém nesse Exército sentir-se feliz? O que os impelia sobretudo não era o ódio, o desejo ardente de vingança? O czar estava morto, fora colocado contra uma parede e fuzilado. Com ele tinha morrido seu filho e, pelo que se sabia, sua mulher e suas quatro lindas filhas. E muitos membros da sua comitiva. Quantos? Se houvesse sido esse o destino de Judith Stein, depois de tudo que ela sofrera, tudo pelo que passara, por decreto do próprio czar, então era realmente a mulher mais desventurada do mundo. E, sentindo-se responsável por, pelo menos, parte dessa desventura, pois a conhecera, amara e depois a abandonara a seu destino, podia ele ainda ser feliz?

Olhou para o rosto a seu lado, adormecido sobre o travesseiro, e nisso Rachel abriu os olhos. Havia agora entre eles uma espécie de telepatia, a telepatia de duas criaturas que haviam partilhado tudo o que era possível partilhar. "E supondo", pensava ele com sua consciência clara e espontânea, "que tivesse se recusado a aceitar Irina de volta e, em vez disso, instalado Judith Stein em Starogan, certamente em prejuízo da sua família e da sua promissora carreira?" Se tivesse feito isso, Judith Stein teria sido violada e assassinada por uma turba, em vez de fuzilada por uma turba. Teria ela ganho algo mais do que umas poucas semanas de felicidade? Presumindo que fossem realmente semanas felizes?

Chorar por Judith, ou mesmo lembrar-se dela, era desperdício de tempo, exceto para fortalecer sua determinação de vingar-lhe a provável morte. Judith parecia ser uma criatura fadada a um mau destino, desde seu nascimento.

Mas não sua irmã. Rachel sorriu-lhe, pareceu que queria dizer alguma coisa, mas, vendo que ele já estava vestido, mudou de ideia.

– Voltarei para o desjejum – disse ele, curvando-se para beijar-lhe a testa; ela lhe agarrou a mão com força, por um instante. Sabia, como todo mundo, que a ofensiva estava próxima e temia por ele. Sem ele, ela não era nada; passaria a pertencer ao bando de mulheres que seguiam aquele exército, dispostas a aceitar qualquer homem que lhes desse calor e comida e a esperança de sobrevivência quando chegasse o inverno.

Piotr deixou a cabana, saudou a bandeira de duas águias e encaminhou-se para a casa do Estado-Maior, junto à qual o general e seus outros oficiais já se agrupavam, a uma boa distância da esqualidez do acampamento principal. Lá estava, também, Roditchev, com a farda suja de lama, a barba por fazer, os olhos pesados de exaustão. Mas Roditchev preferia patrulhar à noite. Acompanhavam-no dois de seus cossacos que pareciam estar guardando um homem baixo e apavorado, com a farda cáqui em desalinho.

– Tenho notícias para você, Piotr – disse Serguei, triunfante. – Uma boa noite de trabalho.

– Ah, sim? – Piotr saudou Denikin, sujeito encorpado, com barba e bigode à moda do czar.

– Parece que os Vermelhos estão com um novo comandante-chefe – disse Denikin.

– Nada bom para eles, Excelência – acrescentou Roditchev –, e pior ainda é que estão com um novo comissário, como são chamados. Não é o general de comando; seu dever é orientar o general de comando sobre o que deve fazer para a vitória dos bolcheviques. Uma receita certa para o desastre, não acham? Mas nunca vai adivinhar, Piotr Dimitrievich, quem é o tal comissário. Oh, um sujeito terrível, um homem de profunda experiência militar, um veterano de muitas guerras...

– Como diz, Serguei Pavlovich, nunca vou adivinhar – replicou Piotr secamente.

– O nome dele é Mikhail Nej – concluiu Roditchev, e soltou uma gargalhada. – Mikhail Nej! O criado particular do príncipe Piotr, meus amigos. Mikhail Nej comandando o exército que vai nos combater. Será que ele, algum dia, disparou um revólver num momento de cólera? Ah, sim, ia me esquecendo. Ele assassinou um policial, numa viela de Kiev. Mas não disparou o tiro por cólera e, sim, por medo, meus amigos. Eu sei, porque foi o que ele me disse, quando estava com braços e pernas estirados diante de mim, implorando clemência. É essa a envergadura do homem que pretende nos derrotar. Só dispara uma arma quando está apavorado.

Os outros oficiais pareceram meio contrafeitos. Achavam desagradáveis os rompantes de humor feroz de Roditchev e tampouco lhes agradava a ideia de que ele já comandara a Polícia Secreta do czar. Queriam vingar a queda da monarquia e, mais ainda, reaver suas contas bancárias, mas poucos dentre eles desejavam que a Rússia voltasse a ser o que era em 1914.

– Não obstante – observou suavemente o general Denikin –, se o que diz é a verdade, príncipe Roditchev, esse tal Nej, pelo menos, incrementou a energia dos Vermelhos.

– Estão cavando trincheiras – disse Roditchev, em tom de desprezo. – Imaginam uma coisa dessas? Trincheiras aqui, na bacia do Don. Onde eles pensam que estão, em Flandres? Imagino que seja esta a única guerra de que os bolcheviques já tomaram conhecimento na vida, exilados tanto tempo na Suíça.

– Ainda assim – objetou um dos outros oficiais –, um campo fortificado pode apresentar dificuldades. Falta-nos artilharia.

– Ora! – disse Roditchev.

– Príncipe Borodin? – perguntou Denikin, sempre calmo. – Como essa notícia poderá afetar seus planos?

"Mikhail Nej", pensou Piotr. "Após tantos anos, Mikhail Nej." Mas o fato tinha lógica. O rapaz sempre fora no fundo um anarquista. Devia ter sido enforcado há muito tempo. E teria sido enforcado se não fosse a intervenção de George Hayman. O que estaria Hayman pensando agora, que Mikhail se tornara um lutador ativo? Mas talvez Hayman aprovasse; sempre tivera tendências radicais.

E Serguei devia ter razão. Mikhail Nej podia ter lido muitos livros e jornais sobre o assunto, mas nunca estivera numa batalha. Não podia em absoluto ter adquirido a férrea disciplina mental necessária para comandar um regimento de homens, em marcha para a morte, a fim de ajudar a vitória do Exército. Somente a experiência do comando contínuo criava tal capacidade. Ou uma educação adequada, ou, mais ainda, o berço. Não era uma característica que um mujique jamais pudesse atingir.

– Príncipe Piotr? – perguntou de novo Denikin

– Acho que devemos atacar, conforme nossos planos.

– Eles vão saber que estamos avançando – protestou alguém.

– Já sabem disso – retorquiu Piotr. – Mas recuperaremos o elemento surpresa porque, como tantos dos oficiais aqui presentes, eles pensam que vamos tentar flanquear suas fortificações. Não têm mais artilharia nem mais metralhadoras do que nós e ainda menos munição. Agora é o momento de arriscarmos tudo. Vamos bombardear durante apenas cinco minutos. – Ele sorriu. – De qualquer modo, faltam-nos granadas para um ataque mais prolongado. Teremos o cuidado de não atingir o leito da estrada de ferro, e os atacaremos pela vanguarda, onde menos esperam. E se alguém tem dúvidas quanto a nosso sucesso, estou inteiramente disposto a liderar o assalto.

– Todos lideraremos o assalto – disse Denikin. – Há mais alguma informação a obter desse homem, príncipe Roditchev?

– Não, general. – Roditchev estalou os dedos. – Podem enforcá-lo.

O homem soltou um grito de terror.

– Prometeu-me, general. Prometeu que trocaria minha vida por informações. Prometeu...

– Oh, tirem-no daqui – disse Roditchev, impaciente. – Enforquem-no.

Os oficiais esperaram até o homem ser arrastado aos gritos; nenhum deles estava disposto a interferir. Não tinham condições para abrigar prisioneiros, ainda que o quisessem.

– Bem, cavalheiros – disse Denikin. – Quer fixar a hora do avanço, general Borodin?

– Amanhã de madrugada, general – disse Piotr. – Nunca estaremos mais preparados do que agora.

PIOTR ESTAVA AO PÉ do fogo, fora da cabana, vendo Rachel fritar ovos, ajudada por seu ordenança. Pelo menos o Exército se achava bem fornecido de víveres, porque a Crimeia e os celeiros do sul estavam em suas mãos. Mas somente de víveres, pois enquanto continuasse a guerra na Europa, não havia esperança de fornecimento de armas e de munições. Mas agora que os americanos estavam despejando material e homens na França, havia uma forte probabilidade de os alemães entrarem em colapso dentro de um ano. Tudo o que os russos Brancos tinham a fazer era manter posições durante aquele período, como Kolchak estava mantendo-se na Sibéria, e então, certamente, com o apoio Aliado, seria possível destruir aquele exército improvisado, com seus comandantes improvisados, e restaurar a Rússia que ele amava.

Mas manter uma posição não significava manter os homens imobilizados.

– Sabe que nunca em minha vida eu tinha cozinhado? – disse Rachel. Estava excepcionalmente alegre e animada nessa manhã... demasiado alegre e animada. Sabia que era iminente a ofensiva, mas ignorava que iria começar na manhã seguinte.

– Então era um de seus talentos secretos – disse ele, sentando-se numa cadeira de campanha, diante de uma mesa também de campanha, e sorvendo uma xícara de café escaldante, que lhe oferecera Boris Ivanovich.

– Talvez eu possa um dia ganhar a vida como cozinheira – disse ela, e corou, assustada, quando Piotr lhe lançou um olhar reprovador. Durante os seis meses em que tinham vivido juntos, nem uma só vez haviam conversado sobre o futuro, como nunca conversavam sobre o passado. A vida para os dois começara no dia em que ele fora à casa dos Stein, em Petrogrado, à procura de Judith. Sem dúvida, ela supunha que essa vida iria acabar quando acabasse a guerra e reassumisse seu devido lugar na sociedade. Como eles, Rachel presumia que Judith tivesse morrido.

Ou seu mundo terminaria no dia em que uma bala se alojasse no peito de Piotr? Ele sobrevivera a muitos anos de guerra, e supunha que sua sorte um dia ia falhar.

– Não duvido de que possa – disse ele, e terminou seu café. Agora, não podia deixar de dizer-lhe. – A ofensiva vai começar de madrugada.

— De madrugada... — Rachel abriu a boca e, por um momento, ele supôs que ela ia chorar. Mas ela conseguiu controlar-se, como de costume.

— Nosso plano é primeiro esmagá-los — disse Piotr. — Depois continuar a avançar e tomar Czaritsyn. Faremos da cidade nosso quartel-general para o inverno. Há lá uma estrada de ferro, que será ideal para nossos planos.

— Quando pensa em chegar ao local?

— Se formos vitoriosos amanhã? Dentro de uma semana. Mas será melhor que você permaneça no comissariado até termos certeza da vitória. Então, mandarei buscá-la.

— Mas você vai participar do ataque?

— Claro.

— Pertence ao Estado-Maior — insistiu ela. — É o Estado-Maior Sem você não haverá nenhuma liderança. Não deve arriscar a vida.

— A guerra é uma questão de arriscar a vida — lembrou-lhe ele. — E o ataque de amanhã é dos mais arriscados. Mas temos de desferir nosso golpe antes de o inimigo completar seus preparativos. E preciso estar presente para que o ataque tenha desfecho de acordo com meus planos. — Ele sorriu-lhe. — Nunca fui atingido por um tiro. Nem mesmo quando meus homens dispararam contra mim. Saí ileso. Não vou levar uma bala agora!

Ela lançou um olhar a Boris Ivanovich:

— Boris, agora pode tomar seu café.

Boris perfilou-se e olhou para seu superior. Piotr voltou-se para Rachel e leu a mensagem nos olhos dela.

— Sim, Boris Ivanovich — disse ele. — Vá tomar seu café. Depois pode voltar para lavar a louça.

— Sim, Excelência. — Boris bateu continência e afastou-se.

— Agora você mesma terá de servir — disse Piotr.

— Não me importo. — Ela serviu os ovos e a broa de milho e lhe estendeu o prato.

— Sabia que vim para cá a fim de lutar numa guerra — disse ele. — Estou lutando por você e sua família, tanto quanto pelo resto.

— Eu sei.

— Portanto, não é razoável de sua parte ficar tão preocupada com uma ofensiva. Vamos precisar de muitas outras ofensivas até extirparmos da Rússia o bolchevismo.

— Sei disso, também.

— Pois então...

— É só que temos nossas vidas para viver, assim como você tem sua luta para lutar. Estamos juntos há seis meses. Tenho sido feliz. Não me preocupei com nada do que pudesse acontecer, porque estava a seu lado. Mas, apesar da guerra, a vida continua, Piotr. — Ela se sentou com um suspiro e ficou de olhos fixos na mesa. — Estou há quatro meses sem menstruar.

Piotr soltou o garfo no prato.

— Quatro meses?!

— A princípio pensei que fosse por estar viajando constantemente — disse ela, erguendo lentamente a cabeça. — O fato de não comermos regularmente e não sei mais o quê. Mas pode não ser nada disso. Estamos aqui há quase um mês e comendo bem.

— Meu Deus! — disse ele.

— Está zangado comigo?

— Zangado com você? — Ele lhe tomou ambas as mãos. — Nunca, nunca tive um filho. Pensei que eu ia ser o último dos Borodin.

— Ainda não tem um filho — disse ela, sorrindo em meio às lágrimas. — Pode ser que seja uma menina.

— Será um menino. O quê? Concebido numa marcha? Será um menino.

— Então *está* contente?

— Contente? — Ele a puxou e a fez sentar-se em seu colo. — Minha querida, minha queridinha, estou maravilhado!

— Mas ainda assim vai chefiar o avanço amanhã de manhã?

— É meu dever. Mas voltarei, prometo-lhe. De qualquer forma, não vai fazer diferença.

— Não vai fazer diferença?

— Não para você. É a mãe de meu filho. Portanto, tem direito a meu nome. Vamos casar-nos esta tarde.

– Excelências, *mesdames* e *messieurs*, senhores oficiais, apresento-lhes a princesa Borodina. – O general Denikin parecia radiante.

Todos se adiantaram para beijar a noiva e apertar a mão de Piotr. A princesa Borodina. A posição com que Judith sempre sonhara. Não, não, Judith nunca sonhara tão alto. *Rachel* sonhara que isso poderia acontecer se se casasse com Tigran. Mas agora era soberana de Starogan. Todo aquele trigo, todo aquele gado e aqueles carneiros. Toda aquela riqueza e esplendor, os Rolls-Royce, a casa em Petrogrado... mas acima de tudo, todo aquele poder. Quando pensava na altivez com que Irina Borodina penetrara na sala naquela terrível noite de 1914, Rachel sentia-se quase desmaiar: agora ela possuía aquela onipotência. Sorriu para as mulheres que a cercavam. Elas que pensassem o que bem entendessem. Podiam até *saber*, porque aquelas poucas mulheres, que haviam decidido acompanhar os maridos em vez de ficar em segurança em Sebastopol, nada tinham a fazer senão falar da vida alheia. De súbito, ela se erguera acima de todas as outras.

– Agora que vamos entrar em campanha, princesa, todas as senhoras terão de voltar para a Crimeia – disse o general Denikin, tomando-lhe a mão. – Reservei um compartimento de primeira classe para sua viagem.

– Oh, mas... – Ela olhou para Piotr. Nunca lhe ocorrera que não continuaria a marcha com o Exército. Não era possível ser uma princesa e, ao mesmo tempo, acompanhar seu homem?

– Será melhor assim, minha querida – disse Piotr. – Por todos os motivos. Em Sebastopol, estará em segurança e haverá gente para cuidar de você. – Ele sorriu ao notar o rosto dela alarmado. – Pode crer que assim que terminar a campanha e acamparmos para o inverno irei visitá-la.

Ela mordeu o lábio para reprimir as lágrimas. Mas já não era outro indício de sua nova posição? Era muito preciosa para correr riscos ou antes seu filho era muito precioso para correr riscos. Carregava em seu ventre o futuro príncipe de Starogan. De repente, ocorreu-lhe que, se não fosse por ela, no caso de Piotr morrer, o principado passaria para as mãos de Ilona Hayman e, através de Ilona, para John Hayman, o filho de Roditchev. Virou a cabeça e se viu diante do próprio Roditchev.

– Princesa Borodina. – Ele se curvou para beijar-lhe a mão. – Devo presumir que seja este o momento mais feliz de sua vida?

– De forma alguma, príncipe Roditchev – retorquiu Rachel, jogando a cabeça para trás. Como era maravilhoso poder chamá-lo de príncipe Roditchev e sorrir, quando sempre no passado ela tivera de chamá-lo de Excelência e tremer. – O momento mais feliz de minha vida será quando o príncipe e eu pudermos iniciar a reconstrução de Starogan.

– É claro. Não creio que vá tardar muito. Mas ainda assim quero felicitá-la, princesa Rachel. Sua vida se modificou muito. Mas a verdade é que a Rússia toda se modificou muito nesses últimos poucos anos. Se, ao menos, fosse possível decidir se a modificação foi para melhor ou para pior.

– Eu o odeio. Oh, como o odeio – disse ela a Piotr à noite, agarrada a ele na intimidade do estreito catre, desejando que o tempo parasse, que os momentos deixassem de se suceder. Desejando que a noite nunca terminasse.

– Está agora fora do alcance de Roditchev, minha querida – disse Piotr, com voz sonolenta. Estava muito cansado. E no dia seguinte ia precisar de todas as suas faculdades. Mas ela não queria deixar que ele perdesse a consciência.

– Se não fosse ele, Judith... – Mas calou-se. Nessa noite de núpcias, não era o momento de falar na irmã.

Piotr sabia disso, também. Estreitou-a nos braços.

– Ainda não lhe dei seu presente de casamento – disse ele. – Starogan. Mas só posso dar-lhe Starogan quando os bolcheviques estiverem liquidados, quando Mikhail Nej for eliminado. Terá de ter paciência por mais um tempo.

Até Mikhail Nej ser eliminado. Era esse o objetivo dele. Mas odiava tanto assim aquele homem? Não havia razão para tanto ódio. Quando meninos, tinham sido amigos, primeiro em Starogan e depois em Port Arthur, antes de suas responsabilidades como adultos e da ameaça da guerra japonesa ter transformado a vida dos dois. Quando ele herdara o principado, era natural que escolhesse o amigo de infância para ser seu criado particular. Assim, o choque da partida súbita de Mikhail de Starogan fora maior; durante mais de trezentos anos, os Nej haviam servido os Borodin.

Entretanto, na ocasião, ele sentira apenas irritação contra o imbecil e pena ao saber que Mikhail se deixara envolver num complô anarquista e matara um policial. Não lhe tinha ocorrido interceder por seu ex-criado – já tinha muito que fazer tentando salvar Judith da forca –, mas continuara lamentando que uma vida tão cheia de promessas – no decorrer dos anos, ele poderia muito bem vir a assumir o cargo de seu pai como administrador de Starogan – acabasse de maneira tão brusca e sem sentido. Naquela ocasião não sentira nenhum ódio por Mikhail.

Não tinha prova alguma de que Mikhail o houvesse prejudicado ou à sua família nos anos intermediários. E, raramente, pensara no ex-criado até a véspera. Mas agora o odiava. Era o ódio que um soldado deve sentir pelo inimigo, que o torna capaz de matá-lo, mas era também algo bem mais profundo. Mikhail Nej era um bolchevique. Um participante do desastre Vermelho, que se alastrara pela Rússia. Um amigo de Lenin. E um instigador, ainda que por procuração, dos eventos em Starogan. Mikhail Nej era o símbolo de tudo o que devia ser extirpado da vida russa. Da cultura russa. Da história da Rússia.

Hoje estaria liquidada a questão. Na penumbra da madrugada, ele vinha montado à frente das colunas de homens em marcha e fez seu cavalo subir numa pequena elevação, aspecto do terreno raro na planície infindável. Daí observou o acampamento distante, a estrada de ferro, onde havia ainda duas locomotivas e boa quantidade de material rodante, as fortificações e trincheiras ao redor, a linha de trilhos que cruzava as posições vermelhas e se estendia pela planície afora. Os bolcheviques, sem dúvida, sabiam que eles se aproximavam, mas nada podiam fazer. Como aos Brancos, faltava-lhes munição para uma verdadeira barragem de artilharia, e mesmo as armas portáteis tinham de ser poupadas para o assalto final. Só podiam esperar e olhar. "Se ao menos eu tivesse um esquadrão de tanques", pensou Piotr, "não precisaria sacrificar praticamente vida alguma." Mas ele não tinha tanques. Nem combustível para acioná-los. Sob muitos aspectos, essa guerra no sul da Rússia recuara quarenta anos no tempo, desde o conflito entre a França e a Prússia ou a luta anterior entre a Prússia e a Áustria. Tanto em questão de homens como de cavalos e trens, de balas e aço frio e de disciplina. Um mero entusiasmo mal orientado era no que ele depositava sua fé.

– Uma posição forte. – O general Denikin estivera inspecionando com seu binóculo os entrincheiramentos. – Continuo achando que o melhor plano talvez fosse atacar pelos flancos.

Piotr apontou para o agrupamento de uma cavalaria a distância que se movimentava junto ao leito da estrada de ferro.

– Se pudéssemos manobrar, protegidos por elevações do terreno, então talvez fosse melhor, general. Mas eles imediatamente nos notarão. Creio mesmo que estão prevendo um ataque pelos flancos. E está vendo aquele material rodante mais além? Poderiam recuar seu exército antes de termos tido tempo de alcançá-los, a pé, pela retaguarda.

– Um ataque frontal vai custar-nos caro – observou Mark Liselle, que também observava através do binóculo.

– Temos de contrabalançar as vidas de homens com a vantagem em tempo e com o moral elevado que uma vitória representaria. – Piotr olhou sobre o ombro para a massa cáqui da infantaria que avançava pela planície, para os cossacos que desfilavam de cada lado, para o trem em que tinham chegado, agora silencioso, mas a chave de sua estratégia. – Devemos confiar que somos a força mais poderosa, tanto moral como fisicamente. Duvida disso, Mark? Lutamos por tudo que há de bom na Rússia. O inimigo representa tudo que há de hediondo. Duvida disso?

– Não – disse Liselle. – Não, não duvido, Piotr Dimitirevich. Vou verificar a posição das tropas.

– O QUE VOCÊ SENTIA na noite da véspera de uma batalha? – Mikhail Nej fumava um cigarro e ouvia os rumores que vinham da noite, agora já madrugada.

Ivan encolheu os ombros.

— Nunca sabíamos quando a coisa ia acontecer. Ou se ia acontecer. Agora, por exemplo, não sabemos o que vai acontecer.

— Eles estão além — disse Mikhail. — O príncipe Piotr com seu exército.

— Príncipe Piotr? — repetiu Ivan, com desprezo. — Quer dizer camarada Borodin, o traidor.

— Gostaria de que ele me fosse entregue, se for feito prisioneiro. — Como de costume, Dora Ulyanova aproximara-se silenciosamente. — Gostaria muito.

Mikhail olhou para Judith, cujo rosto se perdia na obscuridade. Ela se virou e caminhou para o trem.

— Se o capturarmos — disse Mikhail —, quero que o tragam para mim, para ninguém mais. Não esqueçam.

— Se o capturarmos, comissário?

Foi a vez de Mikhail encolher os ombros.

— Não sei o que vai acontecer amanhã. Como disse Ivan Nikolaievich, nem sei se os Brancos vão nos atacar. Criamos aqui uma posição forte. Imagino que a melhor coisa para eles será tentar desbordar os flancos e depois apoderar-se do leito da estrada em nossa retaguarda.

— O motivo por que eu disse que devíamos recuar — queixou-se o general.

— Ir sempre para trás, e para trás, e para trás? — protestou Mikhail. — É essa a soma dos seus conhecimentos militares? Como recuar? Estamos aqui para derrotar o Exército Branco. E só conseguiremos isso enfrentando-o e lutando. Se eles tentarem uma manobra desbordante, então teremos nossa melhor oportunidade. — De acordo com seus livros, pois não tinha experiência a que recorrer. "Será que as pessoas se dão conta disso? Será que sabem que nunca estive sob o fogo?", pensou ele. "Que não tenho noção alguma do que vai acontecer amanhã, ou de como vou reagir, ou se serei mesmo capaz de pensar?" Mas não sabiam e não deviam jamais suspeitar do terror que lhe revirava o estômago.

— Se eles recuarem, nós os desbarataremos — disse Dora. — Quando tivermos repelido o ataque e eles tentarem recuar, poderemos massacrá-los.

– Sim – concordou Mikhail. – Quando eles forem repelidos. Sugiro agora que tentemos dormir um pouco. É bom verificar se suas sentinelas estão alertas, general.

– Perfeitamente, camarada comissário. Mas os Brancos não atacarão antes da madrugada. – Malutin sorriu com desprezo. – Terá tempo de dormir, camarada comissário, se conseguir.

"Se eu conseguir. Se eu quiser", pensou Mikhail. "Mas não é um desperdício de tempo dormir na véspera do dia que poderá ser o de minha morte? Terei bastante tempo para dormir, quando terminar a batalha, isto é, se eu ainda estiver vivo."

Subiu os degraus e entrou no compartimento às escuras. Tattie Borodina dormia com o rosto voltado para a parede, soltando pequenos gemidos. Tattie Borodina. A mulher dos sonhos de Ivan, agora da propriedade exclusiva dele. Uma mulher oca.

Ou uma mulher muito astuta, muito controlada, que tentava salvar-se da única maneira que podia? Mas isso era tolice. Esta noite, ele tinha dúvidas até quanto a própria sanidade, dúvidas quanto a realmente achar-se ali.

E quanto a ter Judith a seu lado. Deitou-se no catre, e ela lhe segurou a mão.

– Está com medo?

Estaria ele com medo? Era um covarde? Como podia saber? Não se portara como um covarde quando o juiz pronunciara sua sentença de morte, mas na ocasião o destino lhe era indiferente. Sofrera tanto na cela de Roditchev que seu único desejo era morrer. Agora seu único desejo era viver.

– Como posso ter medo? – perguntou ele. – Sou o comissário. E você, está com medo?

– Nada tenho a temer. Sabe disso.

– É claro. Mesmo que caia nas mãos do inimigo, será nas mãos de Piotr Borodin. Diga-me uma coisa, Judith Stein: deseja que sejamos derrotados?

– Sim. Desejo que sejam derrotados.

Ele soergueu o corpo sobre o cotovelo para fitá-la na obscuridade e, nesse momento, ouviu o ruído de Ivan deitando-se ao lado de

Tattie. Ocorreu-lhe, então, como era estranho que eles, dois irmãos que nunca tinham sido muitos amigos, como era de se esperar, que tinham vivido separados durante a metade de suas vidas, estivessem no final juntos, dormindo no mesmo compartimento, esperando juntos a vitória ou a derrota.

Judith não se moveu, nem fechou os olhos. Mas ele a conhecia agora. Odiava-o ou, antes, o que ele representava, e deixar transparecer seu ódio era a única reação que ela podia ter contra o que ele fizera dela.

Mikhail baixou a cabeça e beijou-lhe os lábios.

– Depois que tivermos vencido – prometeu ele – ficará feliz com nossa vitória. – Desejou possuí-la agora, mas sabia que não conseguiria. O pânico que lhe revirava o estômago tornava impossível uma ereção. – Depois que tivermos vencido... – repetiu ele, e estirou-se ao lado dela.

ACORDOU COM O CLANGOR de um clarim e um silvo estridente, seguido do impacto surdo de uma explosão, que fez tremer o trem nos trilhos.

Rolou para fora do leito e caiu sentado no chão. Judith sentou-se também, afastando o cabelo dos olhos. Do outro lado do compartimento, Tattie começou a gritar, um grito agudo, ininterrupto, quase tão perturbador quanto o silvo da granada; o grito cessou quando Ivan lhe deu uma bofetada.

Mikhail pôs-se de pé e apanhou suas roupas e o quepe com a estrela vermelha, símbolo de sua autoridade.

– Que diabo está acontecendo? – perguntou ele instintivamente.

– Bombardeio – replicou Ivan, vestindo-se também às pressas. – Um ataque sempre começa com um bombardeio.

Mikhail percebeu que ambos estavam gritando; o estrondo era agora contínuo, engrossado por outros vindos de fora do vagão. Podiam homens e mulheres suportar aquele ruído e a morte no final?

– Mikhail. – Judith tentou segurá-lo, mas ele se desvencilhou, escancarou a porta do compartimento, tropeçou, rolou os degraus e caiu de quatro no chão, olhando para um par de botas. O general.

Então se pôs de pé e endireitou o quepe.

– Não há perigo aqui, camarada comissário. – Na voz de Malutin, como de costume, transparecia o desprezo. – Evidentemente, eles não querem destruir o leito da estrada. Querem preservá-lo, camarada. Posso sugerir que seja destacada uma companhia para arrancar os trilhos?

"Arrancar os trilhos?", Mikhail teve vontade de gritar. "Está louco? Os trilhos são nossa única chance de fuga." Mas se conteve.

– Estamos aqui para defender esta estrada, camarada general. Vá cuidar de seus homens.

Malutin hesitou, depois bateu continência.

– Como queira, camarada comissário.

Mikhail pôs-se a correr na escuridão pontilhada de clarões. Mas eles não estavam visando a linha do trem, conforme dissera o general. Um bravo homem, o general. A coragem recomeçou a fluir em suas veias.

– Quando eles vão atacar? – perguntou a Ivan. No compartimento, Tattie recomeçara a gritar, mas ele podia ouvir Judith tentando acalmá-la.

– Quando a barragem de fogo cessar – disse Ivan.

– Então vamos cerrar fileiras.

– Fileiras? – repetiu Ivan. – Não pertenço às linhas de combate Minha tarefa é interrogar prisioneiros.

– Então espere por eles – disse Mikhail, percebendo que Ivan estava igualmente apavorado. – Minha tarefa é ganhar esta batalha.

E afastou-se da área protegida do trem. "O que estou fazendo?", perguntou a si mesmo. "Como podem homens suportar tal barragem de fogo? Devo ordenar um recuo? Se recuássemos agora, com a linha do trem intacta, escaparíamos todos – pelo menos todos os comandantes. Mas que outros motivos tinha ele de estar ali? O que dissera Lenin na plataforma? Não havia outra razão para sua existência Nenhuma outra razão, por Deus."

Mas Lenin tinha dito que Deus não existia.

A barragem de fogo cessou. O súbito silêncio era aterrador. Mikhail cambaleou e quase caiu estonteado sob o peso daquele silêncio. À sua volta, os homens esgueiravam-se para fora de trincheiras e de abrigos improvisados às pressas, gritando uns para os outros. Mulheres gemiam e crianças choravam; essa reação era resultante da longa estagnação daquele Exército. Mas ao menos a barragem de fogo cessara. Ele podia pensar de novo.

– Camarada general – gritou ele. – Camarada general!
– Veja aquilo, camarada comissário! – Um oficial subalterno o agarrou pelo braço e apontou. Mikhail olhou para o leito da estrada, para a locomotiva, apenas visível na escuridão, disparando na direção deles. E por trás da locomotiva, meia dúzia de vagões espirravam chamas vermelhas por cada fenda.

– Fogo! – gritou ele. – Fogo!

Homens atiraram-se ao chão e começaram a disparar seus fuzis. Metralhadoras trepidavam. Chamas contorciam-se na noite e a transformavam num inferno. Mikhail caiu de joelhos. Sacara o revólver e só se deu conta do que estava fazendo quando o cão estalou numa câmara vazia. Como se fosse possível balas de revólver deterem uma locomotiva em movimento. A locomotiva bateu de encontro às barricadas, atirou-as à direita e à esquerda, descarrilhou e ameaçou tombar, mas manteve-se a prumo. As portas dos vagões se escancararam e soldados Brancos pularam para fora, ao mesmo tempo que disparavam suas armas, e o primeiro vislumbre da madrugada se refletia em suas baionetas reluzentes.

E seu revólver estava descarregado. Mikhail levantou-se e os homens ao redor olharam-no. Ele percebeu que o tenente, com quem estivera falando, estava morto. E onde estava o general?

Da esquerda e da direita partiam gritos da infantaria que avançava. Os Brancos estavam por toda a parte na planície e atacavam os entrincheiramentos. Mas a infantaria entrincheirada sempre pode repelir a infantaria atacante. Era o que diziam os livros.

– Corram! – gritou alguém.
– Eles são muitos – gritou outro.
– Corram! – Foi o eco geral.

Mikhail correu. Atirou longe seu revólver e correu para o trem.

– Vamos embora – berrou ele para o maquinista perplexo. – Vamos embora!

– O que está acontecendo? – perguntou Judith, metendo a cabeça pela janela do compartimento de primeira classe.

– Vamos embora! – berrou de novo Mikhail, e saltou para o degrau, enquanto o trem dava uma primeira sacudidela e lançava vapor no ar. – A toda força!

O trem começou a mover-se. Uma bala penetrou na madeira ao lado da cabeça de Mikhail, e ele se atirou pelo vão da porta, indo cair de joelhos no chão. Mas os disparos iam se distanciando à medida que o trem adquiria velocidade.

Agora era quase dia claro. Recuperando aos poucos o fôlego, ele pôde erguer os olhos para Judith e Tattie de pé a seu lado. No rosto de Judith estava estampada uma profunda preocupação. Tattie deu um sorriso irônico.

– Onde estão seus homens, camarada comissário? – perguntou ela.

– Tenho de lhe dar os parabéns, general Borodin. – O general Denikin freou seu cavalo e olhou ao redor. Piotr não se lembrava de jamais ter visto um espetáculo de tamanha destruição. Certamente, nunca testemunhara uma tão completa vitória. Os Vermelhos tinham fugido quase ao primeiro disparo. Por toda a parte, havia sacolas de munição e fuzis abandonados, mochilas e cantis espalhados. E em meio aos destroços de um exército derrotado, jaziam corpos, tanto de homens como de mulheres e crianças. A maioria fora ceifada pela breve barragem de artilharia e apresentava um espetáculo horrível, pois era difícil discernir onde terminava um ser humano e começava outro. Só uns poucos haviam sido atingidos por balas e jaziam em suas trincheiras ou por trás das fortificações, pernas e braços contorcidos num bailado macabro.

– Não foi o duque de Wellington – observou Denikin – quem disse que "depois de uma batalha perdida, não há experiência mais horripilante do que a de uma batalha ganha"?

– Creio que sim – disse Piotr.

— Mas a estrada de ferro está intacta. Apreendemos até algum material rodante para acrescentar ao que já tínhamos. Não acha que devemos avançar?

— Certamente, general. Para Czaritsyn. Cedo ou tarde ocorrerá a Nej que a única maneira de nos deter será destruindo a linha.

"Nej", pensou ele. "Nej fugira, como era de esperar." Fugira no seu trem de comando, com seus oficiais e, sem dúvida, com suas mulheres, também. Não fora realmente uma batalha, apenas o desbaratamento de uma horda indisciplinada de guerrilheiros. E podia ele ter esperado algo diferente?

Mas Rachel ficaria contente. A princesa Borodina. Finalmente uma princesa Borodina digna de seu nome.

— Será que vai ser tão bem-sucedido quando se vir diante de soldados de verdade? — Serguei Roditchev tinha trotado entre os cadáveres, as tendas e as cabanas ruídas, e agora freou o cavalo junto de Piotr.

— E será que algum dia me verei à frente de um verdadeiro exército, Serguei? — replicou Piotr. Não havia mais razão para se sentir ofendido agora, nem nunca.

— É pouco provável — admitiu Roditchev. — Que vamos fazer com essa gente? E apontou para os homens reunidos num imenso círculo pelos cossacos.

— Terão de ser fuzilados — disse Denikin, olhando para Piotr.

— Parecem ser muitos — observou Piotr.

— Calculo uns quatrocentos — disse Roditchev. — Mas na certa meus homens vão aprisionar muitos outros, à medida que avançarmos. Devem estar foragidos por toda a estepe.

— É impossível mantermos vários milhares de prisioneiros — advertiu Denikin.

— Mas alguns deles devem ser apenas mujiques, obrigados pelos bolcheviques a lutar — disse Piotr. — Provavelmente, estariam dispostos da mesma forma a lutar por nós. E mais dispostos ainda a voltar para suas casas e plantar trigo para nossos exércitos.

— Uma vez bolchevique, para sempre bolchevique — sentenciou Roditchev.

– Mas o príncipe Borodin não deixa de ter razão, príncipe Roditchev – disse Denikin. – Precisamos tocar para a frente. Precisamos perseguir os Vermelhos enquanto o moral deles está solapado pela derrota. E vamos precisar dos cossacos, tanto como batedores como para os enforcamentos. Permanecerá aqui, príncipe Roditchev, com um regimento de infantaria. Converse com os prisioneiros. Descubra quais deles estariam dispostos a lutar do nosso lado. Deixo isso a seu cargo, príncipe Roditchev.

Roditchev bateu continência e sorriu para Piotr.

– A seu cargo, foi o que o general disse, Serguei – lembrou-lhe Piotr. – Coronel Liselle, coloque seus soldados em formação a fim de prosseguirmos com o avanço. Acamparemos para a refeição do dia quando tivermos avançado mais alguns quilômetros. – "Para longe desse odor fétido de morte", pensou ele. "Para longe de Roditchev e suas vítimas." – Sem dúvida, vai reunir-se a nós logo que tiver solucionado a questão aqui, Serguei Pavlovich.

– Obviamente, príncipe Piotr. Não vou demorar muito. Não vai me tomar muito tempo entrevistar essa gente.

Fez recuar o cavalo e tornou a bater continência. O general Denikin e seu Estado-Maior partiram a trote, beirando o leito da estrada de ferro. Atrás deles, a locomotiva abandonada pelos bolcheviques estava sendo lentamente manobrada para a linha principal e seus vagões, engatados; não havia esperança de colocar de novo nos trilhos a locomotiva usada no ataque, sem a ajuda de um guindaste. Atrás do trem, a infantaria formou filas, ao passo que os cossacos já começavam a percorrer o campo aberto de cada lado, para dar caça ao remanescente do inimigo derrotado.

Os homens estavam contentes. As baixas haviam sido excepcionalmente poucas e não existe melhor incentivo para o moral de uma tropa do que avançar mais e mais.

– Para Czaritsyn! – gritaram, dirigindo-se a Roditchev. – Vamos nos reunir em Czaritsyn, Excelência.

Era uma disposição de espírito que merecia ser encorajada. Roditchev tirou seu quepe para saudá-los, e eles responderam à saudação, ao passar. "Finalmente", pensou ele, "finalmente estamos atacando.

E vencendo. Talvez Piotr Borodin, esse pobre-diabo, tenha mesmo algum talento. Mas, provavelmente, teve apenas sorte."

Mas agora havia uma tarefa a cumprir, uma tarefa importante e divertida. Fez seu cavalo dar meia-volta e atravessou o cemitério, que fora o acampamento dos Vermelhos, em direção aos prisioneiros. O coronel que comandava o regimento de infantaria bateu-lhe continência.

– Fiz uma contagem, Excelência. Há 347 homens, 24 mulheres e cinco crianças

– Fuzile os homens e as crianças – ordenou Roditchev. – Seus soldados podem ficar algum tempo com as mulheres. Mas depois elas também devem ser fuziladas. Use metralhadoras para os homens, é mais rápido. E depois quero que este local seja limpo. Turmas para enterrar os mortos, e queimem todos esses destroços. Quero que este acampamento passe a ser apenas uma cicatriz. Está entendido?

– E Vossa Excelência? – perguntou o coronel.

Roditchev sorriu.

– Vou dar uma espiada naquelas mulheres Vermelhas.

O coronel afastou-se.

Queria ele realmente algumas daquelas mulheres? Talvez para fazê-las sofrer. Sempre tivera prazer em machucá-las, desde que sua primeira mulher, Natasha, morrera no parto, gritando seu nome, amaldiçoando-o e odiando-o. Natasha Roditcheva não fora bonita, apenas uma fêmea; o casamento fora arranjado por seu pai. E na ocasião ele era muito jovem. Depois da morte da mulher, ele se retraíra, concentrando-se em sua carreira, utilizando apenas prostitutas fichadas quando sentia necessidade de sexo. Até aparecer Ilona Borodina.

A proposta de casamento partira do novo príncipe Borodin, o jovem Piotr. Roditchev mal pudera acreditar em seus ouvidos. Mais tarde, é claro, a verdade lhe fora revelada. Ilona tinha tido um caso com Hayman, o correspondente americano. E ao saber disso, ele também mal pudera acreditar que uma princesa russa se entregasse a um simples comerciante. Mas, naturalmente, Ilona sempre tivera a mentalidade de uma prostituta. Roditchev encantara-se com a ideia de ser dono daquela beldade altiva. E deliciara-se com a posse. Mas só para a maltratar, já que não podia dominá-la realmente. Espancar Ilona tinha sido um dos grandes prazeres de sua vida, até Piotr intervir estupidamente. Mas como ela própria confessara, Ilona tinha aceitado não somente um comerciante, mas o criado do irmão como amante. Evidentemente, ela só lhe revelara isso depois de já estar fora da Rússia, pois sabia que, do contrário, ele a teria matado. Mas Roditchev nunca tinha duvidado de que fosse verdade. Ela apenas confirmara o que seus olhos, seus ouvidos, seus sentidos tinham suspeitado desde o nascimento do menino. Ivan Sergueivich não era seu filho. Nunca descobrira uma característica da estirpe Roditchev no garotinho. Mas de Mikhail Nej...

Cerrou os punhos. Era o único desapontamento desse dia, que Nej e sua horda tivessem escapulido. Mas não iam poder fugir para sempre. Seriam capturados e entregues em suas maos. E então...

Ódio, o desejo de infligir sofrimento e dor era só o que restava do desastre de sua vida com Ilona. E era um desejo que ele frequentemente tivera a chance de satisfazer. O czar reconhecera que Serguei Roditchev era o homem ideal para comandar a Okhrana. E sempre houvera gente suficiente à sua mercê para satisfazer sua ânsia de ver as pessoas sofrerem. Algumas memoráveis. Judith Stein, por exemplo, porque, cada vez que vibrara sua bengala na carne fremente da moça, era com o pensamento em Ilona. Pena que a irmã dela houvesse escapulido. Embora... o mundo estivesse em tal estado de instabilidade que até era possível esperar que a princesa Borodina um belo dia fosse parar nas mãos da polícia. A polícia de Roditchev.

Mas havia outros. E uma vez ele já tivera Mikhail Nej a seus pés. Se ao menos pudesse prever o futuro!

– Um bando de maltrapilhas – observou o coronel, apontando com o chicote.

Roditchev olhou para as mulheres. Estavam encolhidas umas às outras, como que buscando apoio mútuo, e tinham os olhos voltados menos para ele do que para seus homens e filhos, enfileirados, e para os soldados que os observavam como lobos, esperando ansiosos a ordem infalível, que deixaria aquelas pobres criaturas à sua mercê.

– Tem razão, coronel – disse ele. Nada ali que lhe pudesse servir. Ninguém que o interessasse, nenhuma mulher bonita; apenas um amontoado de mulheres sujas, apavoradas. Fez meia-volta com o cavalo, ainda olhando-as, e ouviu-se o estampido de uma bala. Uma bala que devia ter passado de raspão por sua cabeça. Sentira realmente o deslocamento do ar? Virou-se, sacando o revólver, e o coronel a seu lado fez o mesmo. Mas os soldados já tinham acorrido, empurrando a coronhadas as mulheres, chegando à culpada justo no momento em que ela tornava a mirar com seu revólver, atirando-a ao chão, ameaçando-a com suas baionetas.

– Parem – gritou Roditchev, e olhou para o coronel. – Elas não foram revistadas?

– Eu dei a ordem, Excelência – disse o coronel. – Peço-lhe mil desculpas. Meu Deus, se ela tivesse acertado...

– Mas não acertou. – Roditchev adiantou seu cavalo até ficar quase por cima da mulher. Ela estava estirada no chão, de pernas e braços abertos, enquanto uma bota comprimia-lhe cada um dos pulsos e outras duas firmavam seus tornozelos. Ofegante, ela o fitou com um ódio concentrado. Estava mais bem vestida do que as outras mulheres do grupo, com um uniforme cáqui ostentando a estrela vermelha no ombro. Uma mulher com autoridade, com um rosto vagamente familiar. Um rosto que ele estudara muitas vezes numa foto gasta, mas subitamente reconhecível. Afinal, o dia não estava de todo perdido.

– Bem, cavalheiros – disse ele. – Acabamos de fazer uma captura importante. Ajudem a moça a pôr-se de pé. Ela deseja apenas sentar-se sobre meu peito e arrancar-me os olhos. Não é verdade, Dora Ulyanova?

– Ulyanova? – O coronel examinou Dora. – Não é a criatura demoníaca conhecida como Dora Vermelha?

– A própria – confirmou Roditchev.

– Deixe que eu me encarregue dela – disse o coronel. – Encontrei alguns dos meus homens há uma semana, depois de ela os ter interrogado.

– Compreendo como se sente, meu caro coronel – observou Roditchev. – Mas receio que terá de deixá-la a meu cargo. Afinal, uma patente superior tem seus privilégios. Prometo-lhe, no entanto, que a execução será pública. Amanhã, provavelmente.

– Como queira, Excelência.

Roditchev olhou para a direita e para a esquerda. A maioria das cabanas havia sido destruída e também todas as tendas. Mas restava o trem descarrilado, com sua cauda melancólica de vagões.

– Levem-na para lá – ordenou ele, apontando para o trem.

Os soldados arrastaram Dora. Ela ainda estava arfando, mas não tinha falado. Seus óculos haviam escorregado pelo nariz e ela tentou sacudir a cabeça para recolocá-los no lugar. E continuava de olhos fixos em Roditchev.

Os homens empurraram-na para a frente. Um dos pés dela escorregou e a fez esbarrar contra o homem que lhe segurava o braço direito. Ele imediatamente ergueu seu braço livre para desferir um soco no estômago. Ela teve um engasgo como se fosse vomitar e caiu de joelhos, o que lhe valeu um pontapé nas nádegas.

– Não a machuque – disse Roditchev, virando seu cavalo para seguir atrás dela. – Não a quero machucada.

Os soldados puseram-na de pé e a arrastaram em direção à linha do trem.

– Este serve – disse Roditchev, apontando para o primeiro dos vagões.

Os soldados puxaram Dora pelos degraus acima, ferindo-lhe os joelhos, e abriram a porta. Mantiveram-na no centro do compartimento, esperando que Roditchev desmontasse. Ele sobraçou sua mochila e subiu os degraus.

– Agora deixe-me ver – disse pensativo. Havia uma espécie de lustre no centro do teto, e Dora era de estatura baixa. – Acho que serve. Quero que vocês a dependurem ali pelos pulsos. Verifiquem que a corda seja forte. Oh, primeiro é melhor despi-la. Convém certificar-se de que ela não tem nenhuma arma escondida.

Os homens puseram mãos à obra, com disposição. Pareceram a Roditchev anões descascando uma grande banana. As roupas de Dora foram rasgadas e estraçalhadas, suas roupas de baixo eram poucas; em apenas poucos segundos, ela estava nua e segura por dois dos homens, enquanto os outros amarravam-lhe os pulsos no lustre oscilante. Quando terminaram, os dedos dos pés dela estavam pendentes a uns poucos centímetros do chão, conforme Roditchev tinha calculado, e seu corpo girava lentamente. Era um corpo peculiarmente pálido e mais volumoso do que ele julgara. Dentro de poucos anos, Dora ter-se-ia tornado uma mulher gorda.

– Obrigado – disse Roditchev. – Agora podem deixar-nos a sós. Não quero nenhum homem a menos de 20 metros deste vagão. Está compreendido?

– Sim, Excelência. – Bateram continência e saíram, fechando a porta.

Roditchev deu a volta no compartimento tapando as janelas com as cortinas. Algumas tinham furos de balas e grande parte das vidraças estava estraçalhada, mas ainda assim deu para transformar o interior do compartimento numa caverna sombria.

– Está com vergonha, Roditchev, do que vai fazer comigo? – perguntou Dora, que o seguia com os olhos.

Ele virou a cabeça. Era a primeira vez que ouvia a voz dela.

– Sabe de uma coisa, sou capaz de estar mesmo envergonhado. Não seria bom para os homens engajados verem que sou capaz de extrema paixão. Acham que oficiais são invulneráveis a qualquer espécie de sentimento.

E parou diante dela. Suspensa como estava, seus olhos ficaram no mesmo nível que os de Roditchev. Ele estendeu a mão, arrancou-lhe os óculos do nariz e deixou-os cair no chão, depois esmagou-os com a bota.

– Pelo que me informaram, faz parte de sua técnica, em primeiro lugar, cegar suas vítimas – disse ele.

Dora respirou fundo. Os seios pesados intumesceram.

– Isso lhes dá medo – disse ela.

– Mas você não teria medo, não é mesmo? Acredito que não. Além do mais, quero que veja tudo o que vou fazer com você. Quero que veja o que vai acontecer. Não sabe quanta coisa quero fazer-lhe. Nem sei por onde começar. Mas não há pressa. Temos o dia todo.

Então, desafivelou o cinto, colocou-o juntamente com o revólver em cima da mesa, tirou o quepe e a túnica e enrolou as mangas da camisa. Depois abriu sua mochila, tirou de dentro uma garrafa de vinho, um pedaço de pão e um de queijo.

– No que se refere à comida, a vida de um soldado não é das mais aprazíveis – disse, sentando-se, cruzando as pernas e observando-a balançar de leve. – Mas um homem tem de se conformar, suponho eu.
– Usou o canivete para cortar o queijo e pôs-se a comer, mastigando devagar e bebendo goles do vinho. – Naturalmente, quando vencermos esta guerra, vou voltar a gozar das coisas boas da vida.

– Nunca vão vencer – disse ela. – Nunca, nunca, nunca.

– Receio não concordar com seu ponto de vista. E acontecimentos recentes parecem apoiar minha opinião. – Recolocou a rolha na garrafa e limpou as mãos num guardanapo. – Perdoe-me por não lhe oferecer um almoço, *mademoiselle*, mas seria um desperdício, não acha? E comida, vinho ainda mais, não está sobrando. – Levantou-se.
– Então, por onde vamos começar?

– Você é um louco – disse ela. – Quando interrogo as pessoas é para obter informações.

– Não creio que você tenha alguma informação que me interesse – replicou Roditchev. – Obtemos quase todas as nossas informações de desertores. Não é nem necessário interrogá-los. Simplesmente prometemos poupar-lhes a vida e eles nos contam tudo o que sabem.

– E depois, apesar disso, manda matá-los.

– Bolchevismo é uma doença perigosa, *mademoiselle* Ulyanova – disse ele, com um encolher de ombros. – Uma vez que um ser humano é contaminado, não há mais esperança de cura para ele. Ele ou ela tem de ser eliminado, como um cão raivoso. Agora, deixe-me ver... – Enfiou a mão no bolso, tirou uma caixa de fósforos e riscou um. – Não creio que chicoteá-la daria muito resultado. Acho que uma mulher como você era capaz até de gostar. Acho que devo me concentrar numa destruição lenta de você como *mulher*. Uma destruição que poderá ver e apreciar. Uma destruição irreversível. Acho que esse seria o melhor meio de fazê-la uivar, de reduzi-la ao que é realmente, um verme rastejante saído de um esgoto. Ai! – O fósforo tinha queimado, até o fim, e a chama sapecou-lhe os dedos. Ele o jogou no chão e pisou em cima. – Sim, acho que isso é o melhor.

Riscou outro fósforo, colocou-o imediatamente abaixo do bico do seio esquerdo de Dora e ficou olhando a pele pretejar. Por um momento, ficou muda, depois resfolegou e esperneou ao mesmo tempo. Suas pernas se agitaram desesperadamente, mas Roditchev apenas recuou para um lado.

O fósforo apagou, e lágrimas rolaram pelas faces de Dora. Mas ela não deixou escapar um único grito.

– Como eu supunha – disse Roditchev. – Tem uma forte resistência à dor. Contudo, isso só torna minha tarefa mais interessante. Vamos tentar em outro ponto.

Riscou outro fósforo e o encostou no tufo crespo dos pelos púbicos de Dora. Após um momento, os pelos começaram a arder. Mais uma vez, ela resfolegou, contorceu-se e sacudiu as pernas. Roditchev, com a mão livre, lhe segurava as coxas para impedir que as pernas se movessem. Mas a veemência da reação dela o tomou de surpresa. Um pontapé o fez cambalear para trás; mas ele voltou à carga; então, com precisão fatal, ela o atingiu com o pé nu na virilha. Foi a vez de Roditchev resfolegar e cair de joelhos. Dora deu novo pontapé mirando o rosto dele. Falhou, mas o terceiro movimento violento em sucessão foi forte demais para a resistência do suporte: o lustre desprendeu-se do teto e despencou no chão, arrastando Dora junto.

Roditchev ajoelhou-se, encostado a uma cadeira, procurando recuperar o fôlego.

– Por Deus! – disse ele. – Por Deus, vou esfolar você viva!

Dora rolou várias vezes, levando consigo o lustre desmantelado. Parou junto à mesa, sobre a qual Roditchev jogara sua túnica e cinto, e sentou-se, erguendo o lustre nos braços. Tarde demais, Roditchev percebeu o que ela buscava. Afastou-se da cadeira, pôs-se de pé e viu, sem nada poder fazer, Dora, com as mãos ainda amarradas e suportando o peso do lustre, conseguir abrir o coldre, agarrar o revólver e apertá-lo entre as mãos.

– Sua idiota! – gritou ele. – O que pensa... – Correu para ela. Mas Dora já estava puxando o gatilho, de novo, de novo, e de novo. O revólver detonou seis vezes. O primeiro tiro atingiu Roditchev no peito e o fez estacar; o segundo, no estômago, e ele começou a tombar; o terceiro alcançou-o de novo no peito. As três últimas balas falharam o alvo e foram alojar-se na parede. Mas não eram mais necessárias. O general-príncipe Roditchev estava morto antes de cair no chão.

Lentamente, Dora Ulyanova baixou o revólver. Do lado de fora do vagão, partiram gritos. Mas teria ainda alguns minutos antes que alguém entrasse. Tempo suficiente.

Ainda carregando o lustre, ela se pôs de pé e alcançou a mesa onde Roditchev deixara seu canivete. Quando os soldados abriram a porta, ela estava havia tempos sentada no peito ensanguentado de Roditchev.

Os SOLDADOS PUSERAM-SE em posição de sentido – "ou tão em posição de sentido quanto jamais seriam capazes aqueles homens", pensou amargamente Mikhail Nej. Mas era difícil censurá-los, quando seu comando provara ser inepto e covarde.

E, além disso, fazia frio. A neve ia até os tornozelos das pessoas no pátio da estação e, em certos trechos, ameaçava obstruir o leito da estrada. Era difícil manter-se imóvel num frio tão intenso. E o trem estava atrasado.

Mikhail virou a cabeça e, sobre o ombro, olhou para as pessoas atrás de si. Seus oficiais evitavam olhá-lo de frente. Sabiam que sua carreira chegara ao final, que ele teria sorte se escapasse com vida. O fato de nenhum deles haver conseguido deter a série de desastres sofridos pelo Exército Vermelho não vinha ao caso. O comissário dera as ordens. O comissário tinha de assumir a culpa.

Ivan também evitava olhar para o irmão. Mas Ivan, sem dúvida, devia estar cogitando como escaparia à punição que iria recair sobre a família Nej. Junto dele, Tatiana, como de costume, parecia indiferente aos acontecimentos ao seu redor. Não sorria mais desde que seu ventre intumescera. "O filho de Tatiana seria primo do jovem Ivan, seu próprio filho", pensou Mikhail, "tanto por parte de mãe como de pai." Era um pensamento cheio de implicações futuras, presumindo que algum dia os dois primos viessem a se encontrar.

Obviamente, *ele*, Mikhail, não ia ter outro filho. Olhou para Judith, que não só lhe devolveu o olhar como também esboçou um sorriso encorajador. Mulher estranha aquela. Jurara odiar tudo pelo qual ele lutava, alegrar-se com cada derrota que seu Exército sofresse desde aquele primeiro desastre. E Mikhail não tinha ilusões a respeito. Mas do ódio e da cólera fora surgindo nela algo que muito se assemelhava ao amor. Naturalmente, ela nunca admitiria tal sentimento. E ele não esperava que ela o admitisse nem para si mesma. Mas estava em seu subconsciente. Talvez fosse impossível viver com alguém, partilhar tudo com ele e, gradualmente, vir a amá-lo. Ou, talvez, como ele tinha esperança, era impossível a uma mulher ser amada, como ele a amava, e não corresponder a esse amor. Precisaria de um psicólogo para explicar-lhe isso. Mas bastava-lhe saber que, em todo aquele mundo funesto e catastrófico em que vivia, somente nos braços fortes de Judith Stein lhe era possível ser feliz.

Um apito soou e o trem surgiu lentamente na curva, lançando de cada lado um jato de neve, até parar com um ranger de freios. Atrás dele, alguém deu uma ordem, e a guarda de honra se pôs em posição de sentido. Sem dúvida os soldados apresentavam-se desmazelados como sempre. Ele não virou a cabeça para olhá-los.

Com o trem parado, guardas Vermelhos saltaram pelo vão das portas, de fuzis e revólveres em punho, percorrendo com os olhos o agrupamento na plataforma. Mikhail perfilou-se, viu a porta central abrir-se e, por sua vez, Trotsky descer. Sua atitude continuava exageradamente incisiva, os óculos sempre luzindo, o queixo agressivamente erguido. Mas Trotsky não tinha estado na frente de combate e encarado a derrota. Permanecera em Moscou, como uma aranha gigantesca movimentando peças e emitindo decretos. Dando ordens e contraordens.

– Camarada Trotsky. – Mikhail abraçou-o e recebeu um beijo em cada lado da face.

– Camarada Nej.

Mikhail recuou, bateu continência e começou a apresentar os oficiais.

– Camarada general Malutin.

– Ah, camarada general. Foi capitão no 74º regimento de infantaria na Galícia.

– Exatamente, camarada comissário – confirmou Malutin, todo sorrisos.

– Um bom regimento – disse Trotsky. – Um bom regimento. Ainda tem alguns de seus homens aqui?

– Uma meia dúzia, talvez, camarada comissário.

Malutin relanceou um olhar a Mikhail, antes de voltar a encarar Trotsky.

– Tem sido bem difícil, camarada Trotsky.

– Eu sei. Tem sido difícil para todos nós.

– E agora que acabou a guerra na Europa... – começou Malutin.

– O Exército Branco receberá reforços? Devemos prever isso. Mas receberemos reforços, também, camarada general. Prometo-lhe. Terá apenas de aguentar até a primavera. Não receie pelo futuro. O futuro pertence à Rússia e nós somos a Rússia. Confirmo-o em seu posto e em seu comando aqui em Tula, e no Sul.

Lágrimas brotaram nos olhos do general; presumivelmente, ele tinha esperado ser envolvido na desgraça de seu superior.

– Obrigado, camarada comissário.

– Pode agradecer-me por ter derrotado Denikin – disse Trotsky, e passou ao próximo homem. Para cada oficial sua memória notável podia evocar alguma lembrança de serviços passados, e para cada um ele tinha uma ou duas perguntas de investigação. Alguns, ele transferiu imediatamente para outros deveres; confirmou a maioria em seus postos e designações.

"Se ao menos eu tivesse o poder de inspirar assim os homens", pensou Mikhail. "Ou talvez para isso baste dispor de autoridade?"

Ivan estava no final da fila.

– Camarada capitão Nej – disse Mikhail. – No comando de minha Polícia Militar.

– Camarada capitão. – Trotsky apertou-lhe a mão. – Já ouvimos falar em sua pessoa.

– Eu, camarada comissário? – Ivan estava visivelmente aterrado.

– Com efeito, sua eficiência se tornou conhecida. E também a de sua assistente. – Ele olhou para Tattie. – É ela?

– Não, camarada comissário. Esta é minha mulher.

– Uma relação bem-sucedida e, portanto, feliz – comentou Trotsky, olhando para o ventre estofado de Tattie. – E o que foi feito da assistente?

– O nome dela era Ulyanova, camarada comissário. Foi aprisionada pelo Exército Branco há alguns meses. Tivemos a informação de que foi executada.

Trotsky balançou a cabeça, e Mikhail suspeitou de que ele já sabia do fato.

– Mas, com certeza, já escolheu outros subordinados competentes, camarada Nej. Evidentemente, sabe escolher seus subordinados.

Foi a vez de Ivan olhar para Mikhail; seria aquilo tudo uma armadilha?

– Então? – perguntou Trotsky.

– Eu... eu acredito que sim, camarada comissário.

– Muito bem. Estou dispensando-o de seu posto aqui

– Camarada comissário? – A voz de Ivan tremia.

– Houve um atentado contra a vida do camarada Lenin. O país inteiro, sobretudo Petrogrado, está infestado de anarquistas, Brancos e czaristas, que só cogitam a destruição do Estado bolchevista e a morte de nosso líder. É preciso encontrá-los e eliminá-los. Essa será sua tarefa, camarada Nej. Acho que é o homem indicado para isso. Vou mandá-lo para Petrogrado a fim de chefiar a polícia.

– Petrogrado? A polícia? Eu? – Ivan parecia um garotinho.

– Não vai falhar, camarada Nej – disse Trotsky, pondo a mão no ombro de Ivan. – Lembre-se. Eles devem ser eliminados. – Olhou para Tattie. – Será bom para sua mulher ter o filho em Petrogrado. Existem mais facilidades lá.

– Petrogrado! – exclamou Tattie. – Vamos para Petrogrado?

– Gosta de Petrogrado, camarada Borodina? – Trotsky sorriu. – Ainda bem. Quero que minha gente fique satisfeita com seus postos. Eu os verei em Petrogrado.

E continuou percorrendo a fileira. "Meu Deus", pensou Mikhail. "Camarada Borodina. Não há nada que esse homem não saiba."

— Camarada Stein, camarada comissário. Minha mulher.

Trotsky beijou Judith em cada lado da face.

— Gostaria de enviá-la, também, para Petrogrado, camarada Stein. Mas não creio que lhe agradasse ir sozinha.

Judith olhou para Mikhail, sentindo-se subitamente corar.

— Não, camarada comissário, prefiro ir para onde o camarada Nej for mandado.

— Então vai permanecer aqui — disse Trotsky.

— Aqui? — perguntaram os dois ao mesmo tempo.

Trotsky virou-se, caminhou até a borda da plataforma e olhou para as tropas reunidas no pátio. Mikhail apressou-se em segui-lo.

— Estes homens precisam de disciplina — observou Trotsky.

— É difícil, camarada comissário. Tantas vezes eles já foram derrotados.

— E continuarão a ser derrotados, Mikhail Nikolaievich, até serem disciplinados. Essa é sua primeira tarefa. Transformá-los em soldados. Fuzile quantos forem necessários. Receberá substituições na primavera. Mas forme um Exército.

Mikhail perfilou-se. Não podia acreditar em seu ouvidos. Mas tampouco podia continuar a calar a verdade.

— Camarada comissário — disse ele —, as derrotas que sofremos não foram por culpa dos homens.

— Eu sei — disse Trotsky. — Você fugiu da primeira batalha. Fugiu da segunda também?

— Não, camarada comissário. Mas já era demasiado tarde. Os Brancos estavam certos da vitória e nós, da derrota. Culpa minha. Falhei em meu comando. Falhei ao Partido Bolchevista. Falhei à Rússia. Mereço morrer.

— Acha, por acaso — disse Trotsky —, que é *fácil* comandar? Ou conduzir à vitória? Esses homens contra quem luta, esses Denikin, Borodin e Roditchev comandaram a vida inteira. Frequentaram escolas que lhes ensinaram a arte de comandar. Não conhecem outro sistema de vida. Você não teve tais vantagens, Mikhail Nikolaievich.

Mas aprendeu no campo de batalha os problemas do comando. Não acha que seria um desperdício mandar fuzilá-lo, agora que aprendeu uma lição tão amarga e custosa?

Mikhail encheu os pulmões. Ele devia estar sonhando. Mas recusava-se a mentir.

– Continuarei incapaz de deter os Brancos na próxima primavera, camarada comissário. Especialmente com recrutas novos. O inimigo prosseguirá em seu avanço. Não creio sequer que possamos manter Kiev.

– Então entregue-lhes Kiev, camarada comissário. Tem duas vantagens que Denikin jamais terá. Tem toda a Rússia pelas costas. Território nada significa para nós. Deixe que Denikin tome Kiev emprestado. E tem, além disso, um mundo farto de guerra, mesmo de guerra civil. O mundo está disposto a qualquer solução para ter paz. Denikin não receberá nenhum apoio material das democracias. Talvez receba algum equipamento, mas mesmo isso não vai durar para sempre, enquanto, a cada dia que se passa, estamos criando exércitos, criando tanques, criando armas e munições. Porque nós não estamos cansados da guerra, camarada Nej. A guerra é nosso lema. Guerra e revolução são nossa única razão de ser. Declaramos guerra ao mundo inteiro e vamos vencer essa guerra. Mas, primeiro, temos de vencer a guerra aqui na Rússia. Quero que aqueles homens ali sejam disciplinados; que você agarre esse Exército pelo pescoço e faça dele a melhor força de combate do mundo. Dou-lhe carta branca, Mikhail Nikolaievich. Faça o que for preciso e pode ficar certo de que o Supremo Soviete endossará suas decisões. Recue tudo o que tiver de recuar. Mas recue com a intenção de tornar a avançar. Espere até que Denikin, como uma mola solta, tenha alcançado o limite de sua resistência e que suas linhas de comunicação cheguem ao fim e, então, desfira-lhe o golpe, Mikhail Nikolaievich. Sei que pode fazer isso. Sei que *fará* isso. – Então sorriu e passou o braço pelos ombros de Mikhail, para espanto dos oficiais ali reunidos. – Todo homem tem o direito de ser covarde uma vez na vida. E espera-se de cada homem que seja um herói uma vez na vida. Já foi covarde uma vez. Agora espero que se torne um herói, camarada comissário.

12

O sol cintilava nas águas do Mar Negro, reverberava nos telhados de Sebastopol, delineava as formas rígidas dos couraçados ancorados fora do porto. Naqueles vasos de guerra estava hasteada a Bandeira Branca, e sua presença ali era testemunho de que, fosse o que fosse que estivesse acontecendo em terra, o Império Britânico continuava senhor dos mares.

"Mas apenas em seu próprio interesse", pensava melancolicamente Piotr Borodin. E duvidava de que os couraçados continuassem ali nas próximas semanas, quando o sol fosse empalidecendo e os ventos do inverno começassem a soprar do leste. Trazendo o quê? Apertou mais contra o corpo seu chambre e reprimiu um estremecimento involuntário.

– Meu querido, eu não sabia que você já tinha se levantado. – Rachel Borodina surgiu no terraço, carregando duas xícaras de café. – Não é uma vista maravilhosa? Não tem ideia de como tenho sido feliz aqui, neste último ano. Mais feliz do que nunca na vida, creio. E agora tê-lo de volta...

Ele passou o braço pelos ombros dela e apertou-a contra o peito. Mesmo após um ano de casamento e quase um ano de maternidade, ela parecia uma adolescente e falava como uma adolescente. "Não cresça nunca, minha Rachel", pensou ele. "Não cresça nunca." Mas lhe era impossível controlar seus pensamentos sombrios.

– Apenas por uma semana.

– Ainda assim, uma semana... – Ela se virou para esfregar o nariz no rosto dele. – Ainda não disse bom dia à nossa garotinha Ruth.

– Eu não quis acordá-la. – Mas se deixou levar para dentro, até o berço. Então apanhou a menina dos braços de Rachel e a abraçou e beijou. Ruth Borodina. Um nome estranho. Não mais estranho, porém, do que Rachel Borodina. A não ser que tivessem um filho ou seu primo Viktor tivesse um filho; e ninguém sabia o que fora feito de Viktor, o famoso sobrenome desapareceria com sua geração.

Mas, naturalmente, eles teriam um filho. Um dia.

– Ela está molhada – disse Rachel, e chamou a ama. – Por favor, troque a fralda do bebê. – Tornou a colocar a criança no berço e apertou o braço de Piotr, encaminhando-o para o quarto. – Você mal teve chance de vê-la ontem à noite. Não é uma garotinha adorável?

– A coisinha mais adorável deste mundo, depois da mãe... – Piotr sentou-se na cama, mais uma vez com o braço em torno dos ombros dela. – Lamento muito não ter podido estar aqui para o nascimento de nossa filhinha.

– Que bobagem. Foi melhor você estar longe. Realmente foi tudo muito simples. – Como ela desabrochara, depois que era a princesa Borodina! Tornara-se esfuziante, ao passo que antigamente ele a julgava um tanto retraída. Não tanto quanto Judith. Mas nunca expansiva.

"Oh, Judith, Judith. Que princesa Borodina seria *você?*"

– Mas me alegra que goste dela – disse Rachel, em tom de confidência. – Seria muito triste se não gostasse. – Desvencilhou-se do abraço dele e estirou-se na cama, deixando que seu penhoar e camisola lhe subissem até os joelhos. Sabia o quanto ele achava suas pernas irresistíveis e tinha sido um ano longo e solitário, apesar da vida de alegria desenfreada da sociedade de Sebastopol, onde os oficiais britânicos cortejavam todas as mulheres bonitas da cidade. – Eu gostaria de que você voltasse mais vezes e por um período maior. – Ela sorriu da seriedade dele. – Ou melhor ainda. Eu gostaria de poder acompanhá-lo. Irei vê-lo, quando tomarem Moscou. Quando vão tomar Moscou? Suponho que terei de esperar até a próxima primavera.

– A próxima primavera – repetiu ele. – Já pensou que na próxima primavera serão quase seis anos de guerra ininterrupta?

– Mas vai acabar no próximo ano – disse ela, soerguendo o corpo sobre o cotovelo, pois ele não esboçara nenhum gesto para deitar-se a seu lado. – Todo mundo é dessa opinião. E agora que vocês tomaram Kiev, a metade da Rússia está em nossas mãos. Os Vermelhos estão em situação lamentável. É o que todo mundo diz.

Piotr levantou-se, foi até a janela e voltou a fixar os olhos no mar.

– Não estão realmente em má situação? – perguntou Rachel, preocupada.

Piotr suspirou. Não tencionara falar sobre o assunto com ela. Queria aproveitar todos os momentos de sua licença para tê-la nos braços. Mas, se não falasse, enlouqueceria. E ela era sua mulher.

– Sabe que Kolchak está morto? Que seus exércitos foram dispersados?

– Sim, eu sei. Mas isso foi só na Sibéria. Não interessa o que tenha acontecido na Sibéria. O que acontece aqui no sul da Rússia é o que importa.

– E sabe que os ingleses, os franceses e os americanos recusaram-se positivamente a vir em nosso auxílio ou mesmo a nos fornecer ajuda militar?

– Bem, suponho que eles estejam tão cansados de lutar quanto nós – disse ela. – Em todo caso, pelo menos não estão ajudando os Vermelhos.

– Não – concordou Piotr. – Não estão ajudando os Vermelhos.

– Assim, na próxima primavera, você estará marchando para Moscou. E depois, Petrogrado. Não falta tanto tempo para estar tudo terminado. E então vamos poder ver de novo minha mãe e meu pai. E eles vão conhecer Ruth. Vão adorar Ruth.

Ele voltou para a cama, sentou-se e tomou-a nos braços.

– Não vamos tomar Moscou na próxima primavera, minha querida.

Rachel virou bruscamente a cabeça.

– O quê? Mas...

– A não ser que haja um completo colapso dos Vermelhos. Está faltando-nos agora quase tudo de que precisamos para lutar nesta guerra. Não temos munição suficiente, granadas, fuzis, canhões e caminhões suficientes para travar uma batalha. E os soldados sabem disso. Estão começando a desertar.

– Mas... vocês têm vencido todas as batalhas deste verão.

– Estivemos *avançando* todo o verão, porque os Vermelhos bateram em retirada. Mas, aos poucos, eles estão organizando sua resistência. Mikhail Nikolaievich não é um imbecil. Está pondo em prática a tática de Pedro, o Grande, e Alexandre I. Está usando o país como sua principal arma.

– Mas ele tem recuado – insistiu ela. – E vocês não perderam nem uma batalha.

– É verdade. Mas nem mesmo eu posso ganhar batalhas sem munição, sem homens e cavalos.

– Piotr. – Ela o abraçou. – Está cansado. Se vocês estão em má situação, os Vermelhos devem estar ainda piores. Você mesmo disse que pode ocorrer um colapso.

– Eu disse *se* houver um colapso. Não há qualquer sinal, por enquanto, de que isso esteja acontecendo.

– Mas pode vir a acontecer.

– Sim, pode

– Vai acontecer! · insistiu ela. – Neste inverno. Vai ver. Eles estão no norte, morrendo de fome e de frio, e nós aqui, no sul, aquecendo-nos ao sol. Vai acontecer, Piotr, e então na próxima primavera você estará em Moscou. Tem de acontecer.

Ele a beijou, apoiando a cabeça dela contra seu ombro, e olhou mais uma vez para o mar. "Sim, tem de acontecer", refletiu. "Ou que Deus tenha piedade de nós."

GEORGE HAYMAN caminhou ao longo da Prospekt Nevskiy. Tinha as mãos calçadas com luvas forradas de pele, enfiadas em bolsos forrados de pele de seu sobretudo forrado de pele. Era seu sexto inverno consecutivo em Petrogrado e estava sendo o pior de todos. Não somente pela temperatura bem abaixo de zero – raramente variável em fevereiro – como também nesse fevereiro de 1920 a cidade tivera mais um ano para ir transformando-se numa ruína.

Aparentemente, houvera alguns progressos. Os bondes estavam de volta, mas andavam devagar e com absoluta irregularidade. A piada do momento era que seria mais fácil alguém morrer congelado esperando o bonde do que mergulhando no Neva. Entretanto, não era possível mergulhar no Neva em fevereiro sem primeiro romper a camada de gelo. Os únicos carros que transitavam eram os poucos que recebiam fornecimento de gasolina. Pertenciam a militares e comissários e também avançavam lentamente para evitar enormes buracos na rua, mesmo na Prospekt Nevskiy. Ele próprio andava desviando de inúmeros buracos nas calçadas.

Não havia mais cadáveres nas ruas. Mas havia muitos semimortos, que caminhavam com passos hesitantes de um armazém a outro em busca de mantimentos. Difícil dizer o que era mais deprimente.

E a cidade continuava exalando mau cheiro mesmo no inverno. Mas era menos o cheiro de lixo podre, de esgoto, do que de medo. As pessoas tinham medo. Da fome que parecia inevitável. Da contrarrevolução, quando o Exército Branco ganhassem a guerra civil, isto é, se a ganhassem. Da repressão maior que se seguiria à vitória Vermelha, se os Vermelhos fossem vitoriosos. Ou da GPU, como era chamada a polícia secreta de Lenin. E da força do diabólico segundo-comissário Ivan Nej. Presumivelmente, Petrogrado não passava de um microcosmo de toda a Rússia. E, presumivelmente, em toda a Rússia, apenas um homem, Lenin, não tinha medo.

Assim, estaria ele lamentando partir? O primeiro degelo ia dar-se dentro de poucos dias, e sua passagem já estava reservada para um navio sueco, imobilizado ali pelo inverno e de partida para Estocolmo no primeiro momento em que fosse possível navegar. De Estocolmo, ele embarcaria no trem para Gotemburgo e, em Gotemburgo, tomaria uma passagem para Nova York. George presumia que, após seis anos, ele iria embarcar de volta com o mesmo misto de sentimentos que sempre tivera em relação à Rússia. Depois de tudo o que testemunhara, pesadelos iriam persegui-lo o resto da vida. Apesar de, há dois anos, estar separado de Ilona e dos filhos, realmente não se arrependia um só momento do tempo que passara ali. Não tinha modificado sua opinião, desde o início, quando calculara que ali estava se desenvolvendo uma força fundamental, a maior explosão da humanidade, desde que Tamerlão emergira daquelas mesmas estepes, meio milênio antes. Todos os instintos que ele possuía como jornalista, escritor, historiador e pensador o haviam induzido a testemunhar pessoalmente aquele cataclisma, registrá-lo para a posteridade – perspectiva duplamente fascinante, pois que ele não tinha a menor ideia se a posteridade iria ser uma projeção do mundo que ele conhecia e amava ou se a cor predominante seria o vermelho, com sua filosofia, a espécie de marxismo que Lenin pregava e parecia disposto a pôr em prática, com resultados devastadores.

Mas ele agora sabia que caíra no erro comum a todos os seres humanos, o de supor que o ritmo da História podia encaixar-se no decorrer de uma só vida, ou pior, no caso em questão, em um único episódio de uma vida. Tinha calculado que essa revolução seria de tão curta duração quanto a de Kerensky. Testemunhando a ferocidade com que os exércitos rivais atacavam um ao outro ou tudo que se interpusesse em seu caminho, assistindo à rapidez com que até mesmo a maior cidade do país entrara em decomposição, vendo a crescente agonia de um povo, que já tinha passado os últimos quatro anos em agonia, era natural que tivesse calculado um breve desfecho. Enquanto durava a guerra europeia, ele tinha conseguido racionalizar. Mas sempre imaginara, como todo mundo, que, uma vez terminada a guerra, as democracias ocidentais dariam todo seu apoio a Denikin e Kolchak e esmagariam o Perigo Vermelho, antes que este pudesse penetrar com suas raízes a percepção humana. Ou, então, as democracias chegariam à conclusão de que, o bolchevismo, fosse ou não boa coisa, era o regime que o povo russo tinha escolhido, portanto, devia ser reconhecido, e Denikin e Kolchak não passavam de contrarrevolucionários sem significação.

Nenhuma dessas evoluções, que teriam encerrado a guerra e a miséria em rápida sucessão, acontecera. O Exército Vermelho era certamente considerado um perigo para a civilização. Mas as democracias ocidentais, como o restante do mundo, estavam cansadas de lutas e derramamento de sangue. Se os russos queriam continuar matando-se uns aos outros e morrendo de fome até o fim do século, o mundo parecia estar disposto a lavar as mãos. As forças britânicas e americanas que tinham ocupado Arcangel haviam sido retiradas. Os franceses não mais ocupavam a Crimeia. Havia uma força naval britânica no Mar Negro mas, obviamente, ali estava para impedir que a guerra civil se alastrasse na direção da Turquia e da Grécia, já assoladas pelas lutas, e não para ajudar os Brancos.

Mas, tampouco, o país simplesmente se estagnara de pura exaustão. Não ainda. Os Vermelhos tinham concentrado seus esforços no leste, ao mesmo tempo que se empenhavam em conservar o sul. E agora haviam triunfado no leste. Kolchak fora fuzilado e seus exércitos, dispersados. A Sibéria fora conquistada pelo bolchevismo. Mas a que preço? Os exércitos de Denikin estendiam-se de Kiev até quase o sul de Tula, que ficava a cerca de 100 quilômetros ao sul de Moscou. Em troca das gélidas extensões da Sibéria, Lenin consentira que o império de Pedro, o Grande, se dividisse; a Ucrânia e o território dos cossacos reverteriam cada qual a seus ancestrais reinos independentes. Mas como ele jamais aceitaria tal situação em caráter permanente, a guerra iria continuar, enquanto o povo iria morrendo.

E George Hayman finalmente passaria a observar a distância. Não apenas pelo fato de estar demorando tempo demais na Rússia; nem por achar que vira desgraças suficientes para o resto da vida; nem por sua ânsia de ter de novo Ilona em seus braços ou por causa da enfermidade de seu pai, chamando-o de volta para assumir as responsabilidades que lhe cabiam.

Era, sobretudo, por um sentimento de desalento. Nada via à sua frente a não ser destruição, o colapso daquela tremenda força, quer fosse boa ou má, que há trezentos anos vinha dominando a política europeia. E ele não podia ver nada que a substituísse, até que um novo Tamerlão emergisse da estepe para espalhar destruição por toda a Europa e Ásia.

Não lamentaria ele nada do que iria deixar para trás? Claro que sim. Tinha muitos amigos na Rússia e muita coisa por apurar. Havia Piotr Borodin no sul, comandando os Brancos e provando ser um excelente general. E com ele aquela jovem, Rachel Stein. Como ela fora parar lá? Ninguém sabia ao certo. Mas o fato é que lá estava e era a nova princesa Borodina. Ilona se escandalizara. Mas a verdade era que Illy, apesar da firme determinação de traçar o próprio destino, era acima de tudo uma Borodin.

E, enfrentando Piotr, havia Mikhail Nej. Estranha reviravolta do destino, especialmente porque, junto com Mikhail, estava Judith Stein. Talvez não ver Judith uma última vez era o que George mais lamentava. Queria saber como ascendera ela na vida, pois, finalmente, Judith Stein atingira uma posição de destaque, como amante de um comissário, amigo pessoal de Lenin. Mas se os Brancos ganhassem, ela seria enforcada ao lado de seu amante. Finalmente, ela emergira para respirar um pouco de ar por um breve período de sua vida. E se os Vermelhos viessem a ganhar...

E quanto a Tattie? Tattie, aquela linda mulher, estranha, confusa, vivendo com, possivelmente, o maior monstro de toda a Rússia, um homem que parecia resolvido a superar até o próprio Serguei Roditchev no feroz entusiasmo com que se dedicava à tarefa de massacrar criaturas humanas em nome da revolução. George, porém, não sentia muita compaixão por Tattie. Era impossível decifrar o que se passava naquela bela cabeça, saber se ela era louca, ou de um egoísmo atroz, ou totalmente vazia; um animal humano que queria apenas um pedaço de pão, um copo de vinho, ou de vodca, a carícia de mãos masculinas e o direito de dançar, quando lhe desse vontade, ao som de suas músicas favoritas. Mas só essa aspiração, e era uma aspiração, teria diferenciado Tattie dos animais e fazia dela um espécime único da raça humana. George não tinha dúvida de que, de uma forma ou de outra, Tattie prosperaria.

Ou de toda aquela gente, ele iria sentir mais falta das pessoas que estava agora indo visitar? Enveredava pela ponte da ilha de Petrogrado e já se achava à sombra da Fortaleza de São Pedro e São Paulo, onde Ivan Nej executava seu horrendo trabalho. Era uma rua que ele conhecia bem, por tê-la percorrido muitas vezes. Nesse último ano, viera quase todas as semanas visitar os Stein, conversar e ouvir. Seria porque as filhas do casal o haviam sempre fascinado? Oh, certamente. Mas havia outros fatores envolvidos. Os que estão no fundo da última camada social só podem subir. Os que estão no topo, quando a terra começa a tremer, têm a sustentá-los séculos de prosperidade e lutam com a máxima energia para manter sua posição. Mas os que se situam no meio – que passaram inúmeras gerações melhorando lentamente sua sorte, que só desejam ser deixados em paz para viver suas vidas, passar aos filhos seus insignificantes tesouros, assistir aos casamentos e nascimentos e até mortes, aniversários e férias memoráveis, que deveriam ser o quinhão de todo o ser humano –, esses, quando há uma convulsão social, não têm chance, pois nunca previram que a ascensão se tornaria uma luta árdua e frenética, e qualquer escorregão para baixo, mais doloroso, porque a recuperação levaria um tempo infinito.

De certo modo, os Stein estavam em melhor situação do que a maioria das pessoas. George imaginava que Judith era a responsável por isso. Rachel fugira com um dos Brancos. Joseph era um bolchevique convicto, que desprezava a mãe e o pai. Mas Judith era a amante de um comissário de alta categoria e, graças a ela, como o casal Stein admitia francamente, desfrutavam um pouco de conforto.

George entrou pelo portão e olhou de relance o jardim em ruínas. Nenhum jardim floresce em março, mas esse estaria em pior estado ainda quando chegasse junho. Atravessou o pavimento esburacado do caminho que conduzia à casa, subiu os degraus de pedra rachados, olhou para as paredes com a pintura descascada. Os Stein alimentavam-se bem, agora habitavam dois cômodos, não eram perturbados pelos espasmos que de vez em quando sacudiam os guardas Vermelhos e, através deles, a cidade inteira. Mas cada dia eram forçados a ver a desintegração gradual de sua casa e seu jardim, de tudo que consideravam sagrado. Estariam realmente em melhor situação do que as outras pessoas?

Abriu a porta da frente.

– Feche essa maldita porta – berrou uma mulher, e ele se apressou em obedecer. De um berço no centro do vestíbulo uma criancinha começou a chorar.

A mãe lançou um olhar furioso a George.

– Está querendo que meu filho pegue uma pneumonia? Porco americano!

– Peço desculpas, camarada – disse George, erguendo o chapéu. – Mas só se pode entrar pela porta.

– Ora. – A mulher voltou a pendurar as roupas lavadas. – De qualquer maneira, está perdendo seu tempo, camarada.

– O que está querendo dizer? – George, que já começara a subir as escadas rangentes, parou.

– Os Stein não moram mais aqui, camarada.

– Não moram mais aqui? Para onde foram?
– Acho que para a Pedro e Paulo – replicou ela, encolhendo os ombros. – A GPU levou-os. E não foi sem tempo. Escória burguesa.

OFEGANTE, GEORGE HAYMAN subiu correndo o segundo lance da escadaria. Parecia-lhe que passara a tarde inteira correndo escadas acima e abaixo. E se esse lance final não resultasse em algo positivo, ele não saberia mais para onde apelar.

A casa da cidade do Borodin. Nunca ali estivera nos grandes dias da aristocracia russa. Aqueles dias tinham coincidido com o eclipse na sociedade russa. E, com efeito, por mais que os Borodin o houvessem perdoado, ele nunca fora readmitido de verdade.

Desde a revolução, entretanto, ali estivera várias vezes. Como americano, gozava de popularidade com os bolcheviques e, além disso, era o cunhado de Tattie e, mesmo que ela tivesse tido uma dúzia de cunhados, George sempre seria seu predileto. Então agora...

Ao alcançar o último patamar, ele parou para respirar. Por detrás da porta, ao fundo, vinham as notas ondulantes de um piano. Não era uma melodia que ele já tivesse ouvido. Tinha sido criada na cabeça de Tattie e continha toda a selvagem ascendência circassiana que fizera dos Borodin o que eles eram e, também, a noção peculiar que Tattie tinha da vida. Talvez dentro de cem anos – ou mesmo antes, se Lenin conseguisse revirar o mundo – a melodia seria reconhecida como uma obra genial. Por enquanto, era uma explosão de barbarismo rítmico que perturbava o ar da tarde; bem gostaria de saber o que as mulheres dos outros comissários achavam daquela música.

Bateu na porta, com urgência. Mas foram necessárias várias batidas violentas para que o piano silenciasse. E, imediatamente, o som foi substituído pelo choro de um bebê. Mas Tattie era uma mãe surpreendentemente meiga. Não houve palmadas nem censuras. Apenas um arrulhar em voz baixa e macia, e o bebê parou de chorar.

A porta abriu-se e Tattie afastou o cabelo dos olhos.

– George! – Todo o calor da primavera vindoura estava contido naquela simples saudação. Ela estendeu os braços, puxou-o para dentro da sala, abafou-lhe a boca num imenso beijo. – Ouvi um boato horrível.

– Sim – disse ele. – Ouça...

– Que você vai voltar para os Estados Unidos.

– Como sabe disso? – perguntou ele, recuando a cabeça.

– Ivan está sempre a par de tudo. Você não sabia? De tudo. Por que vai embora, George?

– Bem, tenho mulher e filho, como você sabe, Tattie. Escute...

– Amigos – disse ela sombria, e foi até a mesa para encher dois copos de vodca. Presumivelmente, uma alcoólatra. Eventualmente, ela se transformaria numa massa adiposa de tecidos degenerados, supunha George. Mas era igualmente possível, já que se tratava de Tatiana Borodina, que ela viesse a desmentir toda a classe médica. Certamente, a quantidade de bebida que consumia, a maior parte falsificada, parecia não ter efeito algum sobre ela. – Não tenho nenhum amigo a não ser você.

– Ora, vamos. – Ele sorveu a vodca. – Mikhail e Judith não são seus amigos? – Quando o estado de espírito de Tattie era introspectivo, convinha ter cautela.

Ela encolheu os ombros e, subitamente, deu um de seus tremendos rodopios. A saia subiu até as coxas e tornou a cair. Paradoxalmente, para alguém de sexualidade tão instintiva, Tattie usava meias de lã largas, calças compridas, também de lã, e tamancos. E, no entanto, ela conseguiu com que ele desejasse que a saia levasse mais alguns instantes esvoaçando.

– Diga bom-dia ao bebê.

Ele se curvou sobre o berço e fez uma festinha no queixo de Mikhail Ivanovich.

– Vai nascer outro filho. – Ela executou um novo rodopio.

– Tattie? Você?

– Claro. Eu e mais ninguém. Eu arrancaria os olhos dele, se o filho fosse de outra mulher.

Era notório que Ivan Nej, segundo comissário da polícia secreta de Lenin, era pau-mandado nas mãos da mulher. Mas George lembrou a si mesmo que era exatamente por esse motivo que ele estava ali.

Agarrou-a no meio da terceira pirueta e beijou-a em ambos os lados da face.

– Está feliz com isso?

– Claro. Adoro crianças. Vou ensinar meus filhos a dançar.

– Que ideia esplêndida. Tattie...

– Vou ter 12 filhos – declarou ela. – Minha própria trupe de dança. Eu os levarei para os Estados Unidos, George. Você vai anunciar-nos em seu jornal?

– Está prometido. – Ele lhe segurou as mãos. – Tattie, acabo de vir da casa dos Stein.

– Oh? – Suas pálpebras tremularam, mas era impossível discernir se ela sabia de alguma coisa ou simplesmente não estava interessada. Desvencilhou-se das mãos de George para tornar a encher os copos; o dele estava pela metade, mas o dela, vazio.

– Tattie, ouça-me. Eles foram presos pela GPU e levados para a Fortaleza de São Pedro e São Paulo. Mas o que podem ter feito? Nunca saem daquele quarto.

Ela tornou a erguer os ombros e tomou outro grande gole de vodca.

– Terá de perguntar a Ivan.

– É esse exatamente o problema. Não consigo encontrar-me com Ivan. Fui à fortaleza de São Pedro e São Paulo, mas me disseram que ele estava muito ocupado. Tentei encontrar Joseph, mas ele nem está na cidade. Judith está em Tula com Mikhail. Tattie, tem de se comunicar com Ivan e perguntar-lhe o que está acontecendo. Deve ter havido um engano.

– Sente-se – disse ela. – Beba mais um gole. – E, tomando o copo das mãos dele, constatou que ainda estava cheio, então bebeu ela própria o conteúdo e tornou a encher os dois copos. – Você mesmo poderá falar com Ivan. Ele vai chegar logo.

George sentou-se, já que não havia alternativa. E, pelo menos, ela dissera a verdade: certamente Ivan viria para casa depois do trabalho.

– Eles são judeus, você sabia? – disse ela coloquialmente, estendendo-lhe o copo.

– O que tem isso a ver com o resto?

– Bem, eles não têm muita importância, não é mesmo? – disse Tattie, girando a manivela do gramofone. – São apenas judeus. Ouça isso. Ivan encontrou o disco numa loja.

A música irrompeu na sala. De novo uma estranha melodia, mas o ritmo era inegavelmente harmonioso.

– Chama-se *Dixieland* – explicou Tattie, com ar condescendente. – É a coqueluche do momento nos Estados Unidos. Ainda não ouviu falar no sucesso?

– Faz tempo que deixei os Estados Unidos.

– Acho que é uma melodia maravilhosa. Vou compor algo nesse estilo.

Ela atravessou a sala com as saias esvoaçando, agitando a cabeleira loura e revelando em cada movimento uma esfuziante alegria de viver. Era espantoso que, quando ele a conhecera havia 16 anos, com quase 11 anos, ela se mostrara exatamente a mesma criatura de hoje.

– Tanto melhor para você – disse ele. – Tattie... – Passos soaram no patamar e uma chave girou na fechadura.

Ivan Nej, vestido muito corretamente, o quepe cáqui bem centrado na cabeça, todos os botões do uniforme abotoados, o cinto de couro muito bem engraxado. Era ele o encarregado das botas em Starogan, lembrou-se George; provavelmente, agora, era ele próprio quem engraxava seus cintos.

– Hayman. – Ivan cumprimentou o visitante secamente. Nunca escondera sua aversão.

– Ivan Nikolaievich. – Tattie lançou-se para ele, era bem mais alta e forte, e o abraçou e beijou. O quepe rolou para o chão e seus óculos se desequilibraram no rosto. Ivan teve de empurrá-la.

– Vodca, mulher. Quando vai partir, Hayman?

– Assim que se der o degelo – disse George. – Camarada Nej...

– George veio aqui por causa dos Stein – explicou Tattie, com um sorriso feliz para a vodca que despejava no copo. – Ele diz que você os trancafiou.

– Tenho certeza de que deve haver um engano – disse George. – Quero dizer, eles nada podem ter feito de errado ultimamente. Passaram todo este último ano sem sair daquele quarto.

– Um homem ou uma mulher – sentenciou Ivan – não é necessariamente condenado pelo que fez recentemente. Um crime é um crime.

– Ora, vamos! – disse George. – Que crime Jacob Stein cometeu? A filha dele é do Partido e o filho também.

– E por que não menciona a outra filha? Os Stein abrigaram um homem procurado por nós, um perigoso contrarrevolucionário que provou ser ainda mais perigoso desde que fugiu. Piotr Borodin.

– Pelo amor de Deus... – George lançou um olhar a Tattie.

– Bem – disse ela –, meu Vanickha tem razão, George. Piotr não me deixou voltar para Petrogrado. Nunca. Queria manter-me trancada em Starogan. Não me deixava beber e não me deixava dançar. Ele merece ser preso.

– Às vezes penso que estou ficando louco – disse George. – Com o que então eles ajudaram o irmão de sua mulher a fugir? E Rachel? Ela é irmã de Judith. O que acha que Mikhail diria se soubesse que os Stein estão presos?

– Mikhail é um soldado – retorquiu Ivan. – Eu sou um policial. Admito que entendo bem pouco dos problemas de Mikhail. Por seu lado, ele nada entende dos meus. Os Stein são inimigos do Estado. A acusação ficou provada. E está encerrado o assunto.

– Mikhail sabe disso? – perguntou George. – Judith sabe?

– Não é minha obrigação informar a todos os comandantes do Exército quem eu prendi. E muito menos às mulheres deles. E posso dizer-lhe, camarada, que há provas mais do que suficientes em meus arquivos para enforcar Judith. Se não se tratasse da amante de Mikhail... mas os pais dela são, também, culpados de crimes contra o Estado.

De novo George voltou os olhos para Tattie, mas ela estava dançando com o filhinho nos braços, com um copo de vodca na mão.

– Está bem – disse ele. – Os Stein desobedeceram às ordens. Mas, certamente, você pode abrir uma exceção. Apenas uma.

– Não pode haver exceções – respondeu Ivan. – Estamos travando uma luta de vida ou morte. Não pode haver nenhuma exceção. Foi o próprio camarada Lenin quem disse isso.

– Muito bem, se essa é a sua atitude, posso muito bem levar a questão ao conhecimento do próprio camarada Lenin. Ele me prometeu uma entrevista, antes de minha partida.

– Não vai adiantar nada. – Ivan encolheu os ombros. – Camarada Hayman, os Stein foram fuzilados esta manhã.

– Esta... – George largou o copo sobre a mesa.

– Era inevitável. Agora deixe-me encher de novo seu copo. Já sabe da notícia? Tattie vai ser mãe mais uma vez.

O TREM FOI PARANDO aos poucos e já era possível abrir as portas. Um golpe de ar gélido penetrou imediatamente no compartimento, que se encheu de névoa e de acessos de tosse. Mas o ar, após dois dias de viagem, era como o mais doce dos perfumes.

Na realidade, não estivera menos frio dentro do trem, mas era um frio estranho, a que se misturavam odores e suspiros. Mesmo sentado ombro a ombro com dois outros homens e três defronte igualmente comprimidos e desconfortáveis, George não conseguira criar qualquer calor, qualquer relacionamento. Mas supunha que tivera sorte, pelo menos, de conseguir um lugar para sentar-se e, sobretudo, um passe para viajar. Mas para quê? Quaisquer tragédias que estivessem acontecendo na Rússia, ele nada podia fazer. O gelo no Báltico já estava começando a romper-se e, dentro de uma semana ou menos, os navios poderiam zarpar. Mentalmente, ele já dera as costas à Rússia, considerando-a apenas uma experiência sobre a qual esperava um dia poder escrever com sensibilidade e compreensão, visto que testemunhara tantas coisas pessoalmente. Não tinha dúvida de que os anos passados na Rússia iriam influir em suas atitudes para o resto da vida. Mas por que tornar a envolver-se? Por que não podia suportar o pensamento de mais uma catástrofe desabando sobre Judith Stein? Não estava a seu alcance aliviar o choque da catástrofe da morte dos pais. Mas temia por ela, após a ameaça velada de Ivan.

Por outro lado, talvez ele nunca houvesse tido a intenção de deixar a Rússia sem revê-la mais uma vez. A primeira vez em que a vira, ela estava nua e encolhida numa cela de Roditchev, com vergões de bengala nas pernas, nas nádegas e nos ombros. A partir daquele momento, ele se sentira de certa forma ligado a Judith, firmemente decidido a se opor à tenebrosa realidade do czarismo. E na estação enluarada da estrada de ferro em Starogan, quando lhe prometera ajuda, se ela algum dia precisasse dele.

— Seu passe, camarada.

George estava na fila, avançando pela plataforma, e se deu conta de que deveria estar dando mais atenção ao que se passava à sua volta. Tula transformara-se num rebuliço de idas e vindas de militares, parecendo nada mais do que um centro de recrutamento. Era provável que, anteriormente, tivesse sido uma aldeia agrícola. No passado, havia aldeias daquele tipo por toda a parte na Rússia. Agora o solo coberto de neve estava coalhado de tendas e cabanas. Aqueles soldados se haviam transformado em tropas regulares. Após dois anos de lutas selvagens e fracassos, tinham sido forçados a aprender que, a fim de sobreviver, era essencial certa disciplina, certo comportamento militar. Assim, as cabanas e tendas tinham sido enfileiradas em ordem, os cavalos, reunidos em piquetes guardados por sentinelas, os caminhões, à espera do primeiro degelo para voltar a rodar, estacionados em locais determinados e também guardados por sentinelas. George visitara esse Exército no verão passado, por ocasião de uma das suas habituais retiradas e, de relance, calculara que iria recuar sempre, que estava derrotado antes do início de qualquer batalha. Nessa manhã, porém, ele pensou que os dias de instintiva fuga daqueles homens talvez estivessem terminados. Havia a seu redor um novo ar de determinação, e o soldado, que estivera inspecionando seu passe de autorização para viajar, tomou posição de sentido quase como um membro da guarda do czar.

— A casa do comissário fica na praça, camarada — informou ele.
— Obrigado, camarada.

George transpôs o portão, seguindo o resto dos funcionários, jornalistas e oficiais substitutos que haviam partilhado com ele o compartimento de primeira classe, e se viu na rua principal da aldeia. Podia avistar a praça e a casa Zemstvo a distância e, diante desta, seu coração bateu mais apressadamente... seis tanques britânicos, marca IV, segundo calculou, aguardavam, como enormes sapos predatórios, enquanto a neve era cuidadosamente espanada de suas peças e canhões por turmas de soldados com capacetes de couro.

Então apressou o passo. Talvez aquele Exército não tivesse simplesmente cessado de recuar. Talvez estivesse agora prestes a avançar.

– GEORGE HAYMAN. – Mikhail levantou-se e deu a volta na mesa, de braços estendidos. – Não podia ter chegado em melhor hora. – Abraçou o amigo, beijou-o em ambos os lados da face, depois recuou para apertar-lhe a mão. Numa saudação mais à moda americana. – Veio para a ofensiva?
– Bem... Onde arranjou esses tanques?
Mikhail sorriu e estalou os dedos.
– Vodca, camarada.
A ajudante de ordens de Mikhail, que estivera sentada a uma mesa num canto, levantou-se imediatamente e abriu um guarda-louça.
– Com os ingleses?
– Os *ingleses*?
A moça serviu a vodca e estendeu um copo a George. Mikhail ergueu o seu.
– Os ingleses não tinham *intenção* de nos fornecer os tanques. Mas os imbecis os levaram para Arcangel, quando pretendiam nos destroçar, em nome do czar e de Deus. Quando sua gente repudiou o plano, eles descobriram que lhes faltavam navios para evacuar o material desembarcado. Esses tanques são apenas uma fração do que os ingleses e seus patrícios, George, abandonaram. Não podiam ter sido mais gentis conosco. E agora que o degelo chegou...
– Denikin saberá que você vai atacar?
– Claro que sabe. Não fiz segredo da ofensiva. E, tampouco, dos tanques. E temos ainda diversas baterias e novos canhões, com toda a munição a nosso dispor. Ele não tem nada disso. Denikin sabe que vamos atacar e seus homens sabem, também, e não há nada que possam fazer. Sabe de uma coisa? – Seus olhos cintilavam enquanto ele terminava sua vodca. – A neve tem estado tão espessa que eles não estão conseguindo recuar como deveriam e nos deixar a ver navios. Estão se preparando, sim, para bater em retirada. Mas tarde demais. Quer mais vodca?
– Agora não, obrigado. Como vai Judith?
– Bem, homem algum poderia desejar melhor companheira. Quer saber? Em todas as provações que tivemos de suportar nesses últimos dois anos, ela nunca se queixou. Mas você está chegando de Petrogrado, não é? Como vão as coisas por lá?

— Sombrias.

— Ah, mas vão mudar, uma vez terminada a guerra. Uma vez vitoriosos, poderemos pôr mãos à obra e reconstruir o país. E não vai tardar muito, George. Tem visto Ivan? Tattie?

— Vão bem. Tattie está grávida.

— De novo? Ótimo. Dois filhos... — Ele hesitou e uma breve sombra anuviou-lhe o rosto. — Quando vai voltar para sua terra?

— Quando se der o degelo.

— Não vai ficar para a ofensiva?

— Tenho uma família. Além disso, creio que já vi ofensivas suficientes nesses últimos anos.

— Sim. Bem, você... — Ele estendeu o copo vazio para ser servido de mais vodca.

— Darei a Johnnie um abraço por você — prometeu George. — Não sabe como lhe sou grato pelo que fez por Ilona e as crianças.

— Já me disse, George. Não precisa falar mais nisso.

— Está bem. — Ele lançou um olhar à ajudante de Mikhail. — Posso dar-lhe uma palavra em particular?

Mikhail ergueu as sobrancelhas e fez um aceno de mão. A moça bateu continência e retirou-se da sala.

— Ruth e Jacob Stein estão mortos.

Mikhail franziu a testa.

— Ambos? Mas como? Eu deixei instruções para que lhes fossem fornecidos alimentos.

— Foram fuzilados. Por ordem da GPU. Por ordem de Ivan.

Mikhail estava levando o copo aos lábios, mas o pousou bruscamente.

— Ao que parece — prosseguiu George —, em 1918 eles ajudaram Piotr Borodin e Rachel a fugirem. Você sabia disso?

— Sim, é claro. — Mikhail deu a volta na mesa e sentou-se.

— Então, talvez, seja bom você pensar em sua posição.

— Não tenho nada a temer — retorquiu Mikhail. — E uma vez que eu tenha derrotado Denikin, nunca terei mais nada a temer. Mas Ivan... Imagino que estava apenas cumprindo seu dever. Eles eram traidores. Negligenciei meu dever em... em não transmitir a informação.

— Seu *dever*? — exclamou George. — O dever de Ivan? Fuzilar um pobre casal de velhos desamparados que queriam apenas salvar a vida da filha?

— Compreendo como se sente, meu amigo. A guerra é uma coisa hedionda e a guerra civil mais hedionda ainda. Porém...

— Mikhail — disse George —, vamos deixar de lado essa conversa sem sentido. Os Stein foram assassinados. Como milhares, talvez milhões de outros russos foram e estão sendo assassinados todos os dias pelos criminosos que seu camarada Lenin deixou à solta. Você tem de encarar a verdade.

— E o que diz dos criminosos que o czar deixou à solta no país? — perguntou Mikhail, erguendo a cabeça. — Todos os czares, desde o começo dos tempos.

— Julguei que a intenção de vocês era serem melhores do que os czares.

— Seremos melhores — disse Mikhail, com um suspiro. — Posso dar-lhe minha palavra que seremos melhores. Mas isso não é possível enquanto estamos travando uma guerra. Assim, às vezes, morrem inocentes juntamente com os culpados. O mesmo pode ocorrer na explosão de uma bomba. — Ele se debruçou sobre a mesa. — E os Stein nem eram inocentes. *Eram* culpados de crimes contra o Estado. Você só está interessado porque se trata de amigos seus.

— E não eram também amigos seus? — perguntou George. — O que vai dizer a Judith?

GEORGE HAYMAN ACORDOU com um sobressalto. O quarto estava inteiramente às escuras, como a noite lá fora. Mas a escuridão estava viva, com o rumor furtivo de um exército preparando-se para atacar. Sentou-se na cama e viu a porta abrir-se.

— Mikhail?

— Sim — disse Mikhail, tornando a fechar a porta e acendendo a luz. Mikhail estava inteiramente vestido e equipado, com o coldre do revólver preso ao cinto de seu casacão forrado de pele.

— Aonde vai?

– Estamos de partida – disse Mikhail, sorrindo. – Dentro de meia hora começará nossa barragem de artilharia.

– Hoje? Mas...

– Eu não lhe podia dizer, meu amigo. Um comandante de exército deve manter seus segredos, não é? Especialmente com jornalistas.

– Mas... na neve?

– O degelo está processando-se rapidamente. Além disso, o inimigo deve ser atacado de surpresa, se possível. Ouça.

Do lado de fora da janela provinha um forte ruído, o ronco dos motores dos tanques sendo postos em funcionamento.

– Meus homens mantiveram um fogo aceso embaixo dos tanques a noite toda – disse Mikhail. – Para garantir seu funcionamento.

– Mas o terreno não estará intransitável, mesmo para tanques, por um ou dois dias ainda? – perguntou George.

– Já teremos ganhado a batalha – disse Mikhail. – O inimigo estará batendo em retirada pela neve derretida. Então será o momento de minha cavalaria persegui-los e dizimá-los. Mas primeiro a derrota. Tem certeza de que não quer acompanhar o Exército? Será um dia famoso.

– Não. – George balançou a cabeça. – Tenho de voltar para Petrogrado. Já reservei minha passagem. – E teve um momento de hesitação. Havia tanta coisa que desejava perguntar.

Mikhail sabia disso.

– Lamento que esteja de partida e, sobretudo, nestas circunstâncias. Sinto que tenha vindo de tão longe para se despedir de nós e que tenha jantado sozinho a noite passada. As coisas serão diferentes da próxima vez em que nos encontrarmos. Prometo-lhe.

– Como ela recebeu a notícia? – perguntou George.

– Quem sabe como são as reações de Judith? – disse Mikhail, com um suspiro. – Mas se recusou a jantar comigo. Foi para a cama. – Ele deu um breve sorriso. – Nossa cama. Mas eu dormi numa cadeira. Não importa. De qualquer jeito, muito pouco eu teria dormido. Hoje é o dia mais importante de minha vida. Tem de ser. George... Vá vê-la antes de partir.

– Será que ela quer me ver?

– Claro que sim. Seja qual for o desejo dela neste momento, logo se arrependeria se não o tivesse visto. Diga-lhe... diga-lhe que, quando eu mandar buscá-la para reunir-se ao exército, todo o sacrifício terá valido a pena. Seremos vitoriosos. A Rússia terá sido salva para o bolchevismo.

– Tem certeza de que é isso que ela deseja ouvir? Justo neste momento?

– É a verdade. É o que importa. É um fato da vida. Tanto da vida dela quanto da minha, de todos nós. Agora preciso ir. – Estendeu a mão. – Não vai me desejar boa sorte?

– Desejo a *você* boa sorte – disse George, apertando-lhe a mão. – Mas não necessariamente a seu exército, Mikhail Nikolaievich. Ou a seus bolcheviques.

Mikhail fitou-o alguns momentos, ainda segurando-lhe a mão.

– Um dia – disse ele, finalmente –, você e eu teremos tempo para ser verdadeiros amigos, George. Um dia talvez eu possa visitar os Estados Unidos e levar meu filho a um cinema, não é? Você me deixaria fazer isso?

– Claro que sim.

– E quando chegar esse dia, vai concordar comigo, George, que tudo isso valeu a pena. Ou que era inevitável, se preferir.

– Um dia – disse George.

Mikhail soltou-lhe a mão, bateu continência e deixou o quarto. George tornou a deitar-se e, quase imediatamente, se levantou. Uma vez de pé, vestiu-se rapidamente, pois estava muito frio para pijamas. Em seguida, foi até a janela para ver os homens atendendo ao toque de reunir, os tanques rolando pesadamente em fila, a cavalaria montada empunhando espada, fuzil e lança... e teve vontade de acompanhá-los. Por mais odiosa que fosse a filosofia deles, iam lutar por um ideal. E, dessa vez, ele sabia que seriam vitoriosos. Não apenas por uma questão de equipamento superior, mais granadas, mais munição, o apoio de tanques, embora tais fatores provavelmente fossem decisivos no final. Mas se agora possuíam essa vantagem material, era simplesmente porque tinham suportado tudo o que os Brancos, com seu equipamento superior, sua superioridade em treinamento e liderança militar, tinham lançado contra eles no começo. Tinham suportado tudo aquilo e não se tinham desintegrado, como os Brancos esperavam. Essa era a razão por que seriam vitoriosos.

De novo a porta abriu-se. Ele se voltou e viu Judith Stein entrar e fechar apressadamente a porta atrás de si.

– Judith. – George atravessou o quarto e tomou-lhe as mãos. Teria ela passado a noite chorando? Impossível sabê-lo; seus olhos estavam inchados, mas talvez fosse por falta de sono.

– Mikhail já partiu? – perguntou ela.

– Há alguns minutos. Vão lançar um ataque contra os Brancos.

– Ele me disse. – Ela soltou sua mão e foi sentar-se na cama.

– Judith, se soubesse o quanto lamento...

– Eu sei. Se você não estivesse penalizado, não teria feito uma viagem tão longa só para me dar pessoalmente a notícia. Além disso, meus pais... – Suspirou. – Escreveram-me muitas vezes contando que você era muito bom com eles, ia sempre visitá-los. – Ela ergueu a cabeça. – Foi mesmo Ivan quem deu a ordem?

– Acho que sim.

Judith continuou olhando-o por alguns segundos e ele quase sentiu um arrepio na nuca.

– Essa gente – disse ele. – Essa filosofia... essa revolução, como todas as revoluções, vomita tragédia juntamente com o triunfo. Promove gente, como Ivan, para posições de autoridade, porque gente decente se recusa a fazer o que Lenin quer. Mas promove, também, gente como Mikhail. Um ex-criado, filho de um servo cativo, que está provando ser um grande general.

– Para onde você vai agora?

– Para Petrogrado. O gelo está derretendo e já reservei minha passagem para os Estados Unidos. Gostaria de ver o final de tudo isto, mas meu pai não está passando bem e há a responsabilidade do jornal.

– E Ilona – disse ela.

– Sim, evidentemente. E as crianças. Estou ausente há muito tempo.

– Leve-me com você – disse Judith.

– O quê?

– Leve-me para os Estados Unidos, George.

– Mas... e Mikhail? Bem sabe que ele não foi responsável pelo que aconteceu.

– Só por ele ser o que é. – Ela se levantou. – Não o culpo pessoalmente. Mas ele é o que é, exatamente como Ivan é o que é. Não odeio Mikhail. Não odeio nem mesmo Ivan. Às vezes, nesse último ano, cheguei a pensar que estava apaixonando-me por Mikhail. Ele... – Ela corou. – É bondoso. É delicado. Mas agora eu não poderia mais amá-lo. Não posso nem continuar vivendo com ele. – Seus lábios esboçaram um sorriso forçado. – Fizemos um acordo, ele e eu. Pois bem, esse acordo foi rompido. Você uma vez me prometeu que me ajudaria se eu pedisse. E estou pedindo agora sua ajuda.

O RUÍDO ERA CONTÍNUO. Mikhail Nej nunca ouvira algo igual. Pensou em Ivan, que ouvira o mesmo ruído durante a guerra com a Alemanha e no que ele teria sentido.

Olhou os brilhantes fachos de luz por trás das linhas dos Brancos, ouviu o silvo e o ronco de granadas passando por cima de sua cabeça. Seus oficiais, reunidos na plataforma de observação do trem, estavam inquietos. Como também seus homens, e ele podia ouvir cavalos relinchando. Consultou o relógio: só mais alguns minutos.

Ivan. O que ele fizera fora apenas cumprir o que considerava seu dever ou teria sido por algo pessoal? Certamente Ivan sempre dera a impressão de odiar o simples nome Stein.

Mas de certo fora uma questão de dever. Naturalmente, Judith nunca poderia compreender isso. Mas não havia motivo para o caso afetá-los pessoalmente. Tinham vivido juntos quase dois anos e, durante esse tempo, ele a fizera feliz. Ensinara-lhe a amar e mostrara-lhe como devia ser amada. Tinha uma teoria muito simples sobre o amor – quando uma mulher é feliz na cama dificilmente é infeliz fora dela. E, certamente, ele a fazia feliz na cama. Por mais que ela pudesse odiar Ivan, suas emoções eram ligadas àquele simples fato.

A barragem de fogo cessou e, imediatamente, o estrondoso ruído da artilharia foi substituído pelo ronco pesado dos tanques. Não havia mais tempo para pensar em Judith.

O trem começou a partir. Estava repleto de soldados. Ele nunca se esquecera de como Piotr Borodin investira contra suas linhas no sul, no outono de dois anos antes. Mas, dessa vez, os papéis estariam invertidos.

Imóvel junto à janela, ele via a neve fustigada pelo vento e a cavalaria acompanhando o trem. Ouvia o ronco dos tanques e foi subitamente alertado pelo ranger de metal contorcido, quando os freios foram acionados. Centelhas voaram, o trem todo estremeceu, e Mikhail percebeu que estava descarrilhando.

– Segurem-se! – gritou ele, mas os homens já estavam sendo arremessados a torto e a direito, enquanto o vagão se sacudia como um cão molhado, adernava e acabava tombando na neve endurecida, deslizando pelo talude abaixo, praticamente emborcado.

Mikhail viu-se sentado no que havia sido o teto. As luzes tinham se apagado e o vagão estava totalmente às escuras. Por toda a parte, homens gritavam. Mais acima, havia um ponto de escuridão menos densa, uma janela aberta.

Ele apalpou o cinto, puxou o revólver e apertou o gatilho. O disparo soou como um tiro de canhão, no ambiente fechado, e produziu o efeito desejado de silenciar os gritos.

– Preciso sair – disse Mikhail. – Por aquela janela. Ajudem-me.

Mãos agarraram-lhe as pernas e os braços e o ergueram.

– Os trilhos estavam intactos ontem de manhã – disse alguém.

Modlov, capitão do pelotão dos batedores, logo procurou defender-se.

– Devem ter sido arrancados durante essa noite – disse alguém.

– Então eles sabiam que íamos atacar. Mas como?

– Um espião – disse outro, e a palavra ecoou no interior do vagão.

– Quando voltarmos ao acampamento...

Mikhail agarrou-se com os dedos enluvados no peitoril da janela e içou-se para fora. Havia agora homens ao redor; a infantaria estava esgueirando-se para fora dos outros vagões e aprumando-se, equilibrando-se no leito da estrada; a cavalaria reunira-se em grupos e até o ruído dos tanques cessara.

– Não vamos voltar ao acampamento – declarou Mikhail. – Vamos continuar nosso avanço. Saltem para fora do trem. Depressa. Vamos, depressa. Você, você e você – gritou, pondo-se de pé. – Montem e vão até os comandantes de brigada. Avisem-nos de que o trem descarrilhou, mas o avanço prossegue. Avisem-nos de que seus objetivos continuam os mesmos e devem ser tomados esta tarde. Depressa. Você, dê-me seu cavalo.

O soldado de cavalaria desmontou e Mikhail tomou-lhe o lugar. Fora forçado a montar muito nos dois últimos anos e recuperara o treino que adquirira quando menino em Starogan. Agora esporeou o cavalo, e os cascos do animal levantaram nuvens de poeira. Desembainhou a espada e brandiu-a acima da cabeça.

– Avante! – gritou ele. – Sigam-me.

Os homens soltaram vivas e saltaram para fora dos vagões, fixando as baionetas, enquanto corriam. Subitamente, Mikhail se deu conta de que aquele não era o lugar onde devia estar um general-comandante. Mas não ia agora recuar. Hoje alcançaria a vitória. *Tinha* de alcançá-la, não somente pela Rússia. Hoje estava lutando por si mesmo e por Judith. Para justificar tudo o que tentara realizar na vida. Até mesmo para justificar o crime de Ivan.

O SOL ALTO projetava sua luz ofuscante na neve, arrancava lágrimas de olhos não protegidos por óculos, fazia gotejar os pingentes de gelo das cabanas destroçadas.

Mas estava ainda muito frio para se sentir algum cheiro. Isso era um alívio para Mikhail, pois, ao redor, via corpos contorcidos, jazendo ao lado de canhões, e fuzis, revólveres descarregados de cápsulas e botas sobressaindo da neve. Enquanto ele contemplava o espetáculo, um de seus homens se agachou junto ao pau da bandeira espatifado e, cuidadosamente, arrancou o pano rasgado, com suas águias de duas cabeças, que pareciam querer bicar-lhe os dedos.

– Vitória! O rosto do general Malutin estava rubro de excitação e ele insistia em apertar os flancos do cavalo com os calcanhares, embora o animal, exausto, se recusasse a dar sequer um passo. – Vitória!

– Minhas congratulações, camarada general – disse Mikhail.
– Ah, mas teve sua participação, camarada comissário. – Hoje até Malutin podia dar-se ao luxo de ser generoso. Além disso, no decorrer daquele último ano, aprendera a respeitar o comissário. Agora sacudiu o dedo. – Mas não é lugar para um comissário, à frente das tropas de assalto.
– Como disse, trouxe-nos uma vitória tática – replicou Mikhail.
– Há alguma notícia do inimigo?
– Estão batendo em retirada, ao longo do leito da estrada.
– Em boa ordem?
– Parece que sim, camarada comissário. Não resta dúvida de que eles, há muito, tinham planejado essa retirada. Se esperassem poder avançar, dificilmente teriam destruído os trilhos. Mas sabiam, também, que possuíamos tanques e artilharia.
– Agora temos de persegui-los – disse Mikhail.
– Camarada comissário? Os homens estão exaustos.
– Use os tanques.
Malutin fez um gesto, desculpando-se.
– Os tanques estão fora de ação.
– Todos eles?
– Receio que sim, camarada comissário. Perderam as esteiras, sofreram avarias mecânicas... levará dias para consertá-los. Talvez semanas.
– Então use a cavalaria.
– Camarada comissário, a cavalaria está exausta. Estamos todos exaustos. E sofremos pesadas baixas. Além do mais, o inimigo foi indiscutivelmente derrotado. Agora chegou o momento de nos consolidarmos e reagruparmos, antes de um novo avanço.
Subitamente, a atenção de Mikhail foi atraída por um de seus ajudantes de ordens, que galopava ao longo da linha rompida da estrada de ferro.
– É o capitão Gonarov – disse Mikhail. – Ele deve trazer-nos as notícias que estamos aguardando. Conseguiu comunicar-se com Moscou, capitão?

Gonarov freou o cavalo que, apesar do frio, estava coberto de uma espuma de suor. O capitão bateu continência.

— Sim, camarada comissário.

— Relatou nosso sucesso inicial? Pediu reforços?

— Sim, camarada comissário.

— Muito bem. Agora, camarada general...

— Não haverá reforços de espécie alguma, camarada comissário. O Exército está sendo mobilizado contra a Polônia. Teremos de nos arranjar com o que nos resta.

— Era o caso de supor que eles quisessem primeiro terminar uma guerra antes de iniciar outra — comentou Malutin.

Mas Mikhail continuava examinando a fisionomia do capitão.

— Há mais alguma coisa, Gonarov?

— Sim, camarada. — Gonarov começou a lamber os lábios, mas logo mudou de ideia quando o frio lhe queimou a língua. Engoliu em seco.

— De Moscou?

— Não, camarada comissário. Fui procurar a camarada Stein, como me ordenou, para dar-lhe a notícia de nossa vitória.

— Sim?

— Não a encontrei, camarada comissário. Partiu há dois dias, na mesma manhã do ataque. Com o americano.

— Partiu? — Por um momento, Mikhail ficou aturdido.

— Para Petrogrado, camarada comissário.

— Nunca confiei naquele americano — disse Malutin. — Telegrafou para que sejam presos?

— Vim antes informar o camarada Nej, camarada general.

— Será fácil detê-los — disse Malutin. — O trem não pode ter chegado ainda à Central de Petrogrado. Telegrafe imediatamente e ordene que esperem o trem.

— Não — disse Mikhail.

Ambos os oficiais o fitaram surpresos.

— Ela está mais abalada do que calculei com a notícia da morte dos pais, executados pela GPU. Por meu irmão.

– Eu não sabia disso – replicou Malutin. – Bem, então, camarada comissário, talvez ela tenha ido visitar as sepulturas dos pais.

– Eles não têm sepulturas – retorquiu Mikhail. – E ela sabe disso. Abandonou-me. Tenho certeza. Sairá da Rússia com o americano. – Sua fisionomia se contraiu. – É a especialidade dele, tirar gente da Rússia. Já me tirou uma vez. E também a outra mulher, que amei...

– Então é preciso detê-lo – insistiu Malutin. – O telégrafo...

– Não – repetiu Mikhail.

Malutin hesitou, depois estalou os dedos.

– É claro. Não pode deixar que aconteça algum mal à camarada Stein. Deve ir você mesmo, camarada.

– O quê?

– O degelo mal começou. Dificilmente eles poderão deixar Petrogrado nesses próximos dois dias. Há tempo para alcançá-los, camarada comissário. Poderá prendê-los pessoalmente e, ao mesmo tempo, proteger a camarada Stein. Quanto ao americano...

– Ir para Petrogrado? – disse Mikhail, como se falando para si mesmo. – Mas e meu comando?

– Conquistou uma grande vitória, camarada comissário. Agora haverá uma pausa para que possamos nos reagrupar e traçar nossos planos. Além do mais, os tanques precisam de reparo. Calculo que levará pelo menos uma semana até estarmos prontos para prosseguir. Durante esse tempo, pode facilmente chegar a Petrogrado, prender o americano, reaver a camarada Stein e voltar para cá. Prometo-lhe que o quartel-general não saberá sequer da sua ausência.

– Numa semana os Brancos terão construído novas defesas – objetou Mikhail.

– Isso é um fato da vida. Um fato da guerra, camarada comissário.

– Há apenas um fato da vida ou da guerra, camarada general – disse Mikhail. – É vencer. Estamos agora vencendo. Não devemos interromper a luta ou talvez não teremos outra chance. Este exército vai avançar amanhã de manhã. Eu lhe dou até lá, camarada general, para proceder o reagrupamento.

– Mas... e os tanques?...

– Teremos de nos arrumar sem os tanques, camarada general.

– Mas... – Malutin olhou, perplexo, para Gonarov. – Nossos homens estão exaustos.

– E o inimigo também, camarada general. A guerra não é um mero teste de resistência física. É, também, um teste de força de vontade. Vamos avançar.

– E a camarada Stein? Se não for atrás dela vai perdê-la. Talvez para sempre.

Mikhail fitou-o por alguns instantes, depois fez seu cavalo dar meia-volta.

– Este exército vai avançar – disse ele. – Providencie os preparativos.

O TREM RANGEU e parou na estação Central de Petrogrado, soltou um silvo agudo e deixou escapar o excesso de vapor, que subiu até o teto e fez escorrer a neve congelada. Aliás, a neve do inverno já estava derretendo e começara o degelo.

A plataforma estava repleta; todas as estações da Rússia estavam sempre repletas. Ocorreu a George que toda uma civilização estava sendo reconstruída, utilizando o sistema ferroviário, por mais precário que fosse, simplesmente porque não havia outro sistema viável de comunicação naquele vasto país. E, como de costume, a maioria dos viajantes era de soldados, que embarcavam para a frente polonesa ou a frente sul, pelo que ele pôde presumir. Os passageiros que desembarcavam eram feridos ou funcionários do governo, de volta à capital após suas investigações, cujo objetivo era eliminar resíduos czaristas até dos confins do império.

Olhou para Judith, quando os dois foram colocar-se na fila do controle de bilhetes. Haviam passado dois dias no trem, comprimidos num assento para uma só pessoa, comprando comida e bebida dos vendedores que se apinhavam em cada plataforma de estação na luta pela sobrevivência. Haviam dormido, ora um ora outro, com a cabeça apoiada no ombro amigo. Pouco tinham falado. Havia pouco o que falar. Sabiam demais sobre a Rússia, sobre o bolchevismo, sobre o horror, sobre a guerra, até mesmo sobre eles dois. E se ele sabia mais sobre ela do que ela sobre ele, não era algo para ser discutido nesse momento, porque sabiam também o risco que estavam partilhando. Se Mikhail Nej tivesse tempo de telegrafar... mas um general empenhado numa batalha nunca sequer pensaria em telegrafar. Todo o plano da fuga se baseava nessa simples suposição.

Não seria a solução de um covarde carregar a mulher de um homem enquanto este estava de costas? Mas George não podia condenar-se. Não havia outro meio de salvar Judith Stein. Salvar do quê? De uma situação em que ela passaria fatalmente a se considerar uma mulher sustentada. Ou, eventualmente, de tornar-se a mulher de Mikhail Nej por não ter para quem apelar, o que implicaria aceitar o bolchevismo e um cunhado assassino de seus pais. E o que podia Mikhail oferecer para compensá-la? Coisa alguma, exceto a liberdade de pensar como ela quisesse, odiar a quem quisesse. E amar, se quisesse?

Seus passes foram conferidos e carimbados, e os dois se viram na rua.

– Iremos primeiro a meu apartamento para apanhar minha bagagem – disse ele.

Judith olhou para a pequena valise que continha todos os seus pertences. Ele passou o braço pelo ombro dela e estreitou-a.

– Eu também tenho muito pouco – disse ele. – É bom viajar com pouca bagagem.

"E quando chegarmos a Estocolmo", pensou, "vou comprar-lhe uma mala armário cheia de roupas, Judith Stein. Cheia de tudo que você jamais desejou. Para compensar aquele dia na cela de Roditchev."

Se ao menos ele tivesse certeza do que mais poderia fazer por ela, ofertar-lhe: tudo para compensar aquele dia na cela de Roditchev. E aquela noite na estação de Starogan. E mais aquela outra noite, há dois dias, no acampamento ao sul de Tula.

Caminham pelas ruas, que começavam a escurecer. George tinha medo de despertar a atenção ao chamar um táxi.

Subiram as escadas desertas, ele abriu a porta com sua chave e acendeu a luz. O apartamento estava como o tinha deixado, suas malas ainda colocadas lado a lado no vestíbulo.

– Com fome?

– Ainda temos tempo? – perguntou ela, soltando a valise no chão.

– O navio não vai zarpar antes da madrugada. Tenho um pouco de caviar aqui. E umas bolachas.

– E champanhe? – perguntou Judith, sentando-se.

– Ah... – Ele abriu o armário de bebidas. – Tenho uma garrafa. Lamento que não esteja gelada. Pelo menos, parece-me fresca.

Depois de tirar a rolha da garrafa, serviu a bebida, colocou o caviar nas bolachas, facas e pratos sobre a mesa e ergueu sua taça.

– Acho que só nos resta beber ao futuro.

– O que me reserva o futuro, Sr. Hayman? – perguntou ela, depois de tomar um gole do champanhe.

– Talvez o futuro fosse mais animador se você me chamasse agora de George.

Por que dissera aquilo? Seria porque, sentada ali, de pernas cruzadas, com os espessos cabelos soltos caindo-lhe sobre a testa e os ombros livres do lenço que os encobrira ela lhe parecia de uma beleza admirável? Seria por causa do outro aspecto de sua beleza, da que ele vira jazendo no chão da cela de Roditchev e cuja visão o perseguira durante nove anos? Seria uma consequência daquela generosidade ambivalente que leva um homem, seguro de si, a abraçar e proteger qualquer mulher desamparada?

Ou seria simplesmente porque havia dois anos que ele não tinha Ilona, ou qualquer outra mulher, em seus braços?

– Peço desculpas – disse ele. – O que eu queria dizer é que parece meio tolo sermos tão formais quando vamos ter de viajar juntos tanto tempo.

– Sim. Eu gostaria de chamá-lo de George.

– Então fique à vontade.

– Eu gostaria. – Ela tomou mais um gole de champanhe, comeu uma bolacha, levantou-se e começou a andar, inquieta, pela sala.

– O que você quiser, Judith – disse George. – Eu lhe darei sempre.

Ela se virou e encarou-o.

– Por quê? Já não tem responsabilidades suficientes?

– Nenhuma que eu não possa resolver. Gostaria de tornar-se uma responsabilidade minha?

De novo ela o encarou.

– Sem nenhuma implicação – acrescentou ele. – Estou sendo sincero.

– Sempre há implicações, George. Uma delas se chama Ilona. Ela é provavelmente a única amiga verdadeira que já tive.

Eu quis dizer...

– Sei o que quis dizer, George. Mas a um acordo assim logo se seguiria a realidade. É um fato da vida.

– Que muito lhe desagradaria?

– Acho que seria agradável, para mim. Foi o que busquei em Mikhail. Mas acho que agora não me resta nada a esperar.

– Bem, então... – Estava portando-se como um idiota? Um vilão da pior espécie? Se ao menos pudesse ter certeza da causa de suas emoções. Como podia um homem casado com Ilona Borodina, amando Ilona Borodina, pensar sequer em dividir tal amor? Mas como podia um homem, depois de ver Judith Stein no chão da cela de Roditchev, pensado nela e se preocupado com ela a distância, durante nove anos, não desejar tomá-la nos braços e murmurar-lhe palavras tranquilizadoras, dizer-lhe que agora poderia viver um pouco de sua vida com ele?

E como podia um homem arriscar-se a magoar de novo um espírito já tão maltratado?

Levantou-se sem terminar a frase e estendeu a garrafa de champanhe. Ela olhou para sua taça vazia e adiantou-se para ele. Mas nesse instante a porta da frente abriu-se e ela se deteve. Ambos viraram-se e depararam com Ivan Nej.

Judith baixou lentamente a mão que segurava a taça. Sua fisionomia se anuviou, toda a sua animação desapareceu e seu rosto transformou-se numa máscara, na qual os olhos faiscavam, como dois aguçados pontos de ódio e cólera.

Não era possível decifrar a expressão dos olhos de Ivan por detrás dos óculos. Ao entrar, ele fechou a porta atrás de si e apoiou a mão no coldre, já entreaberto.

George só podia esperar, sentindo o coração pulsar. Durante seis anos, ele se limitara ao papel de observador. Mas seis anos era tempo demais.

— Judith — disse Ivan, e lançou um olhar a George. — Um dos meus homens a viu na estação e me telefonou. O champanhe é para comemorar uma despedida?

— Sim — disse George. — Não quer beber conosco?

— Não bebo quando estou de serviço, Hayman. Bem, tenho certeza de que você está ansioso por embarcar. É melhor vir comigo, Judith.

Judith olhou para George.

— Temos certos assuntos a discutir em particular, com sua licença — interveio George. — Antes de minha partida, providenciarei para que Judith vá encontrá-lo.

Ivan sorriu.

— Acho que ela deve vir comigo agora mesmo. Mikhail gostaria de saber que ela está em segurança. Ele sabe que você está em Petrogrado, Judith?

Judith continuou a olhar para George.

— É claro que sabe — respondeu George. Mas sabia que sua mentira não ia funcionar. E, subitamente, deixou de lado a cautela. Passou a mão no gargalo da garrafa de champanhe. Arma não muito eficiente contra um revólver. Tão ineficiente que talvez Ivan mal a notasse, como também poderia considerar que um jornalista de 43 anos não representava uma grande ameaça.

— Vou telegrafar a Mikhail — disse Ivan —, para avisá-lo de que você chegou sã e salva. Espere! Vamos telegrafar-lhe juntos, Judith. Ele vai gostar de saber.

— Não — respondeu Judith, falando pela primeira vez. — Estou deixando a Rússia. Esta noite.

— Mikhail sabe disso? — perguntou Ivan, franzindo as sobrancelhas.

— Não. Mikhail não é meu dono. A decisão é minha.

— O plano foi seu, Hayman? — perguntou Ivan, olhando para George.

— Apenas tenciono ajudar *mademoiselle* Stein a ir para onde ela quiser.

— A *camarada* Stein pertence à Rússia — replicou Ivan. — É russa e esta é sua terra. Além disso, é mulher de meu irmão. Ele está lutando pelo futuro do bolchevismo, enquanto o estão traindo pelas costas. Mas é meu dever combater a subversão. Venha comigo, camarada Stein, e providenciarei para que volte para meu irmão.

– Não – disse Judith. – Não! – E virou-se, apelando para George.

George encolheu os ombros e, devagar, cautelosamente, adiantou-se até o centro da sala, com a garrafa de champanhe na mão.

– Não creio que tenha muita escolha, Judith – disse ele. – Ivan não deixa de ter razão. E também a lei está a seu lado.

– Eu *sou* a lei – atalhou Ivan. – E alegra-me de que esteja dando prova de bom senso, Hayman. Não me agradaria ter de prender um americano.

– Tampouco isso me agradaria – replicou George, encarando-o, ao mesmo tempo que girava no ar a garrafa de champanhe como se fosse uma extensão de seu braço. Ivan viu a garrafa voando em sua direção, desviou o corpo e sacou o revólver, mas o líquido espumante jorrou do gargalo e esparramou-se por seu rosto, enquanto George lhe desferia um soco violento na cabeça. Ivan caiu de quatro e, junto com ele, seus óculos. Pôs-se de joelhos, mas George aplicou-lhe um certeiro pontapé no pulso, que fez com que o revólver voasse para o outro canto da sala.

Ivan virou-se novamente, ciente de que, sem a arma, não poderia medir forças com o atlético americano; mas já Judith correra para apanhar o revólver e, também de joelhos, alvejou o inimigo, apertando a arma nas duas mãos com o rosto contorcido pelo ódio.

– Não – advertiu George.

Ela hesitou, encarando-o, enquanto Ivan caía de novo de joelhos e estendia a mão à procura dos óculos. Sua fisionomia parecia calma, mas suas mãos tremiam, e George lembrou-se de Piotr ter lhe contado que, em 1914, Ivan tivera medo de alistar-se.

– Ele assassinou minha mãe e meu pai – disse Judith.

– E muitas outras pessoas. Mas *você* não pode assassiná-lo, Judith. Não se quiser realmente dar as costas a tudo isso.

Então ela cravou os olhos em Ivan Nej; os dedos ainda brancos da pressão no gatilho.

– Acha que posso dar as costas a tudo isso, George? Ele vai deixar?

Ivan colocou os óculos no nariz.

– Acho que é melhor ele ir conosco – disse George. – Dê-me o revólver.

Sempre colada à parede, ela chegou até George e entregou-lhe a arma. Ivan soltou um suspiro de alívio.

– Presumo que um de seus homens esteja de guarda aí fora, Ivan – disse George. – Vai dizer-lhe que está nos acompanhando até o navio. Uma vez a bordo, vai tomar um drinque conosco. E, então, vai esquecer-se de desembarcar, quando o navio zarpar. Oh, não se preocupe. Nós o faremos desembarcar em Estocolmo. Voltará inteiro para a Rússia, se se portar bem.

– Por que devo fazer isso? – perguntou Ivan, resfolegando.

– Porque vou ficar a seu lado até vê-lo dentro de uma cabine do navio – respondeu George. – E se não se comportar direitinho, eu lhe explodo os miolos.

– Eles o enforcariam – disse Ivan, umedecendo os lábios com a língua. – E a ela também. Seriam enforcados juntos.

– Mas você não iria poder apreciar o espetáculo – observou George – lá dos quintos dos infernos.

Ivan fitou-o um instante. Sua atitude dependia de até que ponto ia sua covardia, sua ânsia de viver, de gozar a beleza de Tattie e as vantagens de sua promissora carreira ou da alternativa de morrer por seu orgulho e honra.

"Tattie", pensou George. "Não seria possível tirar também Tattie da Rússia, levá-la para viver em segurança nos Estados Unidos, sob a proteção da irmã?" Mas Tattie se recusaria a partir. Tattie estava feliz ali, e aquele homem era o pai de seus filhos. Procurar levar Tattie contra a vontade dela seria pôr Judith em perigo.

Ivan pôs-se lentamente de pé, curvou-se e apanhou o quepe.

– Um dia – disse ele. – Um dia, Hayman, quando tivermos espalhado nossa revolução pelo mundo inteiro, você terá de se explicar comigo. Você, Ilona e esta sua amiga. Posso esperar por esse dia.

– Eu sempre o julguei um homem paciente – replicou George. – Vamos agora? Você primeiro, Judith.

Ela hesitou.

– Não há nada a temer. O camarada Nej não é do estofo com que se fazem os heróis. Em geral, os heróis não são homens pacientes. Lá fora a espera a liberdade, Judith.

"E estarei a seu lado", pensou ele. "Voltando para Ilona. Será que tem ideia, camarada Nej, de quantas coisas mais importantes tenho a fazer na vida do que me preocupar com a sua revolução?"

SEBASTOPOL ERA UMA imensa lata de lixo, cuja podridão e esqualidez eram agravadas pelo calor de agosto, a cujo horror acrescentavam-se as atividades dos guardas Vermelhos, que, finalmente, podiam vingar-se daqueles que haviam apoiado os Brancos e que não tinham tido a chance de fugir.

Mas fora esse o quadro durante toda a primavera e verão, à medida que Denikin ia recuando de derrota em derrota. Algumas batalhas haviam sido encarniçadas, as chances, equilibradas; outras haviam sido breves e, à medida que o verão avançava, as vitórias rápidas dos Vermelhos iam sendo mais numerosas, minando o moral do Exército Branco e desintegrando-as. E a cada vitória, a cada conquista de aldeia ou cidade pela revolução, seguiam-se o estrépito dos esquadrões de fuzilamento, os gritos de mulheres e choros de crianças, subitamente órfãs. Mas essa era a meta da revolução. Assim o decretara Lenin. E esse era o caminho para a vitória. "Somente daquela maneira", pensava Mikhail Nej, "fora-lhe possível achar-se agora ali, num hotel de Sebastopol, e dar sua missão por cumprida."

E somente os pobres haviam sofrido. Ainda podia ver os rolos de fumaça erguendo-se no horizonte do turbulento Mar Negro, que marcavam a partida do último navio da esquadra britânica. A bordo daqueles navios havia czaristas suficientes para formar toda uma corte. Entre outros, a czarina mãe Marie Feodorovna, mãe do falecido czar e irmã da rainha mãe da Inglaterra, o grão-duque Nikolai Nikolaievich, ex-comandante-chefe do Exército Imperial, tio do czar e pretendente legítimo ao trono. Iria ele dar-se ao trabalho de fazer valer sua pretensão? Imaginaria ele que tinha alguma chance de subir ao trono?

Com eles viajavam diversos outros membros da família imperial russa, inclusive o príncipe Felix Yusupov (o planejador da morte de

Rasputin e quem de início encorajara Kerensky a deflagrar a revolução) e sua mulher. Iriam *eles* continuar opondo-se ao bolchevismo ou estariam dispostos a admitir a derrota?

Entre eles encontravam-se também o príncipe Piotr Borodin, sua mulher, Rachel, e a filhinha do casal. Mikhail gostaria de adivinhar os pensamentos de Piotr Borodin ao embarcar no navio, dando as costas à Rússia e aos homens que comandara com tanta valentia durante dois longos anos, sendo finalmente derrotado por seu próprio criado. Para onde iria Piotr? Talvez tentasse primeiro instalar-se na Inglaterra. Mas não por muito tempo, calculava Mikhail; o governo britânico estava entabulando conversações com o emissário de Lenin. França? Era uma possibilidade.

Ou os Estados Unidos? Sim, para reunir-se à sua irmã Ilona e o marido, para que Rachel encontrasse Judith, num agradável exílio Mikhail cerrou os punhos instintivamente.

Mas desejara realmente capturar Piotr? Como militar, a resposta tinha de ser afirmativa: entre todos os exilados a bordo daqueles navios de guerra que deixavam as águas russas, considerava que Piotr Borodin era quem representava maior perigo como antagonista do bolchevismo. Mas não lhe causaria prazer entregar Piotr a um esquadrão de fuzilamento ou, pior ainda, a seu irmão, pois desde uma viagem absurda a Estocolmo, na primavera, Ivan se mostrava encarniçado na eliminação de Brancos e czaristas com um furor quase patológico.

Talvez fosse o dever de um policial. Não de um soldado. Ele não odiava mais Piotr Borodin. Não odiava sequer George Hayman por lhe ter roubado, sucessivamente, as duas únicas mulheres que ele amara na vida. Chegava mesmo a admirar o americano. E tudo acontecera pelo melhor. Se Ilona tivesse permanecido na Rússia, com o pequeno Ivan, ele próprio jamais poderia ter se tornado um revolucionário. E se Judith tivesse permanecido a seu lado, talvez ele nunca houvesse adquirido a vontade férrea, necessária para impulsionar seus homens para a frente, dia após dia, até atingir o triunfo final. Podia desejar felicidade a todos eles e até, talvez, alimentar esperança de revê-los um dia, quando se estabelecessem paz e amizade entre o bolchevismo e o resto do mundo.

O camarada Gonarov tossiu discretamente e Mikhail virou-se.
– Sim?
– Sua chamada para Petrogrado, camarada comissário.
– Obrigado. – Mikhail dirigiu-se para o vestíbulo do hotel, pegou o telefone. – Camarada Lenin?
– É Mikhail Nikolaievich quem está falando? – Até Lenin parecia excitado nessa manhã. – Quais são as notícias, homem? Quais são as notícias?
Mikhail respirou fundo.
– Tenho a informar, camarada, que a esquadra britânica deixou o porto e que os últimos remanescentes do Exército Branco se renderam hoje. Estamos de posse de Sebastopol, camarada. De posse da Crimeia. De posse da Rússia inteira. Nossa revolução triunfou!

fim

EDIÇÕES
BestBolso

Este livro foi composto na tipologia Minion Pro Regular,
em corpo 10/12,5, e impresso em papel off-set 56g/m² no Sistema
Cameron da Divisão Gráfica da Distribuidora Record.